歌人が巡る九州の歌枕
福岡・大分の部

宮野恵基

文化書房博文社

本書掲載の地図　出典：国土地理院ウェブサイト　http://maps.gsi.go.jp/
名所等をわかりやすくする為、一部加工しています。

―はじめに―

「むかしよりよみ置ける哥枕《うたまくら》おほく語傳《かたりつた》ふといへども、山崩れ川流れて道あらたまり、石は埋《うづも》れて土にかくれ、木は老いて若木にかはれば、時移り代《よ》変じて、其の跡たしかならぬ事のみを、爰《ここ》に至りて疑ひなき千載《せんざい》の記念《かたみ》、今眼前に古人の心を閲《けみ》す。」

これは、私が二十年近く前、東洋大学教授・谷地快一先生より初めて「歌枕」を学んだ、**松尾芭蕉**の『**奥の細道**』の多賀城址における記述である（久富哲雄『おくのほそ道』講談社学術文庫）。

歌枕については、先著『歌人が巡る四国の歌枕』、『歌人が巡る中国の歌枕・山陽の部』の前文に同一に記しているのでここでは省略するが、芭蕉が語った「哥枕」は、名所歌枕のことである。

短歌を学ぶ私は、この一文に古歌とまだ見ぬ地への憧れを募らせた。歌枕とされる地を訪ねてみたい。もちろん星霜移り時は去り、古の面影や付随する観念を偲ぶことは不可能かも知れない。あるいは、その地そのものの特定すら叶わないかも知れない。それでも、そこで先人の名歌に触れ、私自身も拙い歌を詠む、そんな思いを当時から抱くようになったが、そんな折、私が指導を受けている沙羅短歌会主宰・伊藤宏見先生から、月刊の短歌雑誌『沙羅』に投稿することを勧められ、平成十六年十一月より、残り少ない余生の畢生の仕事にと第一歩を四国の地から踏み出し、拙文と駄歌を寄せるに至った。その際の私が歩いた足跡を振り返りつつ、若干筆を加えて一書と成したものが、平成二十三年に上梓した『歌人が巡る四国の歌枕』である。

引き続き平成二十一年からは中国地方に歩を進め、平成二十六年に『歌人が巡る中国の歌枕・山陽の部』、同二十七年に『同・山陰の部』を世に出した。

そして以後、九州地方を巡ることとしたのだが、私の居所（高松市）から九州の玄関口の門司まで、高速道路経由で約四百キロメートル、走行時間は休憩抜きで五時間ほどかかり、そこから九州全域と壱岐・対馬に至るまでを完結するには、多くの時間を要することを覚悟せねばならない。

さらには、九州八県十一カ国（沖縄県―琉球国―は域外）で約百五十ヶ所の歌枕の地があり、これを一冊にまとめると大部になることが予想される。

そのため、福岡、大分両県の筑前、筑後、豊前、豊後の四カ国を先行して一書と成すこととした。

このように福岡、大分両県を併せたのは、豊前国が福岡県北東部と大分県北部に跨っているが故である。

私は人生五十余年を、文学とは全く無縁の生活を重ねてきて、漸く六十を過ぎてから短歌を学び始めた故、文も歌も拙く、写真も全くの素人です。そんなお見苦しい一冊ですが、お目に留めて頂けたら幸いです。また、諸先生方の書籍につき、お許しも得ず参考にしたり、引用させて頂きましたことも、この場にて御礼申し上げます。

尚、名所歌枕を集めた歌枕書、歌学書はいくつもありますが、座右に入手した井上宗雄編『名所歌枕（伝**能因法師撰**）の本文の研究』―昭六一・笠間書院―、渋谷虎雄『校本・**謌枕名寄**・本文篇』―昭五二・桜楓社―、村田秋男編『**類字名所和歌集**・本文篇』―昭五六・笠間書院―、神作光一、千艘秋男編『増補**松葉名所和歌集**・本文篇』―平四・笠間書院―を参照しながら学ばせて頂きました。

古《いにしへ》の歌人の思ひ偲びつつ　その地訪ねて吾も歌を詠む
今に残る歌学びつつ聞かんとす　山・川・海の語る言葉を
蕉翁に倣ひ旅行く歌枕　風の音聞き古《いにしへ》偲ぶ

注・本文中においては、参考にした各歌枕集を、それぞれ『能因』、『名寄』、『類字』、『松葉』と表記する。また、出来得る限りこれらに載せられている漢字仮名表記に従うが、便宜上他の資料を用いることもある。

・掲載歌については、歴史的表記の読み難さを和らげることができればと、出来得る限りルビを施した。

・太字は巻末に簡単な解説を載せている。

・本文中の歌意は、諸先生方のものをそのまま注記なく引用したもの、私見を挟んだもの、或は私自身が拙い解釈をしたものが混在しているので諒されたい。

・各項の題記の〔　〕内の文字は、その前の文字に代えて使われることを示し、〈　〉内の文字は、その文字が挿入されて記されることもあることを示す。例えば、筑前編五十一の「木〈ノ〉円〔丸〕殿」は、木円殿、木丸殿、木ノ丸殿の表示があることを示す。

歌人が巡る九州の歌枕　福岡・大分の部

目次

福岡県　筑後編……206

福岡県　豊前編……220

大分県　豊後編……282

福岡県　筑前編

筑前国は、七世紀末までの筑紫国が、筑後国と二分されて成立した。福岡県の北西部に位置し、北は響灘、西は玄界灘、そして東部は豊前国、南部は肥前国及び筑後国に接している。筑前、筑後を併せて筑州とも呼ばれる。

歴史は古く、また大陸、朝鮮半島との窓口として、外交、防衛上、最も重要であったと言っても過言ではない。統一国家が成立する以前の小国分立時代には、『**後漢書**』に記載がある「奴国《なこく》」が博多地方に在ったと言う。国府、国分寺は、現在の太宰府市に置かれていた。鎌倉時代には、幕府によって九州統治のための鎮西探題が置かれ、北条氏一門が支配、室町時代は当初大内氏が制していたが、大内氏滅亡後は毛利、大友の争いの地となった。江戸期は黒田家の支配するところとなり、幕末に至るのである。

また歌の世界では、八世紀前半ば、**大伴旅人**、**小野老《おののおゆ》**、**山上憶良**、**大伴坂上郎女《さかのうえのいらつめ》**など、錚々たる万葉歌人達が、奇しくも時を同じくしてこの地に集い、数多くの秀歌を詠んだ。筑紫歌壇と称される。とりわけ天平二年（七三〇）正月十三日、太宰帥の旅人邸で行われた「梅花の宴」は盛大であったとのこと、この時詠まれた歌三十二首が、『**万葉集**』巻第五に序文を添えて収められている。

また、天平八年（七三六）に遣わされた新羅国への使節一行の、九州各地で詠んだ歌も『**万葉集**』巻第十五に収められ、更には、巻第二十を中心とする、この地に送り込まれた**防人**達の歌もある。筑前国は、万葉の終盤を飾る歌の宝庫と言えよう。

それ故、筑前国の歌枕の数も、筆者が辿り着いただけでも五十を超える故、響灘から玄界灘へと海岸線を辿い、その後内陸部を巡ることとし、現市区町別に整理して記述を進める。

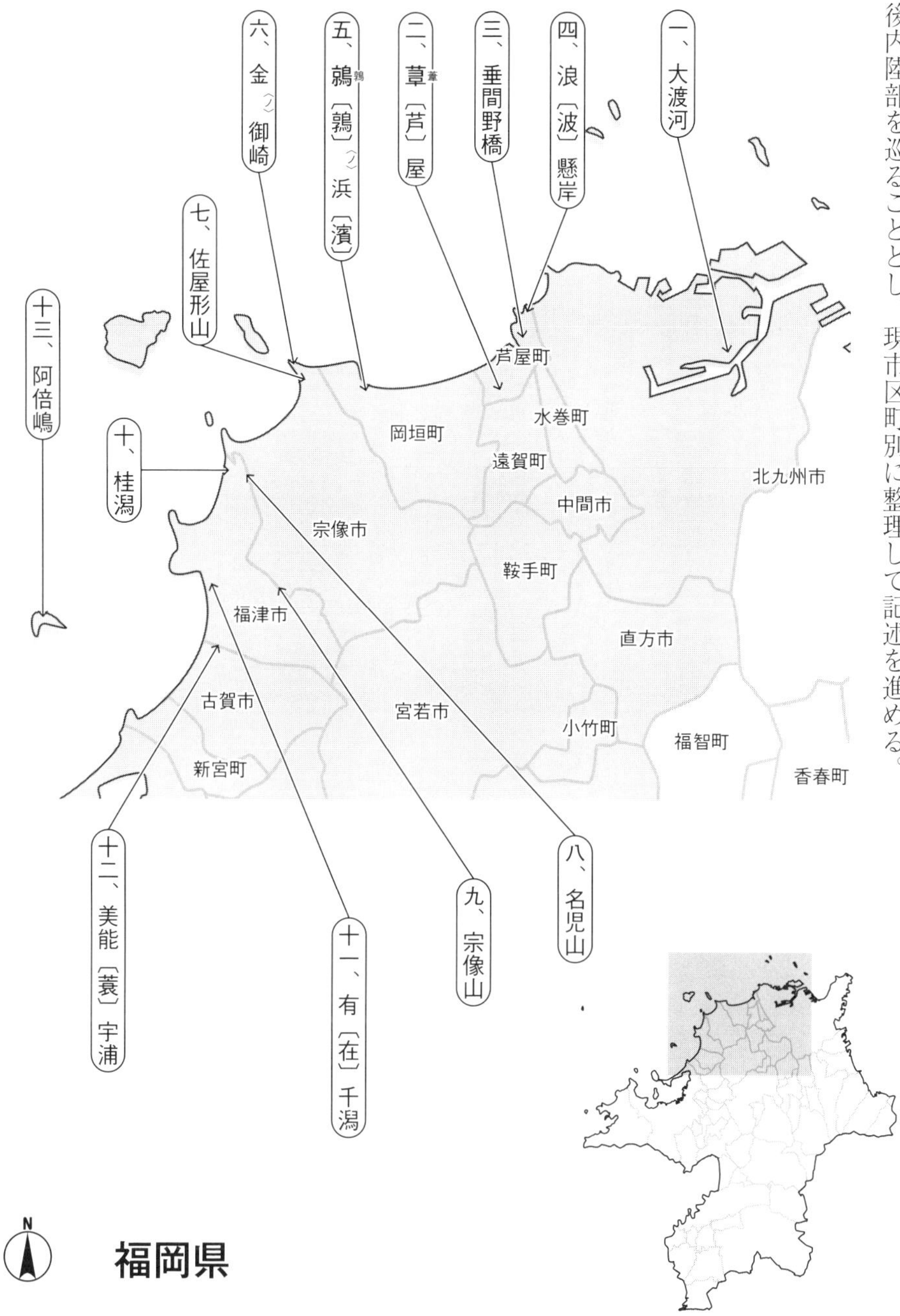

北九州市若松区

一、大渡河《おおわたりがわ》

『能因』、『名寄』、『松葉』に、『**古今和歌六帖**』から**紀貫之**の、「つくし〔筑紫〕なる大わたり〔渡〕川大かた〔方?〕は　我ひとり〔一人〕のみ渡るうき〔憂〕世か」が収められる。

門司港入口から南へ、そして西に、北九州市若松区と同戸畑区、同八幡東区、同八幡西区との境界を形成する洞海湾《どうかいわん》が大きく切れ込む。湾は全長約十キロメートル、幅数百メートルの細長い形状で、西に位置する芦屋町を流れる遠賀川《おんががわ》から分岐し、この湾の最も奥まった南二島付近で流入する江川の、あたかも延長の観がある。この洞海湾が歌枕「大渡川」である。

この大渡（済）の地名は、『**日本書紀**』に登場する。**仲哀天皇**の条に、熊襲制圧のため穴門《あなと》の豊浦《とよらの》宮（拙著『歌人が巡る中国の歌枕・山陽の部』二七五頁参照）を出て筑紫に着いた時、岡（現・遠賀《おんが》郡芦屋町の遠賀川河口付近）の県主《あがたぬし》の祖の熊鰐《わに》が、天皇の御料海域を献ずるに、「穴門より向津野大済《むかつののおおわたり》（現在の大分県杵築《きつき》市山香町《やまがまち》向野《むくの》付近。当時はこの辺りまでが海であったか?）に至るまでを東門《ひがしのみと》とし、名籠屋《なごや》大済を以ちて西門《にしのみと》とし（以下略）」と申し上げている。

また、「皇后（**神功皇后**）、別船《ことみふね》にめして、洞海《くきのうみ》より入りたまふに……」

洞海湾

若戸大橋

若戸渡船

とも記され、まさにこの湾を皇后は進んだのである。

　このように文献上の認知も古く、大渡川は筑前編の巻頭を飾るに相応しい歌枕である。

　現在、洞海湾の両岸の、若松区と戸畑区を結ぶルートは、湾口近くに三つの手段がある。

　まずは、明治期以前から昭和三十八年（一九六二）までは唯一の渡海手段であった若戸渡船が、現在も所要時間四分、十二～十五分間隔、大人片道百円で運航する。

　その若戸渡船の航路のほぼ真上を、赤い橋梁が青空に映えている昭和三十八年開通の若戸大橋が通う。

　また、大橋の交通量の増加に対処して、平成二十四年（二〇一二）に若戸トンネルが、北九州都市高速二号線に直結して開通した。

　若戸大橋の若松側の陸上部の橋桁下には、若松恵比須神社が鎮座する。この神社の起こりについては、先の**『日本書紀』**の記述に続く伝えによるとする社伝が残る。皇后の御座船が湾の半ばで動かなくなり、**武内宿祢**《たけ〈の〉うちのすくね》の命で海底を探ったところ光る石を発見し、拾い上げてこの地に祠を建てて祀ったところ、船は再び動き出したという。であれば、この恵比須神社の起源は記紀の時代まで遡ることになる。また、後日宿祢がこの地を再訪し、松の苗木を植え、「海原の滄溟たる松の青々たるわが心も若し」と詠んだという。そしてこれが、「若

若松恵比須神社

若松側から名護屋を臨む

松」という地名の由来とも伝えられる。

なお、先の『**日本書紀**』からの引用文中の「名籠屋」は、若戸大橋東詰めの北、戸畑区飛幡《とびはた》町の更に北側を指すが、現在は広く埋め立てられ、新日鉄住金八幡製鉄所の敷地と化している。

また、飛幡は「とばた」と読んで、手元の歌枕集には収められてはいないが、『**万葉集**』巻第十二の「ほととぎす飛幡の浦にしく波の　しばしば君を見むよしもがな（時鳥が飛ぶというではないが、その飛幡の浦に繰り返し寄せる波のように、しばしば重ねてあの方にお逢いできるきっかけがあったらなあ）」に詠み込まれる

飛幡八幡神社

歌枕である。

戸畑区役所近くには、記紀時代の伝承を伝える飛幡八幡神社があり、そこから県道二百七十一号・下到津《しもいとうづ》戸畑線を南西に一キロメートル程の夜宮《よみや》公園には、「ほととぎす……」の万葉歌の歌碑が建つ。

空に映え若戸を離《さ》きて朱の橋の　大渡川を跨ぎ横たふ
海と云ふ大渡川の橋の下　記紀の伝ふる宮の建ち居り
古くより若戸を結びし渡し舟　大渡川を今も往き戻る

戸畑区夜宮公園の歌碑

芦屋町

二、葦《葦》〔芦〕屋《あしや》（併せて同沖、同里）

嘉麻市と朝倉市の市境にある馬見山を源とし、ほぼ真北に流れる一級河川・遠賀川《おんが》が、響灘に流れ出る辺りが遠賀郡芦屋町である。古くには本州から博多に到る海路の中継港として、また中世以降は筑紫の産物が遠賀川の水運等で集められ、この地の港から各地に運ばれた。鉄道網が整備されるまでは、筑豊の炭田で産出する石炭も遠賀川を下り、ここから積み出されたという。

「芦屋」は「葦屋」とも記され、海人が居住した「葦の丸屋」に由来するという。

更には、万葉時代以前には「岡」と呼ばれたことは、前項に引用した『**日本書紀**』の記述や、あるいは、手元の歌枕集には収載されていないが、『**万葉集**』巻第七の「天霧《あまぎ》らひ《い》ひかた《〔日方〕》吹くらし水茎の　岡の湊に波立ちわた《〔渡〕》る」がこの地で詠まれたことなどで識ることができる。

遠賀川の河口近くの左岸には、多くの寺社が点在する。国道三号線の遠賀川橋西詰めを北に折れ、県

芦屋

岡湊神社正面

岡湊神社

なんじゃもんじゃの木

道二十七号・直方芦屋線を北進し、遠賀川支流の西川を渡ると、程なく岡湊《おかのみなと》神社の一の鳥居が見えてくる。

岡湊神社の主祭神は、共に崗浦《おかのうら》（遠賀川の河口沖）の神とされる大倉主命《おおくらぬしのみこと》と菟夫羅媛命《つぶらひめのみこと》であり、この両命については、『**日本書紀**』の**仲哀天皇**の条に記されている。為に創建は記紀時代以前と伝えられる。古くから崇敬を集め、中世には社領も広く、神宝も数多く有していたが、天正十四年（一五八六）の島津氏侵攻により全てが焼失、更に翌年の豊臣秀吉の九州平定の際、社領も没収されたという。正保二年（一六四五）に再興するも、昭和四年（一九二九）の大火災で再び焼失、同九年（一九三四）に再建されて今に続く。境内には、別名をナンジャモンジャと呼ばれるモクセイ科のヒトツバタゴが各地より寄贈され、その数二百本、四月下旬から五月上旬の開花期にはライトアップされる。

岡湊神社の北西百五十メートルほどに、寛元四年（一二四六）来日して帰化した宋の禅僧で、大覚派の祖である蘭渓道隆《らんけいどうりゅう》が開いたとされる禅寿寺がある。裏手は公園になっていて、二百年前に造られたという石塔が置かれ、樹齢は定かでないが大銀杏が植えられている。

ところで、『**古事記**』を紐解くと、**神武天皇**が東遷の途で「竺紫《つくし》の岡田宮に一年坐《いま》しき」とある。この岡田宮

禅寿寺

は、現在は航空自衛隊芦屋基地の滑走路となっている辺りにあったとされ、そのことに因んで神武天皇社が建てられた。昭和二十年（一九四五）に社殿が焼失し、その後ご神体は先述の岡湊神社に移されたが、平成十二年（二〇〇〇）に再建された。芦屋小学校の南東二百メートルほどに神武宮として建つ。

『名寄』、『松葉』に**源俊頼**の、「つくしふねうらみをつみてもとるには　あしやにねてそしらねをもなく」が載る。俊頼の私家集『散木奇歌集』には、「つくし舟うらみを摘みてもどるには　あしやに寝でもしゞねやはする」とある。「しゞね」は、「繁根（大くの根）」と「繁音（たいそう泣く）」が掛かっているとのこと（関根慶子・古屋孝子共著『散木奇歌集集注篇』下巻）、「蘆の繁根」の「蘆屋」には寝ないでも、こちらはひどく泣くのだとの意だという。また『松葉』には、「芦屋沖」、「芦屋里」と項を立て、**慈鎮**の歌が載せられる。

人や物運び流れし遠賀川　芦屋潤す響の灘に
記紀の代に開かれし宮盛衰の　史を背負ひて芦屋の里に
芦屋里に国を始むる皇の　坐《いま》しき跡と宮の建ち居り

神武宮

神武宮鳥居

三、垂間野橋《たるまののはし》（地図は「二、草《葦》（芦）屋」を参照）

貝原益軒の著した『筑前國續風土記』には、垂間野橋につき、「むかし蘆屋と山鹿の間、東西に渡せし往来の橋也。今はなし。」との記述がある。
更に益軒は、この地を詠み込んだ歌として、『名寄』、『松葉』に収められる「島つたひ《（伝）い》戸わたる《（渡）》舟のかちま《（楫間）》より　おつる《（落）》しつく《（雫）》やたるま《（垂間）》野のはし《（橋）》」を挙げる。作者は明らかにされていない。益軒の時代には舟渡りによる往来であり、「廣さ百二十五間餘あり。故に橋も長かりしとい ひ傳へたり。橋の下を大船通りしと云。」と解説し、先の歌の歌意が「此所によくかなへり」と評している。

「蘆屋の渡し場跡」石柱

旧船着場跡の係留用の石

　芦屋町役場前の道を北東に二百メートル、芦屋橋の手前を左に折れて、両側に民家の建ち並ぶ道を進むと、右に流れる遠賀川に通じる路地が何本かある。その一本の中程に、「垂間野橋の跡」の石柱が立っている。ただし、在るのは石柱のみで、橋の存在を明かす物は何も無い。目を凝らしつつ歩いたのだがつい見逃してしまい、地元のご婦人に案内を乞い、引き返してようやく辿り着いた。

「垂間野橋の跡』石柱

　また、芦屋橋の西詰めの、橋に向かって右側の歩道に「蘆屋の渡し場跡」の石柱が立つが、一方で、先の「垂間野橋の跡」の更に数本奥の路地を辿って遠賀川に向かうと、

かなや公園解説板と
二代目芦屋橋の親柱

堤防手前に川に沿って草地があり、その入口左右に円筒状の石が据えられている。先のご婦人によれば、ここが大正六年（一九一七）まで使われた船着場で、石は船を係留するためのものとのことである。「渡し場跡」の石柱と遺跡の場所の違いは、あるいは前者は、更に古い時代の跡なのであろうか。

ご婦人からは、幼少の頃は船着場の更に下流で、満ち潮の時を選んで（引き潮時は、海に向かう流れが速く、危険なため）子供達が川遊びをしたこと、あるいは、この地の商人は裕福で、その子孫は今に屋号を称することなどのお話を伺った。

ところで、二の「草〔芦〕屋」の項の冒頭に記したように、筑豊で産出された石炭は、近代の輸送手段が発現するまでは、遠賀川の水運を利用してこの地から各所に運ばれた。文政九年（一八二八）に石炭の芦屋会所が設置され、流域四郡の石炭の全ての取引を扱うようになった。天保八年（一八三七）には、福岡藩によって焚石《たきいし》会所と改称したという。その跡地には、これまた「福岡藩焚石會所跡」の石柱のみが立つ。

なお、現在の芦屋橋は、平成二十二年（二〇一〇）に架け替えられた三代目で、初代は大正六年（一九一七）に、二代目は昭和十五年（一九四〇）に開通したという。橋の西詰め右側の「かなや公園」の解説版の脇には、二代目の橋の親柱がある。

垂間野の橋跡探《さが》し川沿ひの　道歩みたり行きつ戻りつ

「福岡藩焚石會所跡」石柱

船着場の石柱一基垂間野の　橋架かりたる川の岸辺に
川渡る船繋ぎたる石と見る　垂間野の橋在りし近くに

四、浪《なみ》〔波〕懸岸《かけのきし》（併せて同浦）

（地図は「二、葦《葦》〔芦〕屋」を参照）

『名寄』、『松葉』に、「我《我が》袖のぬ《〔濡〕》るゝをなに《〔何〕》ゝたとへ《〔例〕え》まし　なみかけ《〔浪懸〕》の岸世にな《〔無〕》かりせは《ば》」が載る。出展は**懐中抄**である。更に『松葉』には、何れも『**夫木和歌抄**』を出典として、**平祐挙**《すけたか》の「松のね《〔根〕》にあらは《〔洗〕わ》れにけり年をへ《〔経〕》て　いかて《〔如何〕で》くつれ《〔崩〕》ぬ波かけ《〔懸〕》の岸」、**藤原高遠**《たかとう》の「波かけ《〔懸〕》のうら《〔浦〕》のねさめ《〔寝覚〕》にいとゝ《ど》しく　物思ひそふ《い〔添?〕》る雁かね《が〔音〕》のこゑ《〔声〕》」が収められる。

国道四百九十五号線、別名ひびき茜ラインは、「一、大渡川」で紹介した若戸トンネル東詰めから海岸沿いを西に向かい、芦屋町中心部を通って岡垣町、宗像市、福津市、古賀市、新宮町を経て、ＪＲ香椎駅の北で国道三号線に合流するが、遠賀川を河口付近の芦屋橋で渡る。その芦屋橋のさらに河口側五百メートルに、平成十三年（二〇〇一）三月十五日開通の「なみかけ大橋」が優美な姿を見せている。

そのなみかけ大橋の東の袂から北に向かって、切り立った海崖が続く。歌枕「浪懸岸」である。西には響灘が広がり、特に冬季は西北からの季節風が直撃し、波浪が岸を洗う。まさに名に違わぬ様相であろう。

なみかけ大橋

なみかけ大橋から浪懸岸を望む

魚見山展望台の万葉歌碑

海岸の波打ち際には、全長二千七百メートルの「なみかけ遊歩道」が巡っている。

大橋に近い海崖の上には国民宿舎「マリンテラスあしや」が建ち、その北側に標高四十一メートルの魚見山が横たわる。国民宿舎自体が標高三十メートル余りと察せられ、山頂近くの展望台へは一息である。展望台からの眺望は素晴らしく、足下には大橋の全景を見ることが出来る。一角には、二の「葦《葦》〔芦〕屋」で記した、『**万葉集**』巻第七の「天霧《あまぎ》らひ日《い》かた《〔方〕》吹くらし水茎の　岡のみなと《〔湊〕》に浪立ち渡る」の歌碑が建つ。「天霧らふ」は、「天霧る」の未然形に上代の反復・継続の助動詞「ふ」がついた詞で、霧で空が一面に曇る意。「日方」は太陽のある方から吹く風の意で東風のこと。「水茎の」は「岡」にかかる枕詞。

歌意は「今にも空がかき曇って日方風が吹いてくるらしい。岡の港に波が一面に立っている」である。

魚見山の北の国道四百九十号線沿いに、資料室、茶室、工房、そして美しい日本庭園を備えた「芦屋釜の里」が落ち着いた佇まいを見せる。この地では、鎌倉時代後期から桃山時代にかけて優れた茶釜が鋳造され、栃木県の天命釜と並んで珍重された。館内には多くの作品が展示されていて、茶道を嗜まない筆者でさえ、落ち着いた形、肌模様を美しいと感じた。

浪懸の岸に寄る波西風に　吹きつけられて激しかりしか

芦屋釜の里

芦屋釜

響灘見渡し建てる碑の一基　浪懸岸に続く丘の上
古の匠の技の並び居る　芦屋釜の里館浪懸岸に

岡垣町

五、鶉《鶉》〔鶉《うずら》〕〈ノ〉浜《はま》〔濱〕

波津海岸（鶉浜）

芦屋町西部の芦屋海岸から岡垣町内浦《うつら》の波《は》津《つ》海岸に至る海岸線は、内浦浜と呼ばれる約七キロメートルの美しい砂浜が続く。古くには鶉浜とも呼ばれ、歌枕の地である。「鶉」と「内浦」、旧仮名遣いでは濁点が無く、表記が同一となり、比定を裏付ける。『名寄』、『松葉』には、この地を詠み込んだ**藤原高遠**の、「かり《〔仮〕》にとはおも《〔思〕》は《わ》ぬ旅をいか《〔如何〕》なれは《ば》うつらはま《〔鶉浜〕》をは《ば》ゆき《〔行〕》くら《〔暮〕》すなん」が収められる。高遠は寛弘元年

岡垣町

長源寺

垂見峠

（一〇〇四）太宰大弐に任ぜられて九州に下向している。恐らくはその赴任の旅の途に、この地で詠んだのであろう。

また『**平家物語**』には、「たるみ山、鶉浜なンどといふ峨々たる嶮難をしのぎ、渺々たる平沙へぞおもむき給ふ」の記述がある。寿永二年（一一八二）、平氏は源義仲に都を追われ、一旦は大宰府に拠を置くが、豊後国守の追討に遭い、再び京への道を辿って、この地を通ったのである。現在の景観からは「峨々たる」の形容は不似合いであるが、当時の海岸線は今より遥に内陸にあったとのこと、多くの土砂が堆積する以前の景観であったのであろう。この記述中の「たるみ山」は、岡垣町と宗像市との境の垂見峠（標高百八メートル）を指す。古くには大宰府と京を結ぶ街道が、そして今は国道四百九十五号線が通う。

垂見峠から国道を北に下ると、左手の山裾に小ざっぱりとした長源寺が建つ。谷阿上人が開祖とされ、寺前の石柱に「開創仁治三年（一二四二年―筆者注）」の記載がある。

また、海に面した内浦の集落に、創建が古いという若宮神社があると聞き、路地を行きつ戻りつしながら辿り着いた。内浦小

若宮神社

小学校グランドに続く
若宮神社参道

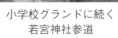

大原神社（旧妙見社）

樹齢600年の大銀杏

学校の校庭の北隅にひっそりと建っている。
　国道四百九十五号線と芹田で交差する県道三百号・岡垣玄海線を、北西に曲がって一キロメートル足らずの左手の坂の上に、明治までは妙見社、今は大原神社と称する小振りの社殿が静かに建っている。慶長年間（一五九六～一六一四）に、福岡初代藩主黒田長政により、居城福岡城の鬼門鎮護の祈祷所として建てられたという。社殿の前には、町指定文化財の樹齢六百年の大銀杏が枝を広げている。
　歌枕の浜からは少し離れるが、先の交差点から県道二百八十八号・原海老津《はらえびつ》線を南東に進み、岡垣町役場近くの東高倉交差点で右折して県道二百九十一号・野間須恵線をしばらく行くと、右手の林間に高倉神社の社殿が見えてくる。創建は**神功皇后**の御世とのこと、境内には皇后のお手植えとされる（真偽不明）綾杉が、二度の焼失の危機を乗り越えて今に命を伝えている。祭神は二の「葦《葦》〔芦〕屋」で紹介した岡湊神社と同じく、大倉主命《おおくらぬしのみこと》と菟夫羅媛命《つぶらひめのみこと》である。古くには当社は岡湊神社の上宮であったとのことである。

綾杉

高倉神社社殿

武士《もののふ》も険しきと見し鶚浜　今平らかな白砂の続く

古き宮の人知れず建つ鶉浜　田浦小学校の校庭を訪ふ
由緒ある宮詣りたり鶉浜に　向かふ道の途雅楽の音を聞き

宗像市

六、金《かねの》〈ノ〉御崎《みさき》

鐘ノ岬

前項で述べた岡垣町内浦《うつら》の芹田交差点から西北に向かう県道三百号・岡垣玄海線は、程なく右手に響灘を望む海岸沿いを走る。そのまま道なりに進むと、西に向きを変えて宗像市に入る。県道はバス停「県住口」あたりで南に折れるが、そのまま一般道を直進すると、宗像市鐘崎の京泊《きょうどまり》地区に出る。その西北の突端が鐘ノ岬、歌枕の「金御崎」である。この岬によって東の響灘、西の玄界灘が分かたれる。

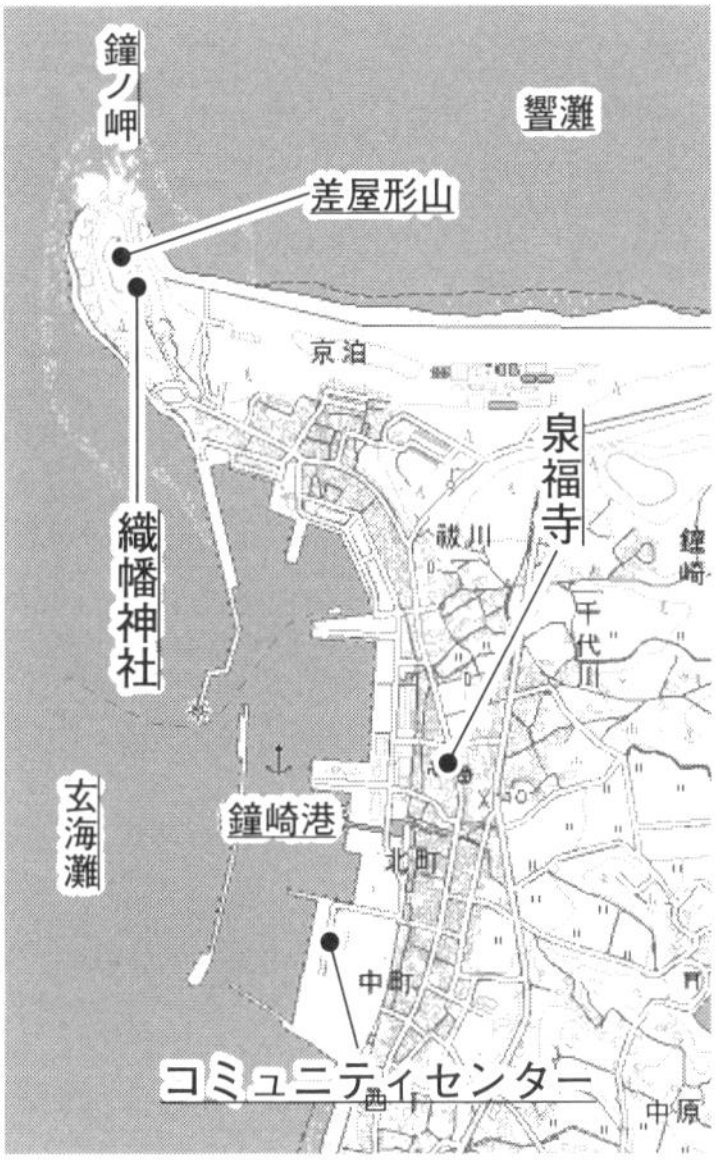

宗像市

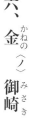

鐘崎漁港（佐屋形山が見える）

鐘ノ岬から見る沖合の地島、大島

岬を守るように聳える佐屋形山（次項の歌枕）中腹の、織幡神社（次項記述）前の広場から防波堤沿いに舗装された遊歩道が整備されている。その道は岬を巡ってはおらず、半ばで崖に阻まれて突然に途切れていて、岬のほぼ突端であろうと想像した。眼前には地島《じのしま》、その先には大島（八、「名児山」記載）が浮かぶ。

『万葉集』巻第七の「ちはやぶる鐘の岬を過ぎぬとも　我は忘れじ志賀《しか》のすめ神（神が怒り荒れる鐘の岬を漕ぎ過ぎてしまったとしても、私達は志賀にいる守り神のことを忘れない）」が、『能因』、『名寄』、『松葉』に収められる。他にも**源俊頼**、**逍遥院**即ち**三条西実隆**などの歌人がこの地を詠んでいる。

なお『能因』には、**『万葉集』**巻第十六の「沖つ鳥鴨とい〔云〕《う》ふ船は也良《やら》の崎　廻《た》みて漕ぎ来《く》と聞こえ来ぬかも」が収載されるが、誤載であり、二十七の「也良〈能・ノ〉崎」で『名寄』が載せている。

鐘崎近海は福岡県有数の漁場であり、天然トラフグ、玄ちゃんアジ、イカや、海藻類など水揚げ量は多く、とりわけフグは、下関南風《はえ》泊《どまり》市場の扱い量の三割を占め、最高級の評価を受けている。鐘崎港には、百艘は優に超える漁船が係留されていて、水揚げ時の活気はさぞかしと想像した。

また、この地の先人は鐘崎海人と呼ばれ、出稼ぎ地は壱岐、対馬、長門から、遠く能登にまで及び、分村も作られたという。とりわけ海女については発祥の地とされ

岬地区コミュニティーセンター

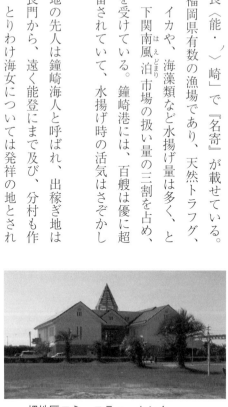

ている。

漁港の近くの宗像市民族資料館には、鐘崎の漁業の歴史を知る展示がされていると聞き、探し訪ねたが、残念ながら数年前に「岬地区コミュニティーセンター」と改称し、展示資料は、宗像大社辺津宮近くの「海の道むなかた館」に移されたとのことであった。ただし、建物はそのまま使われていて、夏の青空に映える白壁が目に沁みた。

玄海と響の灘を裂きて立つ　鐘御崎を荒波洗ふ
鐘御崎巡れる道を辿り来ぬ　波音聞きつつ地島眺めて
道阻む崖を目にして定めたり　古歌に詠まれし鐘御崎ここと

七、佐屋形山《さやかたやま》（地図は「六、金〈ノ〉御崎」を参照）

『類字』、『松葉』には、**『後拾遺和歌集』**から「穴し《じ》吹《吹く》迫門《せと》の塩あひ《（間）》に舟出して早くそ《ぞ》過る《過ぐ》さや《（佐屋）》形山を」が収められる。詠者は同集の編者の**藤原通俊**である。「穴じ」は西北の季節風、「塩間」は潮の満ち合う場所、あるいはちょうど良い潮時のことである。歌意は「西北の風が吹く海峡の、ちょうど良い頃合に船出して、早くも佐屋形山の辺りを過ぎてゆく」であろうか。

前項で述べたように、佐屋形山は、鐘ノ岬の手前に聳える標高五十メートルの小山である。地図を見れば明らかな如く、玄界灘を往来する船にとって、この山は格

佐屋形山と織幡神社の鳥居

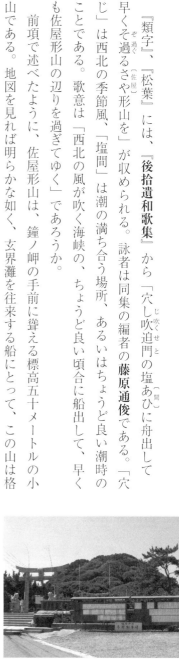

泉福寺本堂

織幡神社拝殿

好の目標であったに違いない。

　麓近くの中腹には、織幡神社が鎮座する。主祭神は**武内宿祢**《たけ（の）うちのすくね》で、**延喜式**神名帳に記載があることから、創建は十世紀以前であったのは間違いない。社殿も社庭も整備されていて心が落ち着く。社名については宿祢がこの地で幡を織り、三韓征伐に帯同したとの伝えが残る故とされる。

　また、今から千四百年前、貢物として朝鮮半島から運ばれてきた大鐘が、岬の突端で海中に没したとされ、前項の鐘御崎の名の由来とされる。古来、幾度か引き上げを試みたが成らず、ついに大正九年（一九二〇）、山本菊次郎氏が巨額の費用をつぎ込んで成功した。が、なんと引き上げて見れば巨岩であった。今その岩は、記念として神社の入口近くに据えられている。また、前項で述べたように、この地は海女発祥の地とされ、それを後世に伝える海女像も建てられている。

県指定の天然記念物の榎

　鐘崎地区内を南北に走る県道三百号・岡垣玄海線の直ぐ西を併走する一般道に面して、浄土宗泉福寺が建つ。

沈鐘とされる巨石

海女の像

法然上人の弟子で、西山浄土宗総本山光明寺第三世住持の幸阿上人が九州行脚中、天福元年（一二三三）この地で錫杖を止め、念仏教化の庵を結んだのを開基とする。元和二年（一六一六）に現在地に遷された。住宅地の中の本堂は、昭和五十一年（一九七六）に再建された鉄筋コンクリート造りで、新しいが落ち着きがある。

この地に移転の際、多くの記念樹が移植されたが以後風雨災害で姿を消し、唯一榎が残り、これも枯死寸前に陥ったが、樹木医の手当てにより救われて、平成十一年（一九九九）県指定の天然記念物に登録された。樹齢四百年を超えた姿を、本堂前にコンクリート製の囲みに守られて見せている。

大島航路から見る佐屋形山

玄界の荒波寄するを見下ろして　海路導く佐屋の形山
古の幡織る伝への残り居り　佐屋形山の裾の社に
四百年を佐屋形山を仰きつつ　榎残れり泉福寺の庭に

八、名児山《なごやま》

響灘に沿って、北九州市若松区と福岡市東区を結ぶ国道四百九十五号線（通称「ひびき茜ライン」）が福津市に入ってしばらくすると、桂区で東に向かって県道五百二号・玄海田島福津線が分岐する。その辺りから直線距離で七百メートルほどであろうか、標高百六十五メートルの名児山が聳える。地元では「なごちやま」と呼ぶという。

宗像市桂区付近からの名児山

宗像市名児山

天平二年（七三〇）、大宰帥として筑紫に在った**大伴旅人**は、大納言に任ぜられ帰京するが、やはり筑紫に在った異母妹の**坂上郎女**も一足先に京へ向かい、その途で、「大汝《おおむじな》　少彦名《すくなひこな》の　神こそは　名付けそめけめ　名のみを　名児山と負ひて　我が恋の　千重の一重も　慰めなくに」の長歌（『**万葉集**』巻第六）を詠んでいる。大汝は**大国主命**の別称で、歌意は「名児山は、**大国主命**と**少彦名命**が始めて名付けたというが、慰《なご》むに通じる名児山という名を負っているのに、私の恋の苦しみの千に一つも慰めてはくれない」である。この歌の下五句が『能因』、『名寄』、『松葉』に載せられる。郎女の帰路については数説あるが、その一つに、この山地を横切るのに、名児山の南の道を通ったとする説がある。先に述べた県道五百二号の更に南に在ったという。

県道が分岐する交叉点の一本南の道を左に折れると、程なく左手に酒田社が見えて来る。そのまま東進し、眼前に現れた大現寺池の土手沿いの道を巡ると、「万葉古道　名児山越」の案内標識がある。今は人の通わぬこの道を、郎女は誰への恋

酒田社

大現寺池

「万葉古道名児山越」の標識

心を抱きながら京への歩みを進めたのだろうか。

名児山の北東約一・五キロメートル、釣川の左岸には宗像大社が鎮座する。

『古事記』の「**天照大神**《あまてらすおおみかみ》と**素戔鳴尊**《すさのおのみこと》」の条には、大神が最初に三柱の女神を生んだとある。即ち、多紀理毘売命《たきりびめのみこと》（亦の御名は奥津島比売命《おきつしまひめのみこと》）、市寸島比売命《いちきしまひめのみこと》（亦の御名は狭依毘売命《さよりびめのみこと》）、多岐都比売命《たきつひめのみこと》である。更に「多紀理毘売命は胸形《むなかた》の奥つ宮《ぐう》に坐《いま》す。次に市寸島比売命は、胸形の中つ宮に坐す。次に田寸津比売命《たきつひめのみこと》（何故か先の記述と同音異字）は、胸形の辺《へ》つ宮に坐す」と記している。ただし、大社の由緒書きには順に、田心姫神《たごるひめのかみ》、湍津姫神《たぎつひめのかみ》、市杵島姫神《いちきしまひめのかみ》と記される。

実は宗像大社とは、沖津宮、中津宮、辺津宮《へつぐう》の総称で、沖津宮は玄界灘西方約六十キロメートルに浮かぶ沖ノ島に、中津宮は神湊《こうのみなと》の北西六・五キロメートルの、福岡県最大の島・大島に、そして九州本島、名児山の北東、宗像市田島に建つのが辺津宮である。

沖ノ島には訪れなかったが、島自体がご神体で、女人のみならず神官以外の男性も禁制とのこと、年に一度、五月に全国公募して海上からの参詣ツアーが行われるという。宮の管理は、辺津宮から神官が交代で渡って当るという。ために古来より一木一草の持ち出しもなく、国内外の交易品の数々が盗掘されることなく状態が保たれ、またその種類も数も豊富で、「海の正倉院」と称される。

神湊から宗像市渡船の旅客船で十五分、フェリーでも二十五分で大島の湊

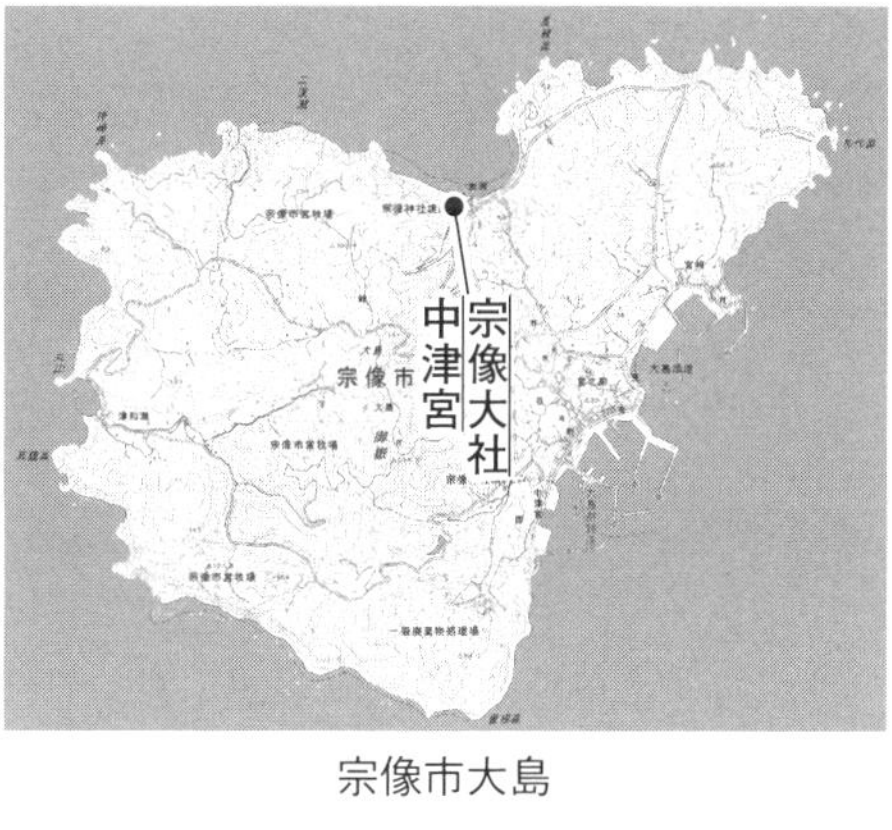

宗像市大島

中津宮一の鳥居

大島全景

中津宮拝殿

に着く。湊の直ぐ南に中津宮が建つ。辺津宮の拝殿よりやや小振りではあるが、神々しさは引けをとらない。

県道六十九号・宗像玄海線に沿って建つ辺津宮は、五間社流造柿葺の本殿も、切妻入造柿葺の拝殿も立派な構えで、共に国指定の重要文化財である。とりわけ本殿は、前屋根と後屋根の長さが異なり、特異な形がまた美しい。社殿の左手奥の神宝舘の駐車場の一角には、万葉歌「ちはやふる……（「六、金御崎」記載）と「大汝少彦名の……（本項先載）」の二首を刻んだ石碑一基が据えられている。

なお、沖ノ島、大島は、共に朝鮮半島との航路上の重要な島で、それ故宗像大社は海上交通の安全の神として、古くから信仰を集めてきた。今は広く交通安全の神として崇められている。

なお、平成二十九年（二〇一七）七月九日、宗像三宮を

宗像大社辺津宮拝殿

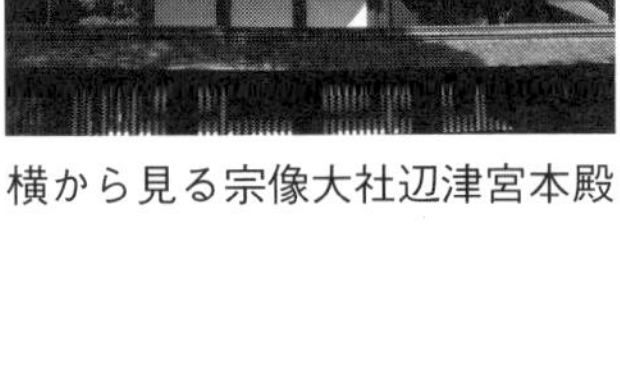
横から見る宗像大社辺津宮本殿

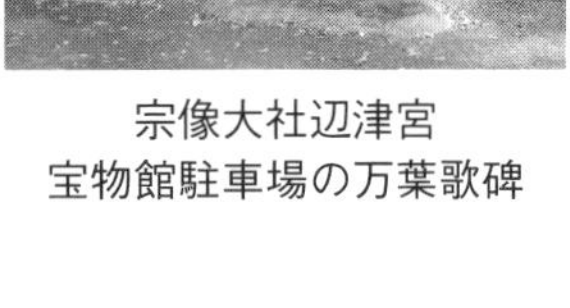
宗像大社辺津宮
宝物館駐車場の万葉歌碑

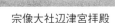

含む「神宿る島」宗像・沖ノ島関連遺跡群が、ユネスコ世界遺産に登録されたのは耳新しい。

彼方此方を走り巡れり名児山の　山の姿を探し求めて
木々覆ふ池の岸辺に通ひ居り　名児山越ゆる古き道跡
名児山を越え詣でたる宗像の　大社の社殿神々しくてあり

九、宗像山《むなかたやま》

宗像山を読み込んだ歌は、唯一『松葉』に、出典を『名寄』として「つくし《筑紫》なるむなかた《宗像》山の西にすむ《住》をきな《翁》を君と我をこそいへ《言》」のみである。原歌の収められる歌集、詠み人は全く不明である。

この宗像山については、地図にも、また手にした地名辞典にも項が無いが、『和歌の歌枕・地名大辞典』には、「宗像山は、宗像市と宗像市玄海町、福津市津尾崎・福間の地域にある山の意か」と解説する。

玄海町は、昭和三十年（一九五五）に神湊《こうのみなと》町、田島村、池野村、岬村が合併して発足、平成十五年（二〇〇三）宗像

宗像市と福津市の市境山域

市と合併して消滅した。神湊、田島は、市の町名として残り、時の玄海町役場が現在の宗像市江口にあったこと、玄海小学校、中学校が今も存在することから、大方の町域が推定できる。宗像市と福津市との市境の北部である。

また、津尾崎、福間は、同じ市堺の南部近くに位置している。

このことから、『和歌の歌枕・地名大辞典』が説く宗像山は特定の山ではなく、宗像市と福津市との境界を形成する、前項の名児山を始め、大石山（百七十八・八メートル）、対馬見山《つしまみ》（二百四十三メートル）、在自山《あらじ》（二百三十五・二メートル）、宮地山（百八十メートル）などが並ぶ、南北に横たわる山域を指すと思われるが、これ以上の考察には至らずやや物足りない。在自、宮地の二山については、次々項の「有〔在〕千潟」で紹介する。

宗像市福岡教育大付近

一方、『筑前國續風土記』は、宗像山につき「赤間村の上なる蘿《つた》か岳を云」と比定する。手元の地図では、蘿か岳は確認できないが、『續風土記』の続く記載に、蘿か岳は「楞嚴寺に属せり」、「今はりうげんじと云」とあり、また、平等寺村の上山と蘿か岳の間の道を「石とうけ」と言うともある。「りうげんじ（陵厳寺《りょうげんじ》）」、「平等寺」共に、宗像市の町名として現存し、平等寺の東の岡垣町との堺には「石峠」も実在する。また平等寺集落には、鉄筋

城山

コンクリート造りの本堂を有する「平等寺」が建つ。以上から類推するに、**貝原益軒**が比定した宗像山（蘿か岳）は、国道三号線に県道六十九号・宗像玄海線が合流する地点の東にある、福岡教育大の一キロメートル北東に聳える標高三百六十九・三メートルの城山と確信し、筆者は益軒説に依ることとした。

宗像の山漠として決め難く　北へ南へと証求めり
南北に市を二分して立つ連山を　宗像山と思ふべきかと
行く前《さき》の優しき山容宗像の　山と信じて写真を撮りぬ

平等寺

福津市

十、桂《かつら》潟《がた》

『名寄』には、「秋の夜のしほひ〔潮干〕の月のかつらかた〔桂潟〕　山まて《で》つ〔続〕ゝく海の中道」が載る。『名寄』に記載は無いが、詠者は、**後鳥羽院**の信任も厚く、また**藤原定家**と親密であった後京極摂政、即ち**九条良経**である。

福津市の北端の勝浦港から南に向かって四キロメートルほどであろうか、美しい砂浜が広がり、さらに同市渡の白石浜へと続く。勝浦浜である。三世紀、半島に遠征して三韓を破った**神功皇后**は、帰途、この地に上陸したとされ、それ故の地名とされる。一般には「かつら」と呼ぶが、「かつら」とも呼ばれるとのこと、更に同音異字を

勝浦浜

福津市勝浦

用いての歌枕「桂潟」である。十七世紀より新田開発のため干拓されたが、海岸線は、古くには現在よりも東に位置し、一帯は干潟であった。また、干拓後の現在の海岸沿いには松林が続き、年毛《としも》松原と称するが、干拓以前は陸に繋がる砂洲で、冒頭の歌中に詠まれている様に、「海の中道」と呼ばれた。

勝浦浜の浜際に年毛神社が坐す。神功皇后《じんぐうこうごう》が志賀《しか》大明神、住吉大明神を祀ったのを起源とするというから、創建から千六百年を経たことになる。なお、江戸中期に、塩田開発が行われ、塩竈大明神が新たに合祀され今に続く。

年毛神社の南東、国道四百九十五号線沿いに、硬式対応の野球場、テニスコート、子ども広場などを備えた「あんずの里運動公園」がある。標高七十五メートルの展望園地からの玄界灘の眺望は素晴らしい。ふれあいの館の東側の丘には、八の「名児山」に載せた**大伴坂上郎女**《おおとものさかのうえのいらつめ》の長歌の碑が建つ。

地図を眺めると、国道四百九十五号線から県道

年毛神社拝殿

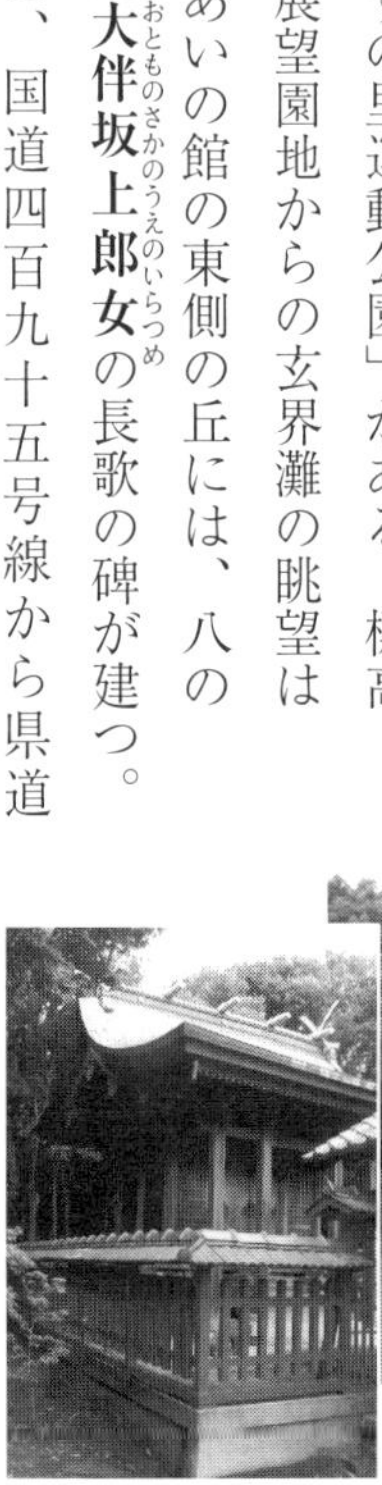

年毛神社本殿

万葉歌碑

「あんずの里運動公園」入口

五百二号・玄海田島福間線が分岐する桂区交差点（八、記載）の直ぐ西に空間神社とあり、「そらま」と読むのか、或は「くうかん」なのかと、興味を惹かれて立ち寄った。正しくは「こが」と読む。本来は「空閑」と記述するらしい。祭神は、先の年毛神社と同じく、志賀、住吉、塩竈の三神である。何時の時代かは判らないが、年毛神社から三神を勧請して建てられ、そちらを「浜の宮」、こちらを「陸の宮」と称したという。

なお、現在「海の中道」として広く知られているのは、福岡市東区の奈多《なた》から志賀《しか》島を結ぶ砂嘴である。しかし、桂潟との位置関係からして、こちらに比定するのには無理があろう。志賀島の手前は幅が特に狭く、満潮時には海水で洗われることがあるため、道切《みちぎれ》、あるいは満切と呼ばれ、昭和六年（一九三一）に全長二百五メートルの志賀島橋が架けられた。平成二十二年（二〇一〇）には新橋に架け替えられた。

桂潟続く白砂と青松に　寄せ来る波の音の清かに
公園に桂の潟を見下ろして　万葉の歌碑一基建ち居り
筑前に神功皇后の事跡数多　ここ桂潟にも年毛神社在り

空間神社

十一、有《あり》〔在〕千潟《ちがた》

貝原益軒の記した『筑前國續風土記』の「有千潟」の項には、「荒司村の北、津屋崎の間、むかしはかたなり。近年田と成る」とあり、『能因』、『名寄』、『松葉』に挙げられる『**万葉集**』巻第十二の「在千潟あり慰めて行かめども　家なる妹いいふかしみせむ」を歌枕歌としている（「有千潟ありなく覚めてゆかめども　家なる妹やいぶかしみせん」と改変されているが）。なお、「ありち」の表記は、在千、有千、有智、荒司など、また読みにしても、ありち、ありじ、あらち、あらじ等々、多くを数える。

国道四百九十五号線は、福津市北端の勝浦から東に山並（「九、宗像山」の第一候補の山域）、西に玄界灘に続く平地（「十、「桂潟」の干潟跡）を見ながら、市の中央部をほぼ南に通う。五・五キロメートルほど走ると、右側が津屋崎、左側が在自《あらじ》である。現在は平野となっているが、桂潟と同様、古くには干潟であったのだろう。

福津市在自

在自の東に、天蓋山《あまがいやま》（あるいは「あまおいざん」）とも呼ばれる、標高二百三十五・二メートルの在自《あらじ》山が聳える。西北西の麓には、**大物主神**《おおものぬしのかみ》、**応神天皇**、**仁徳天皇**、**神功皇后**《じんぐうこうごう》、大己貴命《おおなむちのみこと》（**大国主**

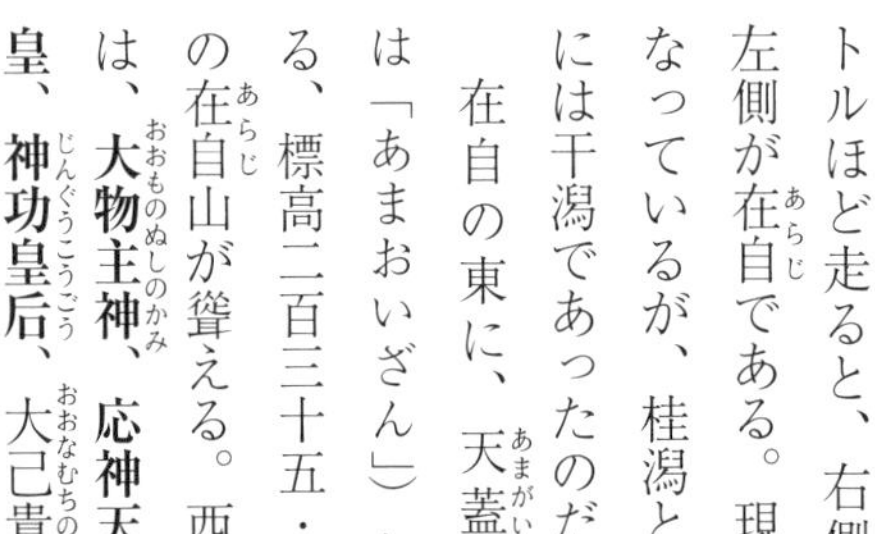
在自山全景

古宮遥拝所から見た
天蓋山（在自山）

「天蓋山古宮遥拝所」
の石板

在自山麓の金刀比羅神社

命の別称）、**少彦名命**《すくなひこなのみこと》、**大海津美命**《おおわたつみのみこと》と、神々の大所を並べ揃えて祭神とする金刀比羅神社が鎮座する。古い時代の宮は天蓋山の頂にあり、遥拝所から幽かに見ることが出来る。この神社の秋季大祭は九月九日に行われ、筑紫路では最も早い秋祭りである。五穀豊穣を祈願して、大名行列如きの行列が津屋崎天神町のお旅所まで、約二キロメートルを練り歩くとのことである。

在自山の南に、連なるように標高百八十・七メートルの宮地山があり、その麓に宮地嶽神社が建つ。ご由緒によれば、創建は約千六百年前、**神功皇后が**渡韓の折、宮地山山頂に祭壇を設けて戦勝を祈願したことから、皇后の功績を讃え、主祭神として奉斎したことに始まるという。福岡地方では、太宰府市の太宰府天満宮、福岡市東区の筥崎宮とならんで、正月の初詣の「三社参り」の一社とされる。正月三が日の参拝客は、太宰府天満宮の二百十万人に次いで、九州第二位の百十万人に及ぶという。

ここには「三つの日本一」と言われる物がある。一つ目は拝殿正面の、長さ十三・五メートル、重さ三・五トンの

宮地嶽神社山門

宮地嶽神社拝殿の大注連縄

大注連縄、二つ目は直径二・二メートルの大太鼓、三つ目は重さ四百五十キログラムの大鈴である。なお、出雲大社の出雲大社教神楽殿の注連縄も同じ長さであり、筆者の先著『歌人が巡る中国の歌枕・山陰編』で日本一と紹介した。何れが日本一かの詮索は無用であり、どちらも参詣する人を圧する迫力である。

在自山の西方に星ヶ丘団地があるが、この団地の中央公園には、昭和五十三年（一九七八）に建てられた、冒頭に記した万葉歌の碑がある。

有千潟見下ろす山に神数多　祀れる宮の奥の院在り
昔日は波打ち寄せる有千潟　今埋め立てて田の広がれり
いと太き注連縄張りて史長き　宮の建ち居り有千潟近く

十二、美能《みの》〔蓑〕宇浦《うのうら》（併せて同浜）

ＪＲ鹿児島本線の福間駅の直ぐ南に、西郷川が流れる。福津市本木《もとぎ》に源を発し、ほぼ真西に流れ、西福間で玄界灘に注ぐ約十キロメートルの二級河川である。その西郷川河口右岸の福間漁港の北の、約三キロメートルの白砂青松の海岸が福間浦である。「西日本の湘南」とも評され、マリンスポーツ、とりわけウィンドサーフィンのメッカとして名高い。訪れたのは祝日の「海の日」、早朝にもかかわらず、既

福間海岸

星ヶ丘団地の万葉歌碑

福間駅付近

に多くの家族連れやカップルの海水浴客が浜遊びに興じていた。

この一帯は古来より蓑生浦と呼ばれ、「うつせ貝」共々歌に詠まれた。『**続後拾遺和歌集**』に、馬内侍の「うかりける身のうの浦のうつせ貝　むなしき名のみたつは聞きつや」が収められるが、これが『名寄』、『類字』、『松葉』に歌枕歌として挙げられている。

なお、「うつせ貝」とは、「空貝」あるいは「虚貝」と書き、浜に打ち寄せられた貝殻のことを言う。和歌では「実なし」、「むなし」、「あはず」や、同音の反復で「うつし心」などを導く序詞に用いられる。

浦に近い西福間に和田津見神社があると知り、名前に惹かれて訪ねた。が、住宅地の路地の一角に二メートル程の高さの鳥居が二基並び、それぞれの奥に小さな祠があるのみである。左が和田津見神社、右が境内社の恵比須神社である。和田津見神社の祭神は少童命《わたつみのみこと》、地元では「竜宮様」と親しまれる船の神様である。

また同じ町内には、日蓮宗妙円寺もあり、こざっぱりとした構えを見せている。

さらに、西郷川に架かる旭橋北詰から県道九十七号・福間宗像玄海線を北に暫く

妙円寺

左　和田津見神社　　右　恵比須神社

諏訪神社

進むと、右手に諏訪神社が鎮座する。福間の氏神である。「宝永六年創立」の文字が読み取れる石柱の奥、十段余りの石段を上がった正面に社殿が姿を見せている。ここには福岡県有形民俗文化財に指定される「福間浦鰯網漁絵馬」（非公開）などの大絵馬が奉納されているとのこと、同絵馬には四百八十人もの人が描かれているとあり、福間浦では、少なくとも江戸時代には鰯漁（地引網漁？）で賑ったと想像される。境内南には、旧福間町役場庁舎に、スーパー銭湯「諏訪の湯」が営業している。神社の境内というのも、旧役場庁舎の建物を再利用したというのも珍しい。

県道を挟んだ東には、住宅地の一角にしては比較的広い敷地を有する大善寺が伽藍を構える。大きな本堂は、火灯窓のデザインが珍しく、白壁や柱組みとのバランスも良く、他の寺には無い美しい構えである。滋覚大師**円仁**の作と伝えられる仏像を本尊としていると言う。

美能宇浦の時経て今は若人の　集ひ来たりて波と戯る

鰯漁の賑はひ描く絵馬残る　美能宇の浦の社秘め持つ

珍しか美能宇浦なる浜町の　役場の跡は湯屋に代はりて

大善寺

新宮町

十三、阿倍嶋《あべのしま》

『松葉』に、『**夫木和歌抄**』を出典として「かしゐ《〔香椎〕》潟夕きり《〔霧〕》かくれ《〔隠〕》漕く《漕ぎ〔来〕》れは《ば》　あへ《〔阿倍〕》の嶋わ《〔廻〕》に千鳥しはなく《〔鳴〕》」が載る。詠者は平安末期から鎌倉初期に、八十歳を越えるまで歌壇で活躍した**小侍従**である。

新宮漁港の北西約七・五キロメートルに、周囲八キロメートル、面積約一・二五平方キロメートルの相島《あいのしま》が浮かぶ。歌枕「阿倍嶋」である。

相島全景

そこかしこに猫が

相島には、新宮漁港から町営渡船が通い、約二十分で相島漁港に着く。島内にバスの便やタクシーがなく、レンタサイクルも備えられてはおらず、巡るには徒歩による。

港に着いてまず目に付くのは

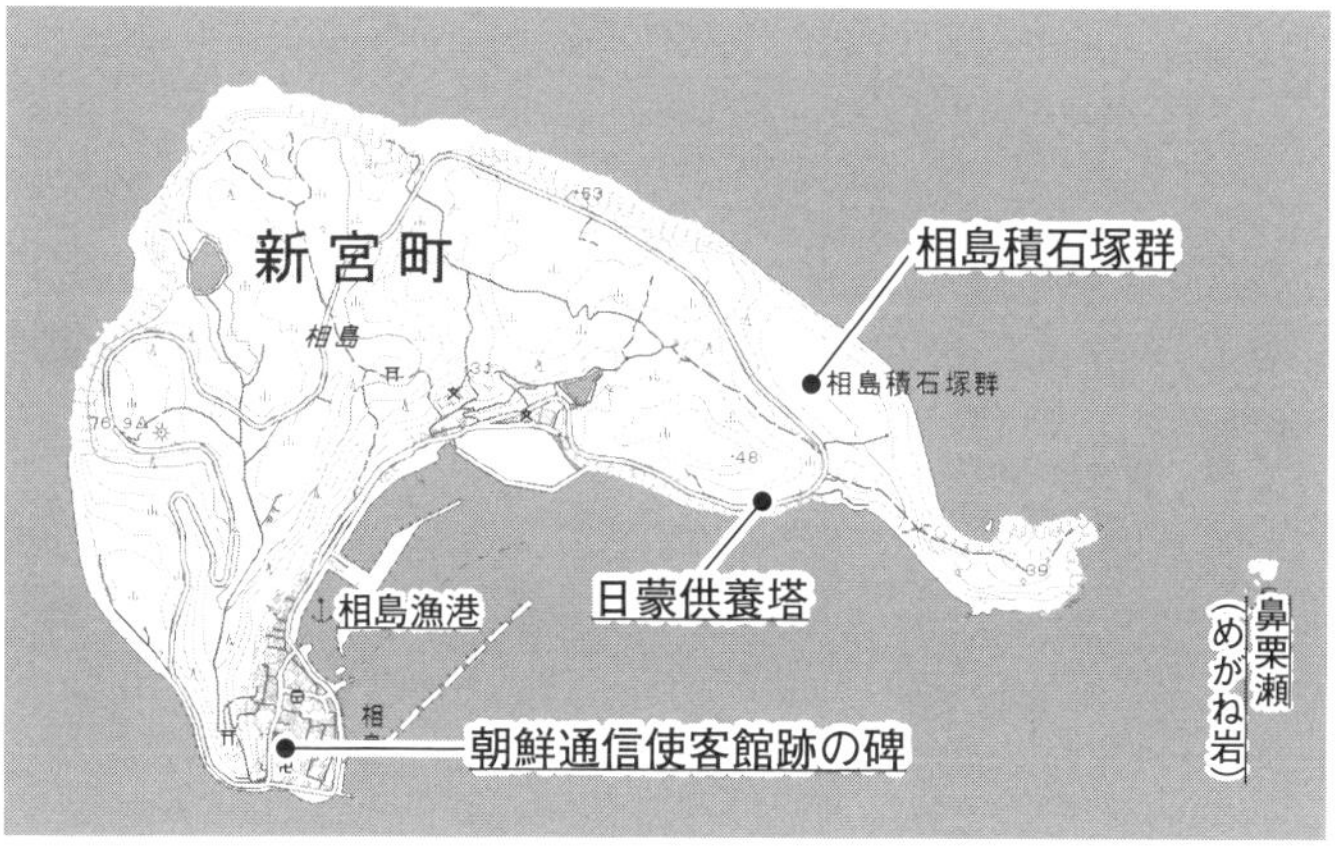

相島

積石塚群

めがね岩

猫である。家の軒先、防波堤の上、自動車の下など至る所で我が物顔に振舞っている。どう見ても住む人より数が多い。それでも渡船の待合所には、子猫の引き取り先を探すチラシが掲げられていて微笑ましい。

島の東岸には、日本を代表する積石塚群がある。約五百メートルにわたる礫丘に、四世紀終りから六世紀にかけて造られた二百五十四基の石積みの古墳が連なる。墳墓の主などは明らかではないが、ここから出土した副葬品には韓国系の須恵器など貴重なものも含まれ、国指定の史跡となっている。

この島は、玄武岩で形成され、海蝕された海岸は奇景織り成し、目に飽くことが無い。ここ積石塚群のある浜からは、渡船の航路からは遠目に見た、穴の開いた「めがね岩」が手に届く程の近さに浮かぶ。

また、文永十一年（一二七四）と弘安四年（一二八一）の二度にわたって侵寇してきた蒙古軍とは、この付近の海域でも激戦があったという。二度とも暴風雨によって蒙古軍は壊滅的打撃を受けたが、軍船の残骸や兵士の死体がこの島の百合越海岸に漂着した。それを敵味方区別なく葬った地と思しき浜の一角に、昭和四十二年（一九六七）に日蒙供養塔が建てられた。

少し時代が下るが、徳川将軍の代替わりの参賀に、朝鮮通信使が十二回来日してい

朝鮮通信使客館跡之碑

日蒙供養塔

るが、そのうち十一回、相島に駐島している。島民はその度に新しく通信使の宿泊所（客館）を建て、また案内役、接待役の対馬藩士、黒田藩士に家を提供するという役を負ったという。客館は港の西に位置していたが、現在は民家、畑となり碑が建つのみである。

なお、この相島を巡るには、渡船の新宮、相島の両待合所に置かれている、平成二十二年（二〇一〇）に島の中学生が編集したパンフレット「自慢の相島」が、大いに参考になる。

阿倍嶋の港に着きて癒されぬ　数多の猫に出迎へられて
奇岩望む阿倍嶋の浜に古の　石積み墓の数多横たふ
阿倍嶋の子等作りたる案内図　故郷愛でる想ひに溢る

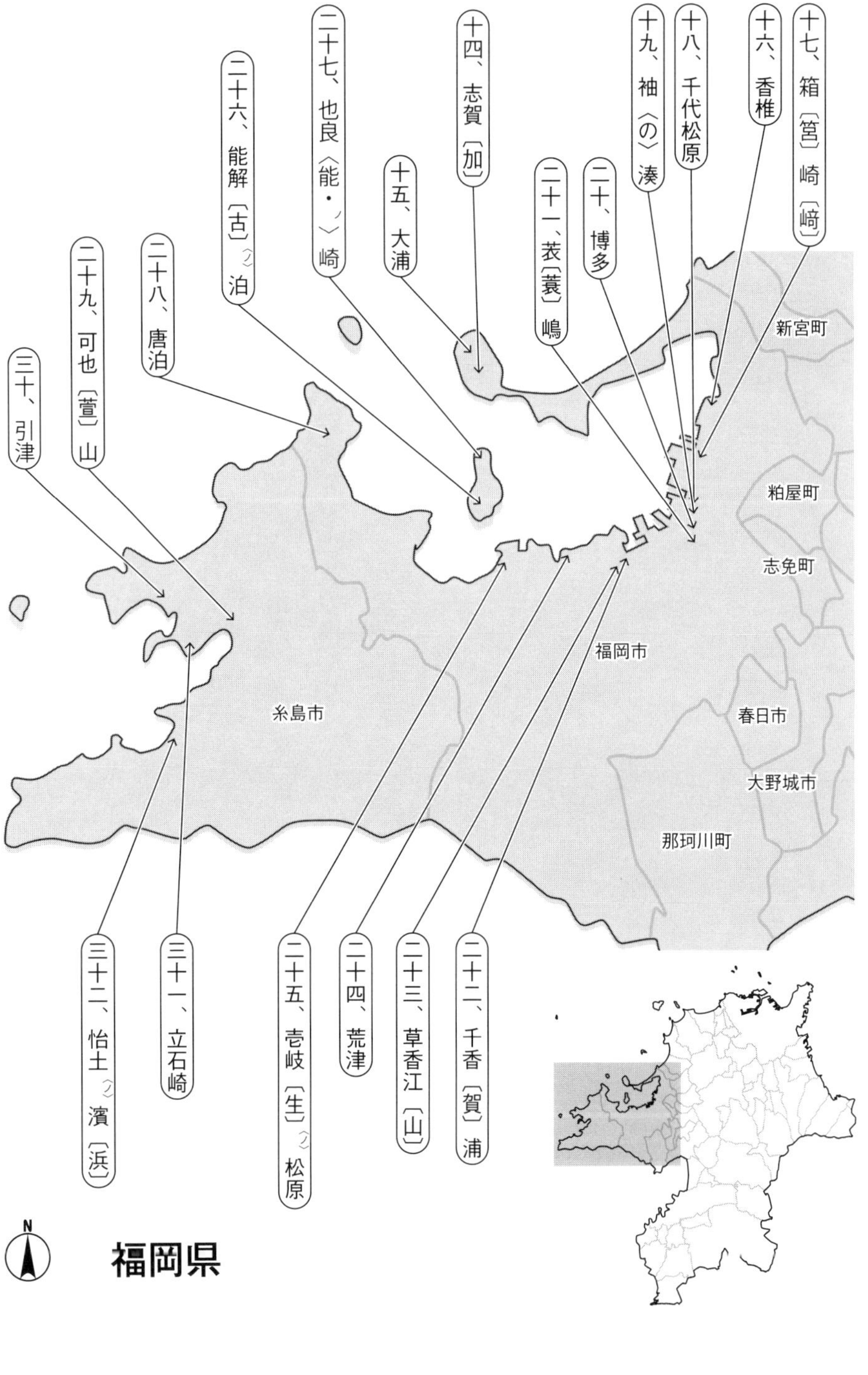
十七、箱〔筥〕崎〔﨑〕
十六、香椎
十八、千代松原
十九、袖〈の〉湊
二十、博多
二十一、衣〔蓑〕嶋
十四、志賀〔加〕
十五、大浦
二十七、也良〈能・ノ〉崎
二十六、能解〔古〕ノ泊
二十八、唐泊
二十九、可也〔萱〕山
三十、引津
新宮町
粕屋町
志免町
福岡市
糸島市
春日市
大野城市
那珂川町
二十二、千香〔賀〕浦
二十三、草香江〔山〕
二十四、荒津
二十五、壱岐〔生〕ノ松原
三十一、立石崎
三十二、怡土ノ濱〔浜〕
N

福岡県

福岡市東区

十四、志賀《しか》〔加〕（併せて同浦、同山、同〈ノ〉嶋、同小嶋、同ノ濱、同〈ノ〉神）

天明四年（一七八四）二月二十三日、百姓甚兵衛の畑地で奉公人の秀治と嘉平が、一辺二・三五センチメートル、高さ二・二四センチメートル、重さ百八・七三グラムの金印を発見した。『**後漢書**』に、建武中元二年（五七）、漢の光武帝が倭奴国王に与えたとされる「漢委奴国王」と刻まれた金印で、この発見の地が志賀島である。金印は、後に福岡藩主・黒田家に伝わり、昭和二十九年（一九五四）に国宝の指定を受け、更に昭和五十三年（一九七八）福岡市に寄贈された。なぜ金印が志賀島に埋もれていたのかは、推量の域を出ない諸説があるが、いずれにしても記紀時代以前から志賀島は重要な地であったのである。

もちろん歌枕の地としても多くの歌人に詠われている。特に『**万葉集**』の、巻第三「志賀の海女は藻刈り塩焼き暇《いとま》なみ　櫛笥《くしげ》の小櫛取りも見なくに（志賀島の海を刈ったり塩を焼いたりして暇が無いので、櫛箱の小櫛を手に取って見ることも無いことよ）―**石川少郎**―」、巻第十一「志賀の海女の塩焼き衣なれぬれど　恋てふものは忘れかねつも（志賀島の海人の塩焼きの衣、その仕事着が褻れ汚れっているように、馴れ親しんだ仲だ

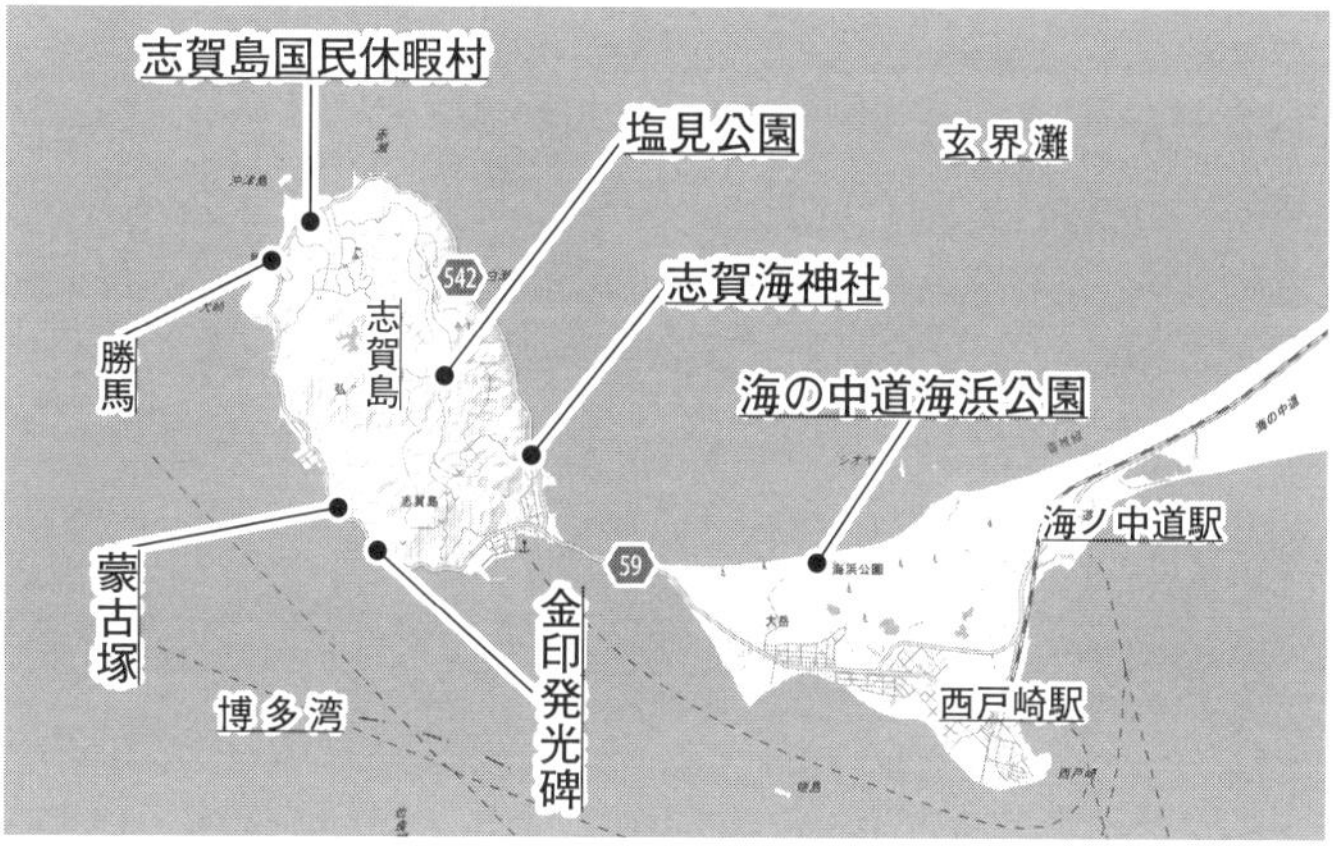

志賀島

塩見公園から見る海の中道
手前　玄界灘　　向う側　博多湾

志賀島中校門脇万葉歌碑

というのに、恋の苦しみからはなかなか逃れられないことよ）―**柿本人麻呂**―」、同じく巻第十一「志賀の海人の釣りし燭《とも》せる漁り火の　ほのかに妹を見むよしもがも（志賀島の海人が夜釣りに燭している漁り火、そのちらちらする光のように、ほんのちらっとでもあの子を見る機会があったらなあ）―**大伴坂上郎女**―」の三首は、手元の『能因』、『名寄』、『類字』、『松葉』全てに収載される。その他、**山上憶良**、**源重之**、**源俊頼**などの作を含めて、十八首が数えられる。

　志賀島は「海の中道」と呼ばれる砂州で九州本島と結ばれていて、右に玄界灘、左に博多湾を見ながら県道五十九号・志賀和白《わじろ》線が通う。海岸総延長約十一キロメートル、面積五・七八平方キロメートル、海岸を県道五百四十二号・志賀島循環線が巡る。島内には、砂州の本島側の志賀中学校の敷地内をはじめ、十基の万葉歌碑が建てられていて、多くの歌に詠み込まれたことを改めて識ることが出来る。

　砂洲の接続する所から北七百メートルほどの島の東岸に、志賀海神社が鎮座する。『**古事記**』に、**伊弉諾尊**《いざなぎのみこと》が「竺紫《つくし》の日向《ひむか》の橘の小門《をど》の阿波岐原《あはきはら》」に至って「禊ぎ祓へ給ひし」

志賀海神社山門

志賀海神社拝殿・本殿

志賀海神社
参道脇の万葉歌碑

蒙古塚近くの万葉歌碑

蒙古塚

時に成った底津綿津見神、中津綿津見神、上津綿津見神を祭神としている。創建は定かではないが、少なくとも九世紀以前で、最盛期には三百七十五の末社を有し、隆盛を誇ったという。

島の南西の叶の浜は、文永、弘安の二度の元寇来襲時の古戦場で、その際戦死した元軍の兵士を供養するため、昭和十三年（一九三八）に供養塔（蒙古塚）が建てられた。

更に南岸の、冒頭に述べた金印発見の地には金印公園が整備されている。

なお、北岸の勝馬《かつま》地区については、歌枕「大浦」として次項で紹介する。

志賀島に渡る中道通ひ居り　鏡の海と荒海とを分け
万葉の歌碑数多建つ志賀島を　巡る道辺の其処此処に見る
波寄する響の灘の浜際に　志賀海の宮気高く建てり

金印公園を訪れる人は多い

十五、大浦《おおうら》（併せて同田沼）

（地図は「十四、志賀（加）」を参照）

前項で述べた志賀海神社の駐車場を過ぎて、県道五百四十二号・志賀島循環線を北上すると、道が海浜なりに西に向きを変え、勝馬《かつま》の集落に出る。一瞥したところ、百戸ほどの決して大きくない集落である。殊更の中古、中世からの歴史を感じさせる景観、物件は見当たらない。事前に筑紫豊の著による『九州万葉散歩』を学ぶことが無ければ、あるいは未勘として見過ごしたであろう。同書には以下の如く記されている。

「勝馬の入口の停留所から江口をへて公民分館のある寺浦までは一本道で五〇〇メートルもあろうか、十字路に出たところで、右手の道を二〇〇メートルばかりも行けば、谷あいから、いま歩いてきたばかりの江口の方面にかけて、道の両端が田園になったところにでる。そこが大浦である。」

実際に車を駆って付近を巡ってみたが、この著の発行が昭和三十七年（一九六二）ということもあってか、記述のとおりに辿ることは出来なかったが、田園の広がる風景は確認できた。

更に筑紫豊の言葉を借りれば、この大浦を含む勝馬集落は、古くから、島内唯一とはいえないまでも、最大の農村地帯で、文化的にも、志賀の本村付近と共に早くから開けていたのである。なるほど、前項で述べた志賀海神社も、創建時はここ勝馬に在ったとのことである。

『能因』、『名寄』、『松葉』に、**『万葉集』**巻第十六の「荒雄《あらを》らが行きにし日より志賀の海人の　大浦田沼はさぶ《〔寂〕》しくもあるか」が、結句を「悲しくも有か」、「たのし

大浦の田園

勝馬の浜

勝馬の浜の万葉歌碑

からすや」と変えられて収められる。「筑前《つくしのみちのくち》の国の志賀の白水郎《あま》の歌」と詞書のある十首のうちの一首で、さらに歌群の後に、「大宰府から、対馬へ食糧を送るよう命ぜられた宗形部津麻呂《むなかたべのつまろ》に代わって任に当たった志賀の海人・荒雄が遭難し、帰らぬ人となった。その荒雄の残された妻子がこれらの歌を詠んだ、あるいは筑前國守・**山上憶良**が妻子の心情を察して詠んだとも伝えられる。」との意の記述が添えられる。

勝馬の集落を過ぎた西南には美しい砂浜が広がり、勝馬海水浴場として整備されている。県道を挟んで志賀島国民休暇村の、全室オーシャンビュウのホテルが建ち、玄界灘を望むリゾート地になっていて、少なくとも訪れた初秋には、先の歌の寂寥感を感ずることはなかった。

ホテルの東側の木立の間に、先述の万葉歌十首の最後の歌「大船に小舟引きそへ《〔添〕え》かづく《〔潜〕》とも　志賀の荒雄にかづき《〔潜〕》あは《〔逢〕わ》めや」の歌碑と並んで、「荒雄の碑」と刻まれた石碑が建つ。また海水浴場の浜際には、前項で紹介した**石川少郎**の万葉歌の、そして西の大崎に続く高台には、同じ十首のうちの一首、「志賀の山いたく《〔甚〕》な伐りそ荒雄らが　よすか《〔縁〕》の山と見つつ偲は《ば》む」の歌碑が建てられている。まさにこの地は万葉歌に彩られる地なのである。

国民休暇村西の丘に建つ歌碑

国民休暇村の林間の碑

大浦の実りの近き稲田の面を　浜の秋風吹き抜けて行く
古歌に知る寂しさは無し大浦の　浜行楽の人に賑はふ
万葉歌刻みたる碑の三基在り　大浦近き勝馬の浜に

十六、香椎《かしい》（併せて同潟、同宮、同渡、可思布江）

『**万葉集**』巻第六に、「冬の十一月に、太宰の官人等《たち》、香椎の廟《みや》を拝みまつること訖《をは》りて、退《まか》り帰る時に、馬を香椎の浦に駐《とど》めて、おのもおのも懐《おもひ》を述べて作る歌」との詞書に続いて、**大伴旅人**の「いざ子ども香椎の潟に白栲《たえ》の　袖さへ《え》濡れて朝菜摘みてむ」や、**小野老**《おののおゆ》の「時つ風吹くべくなりぬ香椎潟　潮干の浦に玉藻刈りてな」が載る。前歌は『名寄』、『類字』（出典は『**万葉集**』ではなく『**新勅撰和歌集**』である）』、『松葉』に、後歌は『能因』、『名寄』、『松葉』に収められる。それ以外にも、**藤原為家**、**源俊頼**ほか多くの歌人がここ香椎を詠い込んでいる。

香椎は、北九州から内陸を横切ってきた国道三号線と、響灘、玄界灘の海岸線に沿って巡ってきた国道四百九十五号線が合流する辺り、鉄路で言えば、ＪＲ鹿児島本線とＪＲ香椎線（志賀島手前の西戸崎と太宰府市手前の宇美とを結ぶ二十五・四キロメートル。ＪＲで唯一、両終着駅で接続線

椎名宮付近

香椎宮山門

県道24号沿いの
香椎宮の鳥居

の無い路線）が接続する香椎駅と香椎線の香椎神宮駅、西鉄貝塚線の西鉄香椎駅、香椎宮前駅があり、交通の要衝である。

香椎神宮駅のすぐ北、県道二十四号・福岡東環状線の東に立派な門が建つ。**仲哀天皇**、**神功皇后**を祀る香椎宮である。**神功皇后**が、熊襲征伐の途で急逝した夫・**仲哀天皇**の霊を、行宮の橿日宮《かしいのみや》の地に祭ったのを創建とする。さらに下って、神亀元年（七二四）には皇后の宮も造営され、併せて香椎廟と称されるようになった。冒頭記載の**『万葉集』**の詞書の、「みや」に「廟」を当てているのも頷ける。また、同巻第六の編纂の時代を知る手懸りの一つになるかも知れない。

現在の本殿は、第十代福岡藩主黒田長順（後年斉清と改名）が享和元年（一八〇一）に造営した香椎造りで、国の重要文化財の指定を受けている。

拝殿・本殿のある社庭に通じる石段の手前に、**神功皇后**お手挿しと伝えられる当宮の神木の綾杉が、目にも鮮やかな朱の柵に囲まれて枝を広げている。根回りの直径が五メートル、次々と若芽が成長し、千八百年の間植え継ぐことはなかったと言う。傍らには、**『新古今和歌集』**の「ちはや《（千早）》ふ《ぶ》るかしゐ《（香椎）》のみや《（宮）》のあやすき《（綾杉）》は　神のみそき《（禊）》にたて《（立）》る成《なり》けり」の歌碑が建つ。社を東に抜けると、

香椎宮拝殿と本殿

綾杉と新古今和歌集歌碑

香椎宮古宮跡

香椎宮頓宮参道脇の歌碑

古宮の跡が木々に覆われている。

古宮の南東二百メートルほどには、**栄西**が宋から帰国して初めて建てたとされる報恩寺がある。境内には、やはり**栄西**が持ち帰って香椎宮に植え、それから株分けしたとされる菩提樹が植えられている。

なお、西鉄香椎宮駅東の奥まったところに香椎宮頓宮があり、参道脇には、冒頭に紹介した二首に加えて、『**万葉集**』に続けて収められる、豊前守《とよのみちのくちのかみ》**宇努首男人**《うののおびとをひと》の「行き帰り常に我が見し香椎潟　明日ゆ後には見むよしもなし」の計三首が並んで刻まれた歌碑が建つ。

ところで、『能因』、『名寄』、『松葉』には、「可之布江に鶴《たづ》鳴き渡る志賀の浦に　沖つ白波立ちし来らしも」が収められる。『**万葉集**』巻第十五の前半を占める、天平八年（七三六）の遣新羅使の一群の歌の一首である。当時の朝鮮半島への渡海は生易しいものではなく、ある意味では、決死の覚悟で発ったのである。加えて当時は、日本と新羅の関係が芳しくない時代で、旅立つ者、見送る者の厳しい心情が数多くの歌を生み、『**万葉集**』の一角を成したのであろう。

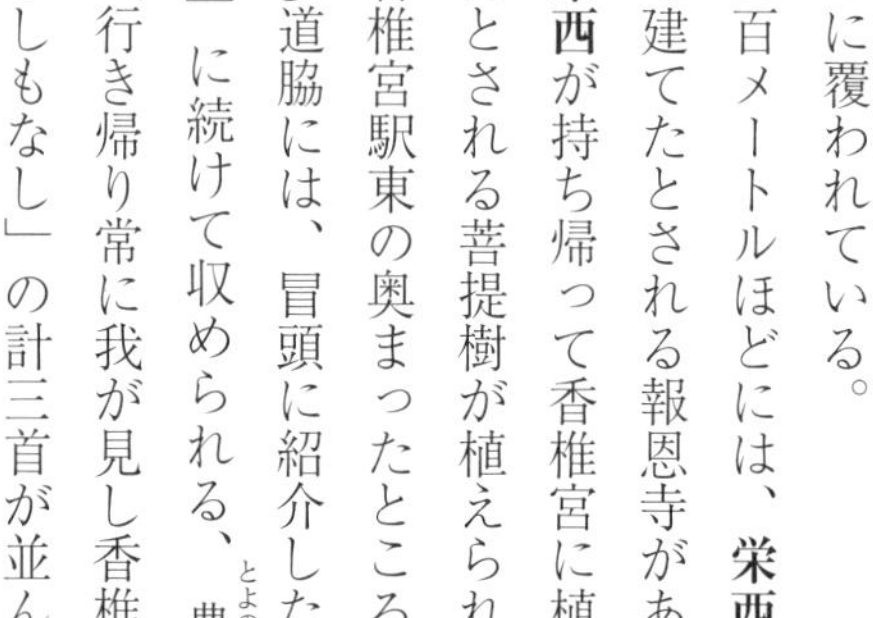
報恩寺と日本最初の菩提樹

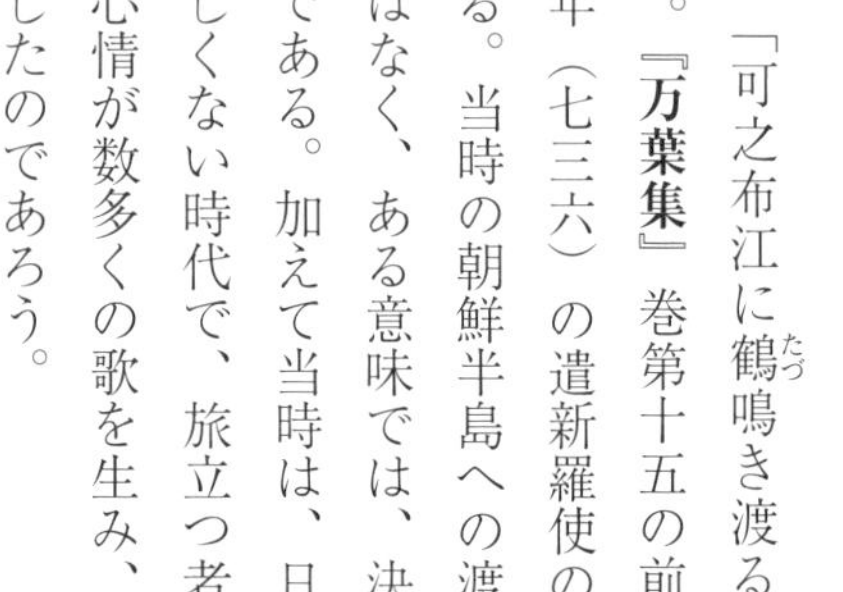
現在の香椎の浜

この歌の初句の「可之布江」とは、博多湾に面した香椎の海岸線のこととされる。

道沿ひに建つ楼門の重々し　香椎の宮の格高き識る
讃へたる古歌の碑添へて二千歳　香椎の宮に古木聳ゆる
本宮の賑はひ他所に林間に　香椎古宮の静かに建ち居り

十七、箱《はこ》〔筥〕崎《ざき》〔﨑〕（併せて同神）

ＪＲ鹿児島本線の博多駅から北九州方面に向かって二つ目の駅が箱崎駅で、歌枕「箱崎」の地そのものである。福岡市東区の区役所があり、県立図書館や九州大学のキャンパスも置かれ、福岡の文教地区とも云えよう。なお、箱崎の地名の由来は、**応神天皇**誕生の折、胞衣を箱に納めてこの地に埋めたこととされている。

前項「香椎」は、万葉歌が中心であったが、ここ箱崎は、多くの歌が**勅撰和歌集**に収められている。『**拾遺和歌集**』から、**源重之**の「幾世にか語り伝へ《え》む箱崎の　松の千とせ《歳》の一つならねば」が『能因』、『名寄』、『類字』に、『**後拾遺和歌集**』から、**中将尼**の「そのかみ《上》（昔、古い時代、以前などの意）の人はのこら《残》じ箱

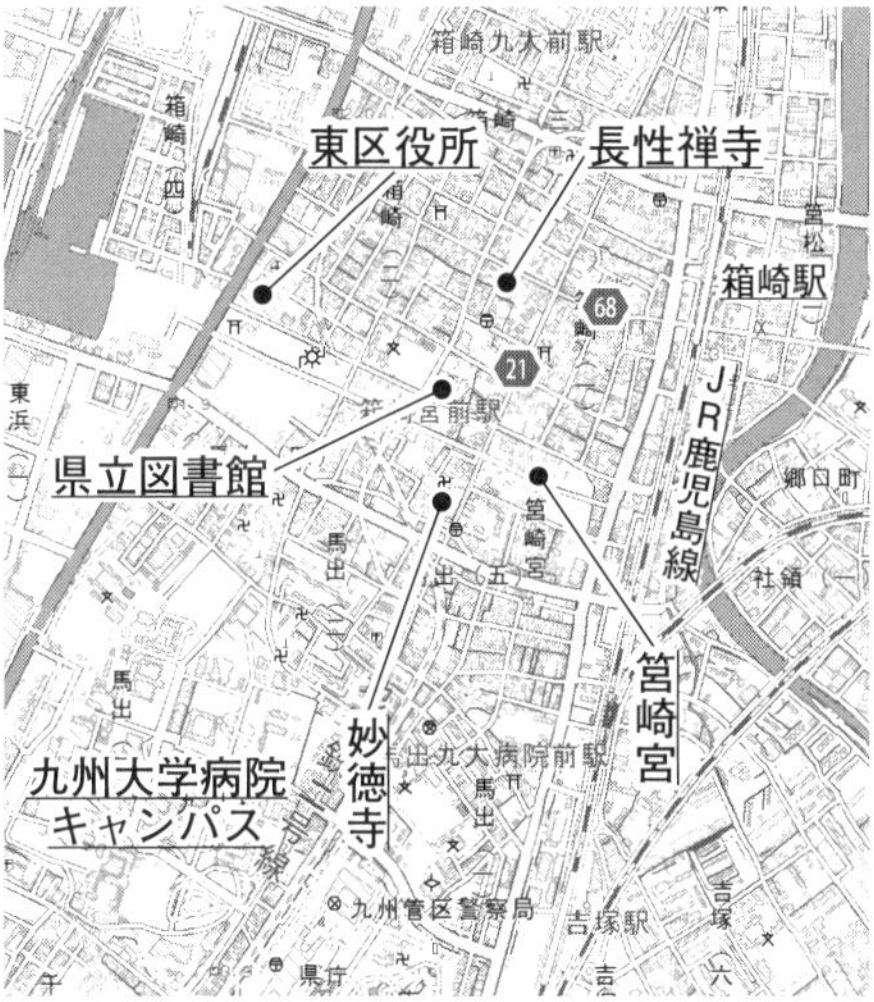

ＪＲ箱崎駅付近

崎の　松ばかりこそわれ《〔我〕》を知るらめ」が『名寄』、『類字』に収められる等々である。

この地で特筆すべきは筥崎宮である。ＪＲ箱崎駅から南南西に約五百メートル、県道二十一号・福岡直方線に面した東側に建つ。**応神天皇**に加えて、**神功皇后**、**玉依姫命**《たまよりひめのみこと》が祀られる。創建については諸説があるとのことだが、延喜二十一年（九二一）に**醍醐天皇**宸筆の「敵國降伏」の書が下賜されたとあり、平安中期以前であることは間違いない。

境内に入ると、まず目に飛び込んでくるのが豪壮な楼門である。建坪が十二坪であるのに、屋根の広さが八十三坪ある。文禄三年（一五九四）に、時の筑前領主小早川隆景によって建てられた。国指定の重要文化財である。正面には「敵國降伏」の大きな額が掲げられている。先に述べた**醍醐天皇**以降、何代かの天皇も同様の御宸筆の書を下賜されたが、そのうちの**亀山上皇**によるものを模写拡大したものである。「敵國降伏」の意味は、覇道（武力で相手を降伏させる）ではなく、王道（徳の力をもって導き、相手が自ら靡き降伏する）のことを言う。拝殿右手には、明治三十五年（一九〇二）に山崎朝雲によって刻まれた、高さ六・一二四メートルの**亀山上皇**の木製の立像が安置される。

本殿は総建坪四十六坪、桧皮葺、漆塗りの九間社流造りで、天文十五年（一五四六）に建てられ、これまた国の重要文化財である。

筥崎宮以外にも、この箱崎や隣接する馬出《まいだし》には多くの寺社がある。県道二十一号を挟んだ西側二百メートルほどには、曹洞宗妙徳寺が建つ。創建の時は

筥崎宮楼門

亀山上皇尊像奉安殿

箱崎漁港近くに建つ大鳥居

妙徳寺本堂

詳らかではないが、『筑前國續風土記』には、臨済宗をわが国に伝えた僧・**栄西**が宋から帰国した際、「始《はじめ》て住《すまゐ》せし所」と記される。十二世紀半ばには既に実在していたことになる。

また、県道二十一号と交差する県道六十八号・福岡大宰府線の、筥崎宮のほぼ真北四百メートルには、臨済宗の長性禅寺が小ざっぱりとした門構えを見せている。ここは、千利休が秀吉の命で茶席の庭を築いたとの伝えが残る。

天翔ける翼の如き門の屋根　聳えて建ち居る筥崎の宮
古ゆ数多の歌に詠まれたる　箱崎今は学びの街に
箱崎の街の彼方此方建てる寺　名僧や茶人の縁ありとぞ

長性禅寺本堂

長性禅寺山門

福岡市博多区

十八、千代松原《ちよのまつばら》

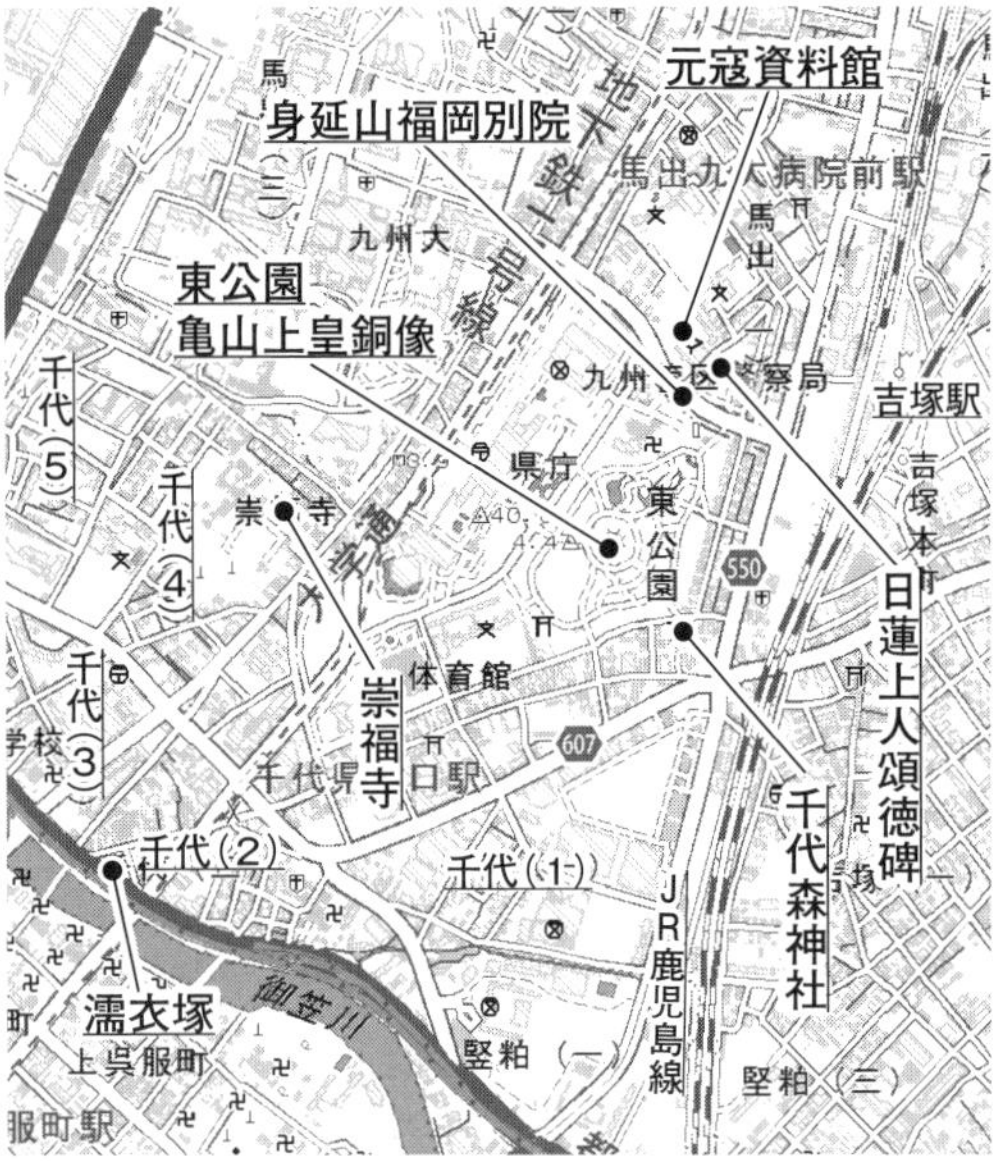

吉塚駅付近

福岡県庁の東に、約七ヘクタールの敷地を有する県立の東公園がある。その中心の一段高い所に、前項の筥崎宮の**亀山上皇**の木像を原形として、明治三十七年（一九〇四）に建てられた高さ六メートルの銅像が建つ。

また北側には身延山福岡別院が在り、その立派な山門から南東に伸びる参道の奥には、同じく明治三十七年に建てられた、像本体が一〇・六メートルの**日蓮上人**像が周囲を圧倒して建つ。山門を潜って左手は元寇資料館となっている。この地は、文永十一年（一二七四）の文永の役で元軍と

身延山福岡別院山門
（奥に日蓮上人像）

東公園亀山上皇の像

の間で激戦が繰り広げられた。

亀山上皇は元の襲来を聞くに、「身を以って国難に代えん」と伊勢神宮に祈願した。また**日蓮**上人は、それ以前から異国の襲来を予言し、「立正安国論」を以って幕府に警告した。この二人の立像がこの地に建つ所以である。

この東公園の一帯は、嘗て「千代の松原」と呼ばれる、博多湾に面する景勝の地であった。歌枕の地である。明治九年（一八七六）、太政官布告に基づいて公園となり、以後埋め立てと開発が進み、白砂青松の景観の面影は、今は全く無い。公園の南方、御笠川に至るまでの町名は「千代」であり、一丁目から六丁目までである。

その一丁目、県道五百五十号・浜新建堅粕《はましんたてかたかす》線と六百七号・福岡篠栗《ささぐり》線の交差点の北、先の東公園の南東に当たる位置に千代森神社が建つ。決して大きくはない鳥居の、真紅の塗りが鮮やかである。この神社の御由緒にも、この一帯の昔日の様を「当地は、鎌倉時代頃、松の木以外の樹が、一本もない、千代の松原という、風光明媚な海辺にあったと伝えられております。」と記される。

千代森神社

千代四丁目には臨済宗大徳寺派の崇福寺が建つ。仁治元年（一二四〇）、大宰府に建立され、慶長五年（一六〇〇）福岡藩初代藩主・黒田長政によって現在地に遷された。以後、黒田家の菩提寺として庇護を受けた。寺領の西側は黒田家歴代の墓所となっていて、北門から参拝が可能である（崇福寺境内からは入所できない）。黒田如水、正室の照福院を始め歴代藩

崇福寺山門

黒田如水墓所

主の墓が整然と並んでいる。

崇福寺の山門は、かつての福岡城本丸表御門が大正七年（一九一八）に移築されたもので、近隣を圧倒する構えである。なお掲げられる「西都法窟」の額は、寛元元年（一二四三）に**後嵯峨天皇**より下賜されたものである。

また、千代三丁目、国道三号線沿いの御笠川に架かる石堂橋の北の袂に、濡衣塚がある。**聖武天皇**の時代、妻娘共々筑前に赴任した国司・佐野近世が、在任中の妻の死によって後妻を迎えるが、その後妻が先妻の娘を疎んじて、土地の漁師に「釣り着を娘に盗まれた」と訴えさせ、さらに濡れた釣り着を寝ている娘に着せて近世に見せたため、近世は娘を切り捨てたという。一年後、娘の無実を知り、近世は出家、この塚を建てたとのこと、「濡れ衣」の言葉の由来とされる悲しい伝えである。

この地を詠み込んだ歌は、『能因』、『松葉』に、『**続古今和歌集**』から「箱崎や千代の松原石たゝみ《（畳）》　くつれん《（崩）》よ《（世）》まて《で》君はましませ」が載る。詠者は菅家とあるから**菅原道真**である。道真は、右大臣まで栄進したが、藤原氏の他氏排斥により延喜元年（九〇一）大宰権帥に左遷され、同三年、配所で没した。

古は青松続く浜と云ふ　千代の松原今人住む街に
元軍の襲ひ来りて国守る　戦ひありし千代の松原
哀れなり千代松原の川の辺に　謀られ死せる娘《こ》の塚の在り

濡衣塚

十九、袖《そで》〈の《の》〉湊《みなと》

後述の太宰府天満宮の西を流れる御笠川が、博多湾に注ぐ河口から約一キロメートル程上流の左岸、県道六百七号・福岡篠栗《ささぐり》線の福岡側の起点に架かる東大橋の東の路地奥の左右に、こじんまりとした規模の本岳寺と入定《にゅうじょう》寺が建つ。

本岳寺は、当初禅宗の寺であったが、住持していた僧・西昌が、法華宗の僧・日因との賭碁に負けて、明応五年（一四九六）より日蓮宗になったと言う。山号を「西昌山」と称するのも、寺歴を語って妙である。

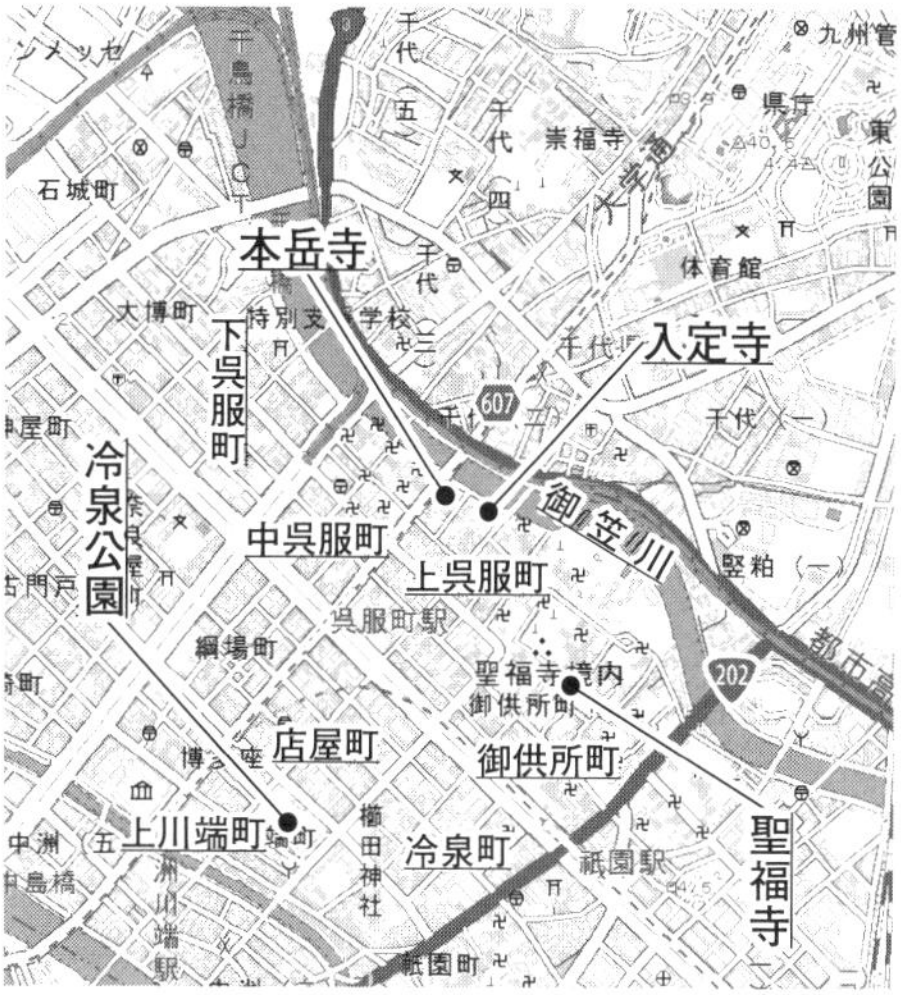

福岡市博多区呉服町付近

入定寺は、僧・圓心が悟りを得る「入定」の為の二十七日間の断食の後に他界し、その生前の願いにより黒田長政が建立したものである。

この二寺に関して**貝原益軒**は、『筑前國續風土記』に「今博多の入定寺と本岳寺の間より、湊橋まで東西に溝通れりと、是を大水道と云。是袖湊の残れるなり。」と記している。

本岳寺

入定寺

聖福寺本堂

聖福寺山門

また、**奥村玉蘭**は、『筑前名所図会』において袖湊を、「博多の別名にしていにしへより古歌に多くよめり。今はあせて、りくとなり博多の町建てり、むかしハ唐船の泊せし所にてその形袖のことくなりし故、名とす。」（一部読点を筆者加筆）と解説する。

これらの記述から歌枕「袖湊」は、御笠川と那珂川の側流・博多川に挟まれる地域、上呉服町、中呉服町、下呉服町、御供所《ごくしょ》町、店屋町、冷泉町《れいせんまち》、上川端町辺りに比定した。なお、前項の「千代松原」は、御笠川のちょうど対岸に位置する。

この地を詠み込んだ歌は数多い。興味深いのは、『**万葉集**』、**八代集**からは皆無であるのに、**十三代集**からは十四首も収められているのである。

また歌人にしても、**勅撰和歌集**に収載されるだけあって、**藤原定家**・**為家**父子、**源家長**、また**後嵯峨院**、**霊元院**、**後土御門院**、**後花園院**の御製の歌も並ぶ。今はその名が歴史に埋れた「袖湊」であるが、和歌史上、光り輝く地の一つである。

御供所町の一角に聖福寺が建つ。わが国の臨済宗開祖

聖福寺大雄宝殿（仏殿）

聖福寺仏殿の三仏像

冷泉公園の夜

の**栄西**が、南宋より帰国後の建久六年（一一九五）に創建した日本最初の本格的な禅寺である。広い境内には、木々や池が趣き良く配置され、荘重な山門、大きく翼を広げた如くの二層の屋根が美しい大雄宝殿（仏殿）などと調和して、市街地の中に在ることを忘れさせてくれる。仏殿には、金色の阿弥陀仏、釈迦仏、弥勒菩薩が据えられている。

また、店屋町、上川端町に囲まれて冷泉公園がある。当初、「冷泉」を「れいぜい」と読み、もしや**藤原定家**の孫・為相《ためすけ》を祖として今に続く京都の冷泉家《れいぜい》との縁を期待したが、「れいせん」と読み、筆者の思い過ごしであった。夜になると、公園脇の歩道には博多風物の屋台が数台並んで、賑わいを見せる。

なお、今は無い袖湊の名を、さほど遠くない博多駅前通り沿いのホテルの看板に、「天然温泉・袖湊の湯」とあるのを偶々見つけることが出来、先の比定を納得した（次項「博多」の地図参照）。

何処とも定めの難き袖の湊　古書を頼りて尋ね巡れり

古歌数多袖の湊を詠ひ居り　海の往き来の泊の地にて

集ふ他人《ひと》盃傾け言葉交はす　袖の湊に並ぶ屋台に

袖湊の湯の看板

二十、博多《はかた》（併せて同沖）

寛弘元年（一〇〇四）、大宰大弐に任ぜられた**藤原高遠**は、同六年（一〇〇九）に筑後守菅野文信の訴により任を解かれた。その帰京の途で詠んだ歌、「とり《（取）》わき《（分）》てわが《（我）》身に露やおき《（置）》つ覧　花よりさき《（先）》にまづ《（先ず）》ぞうつろ《（移）》ふ」が『**後拾遺和歌集**』に収められ、『類字』、『松葉』に収載される。その詞書には、「筑紫より上らんとて、博多にまかりけるに、館《たち》の菊のおもしろく侍《はべり》けるを見て」とある。

また、**堀河院歌壇**の中心的存在であった**源俊頼**は、『**堀河百首**』に「から《（唐？）》人はしか《（志賀）》のをしま《（小島）》に舟出して　はかた《（博多）》の沖にときつくるなり」と詠み、『名寄』、『松葉』に載せられる。

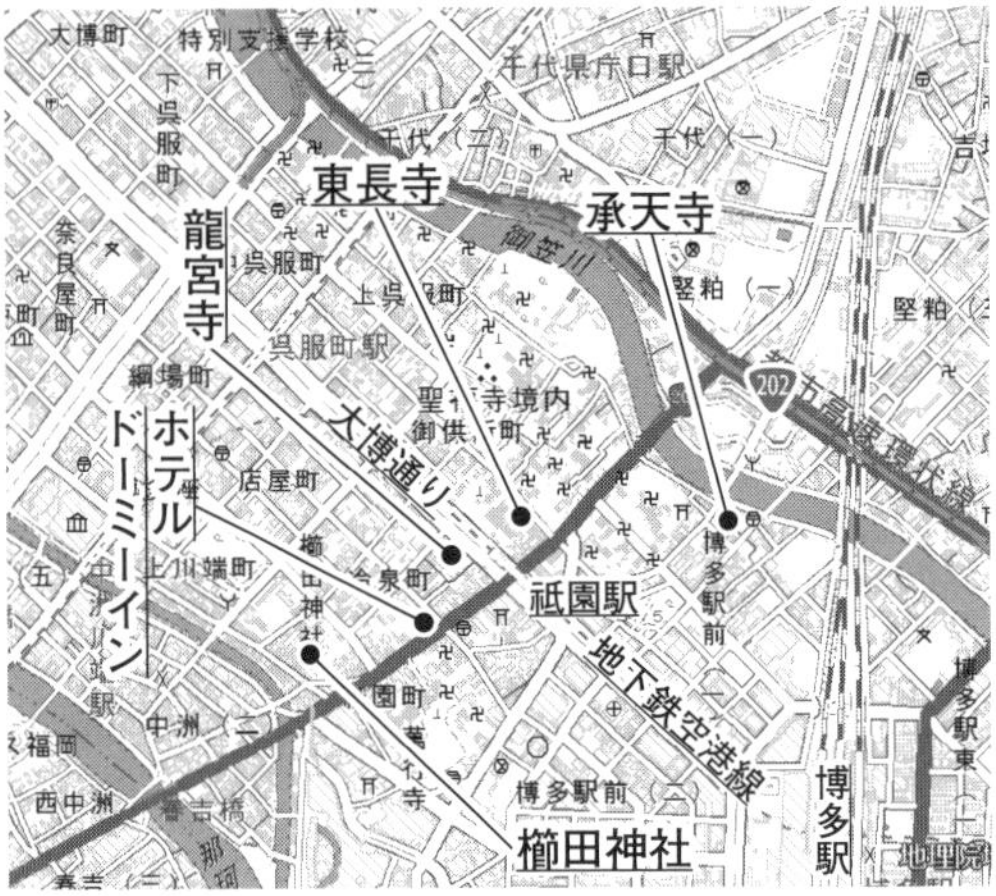

博多駅付近

「博多」の語源は、「土地博《ひろ》く、人、物産多し」からとする説、鳥が羽を広げた地形から「羽形」とする説、多くの船が停泊したことから「泊瀉」によるとする説など、諸説紛々である。古くには大宰府の外港としての役割を果たし、以後江戸幕府によって鎖国政策が布かれるま

櫛田神社社殿

櫛田神社正面

櫛田神社の飾り山笠

で、九州のみならず、日本の表玄関として栄えてきた。現代の繁栄は言わずもがなである。歴史があるだけに寺社も多く、その幾つかを訪ねた。

　ＪＲ博多駅博多口から博多港に向かって一直線に延びる大博通りを七百メートルほど進み、交叉する国道二百二号線を左折、約三百メートルで土居町通りを右折すると、右手に櫛田神社が建つ。「博多どんたく」と並んで博多の二大祭りとされる「博多祇園山笠」は、この櫛田神社の七百年以上続く奉納神事で、七月一日から十五日まで催される。従来は、高さ八間（十五メートル弱）ほどの山笠が街中を練り歩くものであったが、電線が張り巡らせられるようになった明治期からは、それまでの山笠は「飾り山笠」としてお披露目のみとし、高さを抑えた七台の「舁《か》き山笠」が走るようになった。クライマックスは最終日の「追い山笠」で、午前四時五十九分（なぜ五時でないのかは解らない）の大太鼓の合図で、一番山笠から順に櫛田神社の境内に舁き入れた後、街中へと駆け出して行き、須崎町の「廻り止め」で終了する。神社境内約百十メートルを舁き走るタイムが競われるため、それぞれ精鋭の舁き手を以って臨むとのことである。十四ヶ所に設置される「飾り山笠」は、祭りの初日の七月一日に公開され、祭りが終わると解体されるが、この神社の境内のは一年を通じて展示されている（上川端商店街にも一台が常設される）。

　なお神社入口付近には、樹齢千年を越すといわれる「櫛田の銀杏」が枝を広げ、県の天然記念物に指定されている。

　地下鉄空港線の祇園駅近くには東長寺がある。空海が唐から帰国後、大同元年（八〇六）にわが国で最初に創建した寺と伝えられる。本堂の

櫛田の銀杏

東長寺本堂と五重塔

黒田家墓所

左手の平成二十四年（二〇一二）造営の五重塔は、高さ二十三メートルの総檜造で、付近の無機質なビルの外壁に囲まれて、その朱の塗りが一際鮮やかである。また、右手の大仏殿に安置される釈迦如来坐像は、平成四年（一九九二）の作で、高さ一〇・八メートル、重さ三〇トンの檜造りで、木像としては日本最大級である。さらには境内の一角に、福岡藩二代藩主・黒田忠之、三代光之、八代治高の墓所がある。

　東長寺の前を走る大博通りを挟んだ向かいには、貞応元年（一二二二）にこの地に流れ着いた人魚が葬られ、その骨が保存されている（非公開）という龍宮寺が、小ざっぱりした構えを見せている。

　また、祇園駅から北東に国道二百二号線を三百メートルほど行った右手の奥に、宋から帰国した円爾《えんに》によって、仁治二年（一二四一）に開かれた臨済宗の承天寺が静かに建っている。円爾は、先に述べた祇園山笠の創始者とされ、またうどん、そばを最初に日本に広めたとされ、それぞれを記念する碑が置かれ

承天寺本堂

龍宮寺山門

ている。

土地博《ひろ》く人・物多しと云ふ博多　時過ぐ今もなほ賑へり
人見上ぐる櫛田神社の庭に在る　博多祇園の飾り山笠
夏陽射す博多の街に新しき　五重の塔の朱の鮮やかに

二十一、蓑《みの》〔蓑〕嶋《しま》

『名寄』、『松葉』に、**源重之**の「むらさめ《村雨》にぬる《濡》ゝ衣のあやなくに　けふ《今日》みのしま《蓑嶋》の名をやから《借》まし」、**檜垣嫗**の「ふら《降》は《ば》ふ《降》れみかさ《御笠》の山しちか《近》けれは《ば》　みのしま《蓑嶋》ゝて《で》はさ《指》してゆ《行》きなん」等が載る。しかし、共に豊前国の歌としている。

一方『筑前國續風土記』には、「一説に、古歌によめるは、豊前のよし見えたり」としつつも、**檜垣嫗**の歌について は、「御笠の山し近けれはとよめれは、此國にあるを是とすへし」と結論付けている。御笠山は現在の宝満山で、太宰府市と筑紫野市の市境にあり、歌枕の地である（四十四参照）。本書も、同書の「住吉の南にある村の名也。今は住吉の枝村也。」に従い、筑前国の歌枕として項を立てた。ただし、豊前国にも蓑島は実在し、またそこを歌枕の地とする文献もある。よって、福岡県豊前編八にも項立てした。

ＪＲ鹿児島本線の博多駅から下った次の駅が竹下駅である。その竹下駅の手前、西を流れる那珂川との間に、博多区美野島がある。那珂川に沿う直ぐ北は住吉であり、『筑前國續風土記』の記述そのものである。

美野島公園

萬葉遺跡蓑島の碑

美野島三丁目、国道三百八十五号線の百メートルほど東に、歴史広場と称する美野島公園がある。一角には、『万葉集』ゆかりの古地名であることを記念して、昭和四十四年（一九六九）に建てられた「萬葉遺跡蓑島の碑」と並んで、解説板が設けられ、それまで「簑島」、あるいは「蓑島」と表記していた地名を、同年に現在の「美野島」としたとある。

美野島二丁目には、真宗大谷派の光応寺が建つ。この寺は、現在の小郡市松崎に真宗本願寺派の寺として在った。江戸時代、久留米藩を納めていた有馬氏の命で、大谷派に転派させられていたが、大正期に本願寺派に戻り、寺号を真浄寺としたため、大谷派の光応寺がここ美野島に移転したとのことである。コンクリート造りの伽藍は、あたかも会館の如き外観で、入口の名を記した石版が無ければ見過ごしてしまう。

北に隣り合う住吉（『筑前國續風土記』は、先述したように、嘗ての蓑島の本村としている）には、筑前国一宮の住吉神社が建つ。大阪の住吉大社、

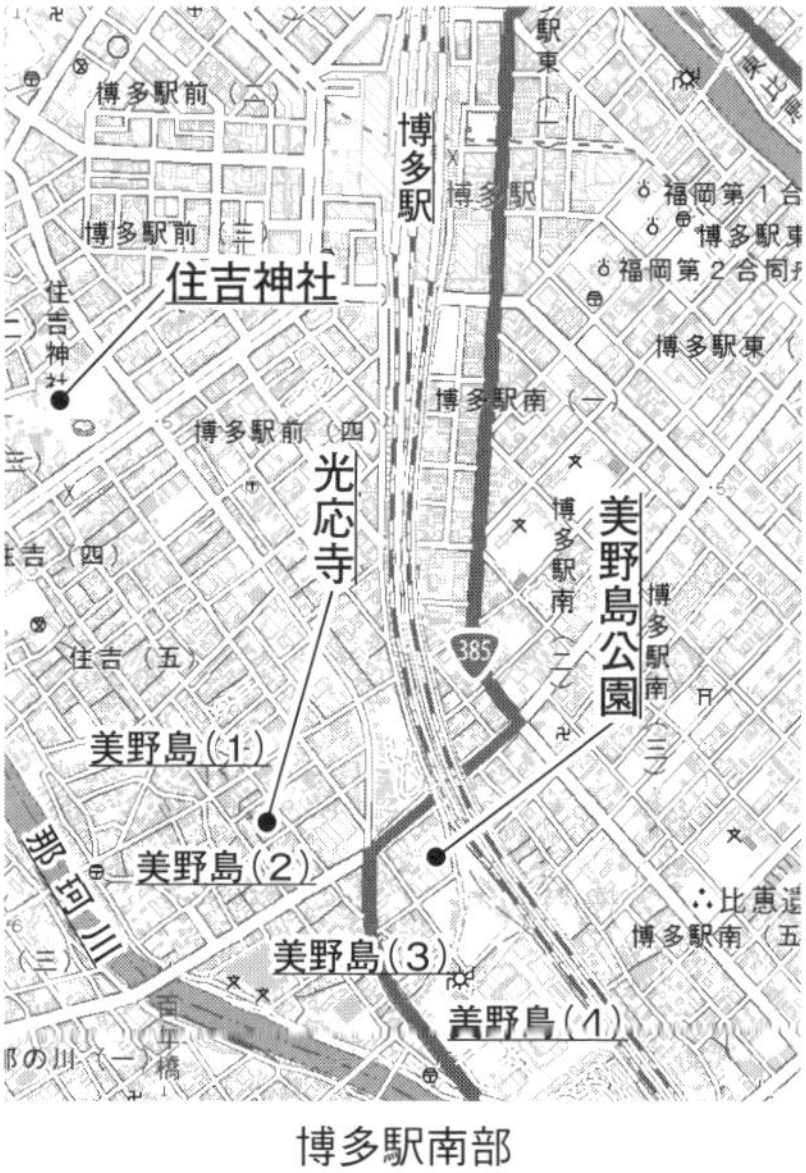

博多駅南部

光応寺

光応寺の名の石板

住吉神社拝殿

住吉神社山門

下関の住吉神社と並んで、「三代住吉」に数えられる。社記によれば、創建は上古で、住吉本社として全国二千数百の住吉神社の始源とさえ主張する。元和九年（一六二三）に造営された間口二間、奥行四間、檜皮葺の本殿は、国指定の重要文化財である。鎮守の森に囲まれて、博多駅のごく近くのビジネス街の中に建つとは思えない落ち着きがある。

境内の一角には、博多の古地図が展示され、古くには、博多湾がこの付近まで入り込んでいて、蓑島が文字通り島であったことが識れる。この古地図は、曖昧としていた他の歌枕の所在について、確信を得る大きな助けとなった。

街中の小さな公園の碑は語る　蓑嶋の地の万葉との縁《えにし》
蓑嶋のビジネス街に森在りて　住吉神社の鎮まりて座す
古は島なりしとふ蓑嶋の　古地図に載りて吾合点せり

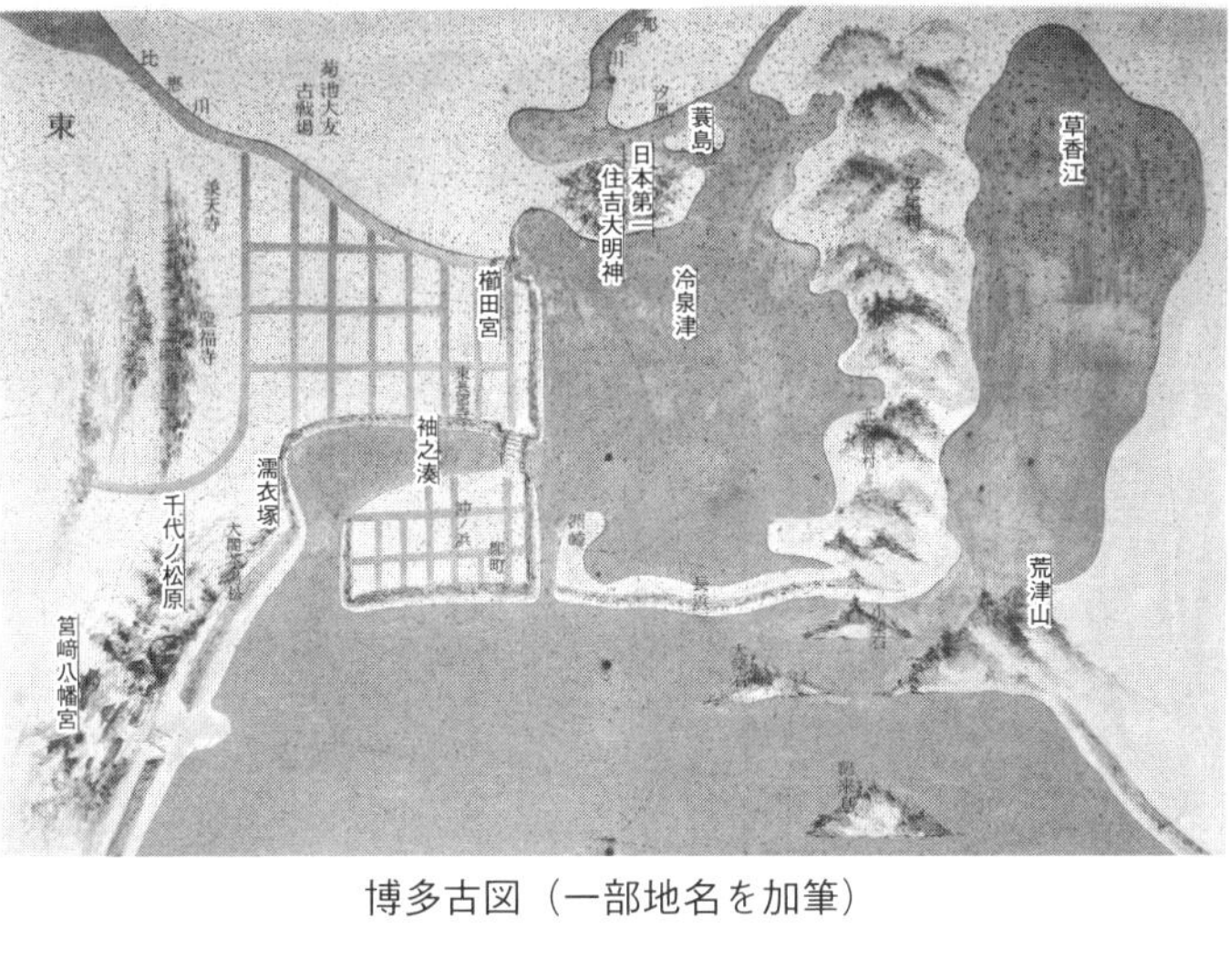

博多古図（一部地名を加筆）

二十二、千香《ちがの》〔賀〕浦《うら》

歌枕「千賀浦」について貝原益軒は、三説をその著書『筑前國續風土記』に記している。

一つ目は、「三代實録（『日本三代実録』―筆者注）に肥前松浦郡に値嘉郷値嘉島あるよしいへり。其邊の浦をも千賀の浦といへるにや。」である。確かに肥前国には、『能因』、『松葉』に「智可嶋」が、『名寄』には「千香嶋」と並んで「千香浦」が収められる。その収載歌は、筑前国とする『類字』、『松葉』の収載歌とほぼ同一である。

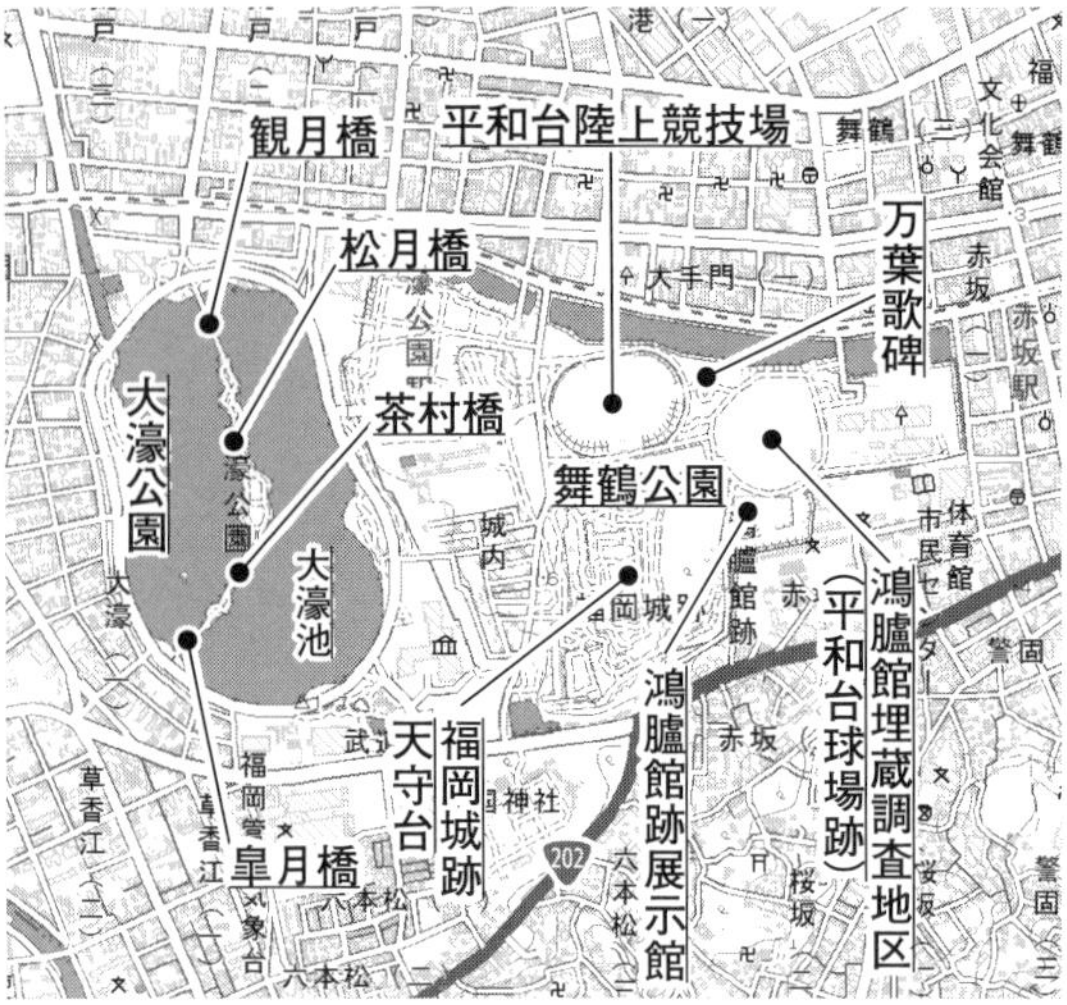

福岡城跡付近

二つ目は、十四に項を立てた志賀島を「むかしは近の島といひし由、古記に見えたれは、志賀の浦を千賀の浦といふ」とある。

そして三つ目の説が、「俗説に福岡城の西、鳥飼村の東南の間を千賀の浦といへり。むかしは此処入海なりしを、長政公城を築き、要害のために水突塘とし給ひしより後は、海水は入らず。」である。

これらの説のうち、最も具体的な記載である第三説を拠り所として、歌枕「千賀浦」の地とすることとした。

福岡城は、関が原の戦いで軍功のあった黒田長政が、外様でありながら五十二万三千石の大名として筑前国に入封し、博多湾

福岡城跡　石垣と天守台への登り口

を望む福崎の丘陵地に築いた平山城である。慶長六年（一六〇一）に始まり、同十二年（一六〇七）に完成した。城跡には、今に残る当時の櫓や、或は移築されたり、復元された櫓や城門などが点在する。南二の丸多聞櫓、南二の丸南隅櫓は国指定の重要文化財である。

大天守台は五百五十平方メートルの広さがあり、幾つかの建物の存在は、出土品から確実とされているが、天守閣は確認されていないという。外様ゆえの幕府に対する恭順の証として、築くのを控えたとの説、あるいは、一旦建てた五重層の天守を、幕府の大坂城築城資材として解体搬出したとの説がある。城址一帯は舞鶴公園として整備されている。公園内北の、平和台陸上競技場の東の木陰には、万葉歌「今よりは秋づきぬらしあしひきの　山松蔭にひぐらし鳴きぬ」を刻んだ石碑が建つ。

なお長政は転封の際、ここの地名を福崎から、黒田家縁の備前国福岡に因んで「福岡」に変えたという。

福岡城は、西側の博多湾の入江の一部を埋め立て、肥前掘と共に外堀の一部と成した。**貝原益軒**の述べる如くである。明治維新の福岡城廃城により肥前堀が埋め立てられ、この地も埋め立ての計画が立てられたが、有志の公園化の主張により大濠公園として整備されることとなった。約四十万ヘクタールの敷地の大部分を大濠池が占め、浮島伝いに北から観月、松月、茶村、皐月の四橋を経て南岸まで渡ることが出来る。福岡市民の憩いの場であるだけでなく、訪れる観光客も多い。池の中央の浮島には、これも『**万葉集**』に収められる「白栲《しろたへ》の袖の別れを難みして　荒津の浜に宿りするかも」の歌碑が建つ。

平和台陸上競技場東の万葉歌碑

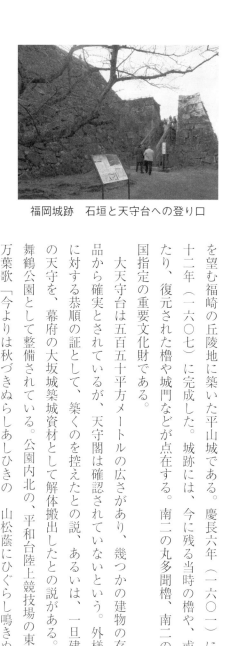

舞鶴公園の東には、現在発掘調査中の鴻臚館跡がある。

鴻臚館は、平安時代の外交のため施設で、京、難波、筑紫の三ヶ所に設けられた。福岡市の文化情報検索によれば、筑紫の鴻臚館は、九世紀前半までは唐や新羅の使節を接待・宿泊させる迎賓館であり、遣唐使や遣新羅使が旅装を整える対外公館であったという。九世紀後半からは、唐（後に五代、北宋）の商人が主役となり、中国との交易の舞台となったとのこと、十一世紀後半以降は、交易の担い手が官から民に移行するに連れて、その役割を終えることとなった。旧平和台球場の南の、発掘調査の終えたブロックには、平成七年（一九九五）鴻臚館跡展示館が建てられた。

鴻臚館跡展示館

このように、平安の時代から日本の外交、貿易の表玄関であり、江戸時代にあっては筑前統括の中心であり、現代はそれこそ九州、いや西日本の中心都市・博多の最も重要な地といっても過言ではない歌枕の地「千賀浦」である。

この地を詠み込んだ歌には、**『後拾遺和歌集』**に収められる**藤原道信**の「ちか《千賀》の浦に浪よせ《寄》まさる心ち《地》して　ひるま《干る間・昼間》なくしてくらし《暮》つるかな」（『名寄』、『松葉』）、**『夫木和歌抄』**に収められる**寂蓮**の「都おもふ夢路はしはし友千鳥　声はまくらにちかのうら風」（『松葉』）等がある。何れも、この地のもつ歴史の華やかさは無く、海路の旅に纏わる侘しさ、寂しさを感じさせる。

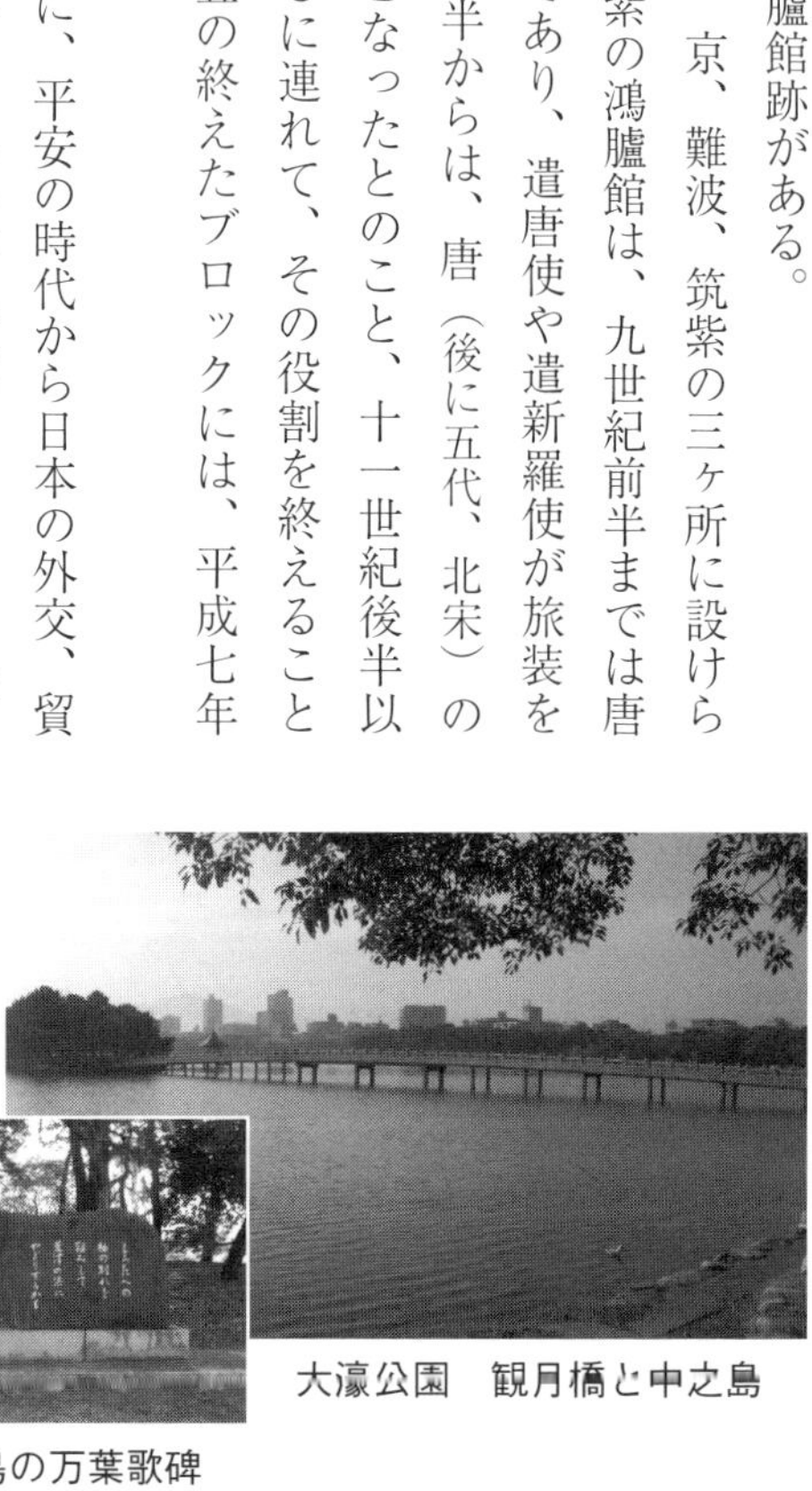

大濠公園　観月橋と中之島

大濠公園中之島の万葉歌碑

諸説ありて悩みつつ決めし千賀の浦　散策の地の大濠公園に
千賀浦の変はりたる池の浮島に　渡り歩めば万葉の歌碑在り
平安の代の外交の館跡　今千賀浦に掘り明かされり

二十三、草香江《くさかえ》〔山〕

『**万葉集**』巻第四に、**大伴旅人**の「草香江の入江にあさる《漁》蘆鶴《あしたづ》の　あなたづたづし友なし《無》にして」が載る。「漁る」は「餌を啄ばむ」、「たづたづし」は「たどたどし」で「心細い」の意。歌意は「草香江の入江で餌を探す蘆辺の鶴ではないが、ああ、心細いことだ。友がいなくて」である。『能因』、『名寄』、『類字』に収められる。その他、**後宇多法皇**や**正徹**、**藤原家隆**などの歌も並ぶ。なお、『名寄』は項を立てるに「草香山」としているが、編集時か翻刻時かは判らぬが誤りであろう。

この草香江は、今もその実名が残る。福岡市中央区、大濠公園の南に草香江一丁目、二丁目がある。隣町の六本松一丁目、ちょうど福岡大附属大濠中・高校の真南にある草香江公民館の敷地内に、冒頭の歌の石碑が建てられている。

古くには、博多湾は大濠公園一帯まで入り込んでいたことは前項で

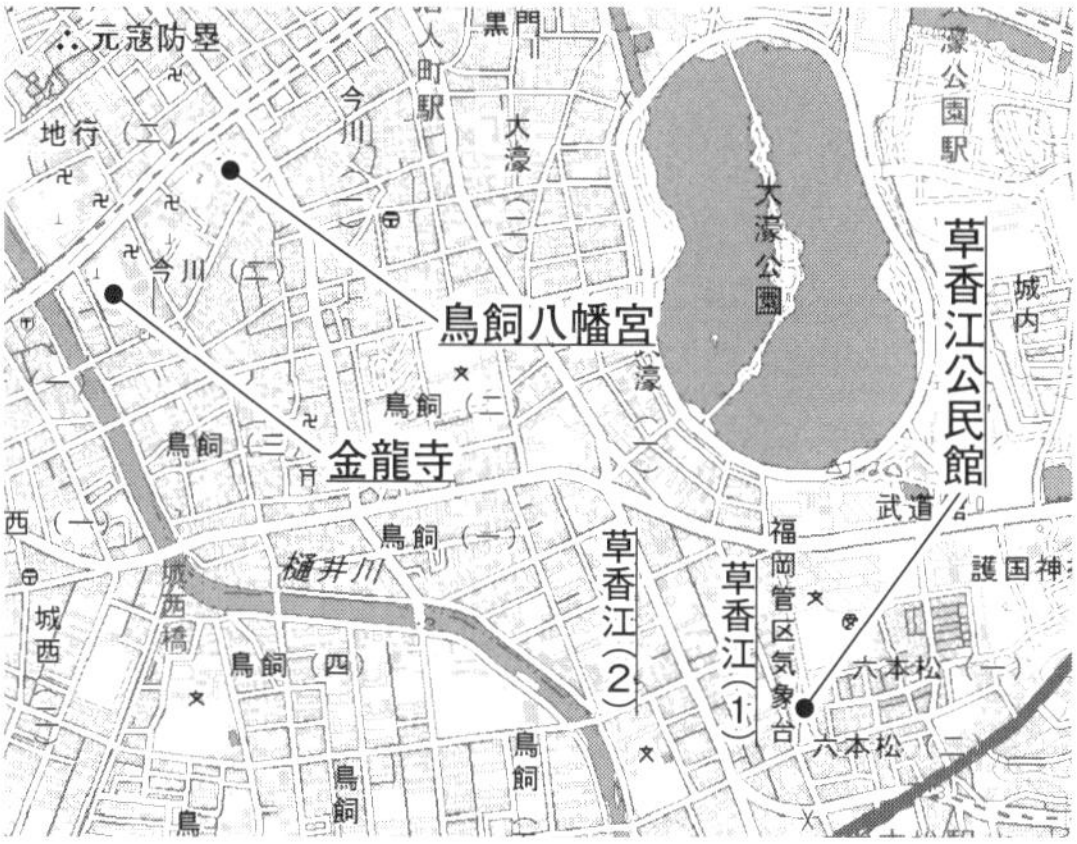

大濠公園付近

述べた。まさにこの地は「江」であったのである。

少し離れるが、大濠公園の真西、通称明治通り沿い、福岡市の副都心に、広いと言うわけではないが、都会には貴重な森に囲まれて千七百年の歴史を有する鳥飼八幡宮が鎮座している。祀られるのは、**応神天皇**、その母の**神功皇后**、**神武天皇**の母の玉依姫命の三神である。

鳥飼八幡宮拝殿

千年蘇鉄

創建の謂れは、**神功皇后**が三韓征伐の帰路、姪浜（現在も福岡市西区に姪浜港があり、能古島―二十六・能解泊参照―行きの渡船が発着する）に上陸し、鳥飼（草香江に接して南西に、現在も町名として残る）に差し掛かった時、その地の長の鳥飼氏が歓待し、御饌を奉じ、皇后は喜ばれて兵士等に盃を取らせ一泊したことから、鳥飼氏はこれを縁として社を建て、「若八幡」と名付けて祀ったことと言う。

境内社務所前には、「千年蘇鉄」と呼ばれる古木が大きく葉を広げている。**武内宿禰**が、**神功皇后**の旅の安全、胎内の御子（**応神天皇**）の無事を祈ってこの地で祈願したところ、蘇鉄が生えてきたと言う。であれば、樹齢千七百年ということになるが、そのことの真偽は別にして、**武内宿禰**が四百年生きたという伝えもあって、長寿を祈願する人が多い。

草香江公民館の万葉歌碑

神社から明治通りを西に二百メートルほど行くと、曹洞宗の金龍《きんりゅう》寺が建つ。**貝原益軒**の記した『筑前國續風土記』は、「昔永正五年（一五〇八―筆者注）、原田弾正少弼弘種草創の寺にて、怡土郡高祖村（現・糸島市前原付近？

―筆者注）にあり。」とし、「慶長十六年（一六一一―筆者注）…中略…荒戸山（次項参照）に寺領を給はり、高祖村より寺をうつせり。」、さらに「慶安二年（一六四九―筆者注）、…中略…鳥飼松原の内に…中略…其年の九月今の地に寺をうつせり。」と述べる。遷移を重ねた寺である。

この『筑前國續風土記』は、歌枕の地の比定に大いに参考となったのだが、ここ金龍寺に著者の**貝原益軒**の座像と墓所がある。有難くお参りさせて頂いた。

また、境内の一角には、一時期この寺に仮寓した倉田百三の寓居の記念碑も建つ。

草香江なる住宅街の公民館　歌碑建ち居りて歌枕と識る
伝へあるて蘇鉄の古木に長寿願ふ　草香江近く社の庭に
歌枕の文遺したる益軒の墓　草香江巡る道端の寺に

二十四、荒津《あらつ》（併せて同〈ノ〉海、同崎、同浜〔濱〕）

福岡都市高速環状線は、博多区の御笠川河口から西区の室見川河口まで、博多湾の沿岸を通る。東から博多区と中央区の区境を過ぎて一キロメートル余り、博多漁港の湾口を跨ぐと、左手にこんもりとした森が目に飛び込む。広さ十七ヘクタールの福岡市西公園である。

貝原益軒座像

金龍寺山門

福岡市中央区西公園

この公園のある小山が荒戸山で、古くには荒津山と呼ばれた。住吉神社の古地図にも古名で示されている（二十一、苳〔裳〕嶋参照）。また、環状線が先に跨いだ博多漁港湾口の橋は荒津大橋、環状線北側の町名が荒津一、二丁目である。この一帯が歌枕「荒津」の地であることは疑うべくもない。

江戸時代には黒田藩により、徳川家康を祀る東照宮が建立されていた。外様である故の、幕府への恭順を顕す証であったのだろう。明治維新によって徳川幕府が倒れ、連れてここ東照宮も廃れることとなったが、明治六年（一八七三）に地元の有志によって、福岡藩藩祖・黒田孝高、初代藩主・長政父子を祀る光雲神社が建てられた。父子のそれぞれの法名、「龍光院」、「興雲院」から命名されたという。読み方は「てるもじんじゃ」である。ただし「こううん」と音読して、まさに幸運を願って参る人も多い。なお、当時の社殿は昭和二十年（一九四五）の福岡大空襲で焼失し、今在るは昭和四十一年（一九六六）に再建されたものである。

境内の一角には、筑前今様歌碑が建ち、福岡藩の儒学者で歌人、書家でもあった二川相近《ふたがわすけちか》、その弟子の石松元啓《いしまつもとひろ》の今様歌が刻まれている。今様歌は、和讃や雅楽の影響を受けて平安中期から鎌倉初期に流行した歌で、概ね七五調四句である。

また、黒田節で広く知られる母里太兵衛の像も建つが、この黒田節は、もともと

荒津一丁目から見た荒津山

光雲神社社殿

筑前今様歌碑

黒田藩の武士によって作詞、作曲されたもので、筑前今様と呼ばれていた。雅楽の「越天楽」の旋律を模している。

公園の西の端からは、博多湾に浮かぶ鵜来島《うぐじま》を望むことが出来る。

この高台には、遣新羅使の一人、土師稲足《はにしのいなたり》が詠み、『万葉集』巻第十五に収められる「神さぶる荒津の崎に寄する波　間なくや妹に恋ひ渡りなむ」を刻んだ碑が立っている。

『**万葉集**』にはこの歌以外にも、「草枕旅行く君を荒津まで　送りて来ぬる飽き足らずこそ」、「荒津の海われ幣《ぬさ》祭り斎《いは》ひてむ　はや帰りませ面《おも》変りせで」など、この地を詠み込んだ歌が多く、『能因』、『名寄』、『松葉』に転載されている。

荒津山万葉歌碑

循環の高速道路の橋の名に　歌枕なる荒津の名あり
木々深き荒津の山の社にて　この地治めし黒田家偲ぶ
荒津山に歌の碑《いしぶみ》一基在り　万葉に詠まれし数多の中より

福岡市西区

二十五、壱岐《いきの》〔生〕〈ノ〉松原《まつばら》

下山門駅付近

この地を詠み込んだ歌は多い。『能因』、『名寄』、『類字』、『松葉』に総じて二十首が収められる。特に、**『後拾遺和歌集』**からの**源重之**の「都へといき《〔生〕》の松原いき《〔生〕》かへり《〔帰〕》　君か《が》ちとせ《〔千歳〕》にあは《〔遭〕わ》んとすらん」、**『千載和歌集』**からの**藤原実方**の、「昔見し心は《ば》かりをしるへ《〔標〕》にて　思ひ《い》そ《ぞ》送るいき《〔生〕》の松原」、**『新古今和歌集』**からの**枇杷皇太后宮**の「涼しさはいき《〔生〕》の松原まさる《〔勝〕》とも　そふる《〔添〕》扇の風な忘れそ」等、**勅撰和歌集**から十七首が転載されていて、他の地と比べて格段に多い。「壱岐〔生〕松原」が広く識られた歌枕の地であった証であろう。

博多湾のうち、能古島（次項参照）と西区の浜に囲まれる海域を今津湾と呼ぶ。その浜の東部、JR筑肥線の下山門《しもやまと》駅の五百メートルほど北に広がる海岸線が「生の松原」と呼ばれ、夏は海水浴場として賑わいを見せる。浜際には松の林が

生の松原

元寇防塁跡

続き、文字通りの景観である。その昔三韓出兵の折、**神功皇后**が戦勝を祈願して松の小枝を逆さに挿したところ、その枝が根付いたことから、その松を「生《いき》の松」と名付けたことが、この地の名の由来とされる。

文永十一年（一二七四）、初めて元軍が侵寇（文永の役）して以降、鎌倉幕府は元軍の再来に備えて、博多湾沿岸に防塁を築いた。弘安四年（一二八一）の弘安の役では、防塁が完成していた海岸からは元軍の上陸は無かったという。ここ生の松原にも築かれた防塁の跡が今でも残り、国の史跡に指定されている。

この地には壱岐神社が建つ。

『日本書紀』応神天皇の巻九年の条には以下の記載がある。「武内宿禰の弟・甘美内宿禰《うましうちのすくね》、兄を廢《す》てむとして、即《すなは》ち天皇《すめらみこと》に譏し言さく、「―内容略―」。是に、天皇、則《すなは》ち使《つかひ》を遣《つかは》して、武内宿禰を殺さしむ。」と。ところが、「爲人《ひととなり》、能《よ》く武内宿禰の形に似《たうば》れ」る壱伎直《いきのあたひ》の祖《おや》眞根子《まねこ》が「大臣《おほかみ》に代《かは》りて死《みまか》りて、大臣の丹心《きよきこころ》を明《あか》さむ」と言って、「劒に伏せりて自ら死りぬ。」

このことから眞根子を祀った社が、先に述べた「生の松」近くに建てられた。そして延宝八年（一六八〇）に現在地に遷移し、今に続くのがこの壱岐神社である。

古歌に数多詠ひ込まれし名勝の　生の松原海風に揺るる
元寇の上陸阻む塁の跡　今に残れる生の松原
伝へあり生の松原の御社に　忠節貫き自刃しし男《をのこ》の

壱岐神社拝殿

二十六、能解《のこの》〔古〕〈ノ〉泊《とまり》（併せて同浦）

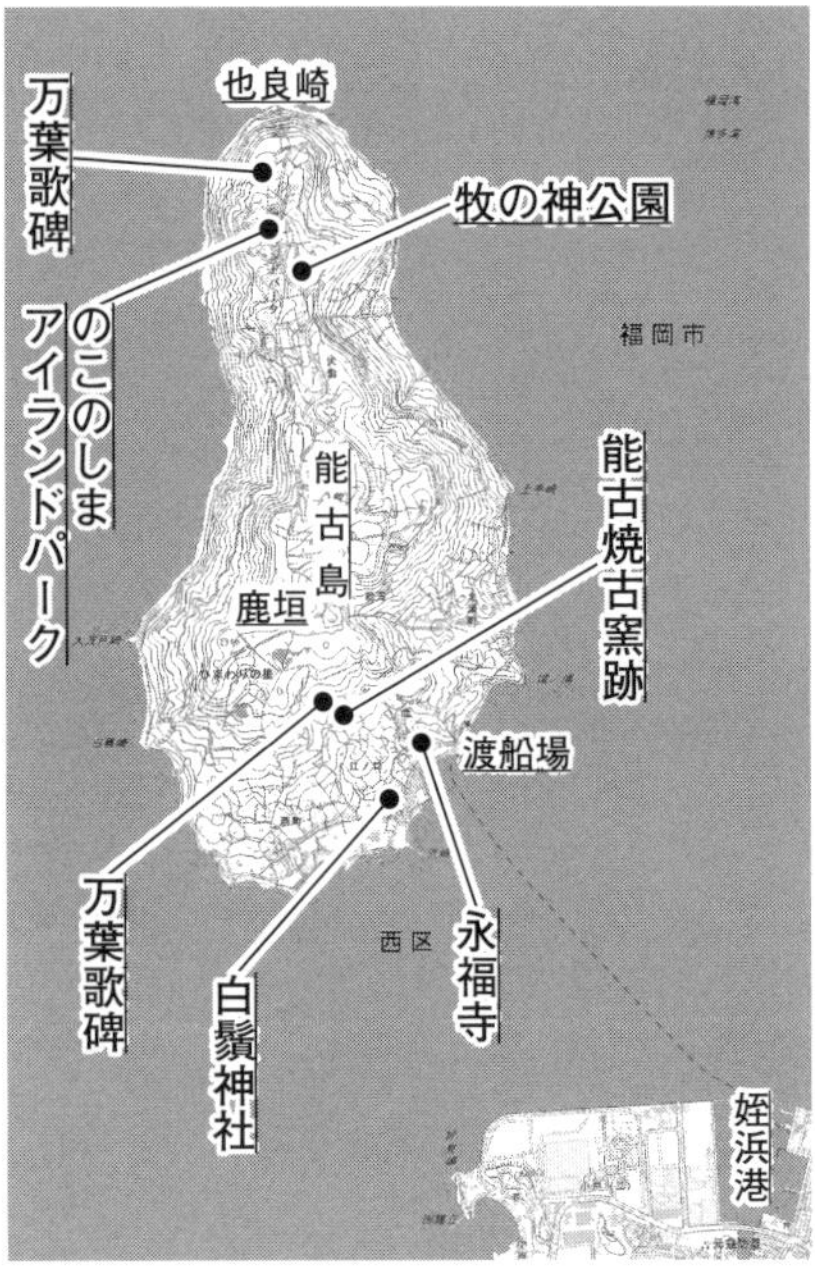

能古島

福岡市西区の九州本島から一・二キロメートルほど、博多湾のほぼ中央に、南北三・五キロメートル、東西二キロメートルと、南北に細長い島が浮かぶ。古くには「能解」、「能許」、「能巨」、あるいは「乃古」とも表記された能古島である。本島側の姪浜からの市営フェリーで十五分、島の渡船場に着く。ここが歌枕「能解〔古〕泊」、海域が「能解浦」である。

『**万葉集**』巻第十五は、旅に関る二つの歌群によって構成されるが、その前半の百四十五首は、天平八年（七三六）に派遣された遣新羅使の人々の歌である。この一行の道中は労苦多く、またその首尾も捗々しくなかったとのことで、一連の歌からも、その辛苦を予見していたかのような哀愁を感じる。その中から、「風吹けば沖つ白波恐《かしこ》みと　能古の泊に数多《あまた》夜ぞ寝《ぬ》る（風が吹くと沖の白波が恐ろしいので、能

白鬚神社

能古島全景

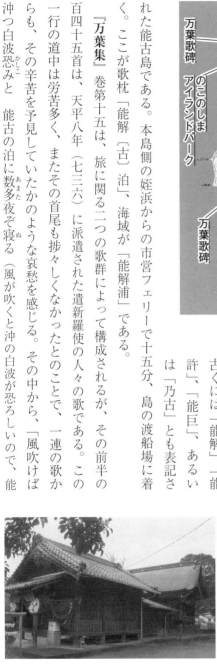

永福寺本堂

古の船着場で幾夜も寝ることだなあ）」と、「韓亭能古の浦波立たぬ日は　あれども家に恋ひぬ日はなし（韓亭や能古の浦の波が立たない日はあるけれど　家を恋さない日はない）」の二首が『能因』に、また前者は『名寄』、『松葉』にも載る。

渡船場の左手には白鬚神社が建つ。**神功皇后**、**猿田彦命**、三筒男命《みつつおのみこと》（底筒男命《そこつつのおのみこと》、中筒男命《なかつつのおのみこと》、表筒男命《うわつつのおのみこと》の総称？）などを祭神とする。由緒は明らかではないが、創建は少なくとも奈良時代以前との事である。

また白鬚神社の手前の少し山手に、曹洞宗の永福寺がある。江戸時代の二度の火災で記録等が焼失し、創建時代等が不明である。本堂左手奥には孔子廟がある。その直ぐ上に、全長二十二メートル、比高差五・二メートル、焚口と七室の焼成部、計八室から成る連房式登窯の能古焼古窯跡が保存されている。出土品からして十八世紀前半の窯と推定されている。出土するのは有田焼系と高取焼系の磁器から成り、双方を焼いた窯は非常に珍しいこととという。

そして、その窯跡の左奥に、先述の万葉歌「風吹けば……」を刻んだ歌碑が建てられている。先の寺社、古窯跡、そしてこの万葉歌碑にも、訪ねたのが三月の連休という行楽の季節にも拘らず人影がなく、一抹の寂しさを感じた。

博多湾の真中に浮かぶ能古の島　寄する浦波いと平けく

能古万葉歌碑

能古焼古窯跡

能古島の泊に近き高台に　横たはり居り残る窯跡
歌碑一基人目に触れず建ちて居り　能古の浦辺を独り見つめて

二十七、也良〈能・ノ〉崎（地図は「二十六、能解〔古〕〈ノ〉泊（併せて同浦）」参照）

『**万葉集**』巻第十六に、筑前《つくしのみちのくち》の国の志賀の白水郎《あま》の歌十首が載り、そのうちの「沖つ鳥鴨といふ船の帰り来《こ》ば也良の崎守早く告げこそ」が『能因』、『名寄』、『松葉』に、さらに「沖つ鳥鴨といふ船は也良の崎　廻《た》みて漕ぎ来《く》と聞こえ来ぬかも」が『名寄』に収められる。この十首の歌群には以下の解説が添えられる。少し長くなるが、全文を引用する。

右は、神亀の年の中《うち》に、大宰府、筑前《つくしのみちのくち》の国宗像の郡《こほり》の百姓《ひゃくせい》宗形部津麻呂《むなかたべのつまろ》を差して、対馬送糧《そうりゃう》の船の柁師《かじとり》に宛《あ》つ。時に、津麻呂、滓屋《かすや》の郡志賀の村の白水郎《あま》荒雄《あらを》が許《もと》に詣《いた》りて語りて曰はく、「我れ小事有り。けだし許さじか」といふ。荒雄答へて曰はく、「我れ郡を異にすといへども、船を同じくすること日久し。志《こころ》は兄弟《けいてい》より篤し、殉死することありといへども、あにまた辞《いな》びめや」といふ。津麻呂曰く、「府の官《つかさ》、我れを差して対馬送糧の船の柁師に宛つ。容歯《ようし》衰老し、海《うみ》つ路《ぢ》に堪《あ》へず。ことさらに来りて祗候《しこう》す。願はくは相替ることを垂《た》れよ」といふ。ここに、荒雄許諾《ゆる》し、つひにその事に従ふ。肥前《ひのくちのみち》の国松浦《まつら》の県《あがた》の美禰良久《みねらく》の崎より船を発《い》だし、ただに対馬を射して海を渡る。すなはち、たちまちに天暗冥《くら》く、暴風は雨を交へ、つひに順風なく、

のこのしまアイランドパーク

海中に沈み没《い》りぬ。これによりて、妻子《めこ》ども、櫝墓《とくぼ》に勝《あ》へずして、この歌を裁《つく》作る。或いは、筑前の国の守山上憶良臣《やまのうえのおくらのおみ》、妻子が傷みに悲感《かな》しび、志を述べてこの歌を作るといふ。

伊藤博は『萬葉集釋注』において、白水郎の妻子にこれだけの歌が作れるはずがないから、**山上憶良**作の方が信憑性が高いとしている。

　この歌枕「也良崎」は、前項の地図に見るように、能古島の北端に在る。残念ながら、島を周回する道からは視界に入れることは出来ない。島の北西部の高台一帯は、福岡の花の名所として親しまれる昭和四十四年（一九六九）開園の「のこのしまアイランドパーク」があり、その最北端の広場から想像するしかない（或は斜面を下る林間の道があるのかも知れないが……）。岬の上部と思しき道沿いに、冒頭に紹介した歌の第一首目が刻まれた碑が建つ。

「牧の神公園」入口

也良崎の上「のこのしまアイランドパーク」北端

能古万葉歌碑

　また古代には、この丘陵地では牧牛が盛んであったとのこと、アイランドパークの向かいに、その名残りの「牧の神大明神」が祀られ、「牧の神公園」として整備されている。

　能古島は、江戸期には福岡藩の猟場であり、六百頭を超える鹿が棲息していて、農作物を荒らしていた。そのため藩は、天保七年（一八三六）東西二キロメートルの石垣を築いて鹿垣とした。その跡が島の数ヶ所に残っている。第二次大戦後には鹿は全滅したが、替わって今農業被害を齎しているのは猪である。その防護柵の金網が島のいたるところに張り巡らされていて、山林近くの農業は、何時の時代も獣との折り合いが不可欠と感じた。

高みより推し測るのみの也良の崎　能古の島なる公園に立ち
道の端の碑に刻まれし古歌に識る　也良崎の沖に悲話のありしを
也良崎に通ふ道沿ひ猪を　防ぐ柵あり鹿垣に替へ

鹿垣

猪の防護柵

二十八、唐泊《からどまり》（併せて韓亭能古浦）

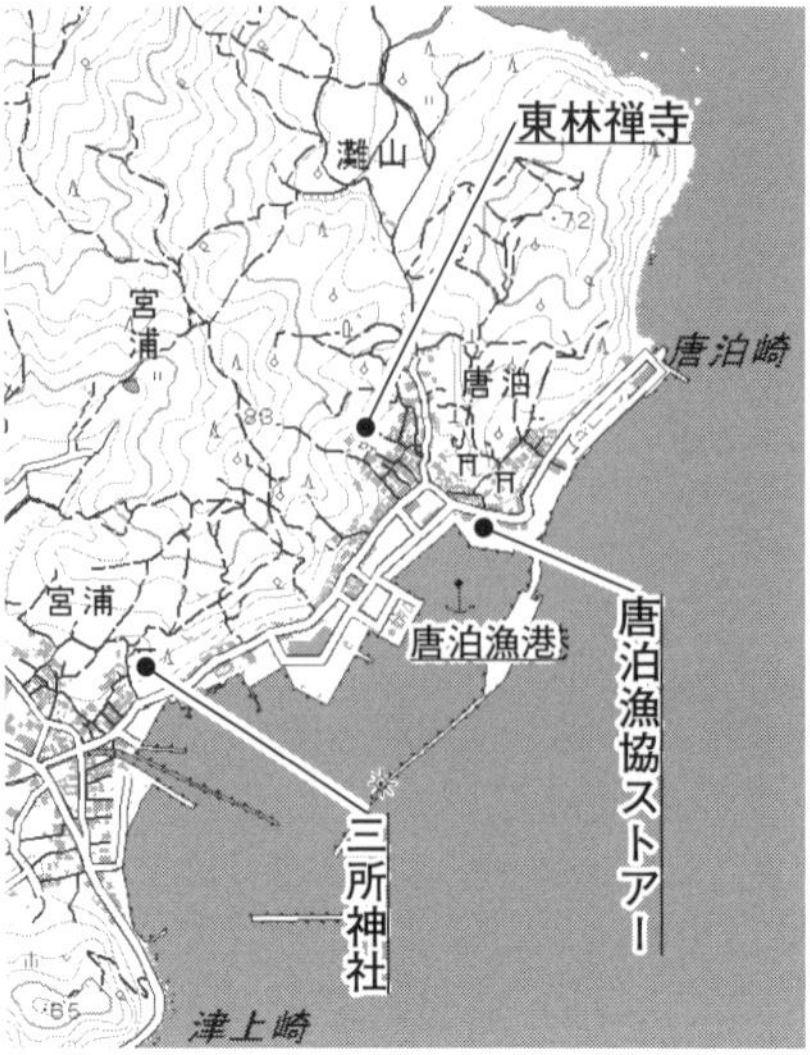

唐泊港

前項の也良崎のほぼ真西、博多湾（福岡湾とも言う）を挟んだ七キロメートル、糸島半島の西岸の括れた小さな湾が唐泊港である。万葉の時代には「韓亭」と表記された。『能因』、『名寄』、『松葉』には『**万葉集**』巻第十五の、「韓亭能許の浦波立たぬ日は　あれども家に恋ひぬ日はなし」が載り、さらに『名寄』の添書には、「右遣新羅使到筑前国志麻郡之韓亭船泊各陳卿哥六首内」とある。

湊から見る博多湾は、波は穏やかにして、正面に能古島を望み、まさに風光明媚である。東区、博多区、中央区の歌枕の地が、その昔はともかく、今は都会の喧騒の中に在るのに引き換え、ここは都会の慌しさもなく、何かしら心落ち着く感がした。

漁港の、海に向かって左に唐泊地域漁村センターがあり、その玄関脇に、**『万葉集』**巻第十五に収められる遣新羅使の歌群のうち、大使・阿倍継麻呂の「大君の遠の朝廷と思へれど　日長くしあれば戀ひにけるかも」以下、六首を刻んだ碑が据えられている。もちろん、冒頭に記した「韓亭……」の歌も並ぶ。

三所神社拝殿・本殿

三所神社参道口

港手前の山手に、神亀五年（七二八）に創建され、この地一帯の総氏神の三所《さんしょ》神社がある。祭神は宗像三神（八、名児山参照）および明治三十八年（一九〇五）に筥崎宮より合祀された**応神天皇**で、神社の解説版には、特に海上交通と陸上との結びとして崇敬されてきたとある。

唐泊港

漁村センターの万葉歌碑

ここには、福岡市指定の有形民族文化財の「板絵著色武者絵馬《いたえちゃくしょくむしゃえま》」が保存される。享和三年（一八〇三）に宮浦の四人の海運業者が航海安全を祈願して奉納したもので、**葛飾北斎**の弟子・柳々居辰斎《りゅうりゅうきょしんさい》の作とのことである。殊更の飾り気はないが、落ち着いた構えの本殿、拝殿は、宝暦三年（一七五四）の建造であり、二百五十余年を経たことになる。

また、センター近くの細い路地を後背の山に向かって登ると、**栄西**《えうさい》が二度目の渡宋から帰国して建てたとされる、臨済宗妙心寺派の東林禅寺が建つ。訪れた時は、時悪しく本堂の改修時で足場が回らされ、写真がお見苦しいのは御容赦願いたい。それでも、港に目を転ずれば、『筑前國續風土記』の言う「小高き所に立たる寺なれば、遠望朗にして佳景の地なり」を十二分に体感できる。なお、境内の一角には、冒頭に記した「韓亭能許の……」の歌碑が海を見下ろしている。

緩やかに時流れつつ唐泊　海平らけく風穏やかに
唐泊に新羅に赴く使節等の　詠みたる歌あり碑に刻まれる
能古島を望みて建てる碑の一基　唐泊なる禅寺の庭に

糸島市

二十九、可也《かや》の〔萱〕山《やま》（併せて同野）

『万葉集』巻第十五には、天平八年（七三六）に新羅に遣わされた使節団（遣新羅使）一行の歌百四十五首が載る。一行の中で、大使、副使に次ぐ地位・大判官であった壬生使主宇太麻呂《みぶのおみうだまろ》が、引津の泊で詠んだ「草枕旅をくるし《〔苦〕》み恋をれ《〔居〕》は《ば》かや《〔可也〕》の山へ《〔辺〕》にさを《〔雄?〕》しか《〔鹿〕》な《〔鳴〕》くも」が、『能因』、『名寄』、『松葉』に収められる。結句の「さ」は、語調を

改修中の東林禅寺本堂

東林禅寺万葉歌碑

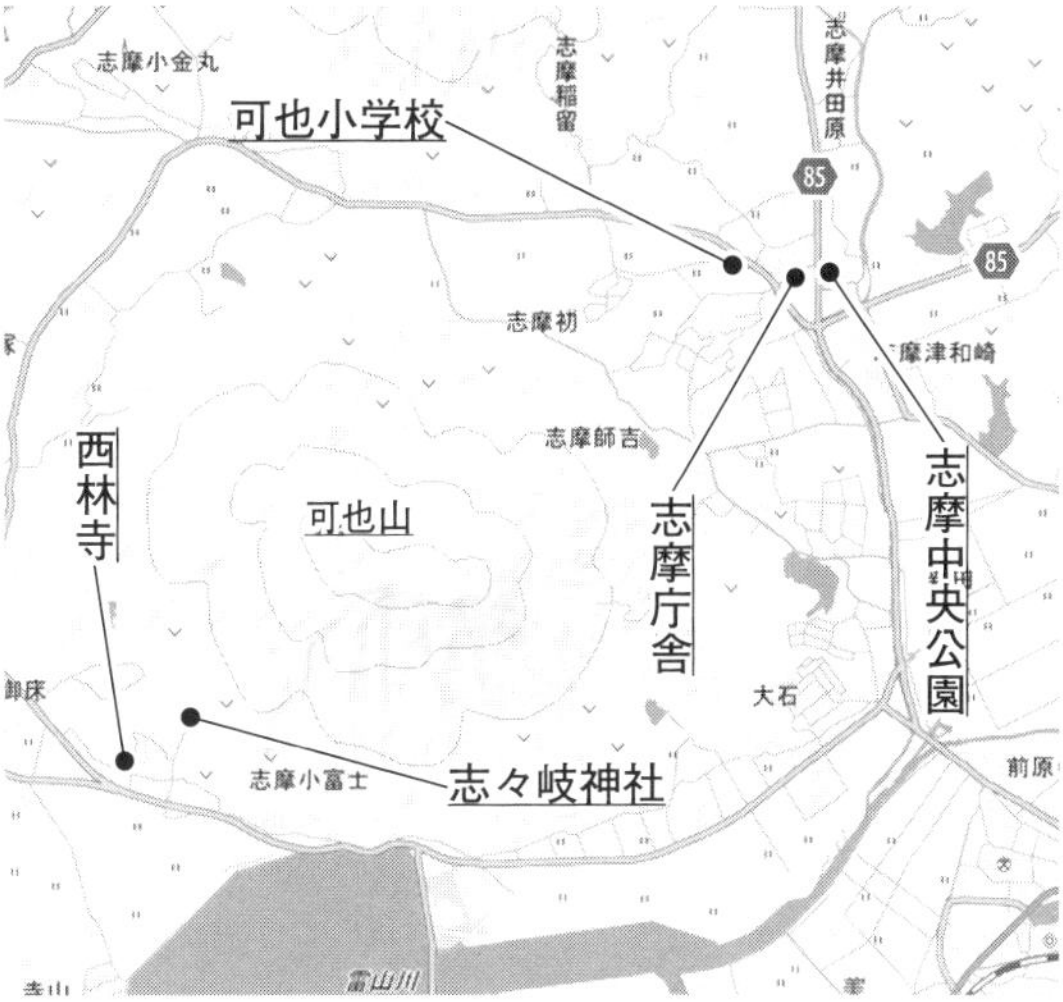

可也山

整える接頭語、「を」は、「小さい、細かい、小さくてかわいい」、あるいは語調を整える接頭語もあるが、ここでは「雄《おす》」の意が自然であろう。歌意は、「草を枕にして寝る旅の苦しさに、故郷を恋しく思っていると、可也の山辺で雄鹿が雌鹿を慕って鳴いていることよ」であろう。

なお、この一行の大使・阿倍継麻呂は対馬で没し、副使の大伴三中は疫病にかかって遅れ、一行として天平九年に帰京、朝廷に拝したのは、宇太麻呂以下であったとのことである。

福岡市西区の横浜という地から西に県道八十五号・福岡志摩線が伸びる。十キロメートルほどであ糸島市志摩の中心地であろうか、八十五号が真北に向きを変える辺りが、り、歌枕の地名を冠した市立可也小学校がある。

糸島市志摩庁舎敷地内の東には、冒頭に紹介した歌を刻んだ銅板をはめ込んだ碑があり、また、その東向かいの志摩中央公園の入口には三基の歌碑が建ち、いずれも万葉歌が刻まれている。まさしく万葉の里としての雰囲気である。

ところで、この地から南方に可也山が遠望できるはずなのだが、周囲の

糸島市志摩庁舎の歌碑

志摩中央公園入口の歌碑群

県道571号線から見る可也山

山並と重なって特定できず、後日、南側からの山容に期待することとした。

福岡市西区の区役所近くの姫浜から、佐賀県唐津、伊万里に向けてＪＲ筑肥線が通い、ほぼ平行に国道二百二号線（通称唐津街道）が走る。その国道から糸島市加布里で北に県道五百七十一号・小富士加布里線が分岐する。進行方向正面に、標高三百六十五・一メートルの可也山が独立してその姿を見せる。なだらかで美しい形をしていて、糸島富士、小富士、あるいは筑紫富士と呼ばれている。『筑前國續風土記』には、「山高からすといへとも、其かたちうるはしくて、佳觀とすへし」と記される。

可也山の南麓には、共に**天智天皇**の代の創建とされる志々岐神社と西林寺が建つ。西林寺には、大正三年（一九一四）修復の折、躰内から「**恵心**作　弥陀一体　云々　元禄十五年九月二日」と書かれた墨書が発見され、その年に国宝に指定された木彫阿弥陀如来坐像が安置されている。

其処此処に万葉の歌碑数多あり　可也の山辺に街は開けて
車駆る先に横たふ可也山の　優しき姿涅槃仏に似る
可也山の裾野に近く並び建つ　古き世の寺社《じしゃ》訪ふ人稀に

西林寺

志々岐神社

三十、引《ひき》津《つ》

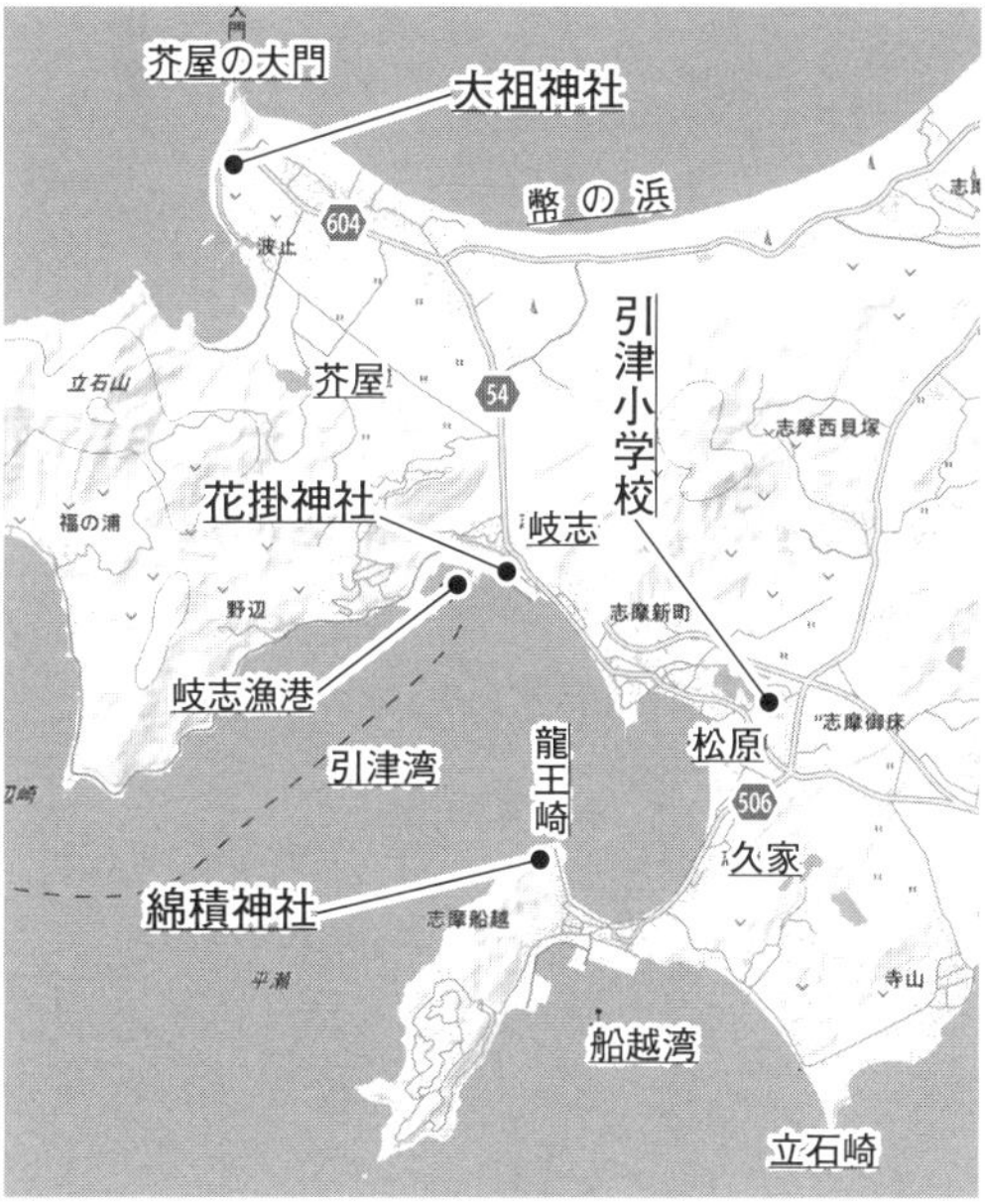

引津湾

可也山の西に広がるのが、糸島市志摩御床《しまみとこ》の集落である。小学校、保育園、運動公園等に歌枕「引津」の名が付けられている。さらに、集落の西には、玄界灘から入り込んだ引津湾が穏やかな海面を見せている。この引津の名の由来に関しては、『筑前國續風土記』に、「むかしは此入海に、芥屋《けや》、岐志《きし》両方より潮相通して、大船も内海に入りしといひ傳ふ。いつの時よりか、入海はあせて皆田となり……」と解説する。改めて地図を見れば、確かに湾の最北に位置する岐志漁港と、五キロメートルほど北に開ける幣《にぎ》の浜（『風土記』の言う「芥屋の浜」）の間の陸地は、標高も低く、あるいはと思わせる。が、地質学者の中には、その一帯は、表面の砂地の下は花崗岩の岩床から成り、右の解説に異を唱える人も居るとのことである。

神功皇后は三韓征伐の際、住吉三神（底筒男命《そこつつのおのみこと》、中筒男命《なかつつのおのみこと》、表筒男命《うわつつのおのみこと》）を小山に

龍王崎から見る引津湾

花を掛けて鎮祭した事から、その山を花掛山と呼び、また後世には社を建てて花掛神社としたという。もともと志摩西貝塚に在ったが、今は岐志漁港近くに鎮座する。創建や遷座の年代を明らかにする資料には辿り着いていない。社殿は小振りで、普段は参詣客も稀で、村の社の雰囲気である。

大祖神社

花掛神社から県道五十四号・福岡志摩前原線を北に進み、大きく東に右折する地点から西に分岐する県道六百四号・芥屋大門《おおと》公園線を進むこと一キロメートル余り、同公園に着く。駐車場から海に向かう道の左手には大祖神社が建つ。祭神は**伊弉諾尊**、**伊弉冉尊**、**天照大神**をはじめ十五神が祀られ、不敬にも、さぞかし日々神族会議で賑やかだろうと想像した。創建年代は詳らかでない。

そのまま海辺へ出ると、深い青色の玄界灘から白波が打ち寄せている。左手には、切り立った岬の崖が海に落ち込んでいる。その先端を廻り込んだ所に、日本三大玄武洞の一つ、「芥屋の大門」が、高さ六十四メートル、横幅十メートル、奥行九十メートルの口を開けていると言う。**貝原益軒**は次の様に解説する。「大門とて、北にむかへる大なる岩窟あり。其内海海水甚深くして其色黒く、よのつねの水色にことなり。是山陰にして、又水極てふかき故也。見る人おそる。窟中の横廣き所五間半許、其中に入て見あくれは、天井の如くにして、悉く角柱をつかねたる端を見るか如し。―以下略―」と。洞を直接見るには、岬を廻った先の芥屋漁港から遊覧船が出ている（四～十一月）。

花掛神社社殿

この地を詠み込んだ歌は三首が挙げられる。『能因』、『名寄』、『松葉』に、『**万葉集**』巻第十から「梓弓引津の辺なる莫告藻《なのりそ》の　花咲くまでに逢はぬ君かも」、

『名寄』、『類字』、『松葉』に、『**新勅撰和歌集**』から「梓弓引津の辺なる莫告藻の誰憂《（＝浮き）》きものと知らせ初めけん」、そして『能因』に、『**万葉集**』巻第七の**旋頭歌**・「梓弓引津の辺なる莫告藻の　花摘むまでは逢はざらんかも莫告藻の花」である。前二首は「詠み人知らず」、旋頭歌は**柿本人麻呂**の作である。三首とも「引」に枕詞「梓弓」が掛かるのは技法上良くある事であろうが、それ以上に、上三句が同一なのが興味深い。

なお、「莫告藻」は、海藻の「ホンダワラ」のことで、花が咲くことはない。一首目、三首目の「花咲く」、「花摘む」ことは有り得ず、「永遠に」あるいは「非情に長期間」を仄めかしているのである。

静やかに引津の街に鎮座する記紀伝承の縁の社
驚きて数多の神に参りたり　引津に近き浜の社を
引津近き芥屋の岬に洞の在り　玄界灘の波浪創りし

芥屋の大門のある岬

三十一、立石崎《たていしざき》（地図は「三十、引津」参照）

歌枕「立石崎」を詠み込んだ歌は、『松葉』に載る「さかろ《（逆艪）》をす《（押）》たていしさき《（立石崎）》の白波は　あら《（荒）》き塩《（潮）》にもかゝりける哉」が唯一である。詠者は**西行**で、出典は『**夫木和歌抄**』としているが、もちろん『**山家集**』にも収められている。

立石崎

歌意は、渡部保の『西行山家集全注解』によれば、「逆艪を押して舟を進めて行く立石崎のあたりの白波に遭うのは、都合の悪い潮にかかったことよ。逆事をする立石崎のあたりに住む盗賊（海賊）は悪い機会に逢ったことだ（捕えられたことを言うか……渡部注）」である。しかしながら、**西行**が九州に歩を進めた事跡はない。（もっとも歌枕のことであるから、その地に立つ必要はないのではあるが……。）立石崎につき渡部は、「伊勢二見浦夫婦岩を立石、立岩という」と注釈する。また、吉原栄徳の『和歌の歌枕・地名大辞典』は、現在の福井県敦賀市立石崎と比定している。なお「逆艪」は、前後何れにも進むように、舟の艫と舳との両方に取り付けられた櫓のことである。

旋頭歌歌碑

引津小学校の南で県道五十四号・福岡志摩前原線と交差する県道五百六号・船越前原線を走ると、ちょうど引津湾の南東岸を通る。一・五キロメートルほど行くと、陸地が二百メートルほどに括れ、南には船越漁港があり、船越湾がひろがる。そこからは、引津湾の海岸は大きく湾曲して北に向く。その先端の龍王崎近くには、綿積神社が座す。御由緒には、「古来齋浜（幣《にぎ》の浜のことか?……筆者注）に御座ありたるを、秀吉の西征に際し神田悉く没収に相成り、神社も破壊に及びたれば、齋大明神を現在の龍王崎に遷し、今日迄祭祀せるものなり」とある。天保元年（一八三〇）にこの地に再建され、現在の社殿は昭和五十六年（一九八三）に改築された。

綿積神社

万葉集「草枕……」の歌碑

その年に、境内に万葉の里公園が整備された。公園内には、「三十、可也山」に挙げた「草枕……」、「三十一、引津」の**旋頭歌**の二首の万葉歌が、それぞれ異なった形の良い石に刻まれて建つ。

さらには、『**万葉集**』巻第十五に多くの歌が特集される、天平八年（七三六）の遣新羅使の辿った航路を図示した解説板が掲げられている。頗る明快で、学びの参考になった。やや長々しくなるが、その解説全文を以下に転載する。

天平八年（西暦七三八年）、阿倍継麻呂を大使とする遣新羅使人の一行は、旧暦六月に難波を出航し、瀬戸内海を西に進んだ。

途中、佐婆《さば》の海（周防灘）で暴風のため遭難し、分間《わくま》の浦（大分県中津市付近）に漂着した。七夕の頃に博多湾岸の筑紫館《つくしのたち》に着き、船団を立て直して荒津を船出したが玄界灘が荒れていたため、韓亭《からどまり》（西区唐泊）で三日間海が静まるのを待った。

糸島半島を廻って引津亭《ひきつのとまり》（志摩町引津湾内）に停泊し、狛島亭《こましまとまり》（佐賀県唐津市神集《かしわ》島）から壱岐・対馬を経て朝鮮半島へと渡っていった。

立石崎は、船越湾の左手一キロメートルほどの、寺山海水浴場になっている砂浜の先にある。殊更の史跡等は見当たらず、為に対岸の糸島市加布里《かふり》の浜から遠望するに留めた。

諸説ありて立石崎と定め難し　想ひ悩めば近き里訪ふ

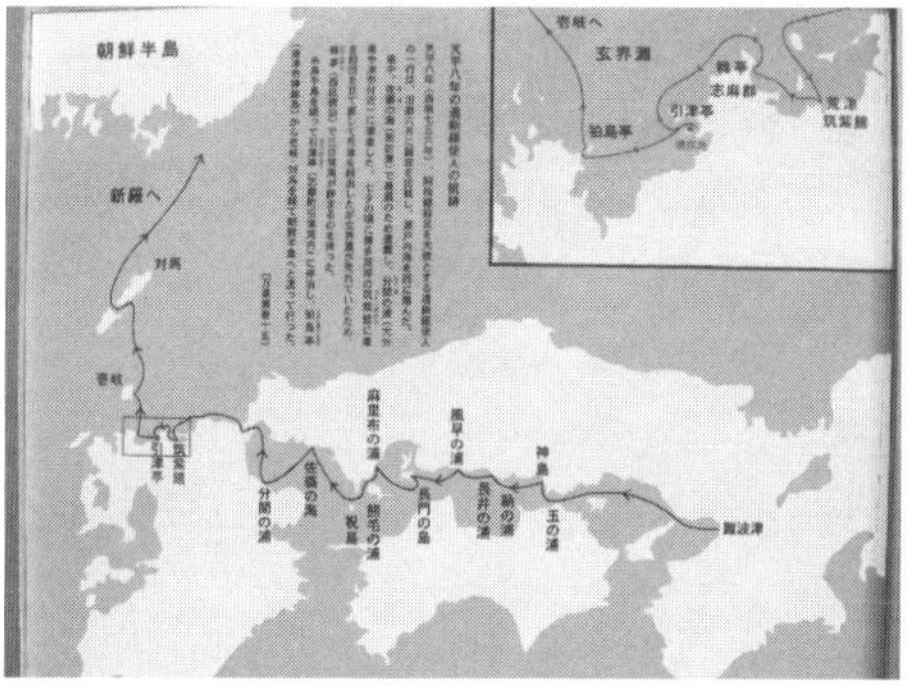

天平八年の遣新羅使人の航跡の解説板

立石の岬に近き浜に建つ　万葉歌碑の姿麗し
古の国使の労を語る碑の　立石崎近く浜辺に建てり

三十二、怡土《いど》〈ノ〉濱《はま》〔浜〕（併せて同〈ノ〉嶋）

『**古事記**』の**仲哀天皇**の項、「**神功皇后**の新羅遠征」の条には、「かれ、その政《まつりごと》（＝新羅征伐）未だ竟《を》へざりし間に、その（皇后が）懐妊《はら》みたまふ（御子）が産《あ》れまさむとしき。すなはち御腹を鎮めたまはむとして、石を取りて御裳の腰に纏《ま》かして、筑紫国に渡りまして、その御子はあれ《〔生〕》ましぬ。かれ、その御子の生《あ》れまし地《ところ》を号《なづ》けて宇美と謂ふ。またその御裳の纏かしし石は、筑紫国の伊斗村にあり。」との記載がある。この伊斗が歌枕「怡土」の地である。

なお、文頭、文中の「かれ」は、「此有《か》り」の已然形「かあれ」の変化形の接続詞で、上代に使われ、「そこで」、「それゆえ」、「すなわち」の意である。

また、『**万葉集**』巻第五には、那珂の郡伊知の郷蓑島の建部牛麻呂《たけべのうしまろ》から聞いた伝えを素に**山上憶良**が詠んだ長歌と短歌が収められるが、その詞書は、「筑前《つくしのみちのくち》の国怡土の郡深江の村子負《こふ》の原に、海に臨める岡の上に二つの石あり。」で始まり、それぞれの大きさ、重さを解説した後、『**古事記**』の記載内容を記している。少し長くなるが、長歌、短歌は以下の如くである。

長歌　かけまくは　あやに畏《かしこ》し　足日女《たらしひめ》　神の命《みこと》　韓国《からくに》を　向け平らげて　御心を　鎮めたまふと　い取らして　斎《いは》ひ
たまひし　真玉なす　二つの石を　世の人に　示したまひて　万代に　言ひ継ぐがねと　海の底　沖つ深江の
うなかみの　子負の原に　御手づから　置かしたまひて　神《かむ》ながら　神《かむ》さびいます　奇《く》し御魂　今のをつつに

貴《とふと》きろかむ

短歌　天地のともに久しく言ひ継げと　この奇し御魂敷かしけらしも

国道二百二号線（通称唐津街道）、そのバイパスである今宿バイパス、そしてＪＲ筑肥線が、合流した如く併走する筑前深江駅付近が怡土である。

駅の西南西一キロメートルほどの、唐津街道、ＪＲ筑肥線と今宿バイパスに挟まれて、鎮懐石八幡宮が建つ。まさに**神功皇后**の事跡（伝承？）を祀った宮である。境内石段の登り口の右手には、先述の**山上憶良**の詞書、長歌、短歌の刻まれた石碑が建つ。豊前中津藩の儒学者で、この地に住んだとされる日巡武澄の筆で、安政六年（一八五九）建立の、九州最古の万葉歌碑である。

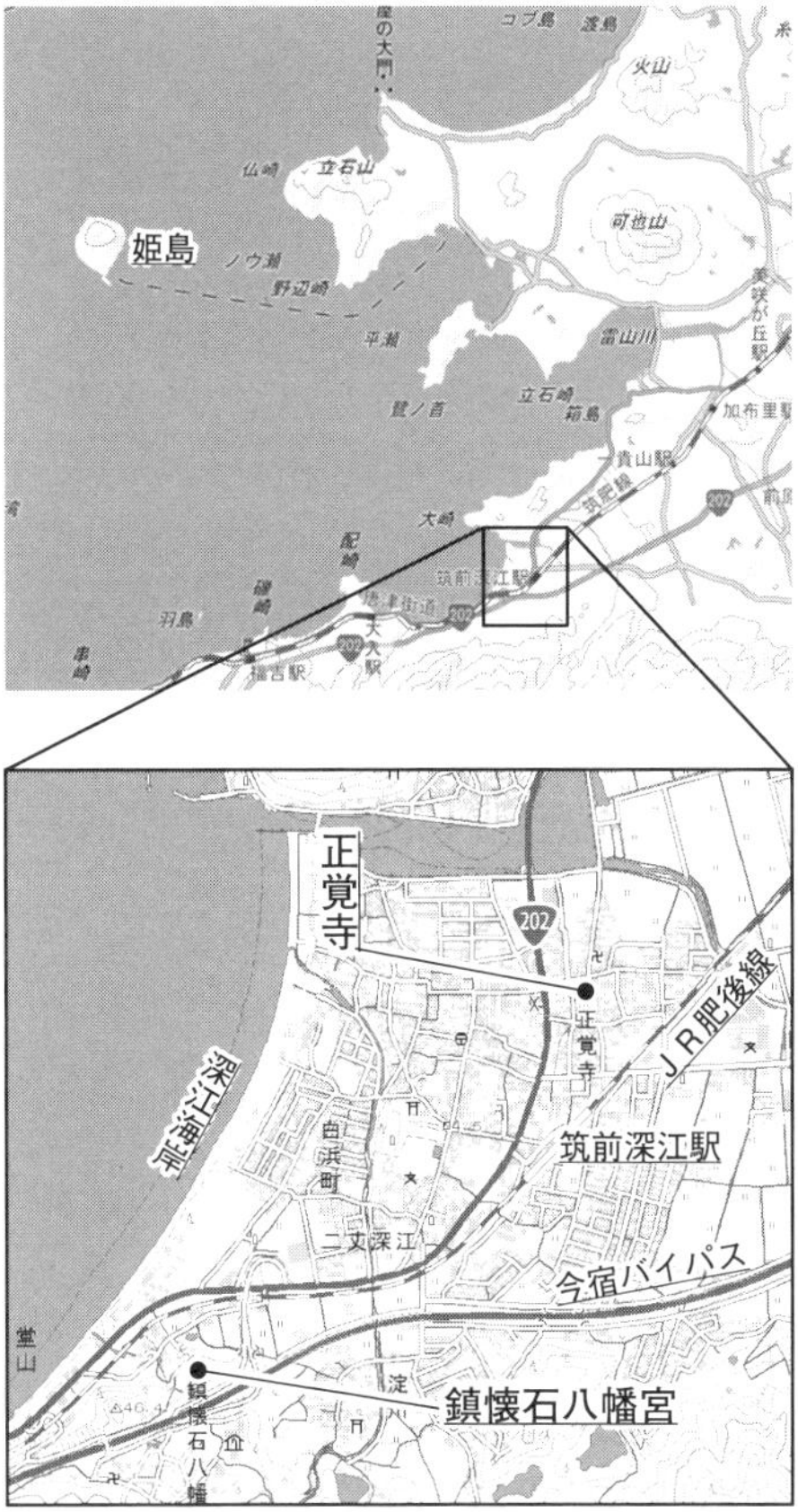

筑前深江駅と姫島

鎮懐石八幡宮拝殿

山道下の万葉歌碑

正覚寺本堂

正覚寺山門

なお、何の連絡も無く立ち寄っただけであったが、宮司の空閑《くが》俊明氏には一時間ほどご案内を頂いた。御礼を申し上げます。

筑前深江駅の北一キロメートルには、元亨元年（一三二一）に開基され、天正七年（一五七九）に現在地に再建された正覚寺が、立派な山門、本堂を見せて建つ。当初は真言宗であったが、再建時に浄土宗に改めたとのことである。

深江の海岸は、塵一つ無い美しい砂浜が広がり、はるか沖合いの玄界灘には、姫島が浮かぶ。間違いなくここが歌枕「怡土濱」であり、また姫島が「怡土嶋」であろうと確信した。

怡土の浜の古き伝への宮前に　万葉歌刻む碑《いしぶみ》の建つ
早咲きの花咲き満つる怡土の浜の　古き社は鎮守の森に
浜に出で遥かに望む怡土の島　春の霞の朧に煙る

姫島（怡土島？）

深江海岸（怡土浜）

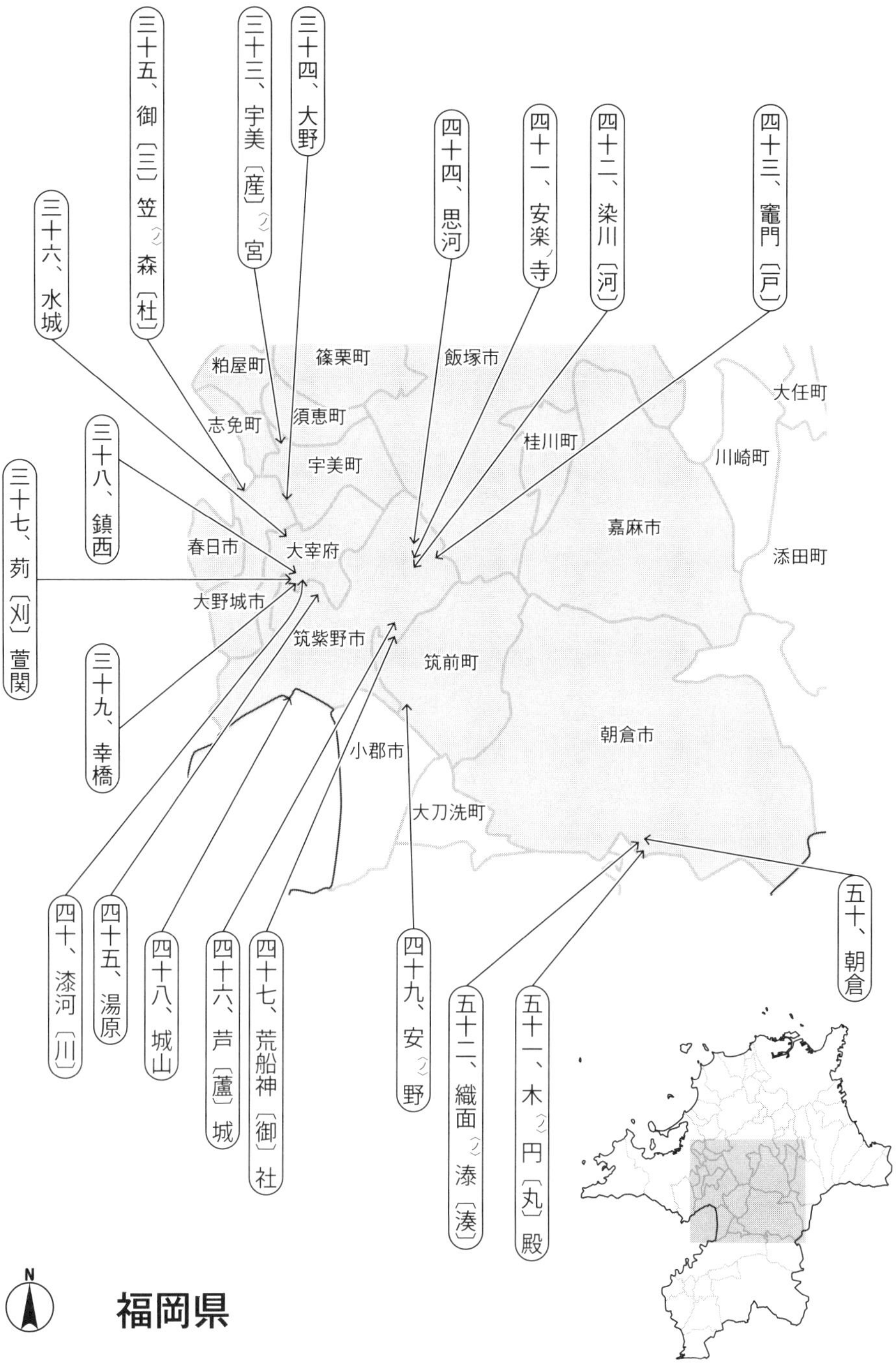
三十三、宇美〔産〕（ノ）宮
三十四、大野
三十五、御〔三〕笠（ノ）森〔杜〕
三十六、水城
三十七、苅〔刈〕萱関
三十八、鎮西
三十九、幸橋
四十、漆河〔川〕
四十一、安楽（ノ）寺
四十二、染川〔河〕
四十三、竈門〔戸〕
四十四、思河
四十五、湯原
四十六、芦〔蘆〕城
四十七、荒船神〔御〕社
四十八、城山
四十九、安（ノ）野
五十、朝倉
五十一、木（ノ）円〔丸〕殿
五十二、織面（ノ）漆〔湊〕
粕屋町
篠栗町
飯塚市
志免町
須恵町
宇美町
桂川町
大任町
川崎町
嘉麻市
春日市
大宰府
添田町
大野城市
筑紫野市
筑前町
朝倉市
小郡市
大刀洗町
N
福岡県

宇美町

三十三、宇美〔産《うみ》〕〈ノ〉宮《みや》

『松葉』には、**西行**の「朝日さすかしまの杉にゆふ《木綿》かけて　くも《曇》らす《ず》てら《照》せ世をうみ《産》の宮」と、**藤原家隆**の「諸人をはく《育》ゝむちかひ《誓》有《あり》てこそ　うみ《産》の宮とはあとをたれけめ」が収められる。前者の意味は平易であるが、後者につき私は、結句を判じるに至ってない故、歌意は解らない。

また前歌についても、**西行**が九州に足を踏み入れた形跡はなく、渡部保の『西行山家集全注解』は、この産宮を伊勢にあるかもとしている。

しかしここ宇美町は、歌枕に相応しい歴史的伝承を有する。その謂れについては、前項の冒頭に紹介した『**古事記**』の記述による。

更に『**日本書紀**』の巻第十「誉田《ほむたの》天皇《すめらみこと》　**應神天皇**」には、「天皇、皇后（**神功皇后**―筆者注）の新羅を討ちたまひし年、歳次庚辰《ほしかのえたつにやどるとし》

ＪＲ宇美駅付近

宇美八幡宮拝殿と本殿

宇美八幡宮　子安の石と聖母子像

（仲哀九年―筆者注）の冬十二月を以て、筑紫の蚊田に生《あ》れませり。」とある。この蚊田の地名に関しては、『筑前國續風土記』が「然ば此地の名、始は蚊田といひしを、應神天皇、此所にて生れさせ玉ひしより宇瀰と云。」と解説し、この地を「此里は山中にあれとも、四方は皆平原にて廣し。都邑を爰にたつとも、ゆたかなるへき所なり。青山四方にめぐりて、気色うるはし。佳境と云ふべし」と形容する。

そして、JR香椎線宇美駅の西五百メートルほどに宇美八幡宮が建つ。歌枕「産〈ノ〉宮」である。主祭神は**神功皇后**と**應神天皇**の母子神で、創建は**敏達天皇**三年（五七四）とされ、既に述べた謂れから「安産の神」として知られる。安産祈願のため境内の一角から小石を持ち帰るとご利益があり、子宝に恵まれたら、その石を返すと共に、別の石に子供の名前等を書いて奉納する「子安の石」の習慣がある。その石柱の横には、聖母子像が据えられ、台座には、**山上憶良**の万葉歌、「銀も金も玉も何せむに　まされる宝子にしかめやも」が刻まれている。

境内には二十本に余る樟の巨木が枝を広げ、特に社殿右の「湯蓋の森」（余りにも大きいので、一本でも森と呼ばれる）、左の「衣掛の森」は圧巻で、共に国指定の天然記念物である。

このように、記紀の伝承を受け、また人々の信仰を集める宇美八幡宮は、**西行**がこの地を詠んだか否かはともかくとして、間違いなく歌枕「産〈ノ〉宮」である。

衣掛の森

湯蓋の森

町の北方、志免町《しめまち》との境にある光正寺古墳は、ここ宇美町が古くから開けていた証である。墳丘は全長五十三メートルの前方後円墳で、その造営は三世紀後半と見られている。昭和五十年（一九七五）には国の史跡に指定され、平成十二年（二〇〇〇）には史蹟公園として整備された。

宇美の宮記紀の伝へのそのままに　安産祈願の人の賑はふ
宇美宮の大樟の根の異様なり　二千歳越えてもなほ猛々し
いと古き墳墓の在りて合点せり　宇美の宮なる郷の歴史を

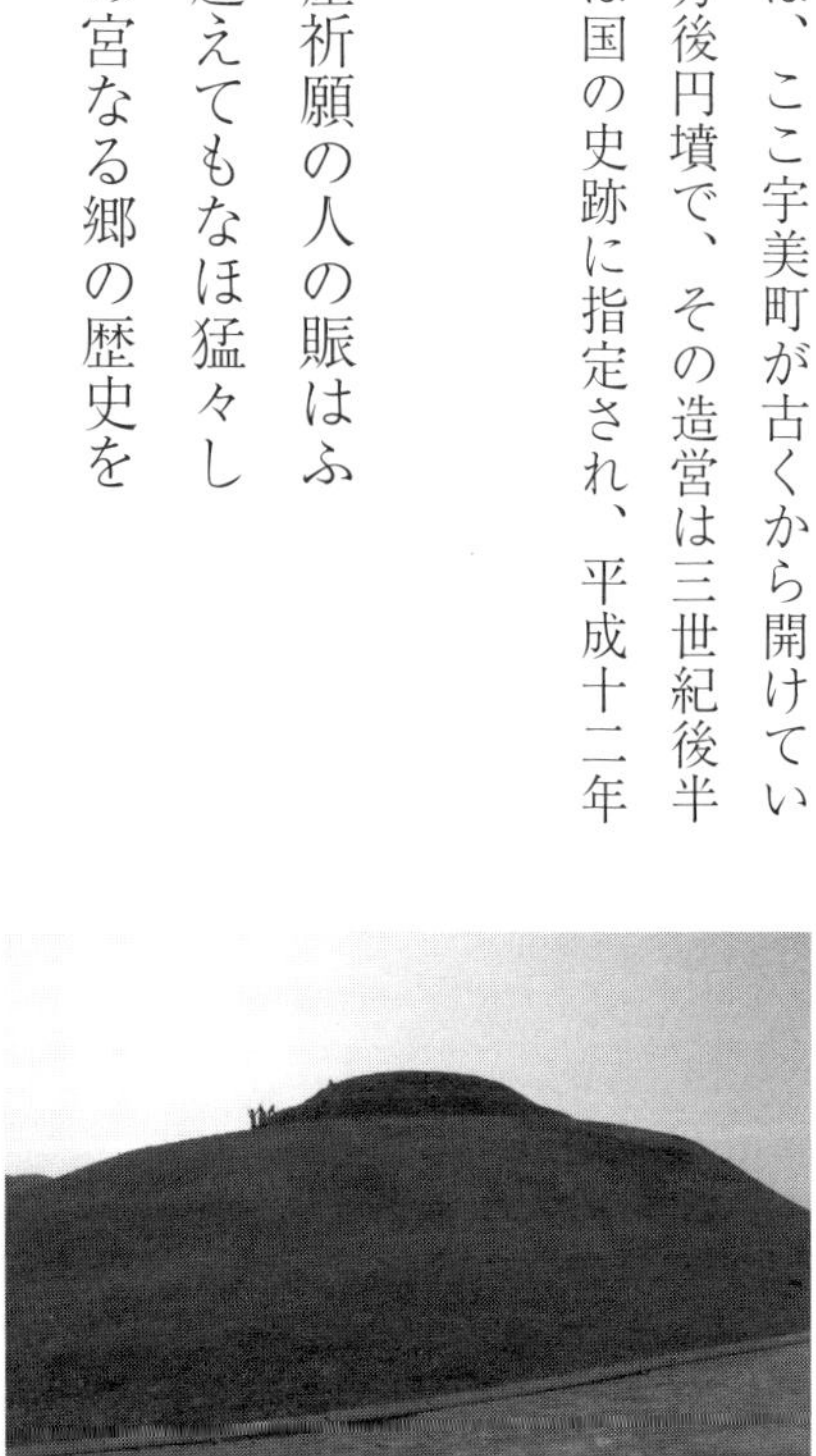
光正寺古墳

三十四、大野《おおの》（併せて同山、同山麓の浦、大城《おおき》〈ノ〉山）

手元の歌枕集において、この歌枕「大野」の項の歌の収載はやや判りにくい。『能因』は、「大野」として『**万葉集**』から二首を、『名寄』は、「大野山」として、そのうちの一首と、出典、詠者不明の一首を、また『松葉』は、「大野」として『能因』の今一つの一首を載せ、加えて「大野山」として、『名寄』の二首目と他三首、さらに「大野山麓の浦」として一首を収める。なお後述のように、大野山と同一である「大城山」は、『能因』、『名寄』、『松葉』の何れにも、『**万葉集**』から二首が載せられている。

少し整理をしてみよう。

『筑前國續風土記』には、「大野」につき、「御笠の森（次項にて解説—筆者注）の邊より東南の方、四王寺山（後述―筆者注）の西のふもと、又南の方國分の西までを、すへて大野といふよし也。大野は郷の名也。」とある。

一方『**万葉集**』巻第十に、「いちしろく《〔著〕》時雨の雨は降らなくに　大城の山は色づ《〔付〕》きにけり」が載り、後書に「大城といふは筑前の国の御笠の郡の大野山の頂にあり、号《なづ》けて大城といふ」とある。そしてその地には、『**日本書紀**』**天智天皇**四年（六六五）の条に「秋八月《はつき》に、……（中略）……達率《だちそち》憶禮福留《おくらいふくる》・達率《だちそち》四比福夫《しひふくふ》を筑紫國に遣《まだ》して、大野及び椽《き》、二城《ふたつのき》を築かしむ。」とある如く、大野城が築かれていたのである。（なお椽については、「四十八、城山《きやま》」の項で解説する。）

以上からして、「大野」は、現在の大野城市《おおのじょうし》から太宰府市に至る地域と比定できる。そして「大野」の東には、「大城山（四一〇メートル）」があり、さらには、大城山とそれに連なる岩屋山（二八一メートル）、水瓶山（二二一・六メートル）、大原山（三五四メートル）を総称して四王寺山地と呼ばれる。『筑前國續風土記』は、この連山である四王寺山地、あるいはその中の大城山を四王寺山と解したと思われる。さらに、先の万葉歌の後書から察するに、大城山は、当時は大野山と呼ばれ、大野城が築かれたことによって後年大城山と称されるようになったのであろう。

宇美町・大野城市・太宰府市境界付近

ＪＲ香椎線宇美駅から西南へ県道六十号・飯塚大野城線を進むと、バイパスとの交差点の手前百五十メートル程に

百間石垣の跡

焼米ヶ原

四王寺趾の石柱

焼米ヶ原の標柱と解説板

「福岡県立四王寺県民の森」の案内看板が立つ。左折して内野川に沿って南進すると、大野城址を縦走することになる。

大野城は総延長八キロメートルの土塁により、また谷に築かれた石垣によって周囲を囲まれている。走ること十キロメートルほどであろうか、確認されている五ヶ所の石垣の中で最も規模の大きい「百間石垣」を、道の右側に見ることが出来る。解説看板もあり、見落とすことはない。

城址の中央部付近には県民の森センターがあり、歴史愛好家のみならず、ハイカーも立ち寄る憩いの場である。その先左手に木々の無い平原が開ける。「焼米ヶ原」と呼ばれ、武器、食料等の貯蔵庫が在ったと推測され、十棟分の礎石（尾花礎石群）が整然と並ぶという。又付近には、雑木に囲まれた小高い所に「四王寺趾」を示す石柱も建てられている。

道をそのまま南に下ると、四王寺林道を経て太宰府天満宮の西に抜ける。

大野城総合公園から見た大城山

なお、大城山の山容の全貌をつかむには、大野城市の大野城総合公園から遠望するのが最良とのこと、筆者も総合公園のグランドに立ち、青空に浮かぶ大城山を写真に収めた。

都府楼の北の守りの大野山　古城の跡に史を織りたり
大野山走り抜ければ其処此処に　城の名残りの跡の有りけり
碧空に浮かぶ大野の山姿　なだらかなるを公園に見る

大野城市

三十五、御《み》〔三〕笠《かさの》〈ノ〉森《もり》〔杜〕

手元の『能因』から『松葉』までの四冊の歌枕和歌集全てに、「思は《わ》ぬを思ふ《う》と言は《わ》ば大野なる　御笠の杜の神し知らさむ」が載る。『**万葉集**』巻第四に「大宰大監《だざいのだいげん》**大伴宿禰百代**が恋の歌四首」と詞書のある四首の三首目である。また、『**続後撰和歌集**』から**津守国冬**の「大野なる御笠の杜のゆふたすき《〔木綿襷〕》　かけ《〔掛〕》てもしらし袖の時雨は」が、『**新類題和歌集**』から**後土御門院**の「かけ《〔影〕》しけ《〔繁〕》きみかさ《〔御笠〕》の杜のもりてしも　見えぬ大野の朝かすみ《〔霞〕》哉」が『松葉』に載る。

『**日本書紀**』**神功皇后**の条に、**仲哀天皇**九年「皇后《きさき》、熊鷲を撃たむと欲《おもほ》して、橿日宮《かしひのみや》より松峡宮《まつをのみや》に遷りたまふ。時に、飄風《つむじかぜ》忽《たちまち》に起りて、御笠堕風《ふけおと》されぬ。故《かれ》、時人《ときのひと》、其の處《ところ》を號《なづ》けて御笠と曰《い》ふ。」とある。それを謂れとするの

大野城市西端御笠川付近

が「御笠森」である。

　大野城市西端近く、御笠川を横切って、県道五十六号・福岡早良《さわら》大野城線が南西に延び、博多区の南東端を通って春日市に抜ける。

　その大野城市と博多区の境界の手前辺りが往時の御笠の森である。『九州の万葉』の著者・滝口弘は同書の中で「古くは近隣山村に亘る大森林であったといい伝えられているが、山田部落の老人の語る所では、大正の始め頃までは、付近一帯は広い林で大木もあったという」と記す。そしてこの本が出版された昭和三十九年（一九六四）の景観を、「田圃の中にその一部を残し、広さは十アールで、梢まで藤かずら、葛かずらの巻きついた、樟やたぶ、椎、椿、はぜなどの老木が生い茂った小笹や雑草の中につったっていて、見るからに古めかしく荒れ果てた感じの林である。今日では田園の中を通る意外に通ずる道もない。」と描写し、添えられる写真には、周囲を水田に囲まれた様が見て取れる。

　そして現在はというと、田園風景は跡形も無く、全てが住宅地に変じて、ただ、

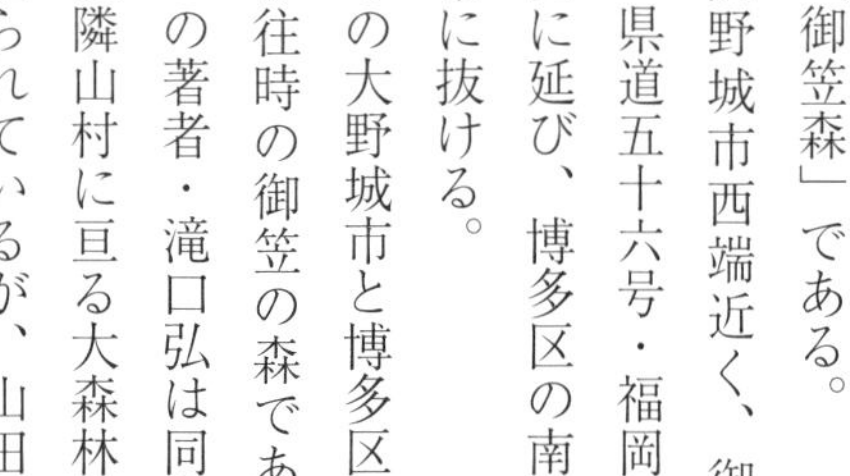

御笠の森　石柱と解説板

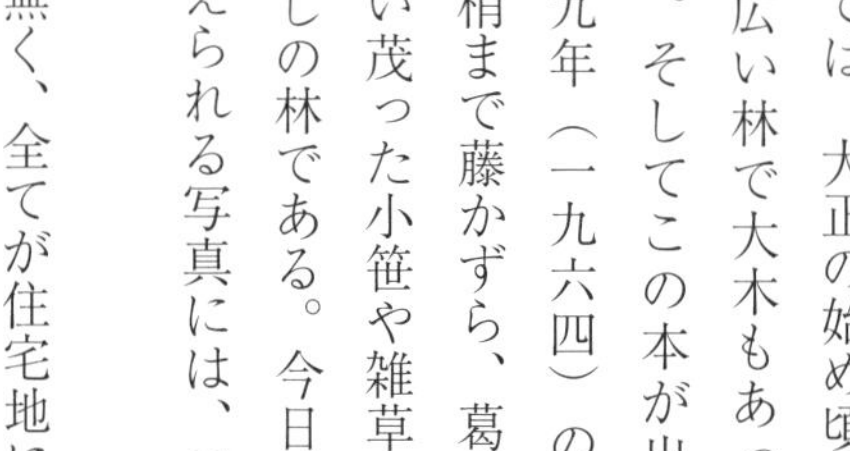
大伴百代の歌碑

市区境の手前三百メートルの県道沿いに、街の公園の緑陰を思わせる風情で残るのみである。まさに千五百年を超える時の流れを感じさせる。

フェンスに囲まれた森（?）には石柱と解説板が設置され、明治百年を記念して、昭和四十四年（一九六九）に建てられた、冒頭に紹介した歌の碑が据えられている。

住宅地を通りぬけたる道の端に　御笠の森の名残りとどめぬ
名ばかりの御笠の森を伝へ居る　小さき公園街中に在り
御笠森の名残りが木々に　降る蝉しぐれ姦しと聞く

太宰府市

三十六、水《みず》城《き》

県道百十二号・福岡日田線が太宰府市に入って直ぐ、九州自動車道と国道三号線を潜ると、行く手を横切って左右に伸びる木立に覆われた丘状の土塁が視界に飛び込んでくる。天智二年（六六三）に白村江で唐・新羅の連合軍に破れた朝廷は、翌年その侵攻に備えるべく、それ以前博多湾沿いに設けていた諸施設をこの地の移し、更に防塁を築いた。『**日本書紀**』には「是歳《ことし》（天智天皇三年―六六三―筆者注）、對馬嶋《つしま》・壹岐嶋《いきのしま》・筑紫國《つくしのくに》等に、防《さきもり》と烽《すすみ》（狼

昭和39年当時の御笠の森
滝口弘『九州の万葉』より

御笠の森周辺風景

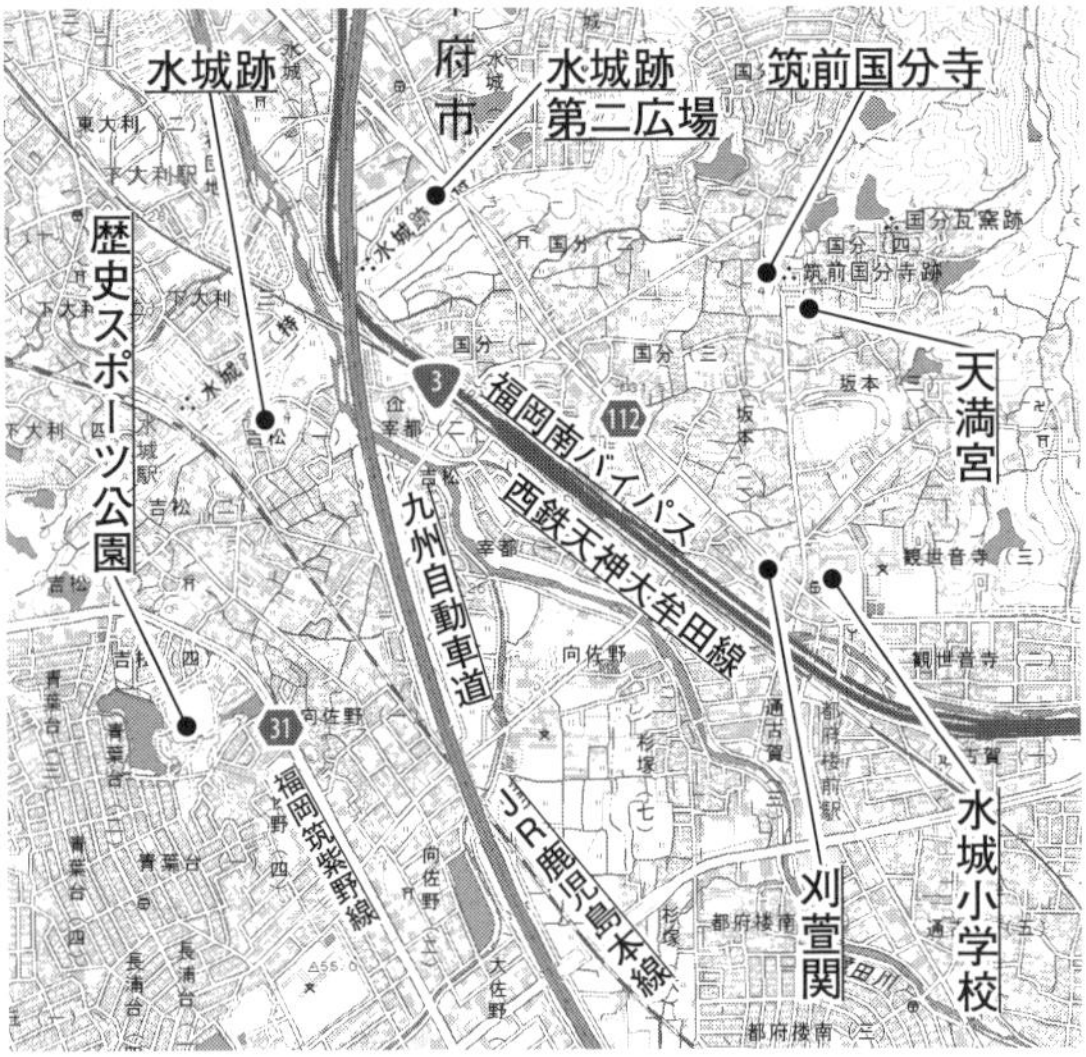

太宰府市筑前国分寺付近

煙を上げる所—筆者注）とを置く。又筑紫に、大堤を築《つ》きて水を貯《たくは》へしむ。名《な》づけて水城《みづき》と曰《い》う。」と記される。北東から南西に、長さ約一・二キロメートル、基底部の幅八十メートル、高さ十メートルの土塁が姿を留め、その両端には東門礎石、西門跡が残る。

県道百十二号の左手の土塁の上には展望台が設けられ、西南に伸びる水城跡を眺めることが出来る。

『**万葉集**』巻第六には、「冬の十二月に、太宰帥大伴卿、京《みやこ》に上《のぼ》る時に、娘子《をとめ》が作る歌二首」が並び、以下の詞書が添えられる。「右は、大宰帥大伴卿、大納言を兼任し、京に向ひて道に上《のぼ》る。この日に、馬を水城に駐《とど》めて、府家《ふか》を顧《かへり》み望む。時に、卿を送る府吏《ふり》の中に、

水城西門跡

東門跡展望台からの水城

水城東門跡

水城東門下万葉歌碑

遊行女婦《うかれめ》あり、その字《あざな》を児嶋《こしま》といふ。ここに、娘子、この別れの易きことを傷み、その会ひの難きことを歎き、涕《なみだ》を拭《のご》ひて自ら袖を振る歌を吟《うた》ふ。」これに続いて、「大納言大伴卿が和《こた》ふる歌二首」が収められる。その二首目、「大夫《ますらを》と思へる我れや水茎の　水城の上に涕拭《のご》はむ（大夫だと思っているこの私が、別れを惜しんでこの水城の上で涕を拭うとは）」が『能因』、『名寄』、『松葉』に載る。なお、この歌と、児嶋の「凡《おほ》ならばかもかも為むを畏《かしこ》みと　振りたき袖を忍びてあるかも（貴方が並の方であったら別れを惜しむ気持に任せてあれこれしましょうが、恐れ多くて振りたい袖も振れないで我慢しています）」の二首を刻んだ歌碑が、展望台の直ぐ近くに建つ。

国分寺講堂跡

国分寺七重塔跡

水城跡展望台から東一キロメートル足らずには、国分寺がある。

旧国分寺は、相次ぐ戦火により廃絶状態となったが、十四世紀半ば、旧金堂の基礎の上に、廻国の修行僧によって草庵が結ばれ、元文元年（一七三六）に至って、中興の祖・俊了が小堂と為し、明治二十四年（一八九一）に現在の本堂が再建されたという。本堂裏手には旧国分寺の広大な敷地が広がり、講堂跡、七重塔跡に往時の規模を偲ぶことができる。

なお、南隣の国分天満宮の境内左手には、三十三の「大野」に記した、**山上憶良**の「大野山霧立ち渡るわが嘆く　おきその風に霧立ちわたる」の歌碑が建つ。

国分天満宮

天満宮境内歌碑

水城にて別れを惜しむ貴人《あてびと》と　交はす恋ひ文歌碑に刻まれぬ
累々と続く水城の跡の丘　雪に煙りて望めぬが惜し
国分寺は水城の近く古の　栄えし跡に偲ばせて居り

三十七、苅《かる》〔刈〕萱関《かやのせき》（地図は前項参照）

江戸前期の儒学者・貝原益軒が記した『筑前国續風土記』には、「通古賀村の境内、宰府往還の道の西の側に、其址あり。天智天皇の時、置かれたる關なりといふ。按するに、丹本紀に、天智天皇三年對馬島、壹岐島、筑紫國等に關守を置るとあり。此時の事なるへし。」とある。前項で引用した『日本書紀』の記述のとおりである。

また、室町時代の連歌師・**飯尾宗祇**は、応永十七年（一四一〇）大宰府を訪れた際、この関を通り、「かるかやの関にかかる程に、関守立ち出でて我が行く末をあやしげに見るもおそろし」と『筑紫道記』に記すという。

現在の県道百十二号・福岡日田線は古くには宰府往還、江戸時代には日田街道とも呼ばれ、九州各地と博多を結ぶ街道として古くから往来が盛んで、更には旧御笠、那珂両郡の境界でもあった。隣の大野城市雑餉隈《ざっしょのくま》町と錦町の境には、郡

刈萱の関跡

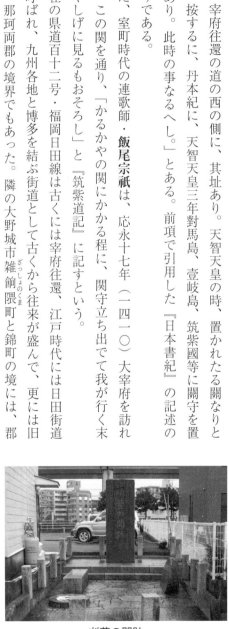

境界標のレプリカと解説板が設置されているという。

関の址は、県道百二十一号の関屋交差点で、鋭角に西に三百メートルほど戻った右側に石柱が建つ。住宅に挟まれた間口三メートルほどの空地が整備され、「刈萱の関跡」の碑が建てられている。それ以外は何の事跡も無い。往時の関所を復元する等の事業は、周囲全てが住宅地となった今、まずは不可能で残念である。

近隣に何らかの歴史を伝える景観、寺社等を探すうち、坂本一丁目から、何れも西北から東南に同方向に走る国道三号線・福岡南バイパス、西鉄天神大牟田線、九州自動車道、JR鹿児島本線を相次いで横切り、並走する県道三十一号・福岡筑紫野線の長洲台入口交差点を右折、三百メートルほどの左手にある「歴史スポーツ公園」を偶々訪ねることが出来た。JR鹿児島本線水城駅の真南五百メートルほどにあたる。

公園には、野球、サッカー等に使える多目的広場、テニスコート、弓道場、相撲場などのスポーツ施設が設けられるが、特筆すべきは、園内の至る所に合計八基の万葉歌碑が建てられていることである。

「古の七《なな》の賢《さか》しき人たちも　欲《ほ》りせしものは酒にしあるらし（大宰帥**大伴旅人**）」、「銀《しろがね》も金《くがね》も玉もなにせむに　まされる宝子にしかめやも（筑前守**山上憶良**）」、「梅の花散らくはいつ《づ》くしかすか《が》に　この城《き》の山に雪は降りつゝ

歴史スポーツ公園の歌碑
その1

山上憶良
（妹が見し～）

大伴旅人
（古の七能～）

大伴旅人
（橘の花散る～）

山上憶良
（銀も金も～）

（大監**大伴百代**）」等々である。

「刈萱関」が読み込まれる歌は、『**新古今和歌集**』に載る「刈萱の関守にのみみえ《〔見〕》つるは　人もゆるさぬ道へ《〔辺〕》なりけり」が『名寄』、『類字』に、『**雪玉集**』の「ほと、き《ぎ》すた《〔誰〕》か《が》名残《なごり》をかかるかや《〔刈萱〕》の　関にむかしのあとのこすらん」が、『松葉』に収められる等々である。

一首目の詠者は、『類字』には管《ママ》贈太政大臣とあるが菅の誤りで、**菅原道真**、二首目は**逍遥院**、即ち**三条西実隆**である。

道の端に碑《いしぶみ》一基建ちて居り　刈萱の関の跡の標《しるし》に
刈萱の関跡の前通ふ道　今は家並の奥に残せり
万葉の歌の碑数多刈萱の　関跡近き公園ありて

歴史スポーツ公園の歌碑
その2

読人不知
（いちしろくしぐれの～）

大伴百代
（梅の花散らくは～）

読人不知
（玉ぐしけ茸城の～）

田上真上
（春の節に霧立ち～）

三十八、鎮《ちん》西《ぜい》

鎮西といえば「鎮西探題」が思い浮かぶが、これは、文永十一年（一二七四）、弘安四年（一二八一）の二度の元の襲来を経て、鎌倉幕府によって弘安九年（一二八六）、九州統治と御家人の訴訟処理のために博多に設置された鎮西談義所が、応仁四年（一二九六）に改組、改称された機関である。

一方歴史上、「鎮西府」も存在した。

六世紀前半（五三〇年代？）、現在の太宰府市に置かれていた大和政権の出先機関が、「遠《とお》の朝廷《みかど》」とも言う「大宰府」である。「大宰」は「おほ《お》みこともち」と読み、数カ国を統治する、いわば地方行政官のことで、七世紀後半には吉備、周防、伊予等にも置かれていたという。大宝元年（七〇一）の大宝律令の施行とともに、他の大宰は廃止され、九州の大宰府のみが政府機関として確立した。それ故、一般的に大宰府といえば、九州のそれを指す。天平十四年（七四二）に大宰府は一旦廃止され、同十七年（七四五）に復活するまでの三年間、鎮西府が置かれ、以来九州の別称として「鎮西」が用いられるようになったという。

『松葉』に、『**拾玉集**』から編者の**慈鎮**《じちん》の詠んだ「いにしへ《古》のひかり《光》にも猶まさる《勝》らん　しつむ《鎮》るにし《西》の宮の玉かき《垣》」が載る。ここに詠み込まれる「鎮西」は、特定の地名ではなく、九州を指すのだろう。であれば、本来、「五十三、筑紫（併せて同海、同路、同小嶋、同国）」と並べて「広域」に載せるべきであるが、筆者の勝手な想いで、博多、あるいはここ太宰府に収めることとした。その上で、**慈鎮**の没したのが嘉禄元年（一二二五）で、鎮西探題の時代ではないことから、太宰府市の歌枕に列することとした。（なお、歴史的用語としては「大宰府」が正しく、現在の地名、あるいは**菅原道真**を祀った天満宮は「太宰府」が用いられる。）

前項「苅〔刈〕萱関」に記した関屋交差点から真東に、県道七十六号・筑紫野太宰府線が延びる。県道を東進し

観世音寺金堂

大宰府政庁南門跡

礪磑（天平石臼）

て六百メートルほど、道の北側に大宰府政庁跡、別名都府楼跡が、甲子園の六倍余の広さを見せる。当時は多くの建物があったが、天慶三年（九四〇）の**藤原純友**の乱により焼失した。残念ながら復元されたものは無い。ただ、南門の跡を見れば、その壮大さを窺い知ることができ、他の建物も推して知るべしである。なお、筑前国府は、都府楼とは別に、先の関屋交差点の北、水城小学校付近にあったとの説もあるが、定かでない。

　都府楼跡の東五百メートルに観世音寺が建つ。『**源氏物語**』玉鬘の巻で、下女の三条が夕顔の女房の右近に、「大弐の御館の上の、清水の御寺、観世音寺に参りたまひし云々」と申し上げている如く、山号は清水山である。**天智天皇**が母・**斉明天皇**の冥福を祈って発願し、八十年後の天平十八年（七四六）に完成したという。

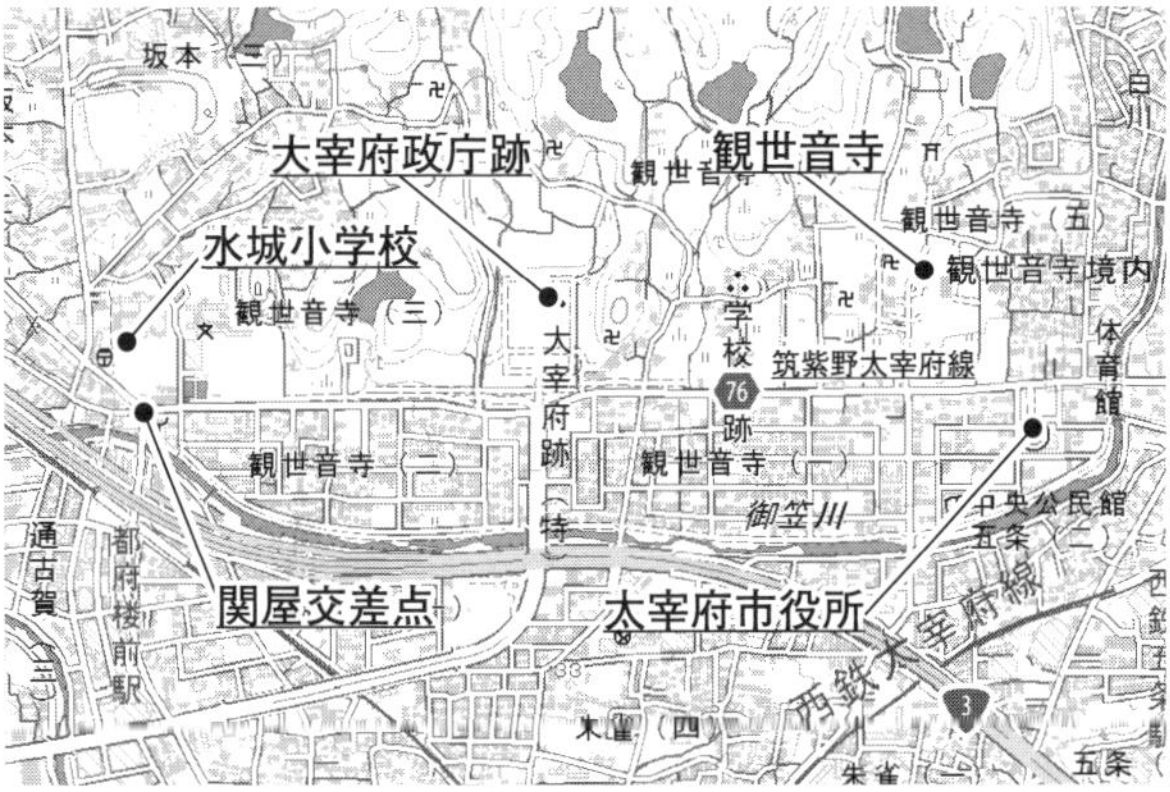

大宰府

　二層の屋根の金堂は重厚で、福岡県の重要文化財に指定されている。この寺の梵鐘は、京都妙心寺の鐘と同じ型枠によるものとされ、七世紀末の作、現存する日本最古の梵鐘とされている。また境内には、『**日本書紀**』**推古天皇**十八年（六一一）の条に、「僧曇徴—中略—碾磑《みづうす》（水力を利用した臼—筆者注）造る。蓋し碾磑を造ること、是の時に始るか」と記載される碾磑が残されている。

都府楼跡、観世音寺を訪れたのは正月二日、目の前の県道は太宰府天満宮への参拝客の車列で超渋滞であったが、この二所は人影疎らで、静かに歴史を偲ぶことができた。

鎮西の数多の館今は無く　唯礎《いしずゑ》の並び居るのみ
重々しき屋根冠りたる観世音寺　鎮西府跡に並び建ち居り
天満宮へ初詣での車連なるも　道の端の鎮西府跡人疎らなり

梵鐘の塔

三十九、幸橋《さいわいのばし》

大宰府政庁跡と観世音寺のほぼ中程から、県道五百八十一号・観世音寺二日市線を南に、御笠川に架かる都府楼橋を渡り約四百メートル、右手に木々に囲まれて榎社が建つ。鳥居のほぼ真向かいには西鉄天神大牟田線が走り、周囲は全くの住宅街である。当時は政庁の南館があり、延喜元年（九〇一）この地に左遷された**菅原道真**が、同三年に逝去するまで住居とした所とされる。

浄妙尼祠

榎社

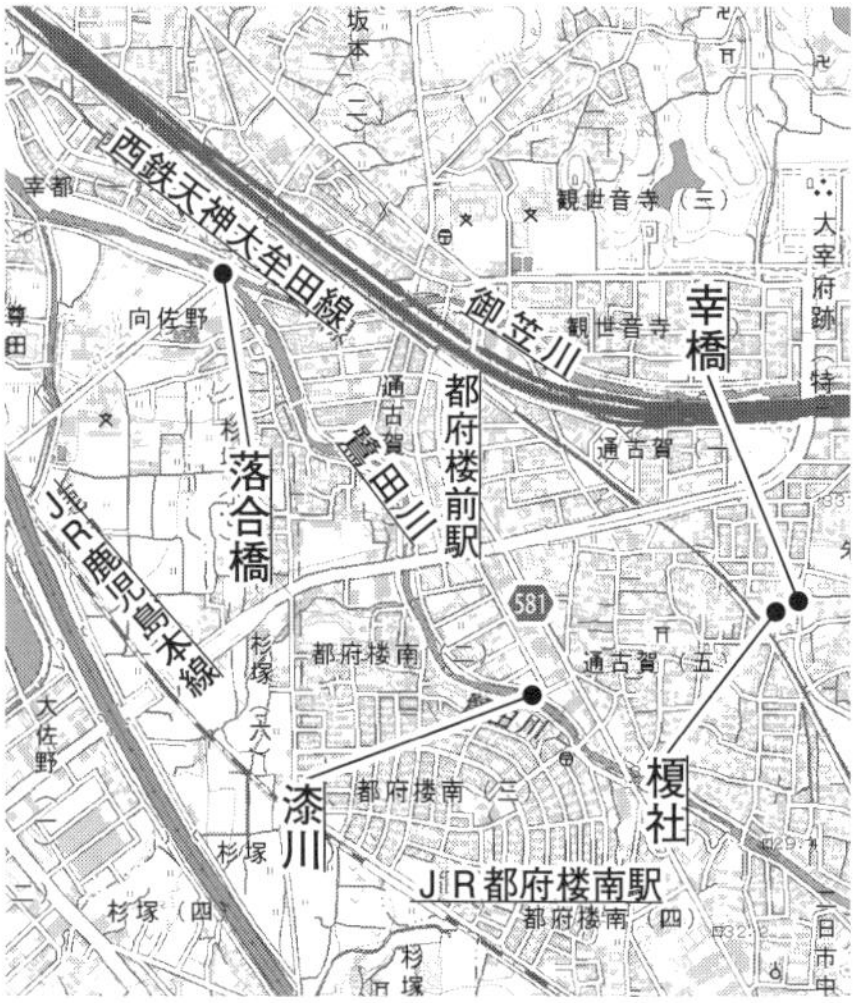

都府楼前駅周辺

治安三年（一〇二三）に、時の大宰大弐・藤原惟憲によって、道真の霊を弔うために建てられた浄妙院を始めとし、境内に榎の大樹があった故、「榎社」と呼ばれるようになったという。社殿の後ろには、道真の世話をした浄妙尼を祀る祠がある。

毎年九月二十二日には、太宰府天満宮から道真を祀った神輿がこの社に下り、一夜を過すが、閑静な住宅街の一角が、その夜ばかりは年に一度の賑わいを見せるという。

さて、「たのもしき名にもあるかなみちゆけは　まつさいわひの橋をわたらん（『名寄』）」と詠まれた歌枕「幸橋」が、この榎社の直近にあるとのことで、それこそ何度となく周囲を探したのだが、全くその影すら見当たらない。もちろん一般の道路地図には記載が無い。

そこで後日、太宰府市の教育委員会に

幸橋

幸橋のある街

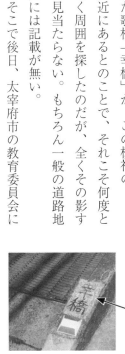

問い合わせ、印をつけた住宅地図を入手して再訪したが、探しあぐねたのも尤もであった。即ち、榎社の北五十メートル、二日市カトリック教会の向かいの住宅のブロック塀の間に、六十センチメートルほどの用水路があり、その前の、車道と歩道を分ける幅十センチメートルほどの縁石に、まさに手彫りで「幸橋」と刻まれているのみなのである。当時を偲ぶ何の手懸りもなく、ただただ所在を確認したのみであった。できれば住民の理解を得て、せめて解説板でも塀に掲げられていたらと感じた。

住宅街に橋桁もなく川もなく　幸の橋跡見つけるに難し
二度三度通り過ぎたる道の辺の　縁石に在る幸橋の標
幸の橋の近くに菅公の　住みたる家は社となりて在り

四十、漆《うるし》〔川〕河《がわ》（地図は「三十九、幸橋」を参照）

『**拾遺和歌集**』に載る、詠者不明の「名にはいへ〔言〕《え》ど黒くも見えず漆河　さすがに渡る水はぬるめり」が、手元の四冊の歌枕和歌集に収められている。結句の「ぬるめり」は「塗るめり」と「温めり」を掛けている。

この歌枕「漆河」につき、岩波書店発行の新日本古典文学大系7の『**拾遺和歌集**』の地名索引には、染川の異称とし、逢初《あいぞめ》川、思川と同一と解説するが、太宰府市教育部文化財課にご教示頂いたところとは異なる。思川は御笠川の上流部の呼称で、一方、染川、逢初川は太宰府天満宮の南を流れる小河川で全く別の川である。そしてそれぞれ歌枕として独立して項立てされる。本書も四十二に染川の、四十四に思川の項を立ててある。

さて、この「漆川」である。

文化財課の言葉を借りれば、既に昔日の面影はなく、住宅地の用水路の態で、普段は水流も無いとのこと、あるいは遭遇するのは不可能かとも思われた。「犬も歩けば」の偶然を期待して、西鉄天神大牟田線・都府楼前駅東の落合橋で御笠川に合流する鷺田川の上流一キロメートル付近、JR鹿児島本線・都府楼南駅の北側の、住宅の建ち並ぶ一帯をさ迷った。小一時間ほどであろうか、やっと目にしたのが、アパート団地の中を貫く、水路にしては浅すぎる、道路にしては人為の障害物のある一本の道筋である。ただ、写真に在る如く、マンホールが有ることから、下には水路があると思われ、確証の全くないまま、ご批判を覚悟でとりあえずここを歌枕「漆川」の名残りと勝手に比定した。

なお周囲近隣は、新興に近い住宅地で、名所、史跡の類は見当たらず、らしき（らしからぬ？）水路の紹介のみに止まることを、ご容赦頂きたい。

新興の住宅街を二度三度　訪ねても猶漆河無く
漆河何処と問へば人の言ふ　今空掘になり果てぬると
アパート群の谷間の水無き堀割を　漆の河と独り合点す

漆河？

四十一、安楽《あんらく》ノ寺《てら》

神仏習合思想のもとに、神社に付属して置かれた寺院を神宮寺と言う。八世紀から建立され、神職と社僧が分掌する制度は、江戸末期まで全国に広まった。明治元年（一八六八）の神仏分離令によってその多くは廃絶、あるいは独立した（以上『広辞苑』解説による）。

『松葉』に「神かきにむかし我見し梅の花　ともに老木となりにける哉」が載る。出典は『**金葉和歌集**』、詠者は**源経信**である。歌中に「安楽寺」は詠われていないが、『**金葉和歌集**』には、「むかし道方（経信の父、長元二年〈一〇二九〉大宰権帥―筆者注）卿に具して筑紫にまかりて、安楽寺に参りて見侍ける梅の、わが任（経信自身も嘉保二年〈一〇九五〉大宰権帥に任官―筆者注）に参りて見ければ、木の姿はおなじさまにて花の老木にてところ〴〵咲きたるを見てよめる」との詞書があり、この地の歌と識ることが出来る。

この歌枕「安楽寺」は、学問・至誠・厄除けの神として広く崇敬を集める**菅原道真**を祀る太宰府天満宮の神宮寺で、道真を葬った地に建立された祠廟である。

創建については、延喜五～十五年（九〇五～一五）との説がある一方、『筑前國續風土記拾遺』には、「**天智天皇**の四年（六二九―筆者注）に創造ありし古刹」との記載があり、安楽寺が道真逝去の以前から存在したとする説の論拠である。

安楽寺が先か、天満宮が先かの議論はさて置いて、延喜三年（九〇三）に道真の亡骸をこの地に埋葬し、同五年（九〇五）以降に御墓所の上に祀廟が創建され、以後、天満宮、安楽寺共々社殿、伽藍が整備され、さらに延喜十九年（九一九）に**宇多天皇**の勅命で道真の復権がなされて後大いに栄え、九州において宇佐神宮とその神宮寺である弥勒寺に次ぐ規模の荘園を領有することとなるのである。

太宰府天満宮太鼓橋

太宰府天満宮参道の人並

しかし、明治の神仏分離により、講堂、仁王門、本願寺等の建造物、あるいは仏像なども破壊、売却の憂き目を見て、安楽寺は廃寺となり、僧の多くは還俗を余儀なくされたという。

現在の太宰府天満宮は、京都・北野天満宮と並んで全国約一万二千社の「天神さま」の総本山とされ、またその二宮に山口県の防府天満宮（大阪天満宮とする説もある）を加えて、「三天神」と呼ばれる。年間七百万人、初詣だけでも二百万人を越える参拝客を集め、特に、九州を訪れる修学旅行の旅程にははずせない。

「宮」号は、基本的に皇族を祭神とする神社のみに使用される号で、呼称が国によって厳格化された明治四年（一八七一）から終戦後の昭和二十二年（一九四七）までの間は、大宰府神社と称した。

延喜元年（九〇一）、突然に九州へ左遷されることとなった**菅原道真**が、京を離れる際に「東風吹かば匂おこせよ梅の花　主無しと

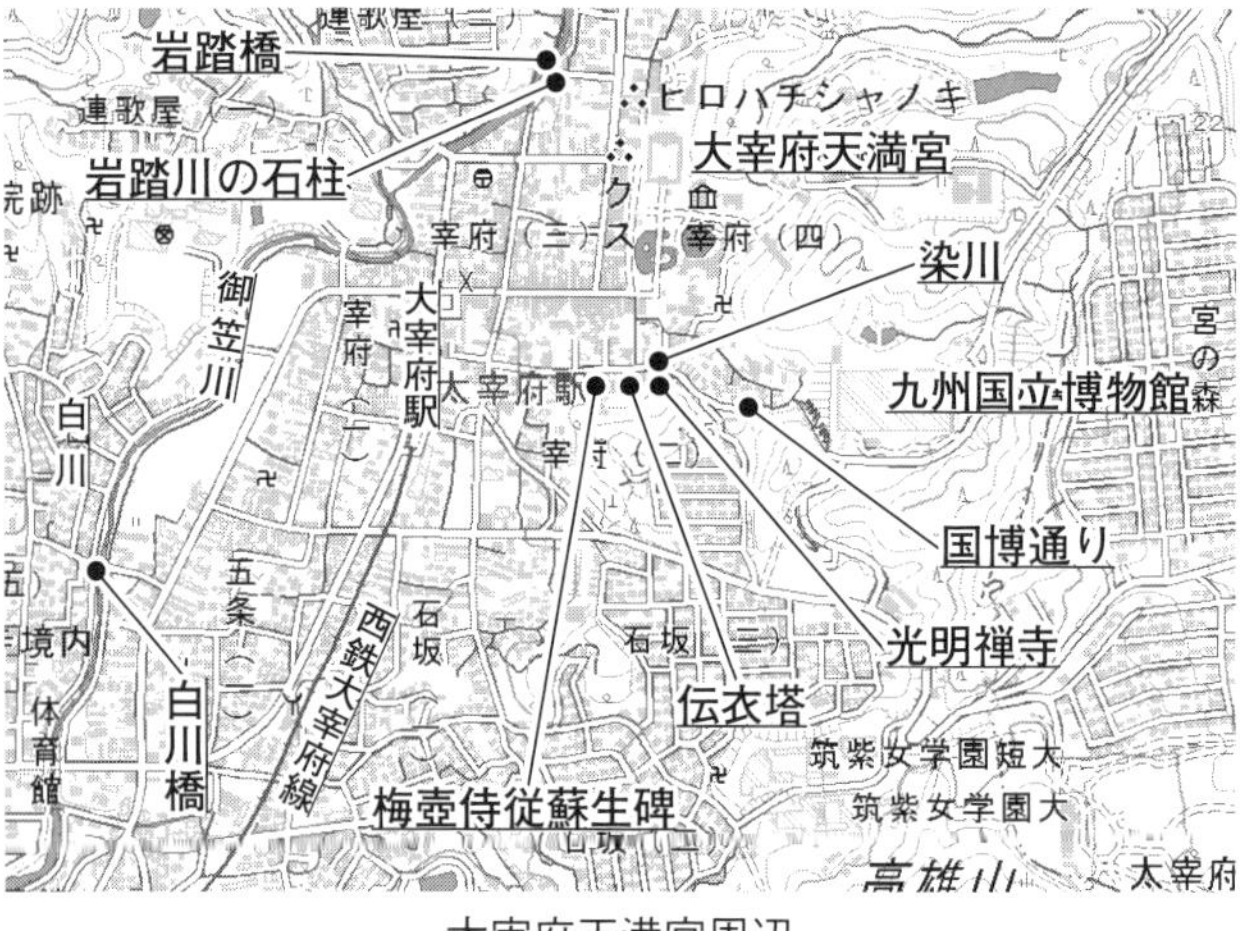

太宰府天満宮周辺

て春な忘れそ」と詠んだとされる古事に因んで植えられた梅は、二百種六千本を数える。天満宮の神酒は、社領から収穫した梅を漬け込んだ梅酒が用いられるという。
　筆者が訪れたのは雪の降る元旦で、付近の駐車場は満杯、境内はもとより西鉄太宰府駅からの参道も、多くの初詣の人でごった返していた。

太宰府の天満宮に在りし安楽寺　神と分けられ今跡もなく
天満宮に参る数多の人知るや　安楽の寺共に在りしを
安楽の寺在りし宮初詣の　人の列成す元旦の朝

太宰府天満宮拝殿

四十二、染川《そめがわ》〔河〕（地図は前項「安楽ノ寺」参照）

　染川を詠み込んだ歌は数多い。手元の歌枕和歌集には十六首を数える。『能因』、『名寄』、『類字』、『松葉』全ては、『**拾遺和歌集**』から**在原業平**の「染河をわた《渡》らん人のいかて《で》かは　色になるてふ事のなからん」を収める。元々の出典の『**伊勢物語**』六十一段は以下である。

　昔、男筑紫までいきたりけるに、「これは色好むといふすき者」とすだれのうちなる人のいひけるをききて、
　　染河をわたらむ人のいかでかは　色になるてふことのなからむ

女返し、

　名にし負はばあだにぞあるべきたはれ島　浪の濡衣きるといふなり

大意は、筑紫に出向いた男が、「女好きで多情な男」と言われ、「染川を渡る人は、色好みに染まるものだ」と歌で反論するも、「（たはれ島を引き合いに出して）その名だからと言って染河が染めるのでなく、貴方は本来色好みですよ」と歌で返された　である。

また、同じ『**拾遺和歌集**』から、**源重之**の「染河に宿借る浪のはやければ　なき《〔無〕》名立《立つ》とも今は怨《うらみ》じ（染川に宿る波が早いように、私の秘めた心の中が早くも知られてしまったので、謂れのない噂が立っても嘆くまい）」が『能因』、『名寄』、『類字』に、さらに**正徹**、あるいは**後土御門天皇**など、歌数だけでなく、詠者も一流である。

藍染川と梅壺侍従蘇生碑

西鉄太宰府線・太宰府駅北側の広場の北東角から東に、天満宮の参道が延びるが、その百メートルほど南側に、平行に閑静な道が東西に通る。九州国立博物館に通じ、「国博通り」と呼ばれる。その道の南側を流れる幅一メートルほどの川が、もとは染川と言った藍染川である。今は小川だが、古くには川幅もひろく、水量も多かったと言う。川沿いには、梅壺侍従蘇生碑、伝衣《でんえ》塔や光明禅寺が並ぶ。

伝衣塔

次の悲話が残る。

天満宮の社人が京で、女房・梅壺と恋に落ち、子も成したが、社人が筑紫に戻り離れることに。後年、子に父を会わせるべくこの地に来たが、正妻に追い返され梅壺は染川に身を投げる。社人は天神に梅壺の蘇生を祈り、願いが叶った。

この物語を伝える碑が、梅壺侍従蘇生碑である。

伝衣塔と光明禅寺に纏わる伝えは以下である。

太宰府崇福寺の高僧・聖一国師《しょういちこくし》が夢の中で、菅神（**菅原道真**）に禅の師として宋の仏鑑《ぶっかん》禅師を紹介し、菅神は一夜にして渡宋、禅師の教えを受け、悟りを開き、その証に禅師から衣を授かって帰国した。菅神は再び国師の夢に現れ、衣を祀るよう託した。そこで国師の弟子の鉄牛《てつぎゅう》円心が伝衣塔を建て、さらに文永十年（一二七三）、毎年の祭礼のために光明禅寺が創建された。

訪れた元旦、天満宮の参道は肩が触れるほどの混雑であったが、国博通りは道行く人も疎らで、降る雪に包まれていた。

今は唯半間余りの川となる　歌に詠まれし染川残りて

日の始め染川沿ひの道静か　天満宮の賑はひ他所に

光明禅寺

染川を見つめ時経し光明禅寺　降り積む雪になほ密やかに

四十三、竈門《かまど》〔戸〕（併せて竈山、竈神、御笠山）

『**拾遺和歌集**』には、趣の変わった一首が収められる。「春はもえ《〔燃〕》秋はこ《〔焦〕》か《が》る、竈門山　霞もきり《〔霧〕》もけふり《〔煙〕》とそ《ぞ》み《〔見〕》る」がそれで、『能因』、『名寄』、『類字』に転載されている。詠者は**清原元輔**であるが、以下の詞書が添えられる。「元輔筑紫へまかりけるに、竈戸山の麓に宿りて侍りけるに、道につらなる木に古く書付けたりける上句に、元輔下句をば書付け侍る」と。即ち、元輔自身は下二句のみを詠じたのである。

この歌以外にも、『能因』、『名寄』、『松葉』に『**古今和歌六帖**』から載る、**柿本人麻呂**（詠者の記載は『能因』に「人丸」とあるのみである。）の「世の中をなけき《〔歎〕》にくゆる《〔燻〕》かまと《〔竈門〕》山　晴《はれ》ぬ思ひ《い》を何しそめ《〔染?〕》けん」など、多くの歌が「竈門」を詠み込んでいる。それらには、「かまど」の語の縁で「煙」、「燻ゆる」、「焦がれる」などが併せて詠まれている。

大宰府天満宮の直ぐ西を通る県道三十五号・筑紫野古賀線から、天

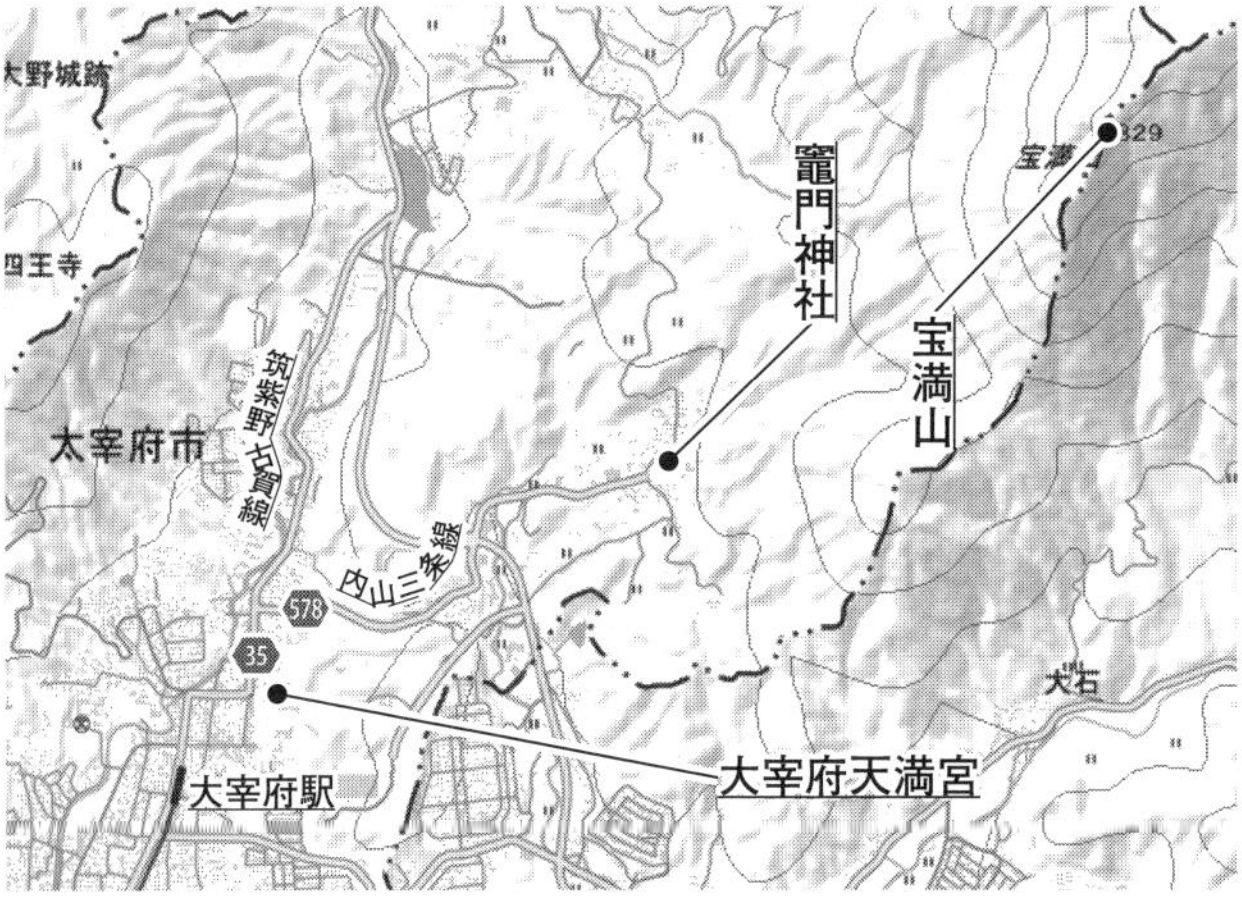

太宰府駅北東部

宝満山

満宮の北約三百メートルほどで東に分岐する県道五百七十八号・内山三条線を進むと、なだらかな山容が正面に現れる。太宰府市の東端、筑紫野市との市境に位置する、標高八百六十八・七メートルの宝満山である。古くには仏頭山、御笠山と称されていたが、神功皇后出産（「三十二、怡土濱」、「三十三、宇美宮」参照）の折に、この山に竈門を立てたとされることから「竈門山」と呼ばれるようになったと伝えられる。

宝満山の西麓には竈門神社の下宮が建つ。上宮は山頂に、また山腹には、明治の廃仏毀釈により廃絶した中宮跡が在る。創建は**天智天皇**の代で、大宰府鎮護の為に八百万の神を祀った事に始まるという。主祭神は、**神武天皇**の母とされる玉依姫命、「魂（玉）と魂（玉）を依り合わせる」と神徳を解釈し、「縁結びの神」として崇められ、福岡県では、女性が十六歳になると竈門神社をお参りし、良縁を願って「こより」を結ぶ風習が有るという。なお、加えて**神功皇后**、**応神天皇**も祀られる。

宝満山の森に囲まれた境内は整備が行き届き、社殿は小振りではあるが落ち着きのある雰囲気である。が、何といっても特筆すべきは、社務所と、その一角のお札とお守りの授与所である。創建千三百五十年を機に平成二十四年（二〇一二）に建てられた。神社建築のエキスパートの種村強氏が建築を、授与所のインテ

竈門神社拝殿と本殿

近代的な社務所

リアデザインは武蔵野美大教授でもある、ワンダーウォール代表の世界的デザイナー・片山正通氏、展望テラスの調度は、これまた世界的プロダクトデザイナーのジャスパー・モリソン氏が手がけたとのこと、三方ガラス張りの冷暖房完備で、とても洒落ており、かと言って突飛ではない。縁結びを願って参詣する若き女性には、似つかわしい場である。

なお、宝満山が嘗て御笠山と呼ばれたことは先述したが、その山名を歌枕として詠み込んだ歌もある。「ふら《〔降〕》は《ば》ふれ《〔降〕》みかさ《〔御笠〕》の山しちか《〔近〕》けれは《ば》　みのしま《〔箕島〕》ゝて《〔迄〕》はさし《〔?〕》てゆき《〔行〕》なん」で、**『万代和歌集』**を出典として『名寄』、『松葉』に収められる。詠者は**檜垣嫗**である。第二句の「し」は強調の副助詞であろうか、歌意は明らかである。

社務所南側テラスから見る
筑紫野市方面

元旦の天満宮の賑ふも　いと静かなり竈門神社は
古事に因み伝へ呼ばれる竈門山　円き姿の名に相応しく
由緒ある竈門神社に現代の　様式溢れる社務所建ち居り

四十四、思河《おもいがわ》（併せて石踏《いわふみ》、石踏河〔川〕、白川）（地図は四十一「安楽ノ寺」参照）

御笠川は、前項の宝満山を源とし、太宰府天満宮の西をほぼ南に向かい、太宰府市役所付近で西に、「四十、漆河〔川〕」に記した落合橋で鷺田川を引き込んで西北に向きを変え、大野城市、博多区を経て博多湾に注ぐ、全長

朱雀大橋から見る御笠川

二十・七キロメートルの二級河川である。歌枕の「思河（川）」、「石踏河（川）」は、この御笠川の、太宰府天満宮付近の上流域の別称である。

「思河」を詠み込んだ歌は多い。**勅撰和歌集**に収載される歌を集めた『類字』だけでも三十首、それ以外に『松葉』に十二首など、合計四十五首を数える。『歌枕歌ことば辞典』―片桐洋一―は、この「思川」につき、「恋の歌に用いて〔泡〕〔浪〕〔たぎつ〕〔逢ふ瀬〕〔寄る浪〕など川の縁語を詠み込み、忍ぶ恋の心情を託した表現が見られる。」と解説する。**『後撰和歌集』**に載る**伊勢**の「思ひ《い》河絶えず流るゝ水の泡の　うたがた（必ず、きっと）人にあは《〔逢〕》で消えめや」、自身の**私家集**に載る**後花園院**の「しは《ば》し猶消《消え》ぬさへ《え》うき《〔憂〕》おもひ《〔思〕》川　せゝ《〔瀬々〕》にたゝ《〔漂〕》よふ《う》花の白あは《〔泡〕》」

等々である。

「石踏川」を詠んだ歌は「海山を夕越《越え〔来〕》くらは《ば》三か《〔御笠〕》さなる　いはふみ《〔石踏〕》川に駒なつ《〔泥〕》む也」、**『万代和歌集』**からの**藤原為頼**の作である。この石踏川は、太宰府市の宰府三丁目と連歌屋《れんがや》二丁目を結ぶ、御笠川に架かる「岩踏橋」に偲ぶ事ができ、また直ぐ近くの川岸には、高さ百三十五センチメートルの、「岩踏川」と刻んだ石柱も立つ。

次に「白川」である。**『後撰和歌集』**に収められる**檜垣嫗**の「年ふれ《〔古〕》ば我が黒髪も白川の　みづはくむまで老にけるかな」が、『能因』、『類字』、『松葉』に載る。第四句の「みづはくむ」は、「水は汲む」と「瑞歯含む（非常に年をとる）」が掛けられている。**『後撰和歌集』**には「筑紫の白河とい

岩踏橋

岩踏川石柱

ふ所に住み侍けるに、大弐藤原興範の朝臣のまかりわたるついでに、水たべむとてうち寄りて、乞ひ侍ければ、水を持て出でて、よみ侍ける」と詞書がある。

西鉄太宰府線・太宰府駅の西、御笠川の右岸に町名として「白川」があり、対岸と結んで「白川橋」が架かる。詞書からすれば、「白川」は地域を指し示す地名なのかも知れない。しかし、嫗の歌そのものの意味からすれば、川の名とするのが妥当であろうと考え、批判を受けるのを覚悟の上で、御笠川の当該地域における呼称と判じ、この項に併載した。

檜垣嫗については、『**後撰和歌集**』の選者は、添書きに、「かしこ（筑紫―筆者注）に、名高く、事好む女になん侍ける」と称賛する。

なお、『名寄』は、白川を肥後の歌枕とし、加えて実際に熊本県には、白川が一級河川として実在する。しかし、先述の『**後撰和歌集**』の詞書からして、そちらを歌枕「白川」と比定するのは当を得ていないと考える。

古歌に数多詠み込まれたる思河　今は御笠の川と呼ばるる

石踏《いはふみ》の川の碑《いしぶみ》探しあぐね　ふと見つけたり橋の袂に

迷ひ居て歌の枕の白川を　御笠の川の橋に見つけぬ

白川橋

筑紫野市

四十五、湯原《ゆのはら》

二日市温泉付近

『名寄』に「ゆのはら《（湯原）》になく《（鳴）》あしたつ《（葦鶴）》の我《あが》ごと《（如）》く妹に恋ふ《う》れや時わか《（別・分）》す《ず》鳴く」が載る。出典も詠者も記されていないが、偶々**『万葉集』**を眺めていて、巻第六にこの歌を見出した。「帥大伴卿、次田《すきた》の温泉《ゆ》に宿り、鶴の声を聞きて作る一首」と詞書がある。即ち詠者は**大伴旅人**である。伊藤博の『萬葉集釋注』では、詞書の「次田の温泉」を、筑紫野市にある二日市《ふつかいち》温泉のこととしている。

二日市温泉は、ＪＲ鹿児島本線・二日市駅の南に位置する。この二日市温泉の呼称は昭和二十五年（一九五〇）からで、それまでは「次田」、「薬師」、「武蔵」などと呼ばれたという。明治三十四年（一九〇一）初版の『大日本地名辞典』には、「武蔵温泉」と項

二日市温泉「御前湯」夜景

大伴旅人歌碑

立てされ、「今二日市村武蔵にあり、即次田湯是なり、単純泉温百十四度、無色無臭にして、細流の底より湧出す、凡十四所、浴槽二十許、民家九十、皆浴戸なり、号して湯町と曰ふ、四時客来多し、福岡県唯一の温泉とす」と解説する。少なくとも明治期までは、なんと福岡県下に温泉はここのみで、それ以前の著述に出てくる温泉は全てここを指す。例えば、『竹取物語』の中で、車持皇子《くらもちのみこ》が朝廷に暇を申し出る理由とした「筑紫の国に湯浴にまからん」とした温泉も、この二日市温泉なのである。

県道七号・筑紫野インター線は、筑紫野市役所から南に向かい、五百メートルほど県道三十一号・福岡筑紫野線を共用し、武蔵交差点から再び単独の県道となって九州自動車道・筑紫野ＩＣに接続するが、その共用部までの約一・五キロメートルの道筋の左右は湯町一丁目、二丁目、三丁目であり、二日市温泉の中央を通る。ほぼ道半ばの東には、江戸期に黒田藩によって置かれたという「御前湯」があり、正面に向って左には、明治二十九年（一八九六）に新婚旅行でこの地を訪れた**夏目漱石**の句「温泉《ゆ—筆者ルビ》のまちや踊ると見えてさんざめく」の碑が建つ。また同じ側の数十メートル南には、冒頭の万葉歌の碑がある。

九州自動車道を挟んだ西には、**菅原道真**が幾度となく頂に立ち、無実

武蔵寺本堂と藤棚

武蔵寺山門

夏目漱石の句碑

を天に訴えたと伝えられる天拝山（二五七・五メートル）があり、その北の麓には武蔵寺が建つ。年代は詳らかでないが、創建に関わったのが、大化五年（六四九）に筑紫大宰帥に任ぜられた素我日向臣《そがのひむかのおみ》無邪《むさ》（あるいは耶）志《し》こと藤原虎麿とされることから、七世紀半ばと思われる。なお武蔵寺の名は、虎麿の別名・無邪志からではなく、一時衰勢にあったこの寺を、武蔵国からこの地に来た天台宗の僧が再興したとのことで付けられたという。

　境内は良く整備されていて、落ち着いた雰囲気である。また、藤原氏に準えて植えられたとされる、樹齢推定七百年の藤が枝を広げる。初夏の開花時の美しさはさぞかしであろう。

湯の原のふと泊まりたる宿の脇　歌の枕の歌碑の建ち居り
史長き湯宿の灯浮き立ちて　湯の原の街夜は更け行きぬ
参る人少なき古刹湯の原の　街を見下ろす丘に建ち居り

四十六、芦《あし》〔蘆〕城《き》（併せて同山、同野、同河〔川〕）

『角川日本地名大辞典四十・福岡県』には「蘆城」につき、「宝満山の南側、宮地岳の西麓に位置し、宝満川が流れる。」と解説する。

　県道六十五号・筑紫野筑穂線は、ＪＲ鹿児島本線・二日市駅の東から太宰府市の南端をかすめ、宝満川に沿って北東に向かい、飯塚市に抜けるが、ほぼ古代の、太宰府と京を結ぶ官道に重なる。冒頭の『角川日本地名大辞典』の解説からすれば、県道六十五号が県道七十六号・筑紫野太宰府線と交差するあたりの筑紫野市吉木、そしてその南の同市阿志岐が、歌枕の地「蘆城」を指すと考えられる。ここには嘗て駅家が在り、昭和五十三年（一九七八）、吉木の水田下から九棟の建造物跡が発見されている。そして『万葉集』には、帰京する役人を見送ってこの地で最後の別れの宴を催したことを示す歌九首が見て取れる。

歌枕歌ではないが、巻第四には、「五年（神亀五年―七二八―筆者注）戊辰《つちのえたつ》に、大宰少弐石川足人《いしかわのたるひと》朝臣が遷任するに、筑前の国蘆城の駅家《うまや》に餞する三首」の詞書に続いて作者不詳の三首が並ぶ。

吉木小学校の歌碑

同じく巻第四に、「大宰帥大伴卿、大納言に任《ま》けらえて京に入る時に臨み、府の官人ら、卿を筑前の国蘆城の駅屋に餞する歌四首」として、筑前掾門部連石蘆《ちくぜんのじょうかどべのむらじいそたり》の一首、大典麻田連陽春《だいてんあさだのむらじやす》の一首、防人佑大伴四綱《さきもりのすけおほとものよつな》の一首が収められる。

また巻第八にも、「大宰の諸卿大夫《まへつきみたち》併せて官人等《たち》、筑前国の蘆城の駅家にして宴する歌二首」として、「蘆城野」を詠み込んだ「をみなえし秋萩交る蘆城の野　今日を始めて万代に見む」、「蘆城川」を詠み込んだ「玉櫛笥蘆城の川を今日見ては万代までに忘れえめやも」が並ぶ。この二首が『能因』、『名寄』、『松葉』に収められる。詠者は不明である。

宮地岳北西部

先の県道六十五号と七十六号の交差点の真北三百メートルに市立吉木小学校があ

り、その校庭の隅に「をみなえし……」の歌碑がたつ。
また大典麻田連陽春の二首のうち、「唐人の衣染むとふ紫の　情《こころ》に染《し》みて思ほゆるかも」の碑が、吉木小学校から東の住宅地の中の、消防団の屯所近くに建つ。察するところ、蘆城の行政上の中心は、同音異字で現代に存在する筑紫野市阿志岐ではなく、ここ吉木であったのだろう。

古の街道の途に駅家《うまや》在りき　今田園の蘆城の里に
万葉の歌数多残れる蘆城里　送り送らるる人詠み交はしたる
歌碑の二基蘆城の里に建ちて居り　万葉の世を今に伝へて

四十七、荒船神《あらふねじん》〔御〕社《じゃ》（地図は前項「芦〔蘆〕城」参照）

前項で述べたように、「蘆城」の中心は吉木と思われるが、当時を偲ぶ寺や神社は宮地嶽西麓の阿志岐に存在する。その一つが荒船神社であり、歌枕とされている。『**拾遺和歌集**』巻第七に**藤原輔相**《すけみ》の「茎も葉もみな緑なる深芹は　あらふねのみや白く見ゆらん」が載り、『能因』、『類字』、『松葉』に収められる。第四句から結句にかけての「あらふねのみやしろ」は、「洗ふ根のみや白く」に「荒船の御社《やしろ》」を隠し詠んでいる。『**拾遺和歌集**』の巻第七の部立は**物名**（ぶつめい・もののな）で、

宮地岳

消防団屯所前の歌碑

この歌はまさにその典型である。歌題が提示されていなければ歌枕歌であることを見逃しかねない。

前項で述べた吉木の、県道七十六号と六十五号が交差する地点から六十五号を南に向かい、上宝満橋で左折して、交差する県道三十五号・筑紫野古賀線を一キロメートルほど行き、阿志岐小学校の南で左折、宝満川東岸の道を南進すると、直ぐ左手の岡に荒船神社が建つ。県道からやや奥まった所の、「明治二十二年正月」、「奉再建」と左右の脚柱に彫られた石の鳥居を潜り、やや急な階段を上がると、石畳の参道が拝殿に続く。拝殿は小振りの春日造りで、金属で葺かれた屋根が林間の木漏れ日を浴びて輝いている。祭神はというと、全くはっきりせず、筑紫野市史には不明神との記載があるという。そのような神名があるとも思えず、要は判らないとの意と解釈した。

荒船神社社殿

荒船神社鳥居と参道の石段

なお、神社前を流れる宝満川は、宝満山を源とし、筑紫野市、次いで小郡市をほぼ南流し、久留米市小森野と佐賀県鳥栖市水屋町で福岡・佐賀両県の境界を成し、筑後川に注ぐ全長三十一キロメートルの一級河川である。古くには荒船川と呼ばれたこともあったとかで、それ故の「荒船神社」であろう。更には、有明海から太宰府に至る水運に利用されたことは想像に難くなく、神社付近まで唐船が遡上したとの伝えも残る。

神社の北手のＹ字状の三叉路には、一面に広がる水田を背景に、前項で挙げた万

宝満川

三叉路の万葉歌碑

葉歌の九首目、「玉櫛笥……」の歌碑が建つ。
　さらに近隣には、由緒等不明ではあるが、老松神社、円徳寺など、小振りではあるが趣のある寺社を散見することができる。

老松神社

円徳寺山門

田園を貫く道の端の丘の　木々の間に見る荒船の御社
御社《やしろ》の名の縁かも荒船の　川の流れは今穏やかに
荒船の御社《やしろ》囲み史語る　寺《じ》・社《しゃ》・碑《ひ》の在りて古懐し

四十八、城《き》山《やま》

「四十五、湯原」の項で紹介した天拝山の南には、天拝湖が水を湛える。正式名称は山口調整池で、自然の湖でも、河川を堰き止めたダムでもなく、久留米市高野から筑後川の水を取水して、福岡市の需要量の約三十パーセントの水を供給する全長二十五キロメートルの導水管の、不測の事態に備えて貯水をしておく全くの人工湖である。貯水量は四百万立方メートル、通常の給水量の三週間分に相当するとい

天拝湖

北岸の歌碑

西門の歌碑

う。水道用水に用いられるため、釣りや舟遊びはできない。湖の西門脇の広場には、『**万葉集**』巻第三の「しらぬひの……」（「五十三、筑紫」に収載）の、また北岸の周回道路脇には、『同』巻第八、式《しき》部《ぶの》大《だい》輔《ふ》石上《いそのかみの》堅魚《かつをの》朝臣《あそみ》の「ほととぎす来鳴きとよ《〔響〕》もすの卯の花のとも《〔共〕》にや来しと問は《わ》ましものを」の歌碑が建つ。

また、天拝湖の南西には、山口川を堰き止めた山神ダムがあり、その展望広場には、『**万葉集**』巻第五、**大伴百代**の「梅の花ちらくはいづくしかすがにこの城の山に雪は降りつつ」の歌碑がある。

この二つの湖のさらに南、佐賀県三養基《みやき》郡基山《きやま》町との県境の南に、前歌の第四句に詠まれる歌枕「城山」とされる基山（四百四・五メートル）が聳える。地理的にも、また史跡観光の取り組みの姿勢からも、本来ならば基山町、即ち肥前国の歌枕とすべきかとも思われるが、肥前

山神ダム

展望広場の歌碑

基山駅北西部

基山

国に収載する歌枕集は見当たらない。加えて、「三十四、大野」の項に記したように、『**日本書紀**』に「秋八月《はつき》に、……（中略）……達率憶禮福留《だちそちおくらいふくる》・達率四比福夫《だちそちしひふくふ》を筑紫國に遣《まだ》して、大野及び椽《き》、二城《ふたつのき》を築かしむ。」とある「椽」がこの山であり、太宰府と切っても切れない地であり、それ故の筑前国収載であろう。

基山の基肄《きい》城跡には、もちろん北側の筑紫野市からの道もあるが、国道三号線を南に下り、ＪＲ鹿児島本線基山駅付近から、基山町役場脇を通る佐賀県道三百号・基山公園線を辿れば、山頂直下の草スキー場の駐車場に容易に着くことができる。スキー場の縁《へり》の道を登れば山頂である。頂上は広い台地状、三百六十度開けていて、見晴らしは素晴らしい。

山頂の北側には「基肄椽城跡」の、南側には「木城址」の石柱がある。なお、南のそれは倒れて横たわっていた。また各所に礎石が残り、タマタマ石と呼ばれる巨石に祠が彫られていたりして、古代の城を想うに充分である。

『能因』、『名寄』、『松葉』に、『**万葉集**』巻第四から「今よりは城山《きやま》の道はさぶ《（寂）》しけむ　我が通は《わ》むと思ひ《い》しものを」が収められる。

『**万葉集**』の詞書には、「大宰帥大伴卿の京に上りし後に、

基山山頂北側の椽城跡石柱

基山山頂南側の木城址石柱

基山山頂の礎石

基山山頂巨石と祠

筑後守葛井連大成《ふじゐのむらじおほなり》が悲嘆《かな》しびて作る歌一首」とある。

なお、基山の草スキー場に立てられる解説版には、先の天拝湖の歌碑に刻まれる「ほととぎす……」に**大伴旅人**が和《こた》えた歌として「橘の花散る里のほととぎす　片恋しつつ鳴く日しぞ多き」が紹介されている。旅人は大宰府で愛妻を亡くし、朝廷は大成を弔問に遣わし、両人はこの基肄城に登り、宴遊しつつこの歌を交わしたという。

城《き》の山の麓に水を湛へ居る　湖《うみ》の辺《ほとり》に万葉歌碑建つ
其処此処に砦の跡の礎石見ゆ　大宰府守りし城《き》の山頂に
山頂に吹く風清し城《き》の山を　喘ぎつつ登れど疲れ忘れる

筑前町

四十九、安《やす》〈ノ〉野《の》

『筑前國續風土記』には、歌枕「安野」につき、「東小田、四三島《しそじま》、鷹場、三村の間、七板《な い た》原といふ廣き平原有。方一里餘あり。是則安野也。方一里許の間には田畠なし。……（中略）……皆平なる野原なり。」と解説する。また、『角川日本地名大辞典四十・福岡県』には、「宝満川支流草場川と曽根田川の両下流域に位置する。」と記される。

なるほど地図を見れば、現在の朝倉郡筑前町に、東小田、四三嶋、下高場、上高場、及びそれらに囲まれる形で

砥上神社

筑前町公民館支館前の歌碑

安野の字名が見て取れる。この地域は、明治二十二年（一八八九）から同四十一年（一九〇八）まで安野村、四十一年からは夜須村に統合されて大字となり、戦後は町制が施行されて夜須町の大字、そして今は先程の地図の如くとなっている。

一方、「安野」を詠んだ歌として『**万葉集**』巻第四に、**大伴旅人**の「君が為かみ《醸》しまち《待》酒安の野にひとり《一人》やのま《飲》ん友な《無》しにして」が載り、『能因』、『名寄』、『松葉』に収められる。

地名の考察とこの歌の意を併せて、万葉の時代には「安野」が地名というよりは、「安」を地名とし、そこに広がる平原を「安の野」と称し、歌に詠まれたと推理した。そして後世になって、その草原の名を受けて、村名、字名としての「安野」が生まれたと考えられる。

なおこの歌の歌碑が、筑前町役場の東、筑前町公民館支館の前庭に建つ。

筑前町役場付近

大己貴神社拝殿と本殿

芭蕉句碑

ここ九州には、**神功皇后**に纏わる史跡、神社が多く見受けられる。筑前町も例外ではない。

筑前町役場のほぼ真北二キロメートル余り、筑前町砥上《とかみ》に砥上神社がある。伝承では、新羅征討に向う**神功皇后**が、この地を「中宿《なかやど》」として兵を集め、武器を研がせたと言い、それ故の地名とのことである。決して大きくも無く、派手さも無いが、鬱蒼と茂る木々に囲まれて皇后縁の雰囲気を醸し出している。

町の南東、朝倉市との境付近、筑前町弥永に大己貴《おおなむち》神社がある。日田往還と呼ばれる国道三百八十六号線のやや北に位置する。**神功皇后**は、新羅を討つべくこの地に至り、「諸國《くにぐに》に令《みことのり》して、船舶《ふね》を集《つど》へて兵甲《つはもの》を練《ね》らふ（『**日本書紀**』）」としたが、「軍卒《いくさのひちども》集ひ難（『同』）」く、「大三輪社《おほみわのやしろ》を立てて、刀矛《たちほこ》を奉りたまふ。軍衆《いくさびと》自《おの》づからに聚《あつま》（『同』）」ったとの伝えが残る。この辺りは、明治四十一年（一九〇八）までは大三輪村であった。この神社の呼称も、古くには「三輪大明神」、あるいは「大神《おおみわ》神社」であったと言う。深い朱色の塗りが心を落ち着かせる。社頭付近では、文化五年（一八〇五）、土地の俳句を嗜む文化人たちによって建てられた、**松尾芭蕉**の「川上とこの川下やつきの友」の句碑が迎えてくれる。

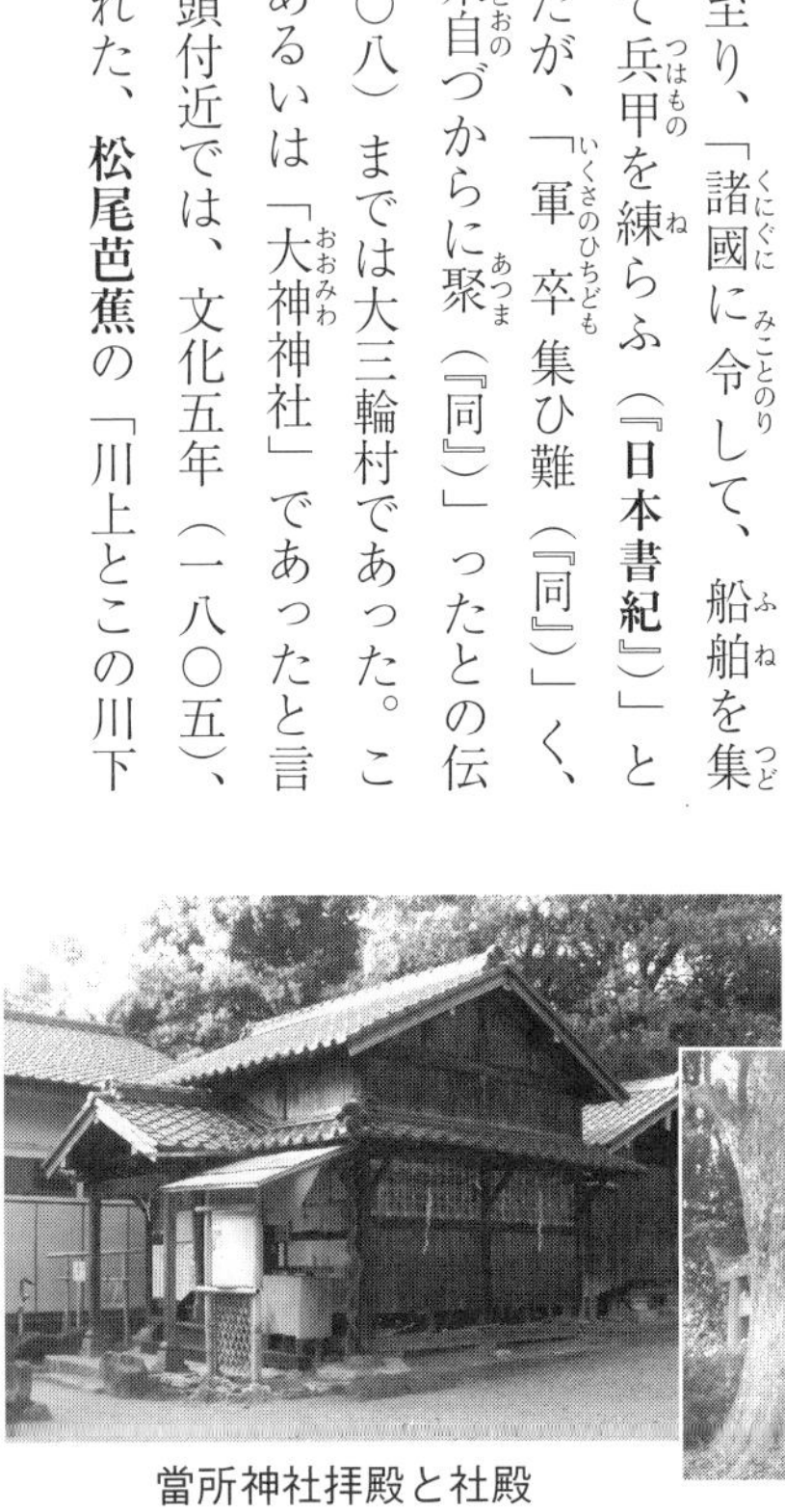
當所神社拝殿と社殿

當所神社の入口

また、筑前町当所には當所神社が建つ。ごく小さな社であるが、語呂合わせから宝くじの当選を祈願する人も多く、毎年十二月二十三日には祈願大祭が開催されると言う。年末ジャンボの当選を神に祈るのである。

野か村か定めかねては史手繰り「野なり」と決めぬ古歌の安野を
安の野の処々《しょしょ》に伝へ残り居り　神功皇后征韓の途の
当たらぬと思へどクジ運頼みつつ　安の野に建つ當所宮詣づ

朝倉市

五十、朝倉《あさくら》（併せて同山、同関）

朝鮮半島では、四世紀末から百済、高句麗、新羅の三国が並立していたが、六六〇年（**孝徳天皇**が崩御した白雉五年―六五四―から、**天武天皇**崩御の年の朱鳥元年―六八六―までの三十二年間は元号が定められなかった）、新羅・唐の連合軍に敗れた百済は、日本の朝廷に救済を求めてきた。**斉明天皇**、**中大兄皇子**、**中臣鎌足**らはこれを受けて、翌年九州に軍を進め、ここ朝倉の橘広宮（朝倉宮）に遷った。その宮跡は、大分自動車道・朝倉ＩＣから北東に、直線距離にして二キロメートル足ら

朝倉ＩＣ付近

県道386号線脇の道標

橘の広場公園

橘廣庭宮跡の石塔

ずの、「橘の広場公園」の中に跡を示す碑が建てられている。なお、県道三百八十六号線の比良松交差点のやや南東に、北への進入口を刻んだ石柱が立つが、見落としかねないので要注意である。

公園の一角には、奈良から平安時代に在った長安寺の廃寺跡が、また左奥には朝闇神社がある。長安寺の古名は「朝鞍寺」、「朝闇寺」であったとのこと、訓で読めば神社共々「あさくら」であり、この地が古くから「朝倉」であったことの証と、一人合点した。

さて、「朝倉」を歌枕として項立てしているのは『類字』のみで、『**新後撰和歌集**』から**祝部成仲**《はふりべのなりなか》の、「霍公《ほととぎす》あさくら〔朝倉〕山の曙に　人もなき名のり〔乗〕すらしも」、『**新古今和歌集**』から**天智天皇**の、「朝倉や木《き》の丸殿《まろどの》にわ〔吾〕か《が》を〔居〕れは《ば》　名乗をしつゝ、はた〔誰〕か《が》こ〔子〕そ《ぞ》」の二首を載せる。一方、『名寄』、『松葉』は、「朝倉山」、「朝倉関」と項立てして、『名寄』の「朝倉山」には、先の**祝部成仲**の歌と他四首が、『松葉』の「朝倉山」には、『**宝治百首**』から**藤原俊成**の、「朝く

朝闇神社拝殿と本殿

朝闇神社参道の鳥居

隠れ家の森

史跡「朝倉の関」の石柱

らや山もかすみ《霞》の雲間より　よそに昔の春そ《そ》恋しき」や、『**山家集**』から**西行**の「めつら《珍》しな朝くら山の雲ゐより　したひ《慕》出《いで》たる赤ほし《明星》のかけ《影》」など、十首が並ぶ。

この朝倉山は、実名の山は無く、先の橘の広庭公園の北東十キロメートルほどに聳える、標高六百四十五・一メートルの鳥屋山の南に連なる山並のことと言う。

また、「朝倉関」を詠み込んだ歌は、『名寄』には前摂政左大臣、『松葉』には後一条摂政とあるから、察するところ**藤原道長**の作であろうか、「なのり《名乗》して夜ふか《深》く過ぬ時鳥　我をゆる《許》さぬ朝くら《倉》の関」が載る。

先述の比良松交差点から、国道三百八十六号線を南東に四キロメートルほど行くと、左側、恵蘇八幡宮（次項参照）の直下に「史蹟朝倉の関」の石柱が建てられている。なお、先の**天智天皇**の歌に因んで「名乗りの関」とも言う。

国道を挟んだ西の住宅地の中に、樹齢千五百年を越えるとされる樟の巨木がある。その昔、関所の詮議を避ける者達が、番人が不在となる夜まで身を隠したと伝えられる森の名残りで、「隠れ家の森」と呼ばれる。

なお道路地図に、橘の広庭公園の真西五百メートルほどに宮野神社が記されており、筆者の姓であるというごく軽い気持ちで参拝した。他に訪れる人もなく、林間に静かに鎮座している。しかし実は、**斉明天皇**が戦勝を祈願して、後に藤原姓を賜る**中臣鎌足**に命じて造らせたとのこと、由緒ある重い神社であった。

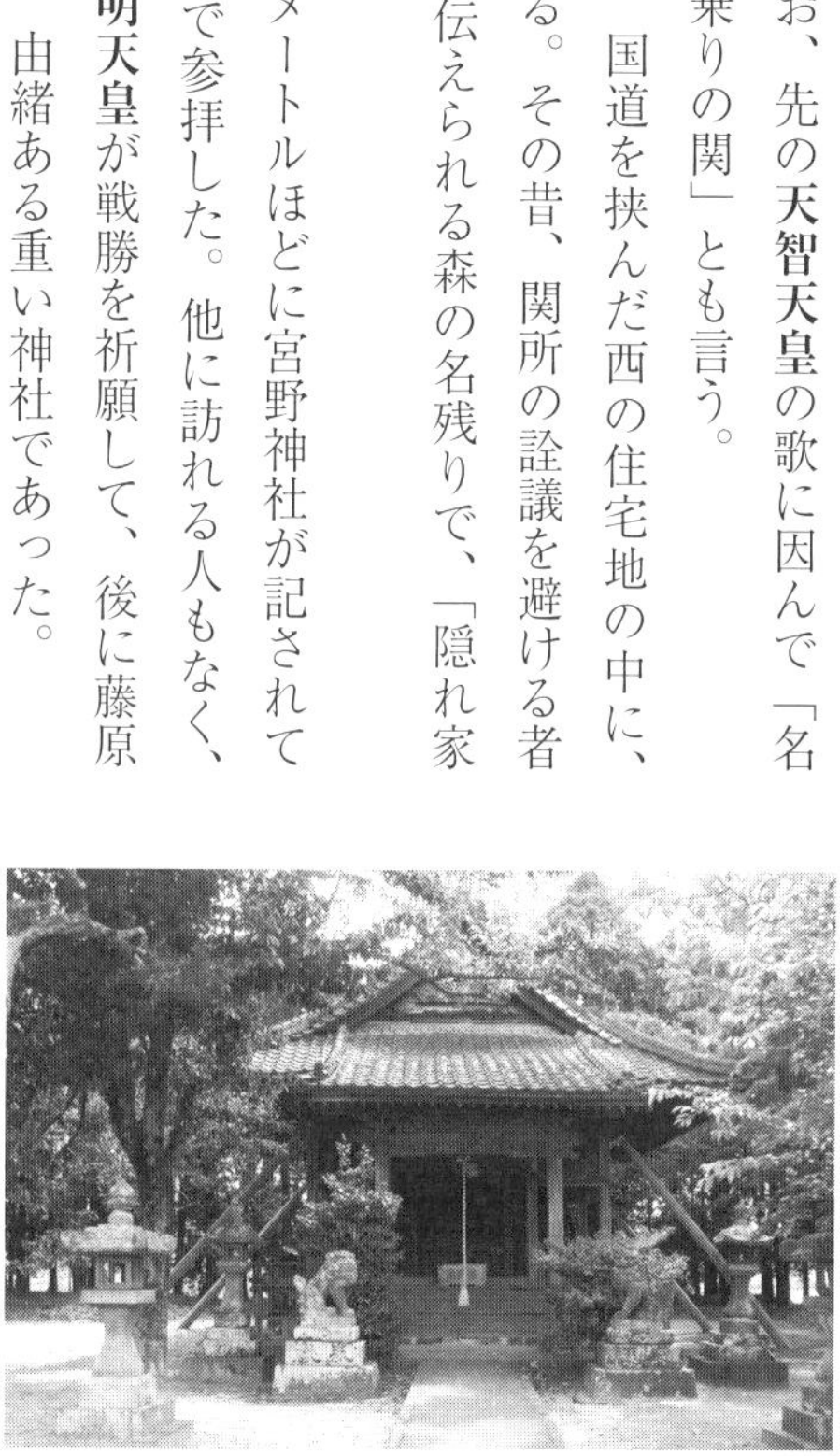

宮野神社拝殿

古に置かれし宮の跡の碑に　建つる公園朝倉に在り
道央に残れる巨木朝倉の　関通りかね人隠れしと
朝倉に我の姓と同じ宮　史の重きを知らず参れり

五十一、木《き》〈ノ〉円《まる》〔丸〕殿《どの》（地図は「五十、朝倉」参照）

『名寄』、『類字』、『松葉』に、前項の『類字』に載っていた、**天智天皇**の「朝倉や木《き》の丸殿《まろどの》にわ《（吾）》か《が》を《（居）》れは《ば》　名乗をしつゝ行《ゆく》はた《（誰）》か《が》こ《（子）》そ《ぞ》」が収められる。また、『**堀河百首**』から**源俊頼**の、「橘のき《（木）》の丸との《（殿）》にかを《（香）》る香は　と《（問）》は《わ》ぬに名の《（乗）》るものにそ《ぞ》ありける」が、『名寄』、『松葉』に載り、『名寄』には他二首、『類字』には、冒頭の歌以外に四首、そして『松葉』には、**後鳥羽天皇**の「あさくら《（朝倉）》やき《（木）》の丸との《（殿）》にす《（澄）》む月の　ひかり《（光）》はなのる《（名乗）》こゝち《（心地）》こそすれ」など、総じて十首が収載される。「木円殿」は、幅広く詠まれた歌枕なのである。

斉明天皇が百済の求めに応じて、救援の軍をこの地に進めたことは前項で述べた。子の**中大兄皇子**（後の**天智天皇**）は、国家安泰と戦勝祈願のため、宇佐神宮の祭神である**応神天皇**の御霊を奉って、筑後川を見下ろす小高い山（現在、地元では御陵山と呼ぶと聞く）に天降八幡を造営、その後白鳳元年（六七三）、

恵蘇八幡宮

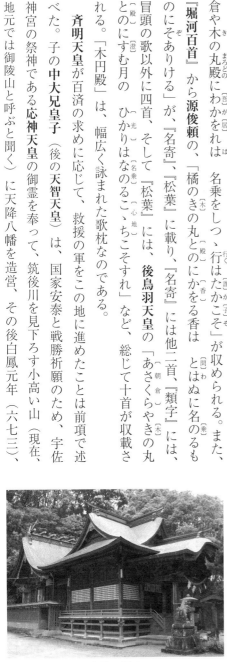

斉明帝藁葬地

天武天皇により**斉明天皇**、**天智天皇**が合祀され、社名を恵蘇八幡宮と定めた。前項で紹介した「史蹟朝倉の関」の石柱の後背の山の中腹にあたる。安永元年（一七七二）に改築された拝殿、本殿は、屋根の反りが美しい。

　ところで**斉明天皇**は、前項に記した橘広庭宮（朝倉宮）に遷った七十五日後、六十八歳の生涯を閉じた。病からとも長征の疲れからとも言われる。**中大兄皇子**は、母帝崩御の七日後、この御陵山の山上に仮埋葬した。その地には、前方後円墳一基とも、二基の円墳とも見られる墳墓があり、石の柵が廻らされ、「斉明帝藁葬地《こうそう》」として整備されている。

　さらに皇子は、宮奥に庵を結んで一年間（実際は一日を一月と見做して十二日間）喪に服した。この時詠んだ歌が、冒頭の「朝倉や……」であるとのことである。その庵跡が「木の丸殿」、今は小さな社が建つが、訪れる人もさほど多いとは思えず、木々に囲まれて静かに時を送っているかのようである。

　駐車場から八幡宮への道端に「時の広場」があり、「漏刻」と呼ばれる水時計が置かれている。もちろん当時のものではないが、**天智天皇**が民に時を知らせるために作ったとされ、後世に復元されたものである。

　また、駐車場の一角は小公園として整備され、百人一首の一番歌である、**天智天皇**の「秋の田のかりほ《〔仮庵〕》の庵《いほ》の苫《とま》をあらみ《〔荒〕》　我が衣手は露にぬれ《〔濡〕》つゝ」の碑が建つ。

木の丸殿跡

漏刻

なおこの後、朝廷は百済救済の軍を送るが、六六三年、白村江における唐軍との戦いに敗れ、朝鮮半島から撤退、半島の三国時代は終り、新羅による統一へと時代は流れて行くのである。

天智帝の母帝の喪に服したる　木の丸殿今は小さき跡のみ
木の丸の殿跡の奥に外征の　成るを祈りて建つる宮在り
定家《さだいへ》の集めし歌の一番歌　碑に刻まれて建つ木の丸殿の下

天智天皇歌碑

五十二、織面《おめ》〈ノ〉湊《みなと》〔湊〕（地図は「五十、朝倉」参照）

『名寄』には「あさくらやおめのみなとにあひきする　あまのめさしにあひてあれにけり」、『松葉』には「朝倉やおめのみなとに網引せは　たまのめさしにあひきあひにけり」と載り、同一歌であることは疑うべくもないが、異なる部分も多い。出典については、『松葉』に「神楽」とある。このままでは歌意すら解らぬところであったが、吉原栄徳著の『和歌の歌枕・地名大辞典』に、この地の例歌として**『夫木和歌抄』**廿五から「朝倉やをめ〔織面〕の湊に網引《あびき》する　玉の童女《めざし》に網引き会ひ《い》にけり」が挙げられている。原歌については、**『催馬楽』**の「朝倉」の「本《もと》」の歌、とある。漠然とではあるが意味が読み取れる。

織面湊については、**奥村玉蘭**が文政四年（一八二一）に完成した『筑前名所図会』の「上座郡《じょうざ》・小逸田《おめた》」の項に、

「平松と恵蘇宮の間にあり、菱野村に屬せり、むかし千年川此邊を流れりといへり、故に湊の名ありて古歌にもよ

老松神社拝殿

めり」とあって、右の歌が添えられる。

　千年川は筑後川の古名である（筑後編「一、一夜川」参照）。平松は朝倉市比良松のことであろうし、恵蘇宮は前項で述べた恵蘇八幡宮、菱野村は同市菱野である。

　菱野の西、古毛《こも》に老松神社が鎮座する。

　筑前国には老松神社が多い。『筑前國續風土記』の索引には、「老松宮」として、阿志岐村（「四十七、荒船神（御）社」に記した）をはじめ十ヶ村にありとし、「老松社」として、ここ古毛を含めて十三ヶ村、「老松神社」が久我村に一社、「老松大明神」として五社、そして「老松天神社」として六社を挙げている（同風土記の本文中に、何らかの記述があるのは三社のみ）。総じて三十五社にもなる。

　筑前国に、斯程斯様に「老松」を冠した神社が多い理由には辿り着いていない。もちろん松の老木があってのこととは思うが、他の地方にも老松茂る神社は多くあるだろうし、理由としては薄弱である。あるいは、能の演目の「老松」にあるごとく、**菅原道真**や太宰府天満宮に縁るところが大であるのかも知れない。

　社領は、国道三百八十六号線と県道十四号・鳥栖朝倉線に挟まれた一角にある。年数を経たと思われる木々に囲まれ、落ち着いた雰囲気である。朝倉市教育委員会の手で解説板が立てられているが、その末尾に、「神社の東方に織面湊と云う史蹟がある。昔筑後川がこの辺りを流れていた頃の港の址である」と記される。これによって「織面湊」の存在は

老松神社の巨木

確信したが、かと言って確たる証は見つからない。教育委員会に問い合わせて再訪したのだが、残念ながらそれでもなお確定することはできなかった。

古き文に織面の湊の在ると説く　依りて探すも至らぬ惜しき
老松の神社に建つる解説板　織面の湊の在りしと記《しる》す
年経ては千年の川の移り居て　織面の湊の何処とも識れず

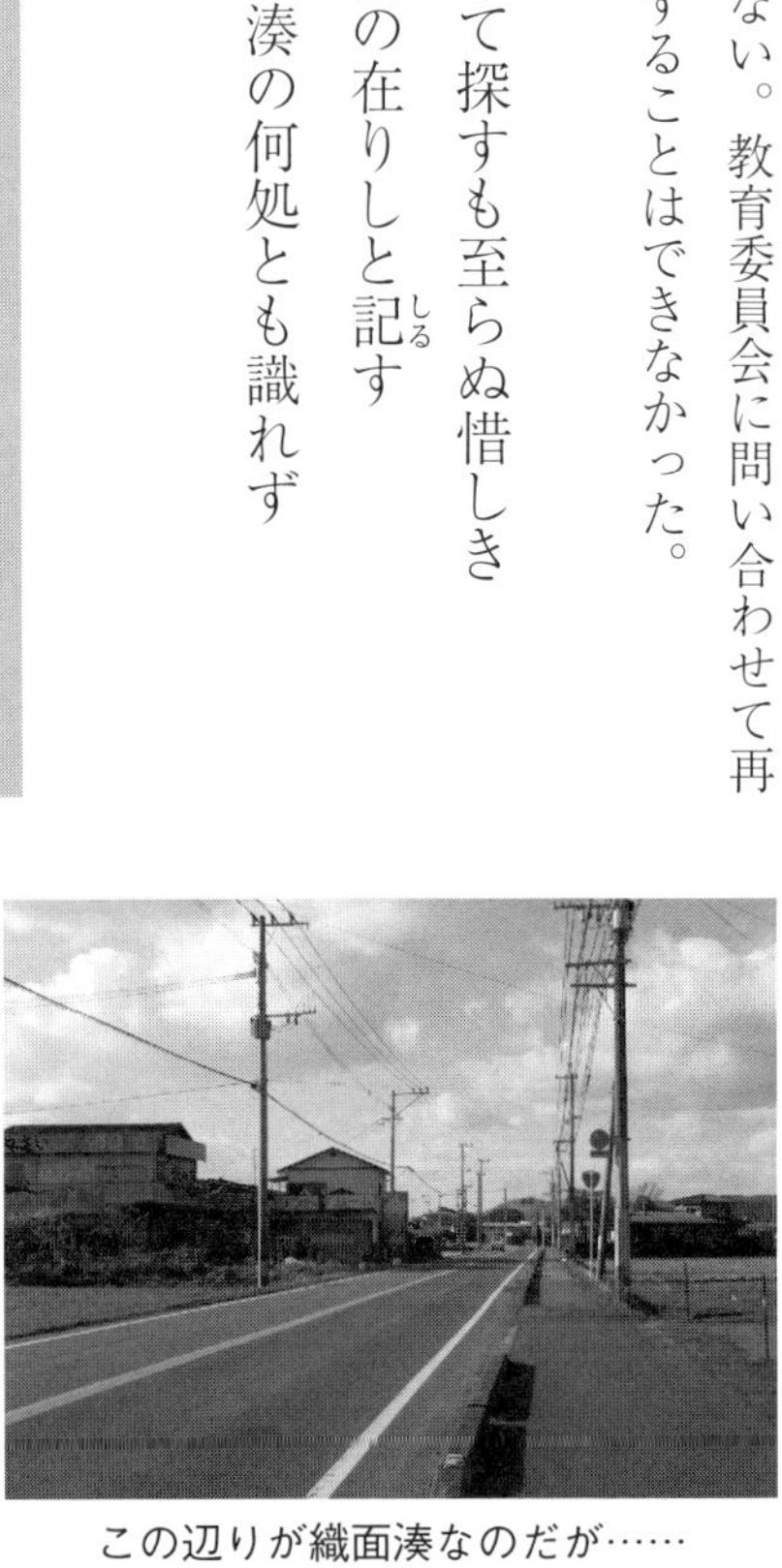
この辺りが織面湊なのだが……

広域

五十三、筑紫《つくし》（併せて同海、同路、同小嶋、同国）

『松葉』には、「筑紫」として『万葉集』巻第三、沙弥満誓《さみまんせい》の「しらぬひ筑紫の綿は身に付けて　いまだは着ねど暖けく見ゆ」他三首、「筑紫海」には、『神道百首歌抄』から「ゆきかへり心つくしの海へたに　まなしかた田をつくるうれしさ（歌意には辿り着いていない—筆者注）」、「筑紫路」に『万葉集』巻十二の「筑紫路の荒磯《ありそ》の玉藻刈るとかも　君が久しく待つに来まさぬ」が若干改変されて、「筑紫小嶋」に『同集』巻第六の「大和路の吉備の児嶋を過ぎて行かば　筑紫の児嶋おもほえむかも」、「筑紫国」に、「同集」巻第五より「大君の遠の朝廷《みかど》としらぬひ筑紫の国に泣く子なす」が収められる。これらに項立てされる「筑紫海」、「筑紫路」、「筑紫小嶋」について、特定の海、街道、小嶋とする手立てはない。というより、一般的に筑紫にある「海」、「街道」、「小嶋」とするのが妥当と思われる。「筑紫」は、九州の古称とも、筑前、筑後を合わせた呼称ともいわれ、特定地点を示す語ではない。それ故、「広域」として項を立てた。

なお、一首目、五首目の「しらぬひ」は、「不知火」ではなく「領《し》らぬひ」と書き、語義は未詳であるが筑紫の枕詞である。

このように、あるいは筑前、筑後の総称とすべきかも知れない歌枕「筑紫」ではあるが、筑紫野市にある筑紫神社とその周辺の筑紫の丘は、まさに筑紫を代表するに相応しく、この項を借りて記すこととした。

筑紫神社拝殿と本殿

拝殿正面

ＪＲ鹿児島本線とＪＲ筑豊本線（原田線）が接続する原田駅の、ほぼ北五百メートルの丘に筑紫神社が鎮座する。祭神は「筑紫の神（別名を白日別神《しらひのわけのかみ》、あるいは五十猛命《いそたけるのみこと》とする説もある）」で、地名としての「筑紫」の語源とも言われる。拝殿、本殿は後背の木々の緑に映えて、落ち着いた雰囲気を見せている。この神社の建つ丘が「筑紫の丘」と呼ばれる。筑紫神社の所在地は筑紫野市《ちくしの》原田で

筑紫の丘

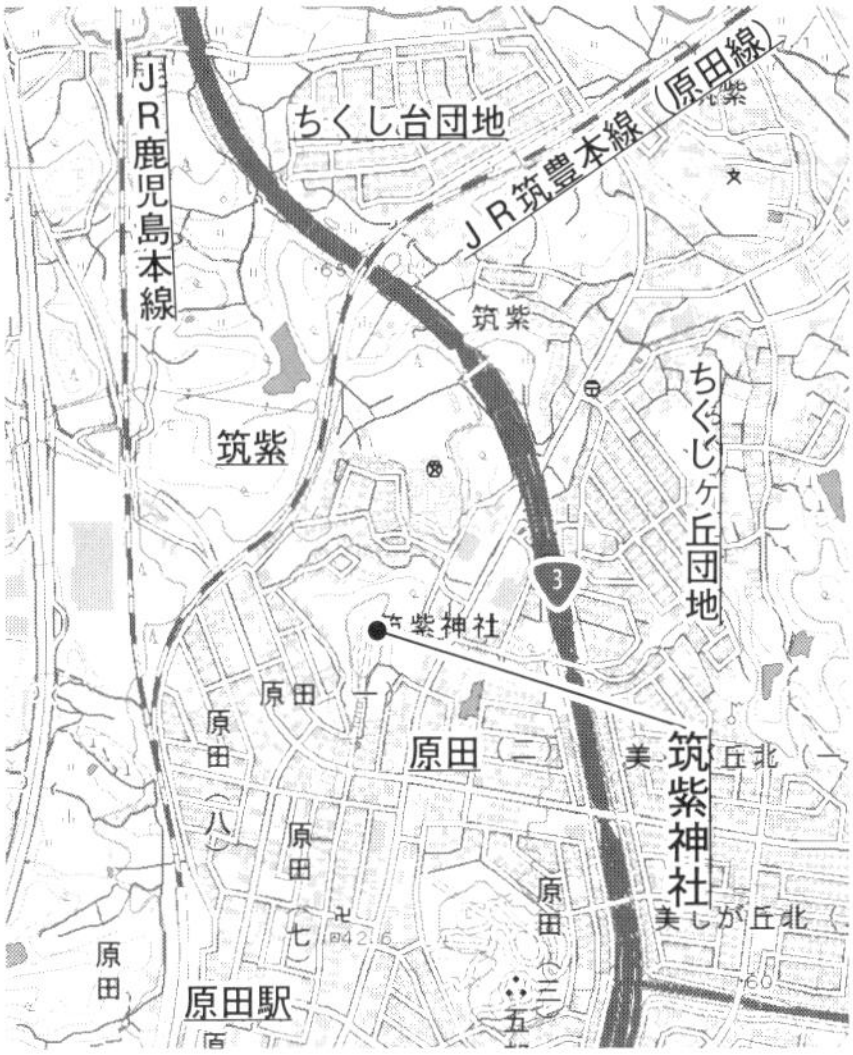

ＪＲ原田駅付近

山口県瀬戸内市長船町

あるが、筑紫の丘は同市筑紫《ちくし》に在り、町内の団地には「ちくしヶ丘」や「ちくし台」の名が付けられている。ここが「筑紫」の地名の発祥の地と勝手に確信した。

　ところで、永徳四年（一三八四）にこの宮に奉納された梵鐘は、その後この地を離れ、山口県周防大島町、岡山市等の寺院を経て、現在は岡山県瀬戸内市長船《おさふね》町にある慈眼《じげん》院に納められている。鐘の側面には「奉　施《？》大《？》　筑紫大明神」の彫りが見て取れる。なお、この慈眼院は、備前長船刀匠菩提寺として知られる。国道二号線が瀬戸内町の北で、一キロメートル余り吉井川の左岸を走るが、その東七～八百メートルを併走するＪＲ赤穂線との間の住宅地に静かな佇まいを見せている。

定むるに手懸りの無く迷ひ決む　筑前・筑後を総じて筑紫と

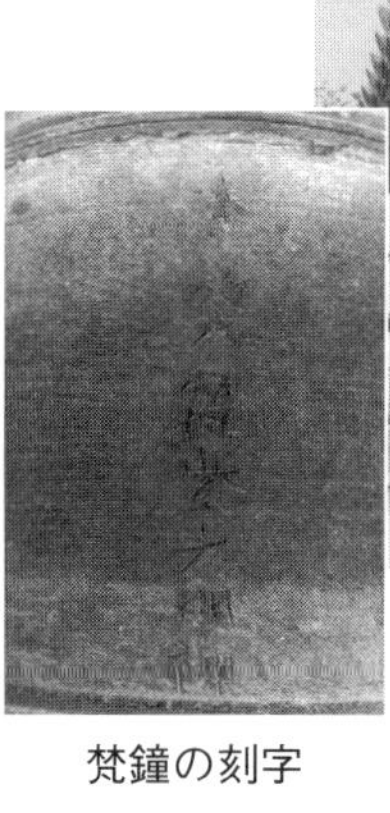
梵鐘の刻字

慈眼院の梵鐘

慈眼院本堂

訪ねたる筑紫神社とその丘を　歌の枕の地とも思へり
流転重ね今は備前の寺にあり　筑紫の宮に奉られし鐘

国違

五十四、一夜川《ひとよがわ》

この「一夜川」を、『松葉』は筑前国に、『名寄』は筑後国に項立てする。

一夜川は筑後川のことで、洪水が多く、一夜にして流域が一変することからの異名である。肥後国（熊本県）に源を発し、筑前・筑後の国境を分け、さらには筑後・肥前（佐賀・長崎県）の国境を成して有明海に注ぐ。本書においては、筑前、筑後の何れの歌枕とすべきかを迷ったが、川名が筑後であること、接する流域は筑後国が長いことの二つの理由で、筑後国に項を立てることとした。

五十五、水《みず》嶋《しま》

『名寄』には、『**万葉集**』巻第三、長田王の「聞きしごとまこと尊《たふと》くくす《〔奇〕》しくも　神さびをるかこれの水嶋」他二首を載せるが、『能因』、『類字』、『松葉』は、これらを肥後国に収載する。筑前国にそれらしき地のないことから、肥後国の歌枕と断じた。

末勘

五十六、緒河橋《おがわばし》

『名寄』に、**在原業平**の詠んだ「つくし《〔筑紫〕》よりこゝまて《で》くれと《ど》つとりなし　たちのおかわ《〔緒河〕》のはし《〔橋〕》のみそ《ぞ》ある」が載る。「つとり」、「たち」の意味が不明で歌意に辿り着いていない。

この歌枕「緒河橋」については、その所在を明らかにする資料を手にすることが未だできず、今後の課題である。

五十七、子《こ》〔粉〕難《がた》〔潟〕〈ノ〉海《うみ》

『能因』、『名寄』、『松葉』に、『**万葉集**』巻第十六の「紫の粉潟の海に潜《かづ》く鳥　玉潜き出ば我が玉にせむ」、『能因』、『松葉』に同じく巻第十二の、「我妹子《わぎもこ》を外《よそ》のみや見む越の海の　子難《こがた》の海の島ならなくに」が収められる。

この歌枕「粉潟海、子難海」につき、伊藤博は『萬葉集釋注』で、一首目「紫の……」が直前の「筑前《つくしのみちのくち》の国の志賀の白水郎《あま》の歌十首」に続いているが故に筑前国としたのであろうと推論し、また二首目の「我妹子を……」は、三句目の「越の海の」を理由に北陸道の越前、越中、越後のいずれかの地との説があると記した上で、共に不詳であるとしている。筆者も伊藤説に従って末勘とせざるを得ない。

五十八、許能紀《このきの》〔記〕〈能〉山《やま》

編頭に述べたように、『**万葉集**』巻第五に、天平二年（七三〇）正月十三日、太宰帥の**大伴旅人**邸で「梅花の宴」が催された。その席で**大伴百代**が詠んだ「梅の花散らくはいづく然《しか》すがに　このきの山に雪は降りつゝ」が、『能因』、『名寄』、『松葉』に載せられている。第四句目の「このきの山」につき、伊藤博は「この城の山」と字を当てて、大野山（三十三参照）のこととしている。であれば、歌枕集の漢字変換が誤りということになる。筆者の浅学ゆえ、これ以上の考察は今のところ望めず、よって未勘とした。

五十九、許能本山《このもとやま》

『能因』、『松葉』に収められる、**柿本人麻呂**が詠んだとされる「おふしもとこのもと山の真柴にも　のらぬ妹かなかたに出んかも」は、『**万葉集**』巻第十四を原典とする。ただし、『**万葉集**』には詠者に関しての確証はない。「おふ」は「生ふ」、「しもと」は「笞」と書き、細い枝で作ったムチのことで、「生ふ笞」は、笞を作るためのまだ生木の細い枝のことである。「のらぬ」は「告らぬ」、「かた」は「形」を当て、「占いで現れたしるし」である。歌意は「笞に使われる小枝の生えているこのもと山の柴のようには、そうしばしばも口に出したことの無いあの子の名が、占いのしるしに現れはしないだろうか」であるが、字面として訳せても、理解には程遠い難解な歌と思える。

歌中の地名「このもと山」につき、伊藤博も、また『和歌の歌枕・地名大辞典』の著者・吉原栄徳も不詳としている。もちろん筆者も比定に至っていない。

ところで、「許」、「能」は、それぞれ「こ」、「の」の字母であり、あるいはそれを、地名の一部として古くに謡写し、それがそのまま伝えられたのではないか、即ち、「此の」が本来かも知れぬと考えたのだが……。であれば、前項、本項の地名はそれぞれ「紀〔記〕山」、「本山」となり、比定には至らぬとしても、考察の余地があると思われる。

六十、嶋浦《しまのうら》

「四十六、芦〔蘆〕城」にも記したが、『**万葉集**』巻第四に、詠者不詳の「五年〔神亀五年—七二八—筆者注〕戊辰《つちのえたつ》に、大宰少弐石川足人朝臣《いしかわのたるひと》が遷任するに、筑前《つくしのみちのくち》の国蘆城の駅家《うまや》に餞する歌三首」が載り、その三首目の「大和道の島の浦みに寄する波　間《あひだ》もなけむ我が恋ひまくは」が、『類字』、『名寄』、『松葉』に、また、『**万代和歌集**』から「大和路のさほ山嵐吹にけり　嶋の浦わに紅葉ちりけり」が、『名寄』、『松葉』に収められる。

この「島浦」は、大和に向けて行く海道の島の一つであり、特定はできない。一首目の万葉歌が、間違いなくこの筑前国蘆城で詠まれた故のみの項立と思われ、未勘とした。

六十一、木綿間山《ゆうまやま》

『能因』には、『**万葉集**』巻第十四の「恋ひつつも居らむとすれど木綿間山　隠れし君を思ひかねつも」、巻第十二の「よしゑやし恋ひじとすれど木綿間山　超えにし君が思ほゆらくに」が、また『松葉』に、万葉歌「恋つつも……」に加えて、『**新古今和歌集**』の「さてもなほ問はれぬ秋のゆふは山　雲吹く風も峯に見ゆらむ」など五首が収載される。「木綿間山」については、「恋つつも……」が収められる巻第十四が**東歌**で構成されることで東国の、また「よしゑやし……」は悲別歌であり、詠われる「木綿間山」は畿内、或はその近くであろうと論じられる。「ゆふは山」は「木綿間山」の誤りとする説もあるが、いずれにしても、共に該当する地は見当らず、未勘とせざるを得ない。

なお、これを「木綿山（大分県由布岳）」と解して、湯布院温泉街にこの万葉歌二首の歌碑が建てられている（「豊後編七」参照）。

付録

六十三、嘉麻市《かまし》

嘉麻市は、筑前国の東部、朝倉市の北に位置する。市の観光行政の柱の一つとして「**山上憶良**縁の地」を推し出していて、「鴨生憶良苑」があり、また各所に歌碑が建つ。殊更の歌枕の地ではないが、歌碑の所在を中心に付記しておく。

神亀五年（七二八）七月、筑前国守であった**山上憶良**は嘉摩郡役所に滞在、ここで『**万葉集**』巻第五の長歌「惑情《わくじやう》を反《かへ》さしむる歌」、「子等を思ふ歌」、「世間の住《とど》みかたきことを哀《かな》しぶる歌」を詠んだとされる。

遠賀川が芦屋町で響灘に流れ込むことは、「二、草《葦》〔芦〕屋」の冒頭に記したが、その南その上流部はこの嘉麻市を流れる。市の最北端近くで山田川を合わせるが、その南

稲築公園歌碑

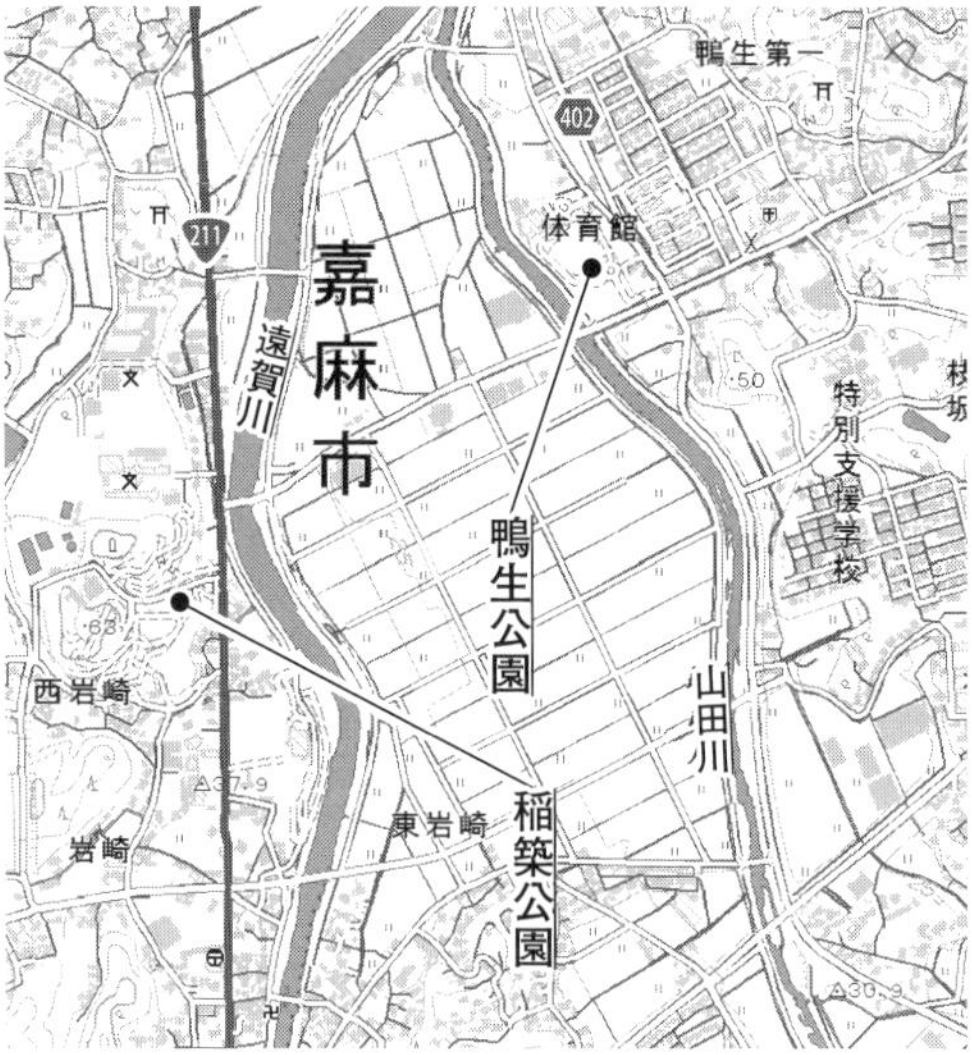

嘉麻市の遠賀川と山田川の合流付近

一キロメートル余り、左岸を併走する国道二百十一号線の西に稲築公園がある。公園の一角に、昭和四十九年（一九七四）に建てられた「子等を思ふ歌」の序、長歌、反歌が刻まれた碑がある。

また、山田川に架かる鴨生橋東の袂の鴨生公園には、「嘉摩三部作」として先の長歌のそれぞれの反歌を並べ刻んだ一基、及び共に万葉仮名で表記される、巻第三の「憶良らは今は罷らむ子泣くらむ　それその母も我《わ》を待つらむぞ」、巻第五の「春さればまづ咲くやどの梅の花　ひとり見つつや春日《はるひ》暮らさむ」の二基、都合三基の歌碑が建つ。

さらに南五百メートルほどであろうか、県道四百二号・飯塚山田線沿いに「シルバーケアーセンター嘉穂」があり、その正面玄関の前の植え込みの左側に、「子等を思ふ歌」の反歌「銀《しろがね》も金《くがね》も玉も何せむに　まされる宝子に及《し》かめやも」、右側に「世間の住みかたきことを哀しぶる歌」の反歌「常盤なすかくしもがもと思へども　世の事理なれば留みかねつも」の、そして建物のの裏手に「惑情を反さ

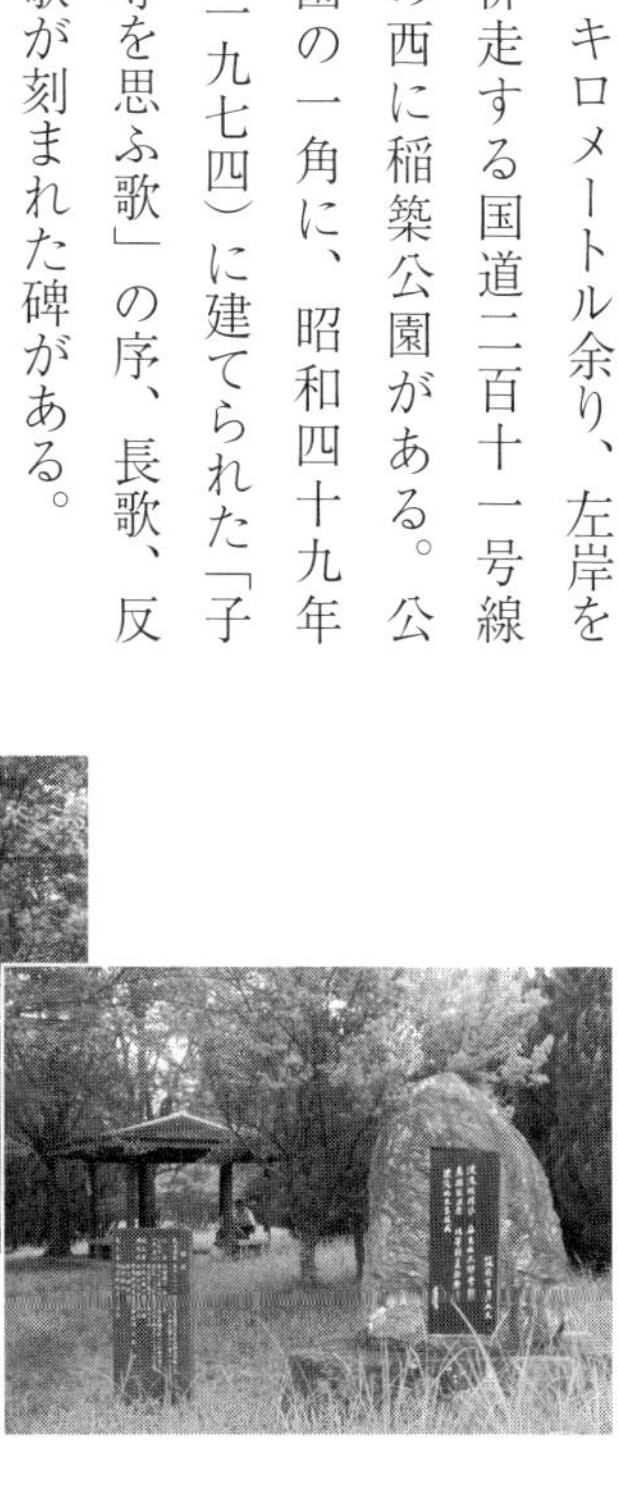
鴨生公園歌碑

嘉麻郡役所址歌碑

しむる歌」の反歌「ひさかたの天道は遠しなほなほに　家に帰りて業《なり》を為《し》まさに」の歌碑がある。

シルバーケアセンター嘉穂の前の道は、北東に二百メートルほどで緩やかに直角に曲がって南東に向かうが、その曲がり角に役所址の石柱と、「銀も……」の歌碑が建つ。

今しばらく進むと、道の左手のブロック塀に「鴨生憶良苑」の小さな看板があり、正面の門から入ると、草叢状の広場に多くの歌碑が点在している。

嘉麻市は、まさに**山上憶良**一色である。

鴨生憶良苑

シルバーケアー嘉穂建物裏歌碑

シルバーケアー嘉穂玄関前歌碑

万葉の歌碑の数々建ちて居り　憶良有縁の嘉麻市の処々に

驚きぬここにも建つか憶良の碑　介護施設の前に後に

見渡せば憶良の歌碑の七基八基　鴨生憶良苑の草生す園に

筑前国歌枕歌一覧（名所の数字は各歌枕集収載ページ）

北九州市若松区

	大渡河
名所歌枕（伝能因法師撰）	大渡河（四〇一） つくしなる大わたり川大かたは 我ひとりのみ渡るうき世か 〔古今六帖〕（貫之）
謌枕名寄	大渡河（一一九八） つくしなる大わたり川おほかたは 我ひとりのみわたるうき世か 〔六帖〕
類字名所和歌集	
増補松葉名所和歌集	大渡河（四一〇） つくも《し》なる大わたり川大かたは 我ひとりのみわたるうき世か 〔六帖〕（貫之）

芦屋町

	蔁《葦》〔芦〕屋（併せて同沖・同里）	垂間野橋
名所歌枕（伝能因法師撰）		
謌枕名寄	蔁《葦》屋（一二一一） つくしふねうらみをつみてもとるには あしやにねてそしらねをもなく 右筑紫のあし屋と云所にて読るよし家集に見へたり （俊頼）	垂間野橋（一二一〇） しまつたひとわたる舟のかちまより おつるしつくやたるまの丶はし 〔懐中〕
類字名所和歌集		
増補松葉名所和歌集	芦屋（五九七） つくし船うらみをつみてもとるには 芦屋にねてもも丶ねをそする 〔名寄〕（俊頼） 芦屋沖（五七七） 唐国の空もひとつに見ゆるまて あしやの沖にすめる月かけ 〔拾玉〕（慈鎮） 芦屋里（五九一） つの国のあし屋を出し心こそ 此あしやにもかはらさりけれ 〔拾玉〕（慈鎮） 行とまる心つくしのあはれさに 芦屋の里のまつの夕くれ 〔拾玉〕（慈鎮）	垂間野橋（二三九） 島つたひとわたるふねの楫間より 落る雫やたるまの丶はし 〔懐中〕

浪〔波〕懸岸（併せて同浦）

名所歌枕（伝能因法師撰）

謌枕名寄

浪懸岸（一二一一）
我袖のぬるゝをなにゝたとへまし
なみかけのきし世になかりせは

類字名所和歌集

増補松葉名所和歌集

波懸岸（三一八）
我袖のぬるゝを何にたとへまし
なみかけの岸世になかりせは〔懐中〕
松のねにあらはれにけり年をへて
いかてくつれぬ波かけのきし〔夫木〕（祐岑）
浪懸浦（三〇八）
波かけのうらのねさめにいとゝしく
物思ひそふる雁かねのこゑ〔夫木〕（高遠）

岡垣町

鵜《鶉》〔鶉〕ノ浜〔濱〕

名所歌枕（伝能因法師撰）

謌枕名寄

鵜《鶉》浜（一二〇五）
かりにとはおもはぬ旅をいかなれは
うつらはまをはゆきくらすらん〔懐中〕

類字名所和歌集

増補松葉名所和歌集

鶉ノ濱（三六〇）
かりにとはおもはぬ旅をいかなれは
うつら濱をは行くらすらん〔懐中〕

宗像市

金ノ御崎

名所歌枕（伝能因法師撰）

金御崎（四〇五）
ちはやふるかねの御崎を過れ共
我は忘れすしかのすめ神
〔万葉七〕（よみ人不知）

謌枕名寄

金御崎（一二〇六）
ちわやふるかねのみさきを過れとも
我はわすれすしかのすめ神〔万七〕
（「志賀神」に重載—筆者注）
をとにきくかねのみさきはつきもせす
なくこゑひゝくわたりなりけり（俊頼）

類字名所和歌集

金御碕（一二一八）

増補松葉名所和歌集

金ノ御崎（一七三）
ちはやふるかねの御さきを過れとも
我はわすれすしかのすめ神〔万七〕
（「志加ノ神」に重載—筆者注）
音にきくかねのみさきはつきもせす
よな〳〵ひゝく渡なりけり〔家集〕（俊頼）

名児山	佐屋形山	金〈ノ〉御崎
名児山（四〇六） 名にのみをなこ山とおひて我恋の 千重の一重もなくさまなくに 〔万葉六〕（坂上郎女）		おきつ鳥鴨といふ舟はやらの崎 たえて漕くときかれこぬかも 〔万葉十六〕（よみ人不知）
名児山（一一九六） なにのみはなこ山とおもひてわれこそは ちへの一ゑもなくさまなくに 右本集云筑前国字刑郡名児山時哥		右二首宗岳詞云あしつをすきてかねのみさきといふ所をすきければやう〳〵つくしをはなれぬるよと心ほそさにつゝみもあへられぬ心ちしてとなん
	佐屋形山（三六九） 穴し吹迫門の塩あひに舟出して 早くそ過るさや形山を 〔後拾遺〕（右大弁通俊）	き、あかすかねの御碕の浮枕 夢路も波に幾夜へたてぬ （正三位義重）
名児山（二九五） 名にのみをなこ山とおひて我恋の ちへのひとへもなくさまなくに 〔万六〕	**佐屋形山**（六〇三） 穴しふく迫門の塩あひに船出して 早くそ過るさやかた山を 〔後拾〕（通俊） あなし吹さやかた山に雲晴て 月影た、むせとの白波 〔夫木〕（第三のみこ）	き、あかすかねのみさきのうき枕 夢路も波にいくよへたてぬ 〔新續古〕（義重） 聞てたにわすれんものか明ほの、 かねの御さきの春の明ほの 〔雪玉〕（逍遥院） 入相のかねのみさきの夕霧に とまりやたとる秋のふな人 〔御撰千首〕（堅盛） つくしなる金の御崎に波たては 人のつらさそおもひしらる、 〔名寄〕

	宗像山
名所歌枕（伝能因法師撰）	
謌枕名寄	
類字名所和歌集	
増補松葉名所和歌集	宗像山（三三六） つくしなるむなかた山の西にすむ をきなと君と我をこそいへ 〔名寄〕

福津市

	桂潟	有〔在〕千潟	美能〔蓑〕宇浦（併せて同浜）
名所歌枕（伝能因法師撰）		有千潟（四〇七） ありちかたありなくさめてゆかめ共 家なる妹やいふかしみせん 〔万葉十二〕（読人不知）	
謌枕名寄	桂潟（一二〇五） 秋の夜のしほひの月のかつらかた 山まてつゝく海の中道	在千潟（一二〇五） ありちかたありなくさめてゆかめとも いゑなるいもやいふかれみせん	美能宇浦（一二〇三） うかりけるみのうの浦のうつせかゐ むなしきなのみたつはきゝきや 〔後拾〕（馬内侍） 美能宇浜（一二〇三） みのうはまなにかは浪のよるをまつ ひるこそ貝のいろも見えけれ 〔懐中〕
類字名所和歌集			蓑宇浦（四一〇） うかりける蓑うのうらのうつせ貝 むなしき名のみ立は聞きや 〔後拾遺〕（馬内侍）
増補松葉名所和歌集		在千潟（五七六） ありちかたありなくさめてゆかめとも 家なる妹やいふかしみせん 〔万十二〕	美能宇浦（六七一） うかりけるみのうの浦のうつせ貝 むなしき名のみ立は聞きや 〔續後撰〕（馬内侍）

新宮町

阿倍嶋

名所歌枕（伝能因法師撰）

謌枕名寄

類字名所和歌集

増補松葉名所和歌集

阿倍嶋（五七三）
かしゐ潟夕きりかくれ漕くれは
　あへの嶋わに千鳥しはなく
　〔夫木〕（小侍従）
〔「香椎潟」に重載―筆者注〕

福岡市東区

志賀〔加〕（併せて同浦、同山、同〈ノ〉嶋、同小嶋、同ノ濱、同〈ノ〉神）

名所歌枕（伝能因法師撰）

志賀（三九八）
しかの蜑のめかり塩焼暇なみ
　つけのをくしをとりもみなくに
　〔万葉三〕（石川少郎）
しかのあまの塩焼衣なるといへと
　恋てふ物は忘れかねつも
　〔万葉十一〕（人丸）
しかの蜑の釣にともせる漁火の
　ほのかに妹をみるよしもかな
　〔万葉十二〕（よみ人しらす）
しかの海士の釣舟のつな絶すして
　心に思ひて出に来にけり
　〔万葉七〕（よみ人不知）
しかの蜑の磯に刈ほすなのりその
　名はつけてしをなそあひかたき
　〔万葉十二〕（よみ人しらす）
しかの浦に漁するあま明暮は
　浦間漕らし梶の音聞ゆ
　〔万葉十五〕
大船にお舟引そへかつくとも
　しかのあらをにかつきあはんやも
　〔万葉十六〕（山上憶良）

謌枕名寄

志賀浦（一一八九）
しかのあまはめかりしほやきいとまなみ
　梳のおくしとりもみなくに
　（石河童子）
しかのあまのしほやき衣なれぬれて
　あひてふ物はわすれかねつも
　（人丸）
しかのあまのつりすとともすいさりひの
　ほのかにいもを見むよしもかな
しかのあまつりふねのつなたへすして
　こゝろにおもひていてゝきにけり
しかの海士のいそにかりほすなのりその
　なはつけてしをなそあひかたき
　〔万十五〕
しかのうらにいさりするあまのけふくれは
＊うらにこくらんかちをときこゆ
おおふねにこふねひきかへかくつくとも
　しかのおまをにかつきあわんかも
　〔万六〕

類字名所和歌集

志加（四三三）
しかの海士のめくり塩やき暇波
　くしけのを櫛とりもみなくに
　〔新勅撰〕（読人不知）
しかの蜑の塩やき衣馴れ共
　恋てふものは忘れかねつも
　〔續古今〕（人丸）
しかの蜑の釣にともせるいさり火の
　ほのかに妹を見由もかな
〔拾遺〕（読人不知・坂上郎女）

増補松葉名所和歌集

志加浦（七一三）
しかのあまのめかり塩やきいとまなみ
　つけのをぐしをとるも見なくに
　〔万三〕（石川少郎）
しかのあまの塩やき衣なるといへと
　恋てふ物は忘れかねつも
　〔万十一又續古〕（人丸）
しかのあまの釣にともせるいさり火の
　ほのかに妹を見るよしもかな
　〔万十一又拾遺〕（拾坂上郎女）
志加のあまの釣舟のつな絶すして
　心に思ひて出て来にけり
　〔万七〕
しかの蜑の磯に刈ほすなのりその
　名はつけてしをなそあひかたき
　〔万十五〕

志賀〔加〕（併せて同浦、同山、同〈ノ〉嶋、同小嶋、同ノ濱、同〈ノ〉神）

名所歌枕（伝能因法師撰）

かしふ江にたつ鳴渡るしかの浦に
沖津白波立しくらしも
〔万葉十五〕（よみ人しらす）
（「可思布江」に重載―筆者注）

志賀の海士の塩焼煙風をいたみ
立はのほらて山にたな引
〔万葉七〕（よみ人不知）

しかの山いたくなきりそあらをらか
よすがの山とみつゝ忍はん
〔万葉十六〕（山上憶良）

しかの海士のひとひも落す焼塩の
からき恋をも我はするかも
〔万葉十五〕（よみ人しらす）

難面たてるしかの嶋哉為助
弓はりの月のいるにも驚かて
〔金葉〕（国忠）

なを頼むしかの嶋へと漕くれと
けふも船路にくれぬへきかな
〔重之〕（重之）

秋くれは恋するしかの嶋人も
をのかつまをや思ひ出らむ
〔重之〕（重之）

謌枕名寄

志賀山（一一八九）

しかのあまのしほやく煙風をいたみ
＊たちはのほらて山にたなひく
〔万十五〕

しかの山いたくなきりそあらをらか
よすかの山と見つゝ、しのはん
〔万十六〕

右筑前国志賀泉郎哥十首之内

しかのあまの一日もおちすやくしほの
＊からき恋をもわれはするかな
〔万十五〕

右三首（＊印―筆者注）天平遣新羅使至筑前舒遠望本卿凄愴作哥

志賀嶋（一一九〇）

ゆみはりの月のいるにもおとろかて
つれなくたてるしかのしま山

志賀小嶋（一一九〇）

から人のしかのおしまに舟てして
はかたの奥にときつくるなり
〔堀後百〕（俊頼）
（「博多」に重載―筆者注）

類字名所和歌集

しかの泉郎の塩焼煙風をいたみ
立は登らて山にたなひく
〔新古今〕（読人不知）

難面たてるしかの嶋哉（為助）
弓はりの月のいるにも驚かて
〔金葉〕（国忠）

増補松葉名所和歌集

かしふ江に田鶴鳴渡るしかの浦に
沖つ白波立しくらしも
〔万十五〕
（「可思布江」に重載―筆者注）

志加ノ嶋（七一七）

つれなく立るしかの嶋哉（為助）
弓張の月の入にもおとろかて
〔金葉〕（国忠）

名をたのむしかの嶋へを漕くれと
けふも舟路に暮ぬへき哉
〔家集〕（重之）

秋くれは恋するしかのしま人も
おのか妻をや思ひいつらん
〔家集〕（重之）

から人は志加の小嶋に舟出して
はかたの沖にときつくる也
〔堀後百〕（俊頼）
（「博多沖」に重載―筆者注）

志賀〔加〕（併せて同浦、同山、同〈ノ〉嶋、同小嶋、同ノ濱、同〈ノ〉神）	大浦（併せて同田沼）
しかの海士の烟焼たてやく塩の からき恋をも我はするかも 〔万葉十一〕（石川朝臣） 草枕旅行君をうつくしみ たくひてそ来ししかの濱へを 〔万葉四〕（大伴百代） しかの浦にいさりするあま家人の 待恋らんにあかしつるかも 〔万葉十五〕（よみ人しらす） 見よや君しかの嶋へといそけとも かのこまたらに波そ立ける 〔夫木〕（重之） しら雲のかゝれる嶺とみえつるは しかの嶋にはあらぬ成へし 〔重之〕（重之）	**大浦田沼**（四〇一） あらをらか行にし日よりしかのうら 大うら田ぬは悲しくも有か 〔万葉十六〕（山上憶良）
志賀神（一一九一） ちはやふるかみのみさきをすくれとも われはわすれすしかのすめかみ （「金御崎」に重載—筆者注）	**大浦田沼**（一一九一） あらおらかゆきにし日よりしかのあまの おほうらたぬにたのしからすや 右遺新羅不筑紫舒作哥
しかの蜑の塩焼（ママ）たてやく塩の からき恋をも我はする哉 〔新勅撰〕（読人不知）	
志加ノ濱（七一五） 草枕旅ゆく君をうつくしみ たくひてそ来ししかの濱へを 〔万〕（大伴百代） **志加ノ神**（七二八） 千早ふるかねの御さきを過れとも 我はわすれすしかのすめ神 〔万七〕 （「金ノ御崎」に重載—筆者注）	**大浦**（四〇一） あらをらか行にし日より志加の蜑の 大うら田沼はかなしくも有か 〔万十六〕（山上憶良）

香椎（併せて同潟、同宮、同渡、可思布江）

名所歌枕（伝能因法師撰）

香椎（四〇五）
時津風吹へくなりぬかしゐ潟
　塩干のきはに玉藻こそよれ
〔万葉六〕（小野老）
行帰り常に我見し香椎潟
　あすよりのちにはみんよしもなし
〔万葉六〕（宇努首男人）

謌枕名寄

香椎潟（一二〇四）
ときつかせふくへくなりぬかしゐかた
　しほひのきわにたまもかりてな
いさやこらかしいのかたにしろたへの
　袖さへぬれてあさなつみてん
〔万六〕（旅人）
右二首神亀五十一天宰官人等許香
椎広退帰之時各述懐哥
内奥つかせさむく吹らしかしゐかた
　しほひのちとり夜半に啼なり
（為家）
はこさきのまつはまことにみとりにて
　かしゐのかたにつみはきこえす
（俊頼）
右一首箱崎神と香椎神主とあらそ
ふ事侍けるをことわれる哥とみえ
たり
（「筥崎」に重載―筆者注）

類字名所和歌集

香椎（一二七）
いさやこら香椎のかたに白妙の
　神さへぬれて朝なつみ天
〔新勅撰〕（大納言旅人）
沖つ風寒吹らしかすゐ潟
　塩ひのちとり夜はになくなり
〔続古今〕（為家）
さほ姫の衣をたれにかすゐ潟
　浦なみ遠くたつかすみかな
〔新続古今〕（源持賢）

増補松葉名所和歌集

香椎潟（一七六）
時つ風吹くへくなりぬかしゐかた
　塩ひのきはに玉藻刈りてな
〔万六〕（小野老朝臣）
いさやこら香椎のかたに白妙の
　袖さへぬれて朝なつみてん
〔新勅〕（大納言旅人）
沖つ風寒く吹らしかすゐかた
　塩干の千鳥よはになくなり
〔續古〕（為家）
箱さきの松はまことのみとりにて
　かしひの瀉もつみは聞えず
〔家集〕（俊頼）
（「箱崎」に重載―筆者注）
さほひめの衣を誰にかすゐかた
　浦波高くたつかすみ哉
〔新續古〕（持賢）
塩たれはあまにも袖をかしひ瀉
　磯なつみにも波をわけつゝ
〔新六〕（信実）
かしひ瀉夕きりかくれ漕くれは
　あへの島わに千鳥しはなく
〔夫木〕（小侍従）
（「阿倍嶋」に重載―筆者注）

香椎（併せて同潟、同宮、同渡、可思布江）	箱〔筥〕崎〔﨑〕（併せて同神）
可思布江（四〇二） かしふ江に田鶴鳴渡るしかの浦に 沖つ白波立しくらしも 〔万葉十五〕 （「志賀」に重載―筆者注）	**箱崎**（四〇八） いく代にか語つたへむ箱崎の 松のちとせの一ならねは 〔拾遺〕（源重之）
香椎宮（一二〇四） ちわやふるかしゐのみやの杉のはを 二たひかさす我君そきみ （大号義忠） 右隆家卿太宰帥重任時神主折杉葉 柃帥冠時哥 ちはやふるかしゐのみやのあやすきは 神のみそきにたてる成けり 〔新古〕（読人不知） しらさりきかしいのかさし年ふりて すきにしあとにかへるへしとは **香椎渡**（一二〇四） ふなてする奥津しほさひ白妙の かしゐのわたり浪たかくみゆ 〔續古〕（家持） **可思布江**（一一九一） かしふゐにたつなきわたるしかの浦に 奥津しら浪たちしくらしも	**筥崎**（一二〇七） いくよにかかたりつたへむはこさきの まつのちとせのひとつならねは 〔拾〕（重之） ちはやふる神代にうへるはこさきの 松はひさしきしるしなりけり 〔続古〕（行清） 右筑前国筥崎のみやのしるしの松 をよめるとなん
千早振香椎の宮の杉のはを 二たひかさすわか君そきみ 〔金葉〕（神主膳武忠） 千早振かしゐの宮のあや杉は 神の御祓にたてる也けり 〔新古今〕（読人不知） 知さりきかしゐのかさし年ふりて 過にし跡に帰へしとは 〔新後撰〕（前大納言経信） 舟出する沖つ汐さひ白妙の かしゐのわたり波高くみゆ 〔続古今〕（家持）	**箱崎**（四二） いく代にか語つたへむ箱崎の ちとせの一ならねは 〔拾遺〕（重之） ちはやふる神代にうへし箱崎の 松は久しきしるし也けり 〔続古今〕（法印行清）
香椎宮（一九四） ちはやふるかしゐの宮の杉の葉を ふたゝひかさす我君のため 〔金葉〕（神主膳武忠） 千早振かしゐの宮のあや杉は 神のみそきにたてるなりけり 〔新古〕 **香椎渡**（一七七） 舟出する沖つ塩さひ白妙の かしゐのわたり波たかく見ゆ 〔續古〕（家持） **可思布江**（一八四） かしぶ江にたつ鳴わたるしかのうらに 沖つ白波立しくらしも 〔万十五〕 （「志加浦」に重載―筆者注）	**箱崎**（六二）

箱〔筥〕崎〔﨑〕（併せて同神）

名所歌枕（伝能因法師撰）

謌枕名寄

そのかみの人はのこらしはこさきの
まつはかりこそ我をしるらめ
（中将尼）
右おさなくては父の筑前国に侍て年へて源順かその国に成て下侍けれは読侍けるとなん

はこさきの松はまことのみとりにて
かしゐのかたもつみそきこへぬ
（俊頼）
右詞事在前
（「香椎潟」に重載―筆者注）

類字名所和歌集

そのかみの人は残らし箱崎の
松はかりこそわれを知らめ
〔後拾遺〕（中将尼）

跡たれていく代へぬらん箱崎の
しるしの松も神さひにけり
〔新拾遺〕（按安使顕朝）

かくしあらは千年の数もそひぬらん
二度みつる箱崎の松
〔風雅〕（康資王母）

忘すよ心つくしに立帰り
ふた度みてしはこさきの松
〔新千載〕（藤原頼氏）

増補松葉名所和歌集

はこさきの松はまことのみとりにて
かしゐの潟もとかは聞えす
〔家集〕（俊頼）
（「香椎潟」に重載―筆者注）

あとたれていくよへぬらん箱崎の
しるしの松も神さひにけり
〔新拾〕（顕朝）
（「箱崎神」に重載―筆者注）

はこさきや遠き海へのかすみにも
光やはらく春や見すらん
〔桃葉〕（霊元）

明ぬともいはてや見まし箱崎の
松の木かけに月をなかめて
〔千首〕（宋雅）

いつしかと明は又みん白妙に
雪ふりおほふ箱さきのまつ
〔丹後守為忠家百〕（為忠）

箱さきや千代のまつ原石たえて
くつれん世まて君はましませ
〔家集〕（菅家）
（「千代松原」に重載―筆者注）

箱〔筥〕崎〔﨑〕（併せて同神）
いはしみつみなそこ清き高ねより 影をうつすや箱崎の松 〔草根〕（正徹） ひたちなるするかの海のすまの浦に 波たち出よ箱さきの松 〔源氏〕 **箱崎神**（六九） 跡たれていくよへぬらんはこ崎の しるしの松もかみさひぬらん 〔新拾〕（顕朝） （「箱崎」に重載―筆者注）

福岡市博多区

	千代松原	袖〈の〉湊
名所歌枕（伝能因法師撰）	**千代松原**（四〇七） 箱崎や千代の松原石たゝみ くつれんよまて君はましませ （菅家）	
謌枕名寄		
類字名所和歌集		**袖湊**（一八四） こき帰る袖湊のあまを舟 里のしるへも誰かをしへし 〔新勅撰〕（源家長朝臣） かけなれてやとる月かな人しれす 夜な〳〵さはく袖湊に 〔続後撰〕（式子内親王） 千鳥なく袖のみなとをとひこかし 唐舟のよるのね覚に 〔続古今〕（定家） 涙そふ袖の湊をたよりにて 月もうきねの影やとしけり 〔続千載〕（津守国助）
増補松葉名所和歌集	**千代松原**（一〇〇） 箱さきやちよの松原石たゝみ くつれん世まて君はましませ 〔続古〕（菅家） （「箱崎」に重載―筆者注）	**袖の湊**（二七七） 漕かへる袖のみなとのあま小舟 里のしるへも誰か教へし 〔新勅〕（源家長） かけなれてやとる月さへ人しれす よなよなさはく袖のみなとに 〔續後撰〕（式子内親王） 千鳥なく袖のみなとをとひこかし 唐土舟のよるのねさめに 〔續古〕（定家） なみたそふ袖のみなとをたよりにて 月もうきねの影宿しけり 〔續千〕（津守国助）

袖〈の〉湊	
名所歌枕（伝能因法師撰）	
謌枕名寄	
類字名所和歌集	芦まなき涙の袖の湊にも さはるは人のよるへなりけり 〔新千載〕（津守国道） あまをふねよる方もなし涙せく 袖湊は名のみさはけと 〔続後撰〕（前太政大臣） 人しれぬ袖湊のあた波は 名のみさはけとよる舟もなし 〔続古今〕（醍醐入道前太政大臣女） おなしくは唐舟もよりななん 知人もなき袖のみなとに 〔続拾遺〕（後嵯峨院） 波こゆるそての湊のうき枕 うきてそ独ねはなかれける 〔新後撰〕（惟宗忠宗） 思ひつゝいはねはいとゝ心のみ さはくは袖の湊也けり 〔続千載〕（後深草院少将内侍） しられしな袖湊による波の 上にはさはく心ならねは 〔続千載〕（中臣祐臣） いかにせん唐舟のよるかたも しらぬにさはく袖の湊も 〔新拾遺〕（為家） こひ侘ぬ袖湊の波まくら いくようきねのかすつもるらん 〔新続古〕（前大納言忠良）
増補松葉名所和歌集	芦間なき涙の袖のみなとにも さはるは人のよるへなりけり 〔新千〕（津守国道） 下さはくたかせの川の波間より かすむや袖のみなとなるらん 〔石清水若宮歌合〕（信実） いかにしてもろこし舟をゆく春を 袖のみなとにしはしとゝめん 〔永享百首〕（兼良）

博多（併せて同沖）	袖〈の〉湊
博多（一二〇八）	
博多（四二） つくしよりのほらんとてはかたに まかりけるに館の菊のおもしろく 侍りけるをみて 取わきて我身に露や置つらん 花よりさきに先そうつろふ 〔後拾遺〕（大貳高遠）	
博多（六九） つくしよりのほらんとてはかたに まかりけるに館の菊のおもしろく 侍りけるをみて とりわきて我身に露や置つらん 花より先に先そうつろふ 〔後拾〕（大弐高遠）	うきねさそ笘の雫のきみたれに ぬれて久しき袖の湊は 〔桃蘂〕（霊元院） さすさほの雫もいとふ舟人の 袖のみなとにかゝる夕たち 〔續後撰〕（後土御門院） 日くるれは袖のみなとをゆく螢 さはく思ひのほとや見ゆらん 〔夫木〕（光俊） 立出る袖のみなとの夕すゝみ かたしくほとのうら風そふく 〔家集〕（幽斎） おもひなきいつくの袖のみなとにか 氷をしかぬうきねならまし 〔雪玉〕（逍遥院） まつらかた袖のみなとに漕よせん もろこしふねの泊もとめは 〔夫木〕（有家） 床の海になれても落るなみた川 袖のみなとのさはく名もうし 〔夫木〕（為家） あま人の袖のみなとやさはくらん 波路はるかに過る雁かね 〔御集〕（後花園院）

	博多（併せて同沖）	𦬆〔蓑〕嶋（豊前国より—筆者注）
名所歌枕（伝能因法師撰）		
謌枕名寄	から人のしかのをしまに舟出して はかたのおきにときつくるなり 〔堀百〕（俊頼） うなはらやはかたの奥にかゝりたる もろこしふねにときつくるなり （「志賀小嶋」に重載—筆者注） ふなてせしはかたはいつこつしまには しらぬしらきの山そみえける	𦬆嶋（一二一六） むらさめにぬるゝ衣のあやなくに けふみのしまの名をやからまし 〔万代〕（重之） ふらはふれみかさの山しちかけれは みのしまゝてはさしてゆきなん 〔万代〕 （「御笠山」に重載—筆者注）
類字名所和歌集		
増補松葉名所和歌集	博多沖（六三） から人は志加のをしまに舟出して はかたの沖にときつくる也 〔堀後百〕（俊頼） 海原やはかたの沖にかゝりけり もろこし船はときつくる也 （「志加嶋」に重載—筆者注） 舟出せしはかたやいつくつく馬には しらぬしらきの山そ見えける 〔堀後百〕（兼昌） 我恋ははかたを出る唐船の ゆたのたゆたひ追風をまつ 〔夫木〕（津守国基） 〔夫木〕（隆源）	蓑嶋（六七六） むら雨にぬるゝころものあやなくに けふみのしまを猶やからまし 〔家集〕（重之） ふらはふれみかさの山の近けれは みの嶋まてはさしてゆかなん 〔類聚〕（檜垣嫗） （「御笠山」に重載—筆者注） さみたれに名をたのみてやあま舟の みのしまにのみ漕とまるらん 〔丹後守為忠家百〕（為業）

福岡市中央区

	千香〔賀〕浦	草香江〔山〕
名所歌枕（伝能因法師撰）		草香江（四〇三） 草か江の入江にあさる芦田鶴の あなたつ〳〵し友なしにして 〔万葉四〕（大伴卿）
謌枕名寄	千香浦（一二三〇）（肥前国より） ちかの浦に浪よせまさる心ちして ひるまなくしてくらしつるかな 〔後拾〕（道信） ちかのうらにやくしほけふり春はまた 一かすみにもなりにけるかな 〔新勅〕（知家） もろこしもちかのうらはの夜の夢 おもはぬかたそとをつ舟人 （家隆） あかつきのちかの浦風おとつれて ともなし千鳥浪に啼なり （家隆）	草香山（一二〇一） くさか江のいりゑにあさるあしたつの あなたつ〳〵し友なしにして 〔万四〕 くさかゑのいりゑのたつのたつきなく ともなきねをやひとりなくらん 〔続後〕 くさかゑのいりゑのたつももろこゑに 千代にやちよと空になくなり
類字名所和歌集	千賀浦（六一） 千賀浦に波よせかくる心ちして ひるま無ても暮しつる哉 〔後拾遺〕（道信朝臣） かひなしやみるめはかりを契にて 猶袖ぬるゝちかの浦波 〔新後撰〕（左近中将師良）	草香江（二六九） 草香江の入江にあさる芦たつの あなたつ〳〵しともなしにして 〔続後撰〕（大納言旅人） 草香江の入江のたつのたつきなく 友なき音や独鳴らん 〔続古今〕（前右大臣忠） 草か江の入江のたつも諸聲に 千世にやちよと空に鳴也 〔新後撰〕（法皇御製）
増補松葉名所和歌集	千賀浦（一〇一） ちかのうらにやく塩けふり春は又 ひとつかすみとなりにけるかな 〔新六〕（知家） もろこしもちかのうらはの夜の夢 おもはぬかたそ遠つ舟人 〔名寄〕 かひなしやみるめはかりを契にて 猶袖ぬるゝちかのうら波 〔新後撰〕（師良） 都おもふ夢路はしはし友千鳥 声はまくらにちかのうら風 〔夫木〕（寂蓮）	草香江（四三〇） 草香江の入江の波の薄かすみ それもみとりの色に立つゝ 〔千首〕（為尹）

	草香江〔山〕	荒津（併せて同〈ノ〉海、同崎、同浜〔濱〕）
名所歌枕（伝能因法師撰）		**荒津濱**（四〇六） 草枕旅行君を荒津まで おくりくるともあきたらすこそ 〔万葉十二〕（よみ人不知） あら津の海我ぬさまつりいはひてん 早帰りませ面かはりせて 〔万葉十二〕（よみ人不知） 荒津の海塩干塩満時はあれと いつれの時か我恋さらん 〔万葉十七〕
謌枕名寄		**荒津**（一二〇一） 草まくら旅行人をあらつまて おくりてくれとあきたえぬかも 〔万十二〕 **荒津海**（一二〇二） あらつの海われぬさまつりいはひてん はやかへりませおもかわりせて 〔万十二〕 あらつの海しほひしほみち時はあれと いつれのときか我こひさらん 右一首天平太宰帥大伴卿任大納言 上京時侍等螱旅陳所心哥十首内 〔万十七〕
類字名所和歌集		
増補松葉名所和歌集	くさか江の入江の蓮花はちす 身のさかり人ともししうつかも 〔古事記〕（引田赤猪妃） 秋寒みうらかれ初る草香江の 夜寒の波に月そ更ゆく 〔亜槐〕（雅親） 秋見しはかれて霜おく草か江に 花のかゝみをかくるさゝ波 〔草根〕（正徹） くさか江の入江のあしのしりゝれは 有とも見えてあさりする田鶴 〔夫木〕（権僧正公朝） 冬きぬとさなから色はくさか江の 入江のたつも霜うらむ也 〔玉吟〕（家隆） 人の世は根をはなれたる草香江に つなかぬ舟の岸による波 〔草根〕（正徹）	**荒津**（五七二） 草まくら旅行く君をあら津まて 送りてくれとあきたらすこそ 〔万十二〕 **荒津〈ノ〉海**（五六七） あら津の海われぬき《ママ》まつりいはひてん 早帰りませおもかはりせて 〔万十二〕 あら津の海塩ひ塩満時はあれと いつれの時か我恋さらん 〔万十七〕

荒津（併せて同〈ノ〉海、同崎、同浜〔濱〕）

名所歌枕（伝能因法師撰）

神さふるあらつの崎によする波
まなくや妹に恋渡りなん
〔万葉十五〕（土師稲足）

白妙の袖の別をかたみにて
あら津の濱に宿りするかも
〔万葉十二〕（よみ人不知）

謌枕名寄

荒津崎（一二〇二）
かみさふるあらつのさきによする波
まなくやいもにこひわたるらん
〔万十五〕

荒津浜（一二〇二）
しろたへの袖の別をおかみして
あらつのはまにやとりするかも

類字名所和歌集

増補松葉名所和歌集

荒津崎（五七二）
神さふるあら津の崎によする波
間なくや妹かこひ渡りなん
〔万十二〕（土師稲足）

荒津濱（五七一）
沖つ風あらつのはまの波枕
ならはぬもの、ねんかたもなし
〔夫木〕（衣笠内大臣）

福岡市西区

壱岐〔生〕〈ノ〉松原

名所歌枕（伝能因法師撰）

壱岐松原（四〇八）
むかしみし生の松原こと、は、
忘れぬ人もありとこたへよ
〔拾遺〕（橘倚平）

けふまては生の松原生たれと
我身のうさに歎てそふる
〔拾遺〕（藤原俊生女）

都へといきの松原いきかへり
君かちとせにあはんとすらん
〔後拾遺〕（源重之）

謌枕名寄

壱岐松原（一二〇九）
むかしみしいきの松原ことゝはは
わすれぬ人もありとこたへよ
〔拾〕（橘倚平）

けふまてはいきの松原いきたれと
我身のうさになけきとそふる
（俊房女）
（大分県豊前国「宇佐〔作〕宮」に重載—筆者注）

右哥左大将済時あひしりて侍ける女筑紫にまかり下て侍けるを実方宇佐に下けるにとふらひ遺したりける返事となん
みやこへといきの松原いくかへり
君かちとせにあわんとすらん
（重之）

類字名所和歌集

生松原（三三）
むかしみし生の松原こと、は、
忘れぬ人もありとこたへよ
〔拾遺〕（橘倚平）

けふまては生の松原生たれと
我身のうさに歎てそふる
〔拾遺〕（藤原後生女）

都へといきの松原いきかへり
君かちとせにあはんとすらん
〔後拾遺〕（源重之）

増補松葉名所和歌集

生〈ノ〉松原（一二二）

壱岐〔生〕〈ノ〉松原

名所歌枕（伝能因法師撰）

哀なれかくのみつねに思ひつゝ
いきの松原いきたるよ
〔小町〕（小町）

謌枕名寄

いのりつゝちよをかけたるふちなみに
いきのまつこそおもひやらるれ
（為政）

右三月はかりに筑後守にて国へ下
侍りけるに選子内親王より扇給け
る御哥の返しによめるとなん

たひ〳〵の千代をはるかに君やみん
すゑの松よりいきのまつはら
〔後拾遺〕（相模）

右源清朝臣陸奥任はてゝ肥後にな
りて下けるによめる

おもひやる心つくしのはるけさに
いきのまつこそかひなかりけり

むかし見し心はかりをしるへにて
おもひそおくるいきの松はら
〔金六〕（政隆）

すゝしさはいきの松原まさるとも
そふるあふきの風なわすれそ
（枇杷皇太后宮）

類字名所和歌集

祈つゝ千代をかけたる藤波に
いきの松こそ思やらるれ
〔後拾遺〕（藤原為正）

たひ〳〵の千世をはるかに君やみん
末の松より生の松迄
〔後拾遺〕（相模）

思出る心盡しのはるけさに
いきの松こそかひなかりけれ
〔続後撰〕（侍賢門院堀川）

昔みし心計をしるへにて
思ひそをくるいきの松はら
〔千載〕（実方）

涼しさはいきのまつ原まさるとも
そふる扇のかせな忘そ
〔新古今〕（枇杷皇太后宮）

恋しなて心盡しにいま迄も
たのむれはこそいきの松原
〔金葉〕（藤原親隆）

立別はるかにいきの松なれは
恋しかるへき千代のかけ哉
〔詞花〕（権僧正永縁）

思出る君かりいつかいきの松
まつらん物を心つくしに
〔新古今〕（寂然法師《マヽ》）

増補松葉名所和歌集

恋しなて心つくしに今までも
たのむれはこそいきのまつ原
〔金葉〕（藤原親隆）

能解〔古〕〈ノ〉泊（併せて同浦）	壱岐〔生〕〈ノ〉松原
能解浦（四〇七） 風吹は沖つ白波かしこみと のこの泊にあまた夜そぬる 〔万葉十五〕（読人不知） から泊のこの浦浪たゝぬ日は あれ共妹に恋ぬ日はなし 〔万葉十五〕（読人不知） （「唐泊」に重載―筆者注）	
能古泊（一二〇三） 風ふけは奥津しら波かしこみと のこのとまりにあまた夜そぬる 〔万十五〕	
	立別遥にいきのまつ程は ちとせを過す心ちせんかも 〔新勅撰〕（左宗《ママ》大夫顕輔） 君か代のはるかにみゆる旅なれは 祈てそ行いきのまつはら 〔続古今〕（太宰大貳高遠） おしからぬ命なれとも諸共に いかまほしきはいきの松原 〔続後拾遺〕（法印定為） 行末にいきの松原なかりせは 何に命をかけてまたまし 〔新続古今〕（俊頼） 都にも久しくいきの松原の あらはあふ世を待もしてまし 〔新続古今〕（周防内侍） 憂事は色もかはらぬおなし世に 哀いつまていきの松はら 〔新続古今〕（大僧正道順）
能解ノ泊（三八三） 壁吹は沖つしら波かしこみと のこの泊にあまた夜そぬる 〔万十五〕 能解ノ浦（三八二） からとまりのこのうら波たゝぬ日は あれとも家に恋ぬ日はなし 〔万十五〕 （「唐泊」に重載―筆者注） 塩風はあらくもそなるからとまり のこの浦舟こき出なゆめ 〔夫木〕（中務卿みこ）	都出ていきの松はら音せすは いかてかよせん恋わすれ貝 〔夫木〕（公任）

	也良〈能・ノ〉崎	唐泊（併せて韓亭能古浦）
名所歌枕（伝能因法師撰）	也良能崎（四〇四） 沖つ鳥鴨といふ船の帰り来は やらの崎守早く告こそ 〔万葉十六〕（山上憶良）	唐泊（四〇三） から泊のこの浦波たゝぬ日は あれとも妹に恋ぬ日はなし 〔万葉十五〕（よみ人不知） 〔「能解浦」に重載―筆者注〕
謌枕名寄	也良崎（一二〇六） おきつとりかもといふ舟のかへりこは やらのさきもりはやくつけこせ 〔万十六〕 おきつとりかもといふ舟はやらのさき ためてまてつときこへこぬかも 〔万〕 右二首筑前国志賀泉郎哥	韓亭能古浦（一二〇二） からとまりのこのうら波のたゝぬ日は あれともいもにこひぬ日はなし 〔万十五〕 右遣新羅使到筑前国志麻郡之韓亭 船泊各陳卿哥六首内 いまもかものこのうらしほのたゝらし とまるふな人奥にいつなゆめ 〔新六〕（光俊）
類字名所和歌集		
増補松葉名所和歌集	也良ノ崎（四四一） 沖つ鳥鴨といふ舟の帰り来は やらの崎守早く告こそ 〔万十四〕（山上憶良）	唐泊（一七七） からとまりのこのうら波たゝぬ日は あれとも妹に恋ぬ日はなし 〔万十五〕 〔「能解ノ泊」に重載―筆者注〕 濱千鳥やまとにはあらぬ唐とまり からこゑになく塩やみつらん 〔草根〕（正徹） 舟人のいつからとまり波なれて 見るらんよはの夢もかなしき 〔鷗集〕（後水尾）

糸島市

	可也〔萱〕山（併せて同野）	引津
名所歌枕（伝能因法師撰）	可也山（四〇二） 草枕旅をくるしみ恋をれは かやの山へに棹鹿なくも 〔万葉十五〕（大判官） かやか野へはいともかなしな嶺の上の 松かえ共に久しき物を 〔古今六帖〕（小町かあね）	引津（四〇四） 梓弓引つのへなるなのりその 花咲まても逢ぬ君かも 〔万葉十〕（よみ人しらす） 梓弓引津のへなるなのりその 花つむまてはあはさらんやも 名のりその花 〔万葉七〕（人丸）
謌枕名寄	萱山（一一九四） 草まくら旅をくるしみ恋をれは かやの山へにさほしかなくも 〔万十五〕 萱野（一一九五） かや野ゝへはいともかなしな峯のうへに 松か枝ともにひさしきものを 〔六帖〕	引津（一二〇六） あつさ弓ひきつのにあるなのりその 花さくまてとあはぬ君かな 〔万十〕 あつさゆみひきつのにあるなのりその たれうき物としらせそめけん 〔新勅〕
類字名所和歌集		引津（四四四） 梓弓ひきつの津なる名のりその 誰うき物と知せ初けん 〔新勅撰〕（読人不知）
増補松葉名所和歌集	可也山（一五一） 草枕旅をくるしみ恋をれは かやの山へにさをしかなくも 〔万十五〕（大判官） かやか野へはいともかなしなみねの上の 松かえともに久しきものを 〔六帖〕（小町かあね） 〔「可也野」に重載─筆者注〕 下をれのかやの山へになく鹿の さこそみたれて妻をこふらめ 〔夫木〕（知家） 可也野（一六七） かやの野へはいともかなしなみ《ね》の上の 松かえともに久しきものを 〔六帖〕（小町かあね） 〔「可也山」に重載─筆者注〕 夏深きかやの、小野の萱むしろ みしかきよはのふしのまもなし 〔夫木〕（為家）	引津（七四〇） あつさゆみ引津のへなるなのりその 花咲までに逢ぬ君かも 〔万〕 梓弓ひき津のへなるなのりその 誰うきものとしらせ初けん 〔新勅〕

	立石崎	怡土〈ノ〉濱〔浜〕（併せて同〈ノ〉嶋）
名所歌枕（伝能因法師撰）		怡土濱（四〇九） 下紐のゆふされかけてときつれは 君かみそぬふいとの嶋見ゆ 〔古今六帖〕（人丸）
詞枕名寄		怡土嶋（一二〇五） したひものゆふさりかけてときつれは 君か見そめりいとのしまみゆ 〔六帖〕 怡土浜（一二〇五） つなてなはひきゝるほとに風吹は いとのはままて舟もよりけり 〔懐中〕
類字名所和歌集		
増補松葉名所和歌集	立石崎（二一四四） さかろをすたていしさきの白波は あらき塩にもかゝりける哉 〔夫木〕（西行）	怡土ノ嶋（三一四） 下ひもの夕されかけてときっれは 君かみそぬふいとのしま見ゆ 〔六帖〕 怡土ノ濱（三一〇） 綱手縄ひきくるほとに風吹は いとのはまにそ舟もよりける 〔名寄〕

宇美町

	宇美〔産〕〈ノ〉宮
名所歌枕（伝能因法師撰）	
詞枕名寄	宇美宮（一二一一六）（豊前国より―筆者注） もろ人をはくゝむちかいありてこそ うみのみやとはあとをたれけめ （家隆）
類字名所和歌集	
増補松葉名所和歌集	産ノ宮（三七二） 諸人をはくゝむちかひ有てこそ うみの宮とはあとをたれけめ 〔万代〕（家隆） 朝日さすかしまの杉にゆふかけて くもらすてらせ世をうみの宮 〔夫木〕（西行）

大野（併せて同山、同山麓の浦、大城〈ノ〉山）

大野（四〇一）
大野山霧立渡る我歎く
おきその風に霧立渡る
〔万葉五〕（よみ人不知）

思はぬを思ふといはゝ大野なる
三笠のもりの神しるらん
〔万葉四〕（大伴百代）
（「御笠森」に重載―筆者注）

大野山（一一九二）
大野山きりたちわたり我かなけく
おきそのかせにきりたちわたる
〔万五〕（憶良）
右神亀五七廿一筑前守山上憶良上
序詞曰偕老遥於要期独飛生於半路
云々　別妻詠哥欤

大野山ふもとの浦はきりこめて
おきそのかせは月そさやけき

大野（三九六）
おもはぬをおもふといはゝ大野なる
みかさの杜の神しるらし
〔万四〕（大伴百代）
（「三笠ノ杜」に重載―筆者注）

大野山（三九二）
大野山ふもとのうらは霧こめて
おきその風に月そさやけき
〔名寄〕
（「大野山麓の浦」に重載―筆者注）

いちしるく時雨のふれはつくしなる
大野の山もうつろひにけり
〔六帖〕

大野なるみかさの杜のほうかしは
神のしらこといくよさすらん
〔名寄〕
（「三笠ノ杜」に重載―筆者注）

大野なる御かさのもりに時雨ふり
そめさす紅葉今さかり也
〔名寄〕
（「三笠ノ杜」に重載―筆者注）

大野山麓の浦（四〇一）
大野山ふもとのうらは霧こめて
おきその風に月そさやけき
〔現六〕（信実）
（「大野山」に重載―筆者注）

大野（併せて同山、同山麓の浦、大城〈ノ〉山）

名所歌枕（伝能因法師撰）

大城山（四〇一）
今もかもおほきの山に時鳥
　鳴とよむらん我なけれ共
　〔万葉八〕（坂上郎女）
いちしろく時雨の雨はふらなくに
　おほきの山は色付にけり
　〔万葉十〕（よみ人しらす）

謌枕名寄

大城山（一一九二）
いましかもおほきの山のほと、ぎす
　なきとよむらん我なけれとも
　〔万八〕
　右筑前国大城山大伴坂上億良女作哥
いちしるくしくれの雨はふらなくに
　おほきの山はいろつきにけり
　〔万十〕

類字名所和歌集

増補松葉名所和歌集

大城ノ山（三九二）
今もかもおほきの山の時鳥
　鳴とよむらん我なけれとも
　〔万八〕（坂上郎女）
いちしろく時雨のあめはふらなくに
　おほきの山は色つきにけり
　〔万十〕

大野城市

御〔三〕笠〈ノ〉森〔杜〕

名所歌枕（伝能因法師撰）

御笠森（四〇二）
思はぬを思ふといはゝ大野なる
　三笠の杜の神ししるらん
　〔万葉四〕（大伴百代）
　（「大野」に重載―筆者注）

謌枕名寄

御笠森（一一九一）或は大和哥立入之
おもはぬをおもふといはゝ大野なる
　みかさのもりの神そしるらん
　〔万〕（大伴百代）
おほのなるみかさのもりにしくれふり
　そめなすもみちいまさかりなり
大野なるみかさのもりのほゝかしは
　かみのひらちにいくよさすらん
　〔現六〕

類字名所和歌集

御笠杜（四一〇）
おもえぬを思ふといはゝ大野なる
　御笠の杜の神そ知らん
　〔続古今〕（大伴白《もも》代）

増補松葉名所和歌集

三笠ノ杜（六六一）
思はぬをおもふといはゝ大野なる
　御かさの杜の神はしるらん
　〔万四〕（大伴百代）
　（「大野」に重載―筆者注）
大野なる御かさの杜に時雨ふり
　染なす紅葉今さかりなり
　〔名寄〕
　（「大野山」に重載―筆者注）
大野なる御かさの杜のほうかしは
　神のしらて、いく世さすらん
　〔現六〕
　（「大野」に重載―筆者注）

	御〔三〕笠〈ノ〉森〔杜〕
名所歌枕（伝能因法師撰）	
謌枕名寄	
類字名所和歌集	大野なる御笠の杜のゆふたすき かけてもしらし袖の時雨は 〔続後撰〕（津守国冬）
増補松葉名所和歌集	大野なるみかさのもりのゆふたすき かけてもしらし袖の時雨は 〔續千〕（国基《き》） かけしけきみかさの杜のもりてしも 見えぬ大野の朝かすみ哉 〔新類〕（後土御門院）

太宰府市

	水城	苅〔刈〕萱関
名所歌枕（伝能因法師撰）	水城（四〇二） 太夫《マスラヲ》と思へる我や水くきの 水きの上に泪のこはん 〔万葉六〕（大伴卿）	
謌枕名寄	水城（一一九四） ますらおとおもへる我やみつくきの みつきのうへになみたのこさん 〔万〕 かきたへてみつきになりぬこれやさは 心つくしのかとてなるらん （俊頼） くもりなくすむとおもひしみつきより やみにまとひてたちかへりぬる 右一首筑紫にて舟よせ侍て後のほりけるにみつきと云所を出るとてよめる 〔良玉〕	苅萱関（一一九五） かるかやのせきもりにしも見へつるは 人もゆるさぬみちへなりけり せはくともしのやの軒にやとからん ゆふたちすくるかるかやの関
類字名所和歌集		刈萱関（一一二八） 刈萱の関守にのみみえつるは 人もゆるさぬ道へ也《ママ》けり 〔新古今〕（菅贈大政大臣）
増補松葉名所和歌集	水城（六九七） ますらおとおもへる我やみつくきの みつきの上に涙のこはん 〔万〕（大伴卿） かきたえてみつきに成ぬこれやさは 心つくしの門出なるらん 〔名寄〕（俊頼）	刈萱関（一五四） せはくともしのやの軒に宿からん 夕立すくる刈かやのせき 〔藻塩〕

	苅〔刈〕萱関	鎮西	幸橋	漆河〔川〕	安楽ノ寺
名所歌枕（伝能因法師撰）				漆河（四〇三） 名にはいへと黒くも見えすうるし川 さすかに渡る水はぬるめり 〔拾遺〕（よみ人しらす）	
謌枕名寄			幸橋（一二一〇） たのもしき名にもあるかなみちゆけは まつさいわひの橋をわたらん 〔懐中〕（高遠）	漆河（一二〇一） 名にはいへとくろくは見えぬうるし川 さすかにわたる人はぬるめり （読人不知）	
類字名所和歌集				漆河（二三四） 名にはいへと黒くもみえすうるし川 さすかに渡る水はぬるめり 〔拾遺〕（読人不知）	
増補松葉名所和歌集	ほとゝきすたか名残をかかるかやの 関にむかしのあとのこすらん 〔雪玉〕（逍遥院） いかゝもる越てみるめもかるかやの 関屋をかくす秋の夕きり 〔草根〕（正徹） たひ衣やつれはてけり人とはゝ あかぬなのりやかるかやの関 〔雪玉〕（逍遥院）	鎮西（一〇四） いにしへのひかりにも猶まさるらん しつむるにしの宮の玉かき 〔拾玉〕（慈鎮）		漆川（三六八） 名にはいへと黒くも見えすうるし川 さすかにわたる水はぬるめり 〔拾遺〕	安楽ノ寺（五九四） つくしにまかりて安楽寺にてよみ 侍りける 神かきにむかし我見し梅の花 ともに老木となりにける哉 〔金葉〕（経信）

染川〔河〕

染川（四〇三）

染河をわたらん人のいかてかは
色になるてふ事のなからん
〔拾遺〕（業平）

そめ川に宿かる波のはやけれは
無名立とも今はうら見し
〔拾遺〕（源重之）

染河（一二〇〇）

そめ川をわたらん人のいかてかは
いろになるてふことのなからん
（業平）

そめ川にやとかる浪のはやけれは
なきなたつともいまはうらみし
〔拾〕

つくしなるおもひそめ川わたりなは
みつまさりなんよとむときなく
〔後拾〕（真古）

わたりてはあたになるてふそめ川の
心つくしにありもこそすれ
〔後拾〕（読人不知）

右二首贈答

あた人のたのめわたりし染川の
いろのふかさをみてやゝみなん
〔万代〕（良岑）

山風のおろすもみちのくれなゐを
またいくたひかそめ川のみつ

わきもこにあひそめ川のみほあさみ
心つくしにさてやみねとや
（公任）

人こゝろかねてしりせは中〳〵に
あひそめ川もわたらさらまし
〔堀百〕（隆源）

染川（一八四）

染川をわたらん人のいかてかは
色になるてふ事のなからむ
〔拾遺〕（業平）

そめ川に宿かる波のはやけれは
無名立とも今はうらみし
〔拾遺〕（源重之）

つくしなる思ひそめ川渡なは
水やまさらん淀む時なく
〔後撰〕（藤原真忠）

渡てはあたになるてふ染川の
心つくしに成もこそすれ
〔後撰〕（読人不知）

あた人の頼め渡し・染川の
色のふかさを見てや汲なん
〔続後拾遺〕（良岑宗貞）

いかなれは人に心を染川の
渡らぬせにも袖ぬらすらん
〔新拾遺〕（権大僧都信聡）

昨日より今日は色そふそめ川に
立名もしらす恋や渡覧
〔新後拾〕（左衛門資康）

染川（二七八）

染川をわたらん人のいかてかは
いろになるてふことのなからん
〔拾遺〕（業平）

つくしなるおもひそめ川わたりなは
水やまさらんよとむ時なく
〔續後撰〕（藤原貞忠）

山風のおろす紅葉の紅ゐを
又いくしほか染川のなみ
〔玉吟〕（家隆）

あひにあひて春ゆく色をそめ川の
渕のみとりにかすむ月影
〔草根〕（正徹）

	染川〔河〕	竈門〔戸〕（併せて竈山、竈神、御笠山）
名所歌枕（伝能因法師撰）		**竈門山**（四〇二） つくしにまかりける時かまと山の麓に宿りて侍けるに道へらに侍ける木にふかく書付侍ける 春はもえ秋はこかるゝ竈門山 とありけるに又書付ける 霞もきりもけふりとそみる〔拾遺〕（元輔） 世の中をなけきにくゆるかまと山 晴ぬ思ひを何しそめけん〔古今六帖〕（人丸） 春はもえ秋はこかるゝ竈戸山 烟たえぬや紅葉成らん〔拾遺〕（重之）
詞枕名寄		**竈戸山**（一一九七） 春はもへ秋はこかるゝかまとやま かすみも霧もけふりとそみる 右本集云元輔筑紫へまかりけるに竈戸山の麓にやとりて侍けるにみちにつらなる木にふるく書付たりける上句に元輔下句をは書付侍ける〔拾遺〕 よの中をなけきもくゆるかまとやま はれぬおもひをなにゝそむらん〔六帖〕 みやこより西にありてふかまとやま けふりたへせぬ恋もするかな〔六帖〕
類字名所和歌集		**竈門**（一一二七） 元輔つくしへまかりける時かまと山の麓に宿りて侍けるに道へらに侍ける木にふるく書付侍ける 春はもえ秋はこかるゝ竈門山 とありけるに又書付ける 霞もきりもけふりとそみる〔拾遺〕
増補松葉名所和歌集	いさり火の波間わくると見ゆれ共 そめ川渡るほたるなりけり〔夫木〕 影見れは水のみとりもそめ川や 空ゆく月のいろになりぬる 〔文明石清水御法楽百首〕（御製） そめ川のきしによせくる白波は きくにもたかふ色にそ有ける〔家集〕（重之） うなひ子かはなちのかみをとりあけて また染川よ渕瀬かはるな〔堀百〕 吾我にあひそめ川のみをあさみ 心つくしやさてやみねとや〔類聚〕（元任）	**竈山**（一四九）或竈門 世中をなけきにくゆるかまと山 はれぬ思ひを何しそめけん〔六帖〕 春はもえ秋はこかるゝかまと山 けふりたえぬやもみち成らん〔家集〕（重之） 都よりにしに有てふかまと山 けふりたえせぬ恋もするかな〔六帖〕

竈門〔戸〕（併せて竈山、竈神、御笠山）

ちるたひにもゑこかれてもおしけきは
かまと山なるひさくらのはな
〔現六〕（道信法師）
かまと山また夜をこめてふりつもる
みねのしら雪あけてこそみめ
裏書云ふる雪のとけんこもなくつ
もりつゝかまとの山の山もりはゆ
くゑも見えすみこもりのつまきこ
りたくあさゆふのけふりのみこそ
たちにけれ散木集に云つくしより
のほるとてむろつみといふ所を出
てかまと、云所えおまかるとて
（匡房）
むろつみやかまとをすくるふねなれや
ものおもふにはこかれてそゆく
右今案に室津見は周防国入之釜戸
当国也如何

御笠山（一一九一）
ふらはふれみかさの山しちかけれは
みのしまゝてはさしてゆきなん
〔万代〕（檜恒妃）
（「衾嶋」に重載—筆者注）

筑前守にて國に侍けるに日いたく
てりけれは雨の祈に竈との明神に
鏡を奉るとてそへたり
雨ふれと祈るしるしのみえたらは
水鏡共思ふへきかな
〔新続古今〕（藤原経衡）

散たひにもえこかれてもおしき哉
かまと山なるひさくらの花
〔現六〕（道信法し）
かまと山またよをこめてふりつもる
みねの白ゆき明てこそ見め
〔名寄〕（匡房）
朝ゆくもくるしき民のかまと山
けふりたてゝそあはれをも見る
〔草根〕（正徹）

竈神（一九四）
筑前守にて国に侍りける日のいた
くてりけれは雨の祈にかまとの明
神にかゝみを奉るとてそへたり
雨ふれと祈るしるしの見えたれは
水かゝみとも思ふへきかな
〔新續古〕（藤原経衡）

御笠山（六五七）
ふらはふれみかさの山し近けれは
みのしまゝてはさしてゆくらん
〔万代〕
（「蓑嶋」に重載—筆者注）

思河（併せて石踏、石踏河〔川〕、白川）

名所歌枕（伝能因法師撰）

思河（四〇一）

謌枕名寄

思河（一一九八）

おもひ川たへすなかる、みつのあはの
うたかた人にあはてきへめや
（伊勢）

おもひ川いつまて人になひきもの
したにみたれてあふせまつらん
（栗田楯《ママ》行）

ふけゆけはおなしほたるの思ひ川
ひとりはもゑぬかけやみゆらん
（信実）

やまふきの花にせかる、おもひ川
いろのちしほはしたのそめつ、
〔続後〕（定家）

おもひ川いかなる比の五月雨に
せかては袖のふちとなるらん

おもひ川せ、のうたかたいたつらに
あわてやみゆる名をなかせとや

おもひ川岩間によとむみつくきの
かきなかすにも袖はぬれけり
〔新勅〕（皇嘉院別当）

おもひ川身はやなからみつのあはの
きえてもあはん浪のまもかな

いかにせん身をはやなからおもひ河
うたかたはかりあるかひもなし
（為貞）

おもひ川あふせにいかにかはりてや
またはなみたのふちとなるらん
（行家）

類字名所和歌集

思河（二五八）

思河絶す流る水のあはの
うたかた人にあはてきえめや
〔後撰〕（伊勢）

思川いつ迄人になひきもの
下にみたれてあふせまつらん
〔新後撰〕（荒木田延行）

更行はおなし螢の思川
ひとりはもえぬかけやみゆらん
〔新後撰〕（左兵衛督信家）

山吹の花にせかる、思川
色のちしほは下にそめつ、
〔続後撰〕（前中納言定家）

思川いかなる比の五月雨に
せかても水のふちとなるらん
〔続古今〕（藻壁門院少将）

思河せ、のうたかた徒に
あはてきえぬる名をなかせとや
〔新後撰〕（三条入道内大臣）

思川岩まに淀む水くきを
かきなかすにも袖はぬれけり
〔新勅撰〕（皇嘉門院別當）

思川みおはやなから水のあはの
消てもあはん波のまもかな
〔新勅撰〕（家隆）

いかにせん見せはやなから思川
うたかたはかりあるかひもなし
〔後拾遺〕（前左兵衛督教定）

思川あふせのいかにかはりてか
又はなみたの淵となるらん
〔新後撰〕（従二位行家）

増補松葉名所和歌集

思河（四一〇）

おもひ川絶すなかる、水の泡の
うたかた人にあはて消めや
〔後撰〕（伊勢）

思ひ川いつまて人になひき藻の
下にみたれて逢瀬待らん
〔新後撰〕（延行）

更ゆけはおなしほたるのおもひ川
ひとりはもえぬ影やみゆらん
〔新後撰〕（信家）

山吹の花にせかる、思ひ川
色の千しほは下にそめつ、
〔續後撰〕（定家）

おもひ川いかなるころの五月雨に
せかても水のふちと成らん
〔續古〕（藻壁門院少将）

思河（併せて石踏、石踏河〔川〕、白川）

なかれても絶しとそ思ふ思ひ河
いつれか深き心也ける
〔古今六帖〕（貫之）

よそにのみなをいつまてかおもひ川
わたらぬ中のちきりたのまん

おもひ川まれなる中になかるなり
これにもわたせかさゝきのはし
（家隆）

おもひ川みなはさかまき行みつの
袖もつゝみもせきやかねけん
（家隆）

よそにのみ猶何迄か思ひ川
わたらぬ中の契りたのまん
〔新後撰〕（奨子内親王）

思川岩もとすけをこす波の
ねにあらはれてぬるゝ袖かな
〔続千載〕（法印頼舜）

思川みわたにかゝる埋木の
流れてさへの名こそおしけれ
〔新千載〕（前大納言為氏）

思河かけみし水のうす氷
かさなるよはの月もうらめし
〔新続古今〕（従二位家隆）

流れての名をさへ忍思川
あはてもきえねせゝのうたかた
〔新勅撰〕（侍従具定母）

かけてたにしらしなよそに思川
うかふ水沫のきえ帰る共
〔続後撰〕（入道摂政左大臣）

思川あふせ迄とやみなはなす
もろき命もきえ残るらん
〔続古今〕（式乾門院御匣）

もらすなよ人めせかるゝ思川
つらさにまさる涙なりとも
〔続拾遺〕（春宮大蔵卿）

思ひ川稀なる中になかるめり
これにも渡せ鵲のはし
〔方与〕（家隆）

思ひ川岩もと菅をこす波の
ねにあらはれてぬるゝ袖かな
〔續千〕（法印頼舜）

おもひ川みわたにかゝる埋木の
なかれてさへの名こそおしけれ
〔新千〕（為氏）

おもひ川影見し水の薄氷
かさなるよはの月もうらめし
〔新續古〕（家隆）

思河（併せて石踏、石踏河〔川〕、白川）	
名所歌枕（伝能因法師撰）	
詞枕名寄	
類字名所和歌集	消ぬへしさのみはいか丶思川 なかる丶水のあはれ共みよ 〔続拾遺〕（常盤井入道前太政大臣） 一方にしつむ我身の思川 替るふちせはさもあらはあれ 〔続千載〕（前大僧正道性） 思ひ川人の心のあさきせに わかうき名さへ流れける哉 〔続後拾遺〕（欣子内親王） おもひ河逢せも知ぬ水のあはれ きえかへりてもいつと頼まん 〔続後拾遺〕（式乾門院御匣） よしさらは渡も初し思川 うき瀬に袖のぬれもこそすれ 〔続後拾遺〕（栄子内親王） 思川絶ぬなかれの末とたに しらる丶ほとのうたかたも哉 〔続ほ拾遺〕（法眼慶融） 思川うたかた波の消帰り むすふ契は行ゑたになし 〔新千載〕（源親行） 立帰りよとむをしらて思川 渡り初ぬとなにたのめけん 〔新千載〕（前中納言隆長） 人心あさきにまさる思川 うきせにきえぬみつからもうし 〔新拾遺〕（永福門院） 人しれぬ心の内の思川 なかれてすゑの頼みたになし 〔新拾遺〕（藤原頼清朝臣） 思川石まの波の打つけに せきあへぬ袖そ玉とくたくる 〔新続古今〕（後小松院御製）
増補松葉名所和歌集	

思河（併せて石踏、石踏河〔川〕、白川）

契らすよせくも人めを思川
浅きになしてかけ絶むとは
〔新続古今〕（藤原元康）

しはし猶消ぬさへうきおもひ川
せゝにたゝよふ花の白あは
〔御集〕（後花園院）

山姫の深きや何のおもひ川
下に色こき秋ももみち葉
〔家集〕（牡丹花）

音たえて岩間に氷る思ひ川
しのふもしらす鳴千鳥哉
〔夫木〕（為家）

おもひ川絶すなかるゝ水鳥の
おのか羽風もあらしふくころ
〔名寄〕（忠信）

ねにそ鳴つかはぬ鴛おもひ川
うたかた波のよるへ尋ねて
〔文明千〕（姉小路宰相）

おもひ川人のうきせにゐる鷺の
のそきてたにも逢よしそなき
〔夫木〕（衣笠内大臣）

おもひ川あはれいつまてうき草の
よるへも波に恋わたるらん
〔宝暦三御月次〕（実逸）

おもひ川しらぬ行瀬に一ことの
かよふ橋ともたれを頼まん
〔芳雲〕（実信）

思ひ川身さへなかるゝうき橋を
心あさくもかけはしめける
〔家集〕（公篠）

おもひ川わたす丸木のはしたなく
ふみかへしてもあはぬ君哉
〔丹後守家百〕（為忠）

思河（併せて石踏、石踏河〔川〕、白川）	
名所歌枕（伝能因法師撰）	石踏（四〇九） うみ山を夕越くれは三笠なる いはふみ川に駒なつむなり 〔夫木〕（為頼） 白川（四〇〇） 年ふれはわか黒髪も白川の みつわくむ迄老にけるかな 〔後撰〕（ひかきの嫗）
謌枕名寄	石踏河（一一九二） 海山をゆふこへくれはみかさなる いわふみ河にこまなつむなり 〔万代〕（為頼）
類字名所和歌集	白川（四三三） 年ふれはわか黒髪も白河の みつわくむ迄老にけるかな 〔後撰〕（ひかきの嫗）
増補松葉名所和歌集	おもひ川たゝよふ舟のかたのりに 身をしつめてや波にひかれん 〔草根〕（正徹） うき旅の道になかるゝ思ひ川 涙の袖や水のみなかみ 〔回国記〕（宗祇） 石踏川（四一） 海山を夕越くれは三かさなる いはふみ川に駒なつむ也 〔万代〕 白川（七二二） 年ふれは我黒かみも白川の みつわくむまて老にけるかな 〔後撰〕（桧垣の嫗）

筑紫野市

湯原	
名所歌枕（伝能因法師撰）	
謌枕名寄	湯原（一二〇八） ゆのはらになくあしたつの我ことく いもにこふれやときわかすなり 右岩吹田温泉聞鶴噎作哥
類字名所和歌集	
増補松葉名所和歌集	

芦〔蘆〕城（併せて同山、同野、同河〔川〕）	荒船神〔御〕社	城山
芦城（四〇七） 芦城山梢悉てあすよりは なひきたるこそ妹かあたりみん 〔万葉十二〕（読人不知） 女郎花秋荻ましりあしきのは けふをはしめて万代にみん 〔万葉八〕（作者不詳） 玉くしけあしきの川をけふみれは 万代までに忘られめやも 〔万葉八〕（読人不知）	**荒船神社**（四〇六） 茎も葉もみな緑なるふか芹は 荒舟のみや白くみゆらん 〔拾遺〕（すけみ）	**城山**（四〇四） 今よりはき山の道はさひしけん 我通はんと思ひし物を 〔万葉四〕（大成）
蘆城山（一一九三） あしき山木すゑこそりてあすよりは なひきたるこそいもかあたりみん 〔万十二〕 **蘆城野**（一一九三） をみなへし秋はきしのきあしきの、 けふをはしめて万代をみん 〔万八〕 右太宰従卿宮人寺宴筑前国蘆城駅 家時作哥二首 **蘆城河**（一一九三） たまくしけあしきの河をけふみれは よろつ代までにわすられすかも 〔万八〕 ふるあめのしけき五月のたまくしけ あしきの川はみつまさるらし （前内大臣） たまくしけあしきの川のせをはやみ あけゆく月のかけそなかる、 （為氏）		**城山**（一一九三） 八雲御抄有御亘郡大宰府云々 いまよりはき山のみちはくれしけん われかよはんとおもひしものを 〔万四〕
	荒船御社（三五六） 茎も葉もみな緑なるふか芹は 荒舟のみや白くみゆらん 〔拾遺〕（すけみ）	
芦城山（五四七） あしき山梢こそりてあすよりは なひきたり社妹かあたりみん 〔万十二〕 うき事を思ひつくしのあしき山 なけきこりつむ年やへぬらん 〔夫木〕 **芦城野**（五六一） 女郎花秋萩ましりあしき野は けふをはしめて万代に見ん 〔万八〕 **芦城川**（五八四） 玉くしけあしきの川をけふみれは 万代までにわすられめやも 〔万八〕 降雨のくもるさつきの玉くしけ あしきの川は水まさるらし 〔夫木〕（後九条内大臣） 玉くしけあしきの川の瀬を早み 明ゆく月の影そなかる、 〔名寄〕（為氏）	**荒船御社**（五九六） 茎も葉もみなみとりなるふか芹は あらふねのみやしろくみゆらん 〔拾遺〕（すけみ）	**城山**（六二一）大城の山とも 今よりはき山の道はさひしけん 我通はんと思ひしものを 〔万四〕（葛井蓮大成）

筑前町

	安〈ノ〉野
名所歌枕（伝能因法師撰）	安野（四〇五） 君か為かみしまち酒や安の野に 独やのまん友なしにして 〔万葉四〕（大伴）
謌枕名寄	安野（一一九八） 君かためしたみし酒とやすの野に ひとりやのまん友なしにして 〔万四〕 右太宰帥大伴卿大弐丹比粽守卿哥 裏書云範兼卿聚安野近江国野洲也 而万哥於筑紫詠之椎之筑前国夜須 郡
類字名所和歌集	
増補松葉名所和歌集	安《ノ》野（四三九） 君か為みしまち酒ややすの野に ひとりやのまん友なしにして 〔万四〕（大伴卿）

朝倉市

	朝倉（併せて同山、同関）
名所歌枕（伝能因法師撰）	
謌枕名寄	朝倉山（一一九五） ほとゝきすあさくら山のあけほのや とふ人もなきなのりすらしも 花の色をあらはにめてはあためきぬ あさくら山におりてとりてん とはねともなのりてすきぬほとゝきす あさくら山の雲井はるかに 里わかす名のるなれともほとゝきす あさくら山のたそかれの空 雲間よりよそにきくこそくやしけれ あさくら山のうくひしのこゑ
類字名所和歌集	朝倉（三五六） 霍公あさくら山の曙に とふ人もなき名のりすらしも 〔新後撰〕（祝部成仲） 朝倉や木の丸殿にわかをれは 名乗をしつゝ行はたかこそ 〔新古今〕（天智天皇御哥） （「木丸殿」に重載—筆者注）
増補松葉名所和歌集	朝倉山（五四七） 朝くらや山もかすみの雲間より よそに昔の春そ恋しき 〔宝治百〕（俊成）

朝倉（併せて同山、同関）

朝倉関（一一九六）
なのりして夜ふかくゆきぬほと、きす
　われをゆるさぬあさくらのせき
（前摂政左大臣）

しの、めに朝くら山の花を見て
　雲井はるかにゆくこ、ろかな
〔夫木〕（明範）

匂へた、朝くら山の桜花
　ゆきてもをらぬよそのよそまで
〔夫木〕（家隆）

ほと、きす雲ゐはるかになのれはや
　あさくら山のよそになくらん
〔夫木〕（匡房）

よそに見ていくよに成ぬ久かたの
　朝くらやまの雲間もる月
〔玉吟〕（家隆）

またきより秋そと名のるたそかれに
　朝くら山のよその松風
〔玉吟〕（家隆）

めつらしな朝くら山の雲ゐより
　したひ出たる赤ほしのかけ
〔山家〕（西行）

昔見し人をそ我はよそに見し
　朝くら山の雲ゐはるかに
〔六帖〕

こ、ろさし朝くら山の丸とのは
　たつねぬ人もあらしとそ思ふ
〔夫木〕（匡房）

朝くら山おめのみなとに綱引する
　玉のめさしにあひきあひにけり
〔夫木〕
（「織面」「湊」に重載—筆者注）

朝倉関（五五四）
名のりして夜深く過ぬ時鳥
　我をゆるさぬ朝くらの関
〔夫木〕（後一条摂政）

木〈ノ〉円〔丸〕殿

名所歌枕（伝能因法師撰）

謌枕名寄

木円殿（一一九六）

あさくらやきにもろとのに我おれは
なのりをしつゝゆくは誰か子そ
（天智天皇）

ほとゝきすきのまろとのゝ雲井にて
あさくら山をおもひてゆかん
（西園寺入道）

たちはなのきのまろとのにかほるかは
いわぬになのるものにそありける

心さしあさくら山のまろとのは
たつぬる人もあらしとそおもふ

類字名所和歌集

木丸殿（三七七）

朝くらや木丸殿にわかをれは
名乗りをしつゝ行はたかこそ
〔新古今〕（天智天皇）
（「朝倉」に重載―筆者注）

さ夜深み山子規なのりして
きのまるとのを今そすく成
〔新勅撰〕（右兵衛督公行）

独のみ木丸とのにあらませは
なのらてやみに帰らましやは
〔続拾遺〕（藤原実方）

泊瀬にまいり侍けるにきとのと云所に宿らんとし侍けるに誰としりてかと云けれは答へすとて讀る

名のりせは人しりぬはしなのらすは
木丸殿をいかて過まし
〔続拾遺〕（赤染衛門）

斎院にて

神墻は木丸殿にあらね共
名のりをせぬは人とかめけり
〔金葉〕（藤原雅規）

増補松葉名所和歌集

木ノ丸殿（六三四）

朝くらや木丸殿にわかをれは
なのりをしつゝゆくは誰了そ
〔新古〕（天智天皇）

ほとゝきす木丸殿の雲ゐまて
朝倉山をおもひ出の声
〔千五百〕（公継）

橘のきの丸とのにかをる香は
とはぬに名のるものにそありける
〔堀百〕（俊頼）

小夜深み山時鳥なのりして
きのまろ殿をいまそ過なる
〔新勅〕（公行）

名のらねと匂ふにしるし朝倉や
きの丸殿にさけるさくらは
〔夫木〕（大炊御門右大臣）

織面〈ノ〉溱〔湊〕	木〈ノ〉円〔丸〕殿
織面溱（一一九七） あさくらやおめのみなとにあひきする あまのめさしにあひてあれにけり	
織面ノ湊（一一九） 朝倉やおめのみなとに網引せは たまのめさしにあひきあひにけり 〔神楽〕 （「朝倉」に重載―筆者注）	朝くらや木の丸とのに誰とへは 秋をも名のる荻のうは風 〔千五百〕（雅経） あさくらやきの丸とのにすむ月の ひかりはなのるこゝちこそすれ 〔正治百〕（後鳥羽） 冬はけさきの丸との、朝戸出に 時雨をなのる紅葉ちるらし 〔夫木〕（為家） いたつらに波にゆらるゝなのりその 木の丸とのにいかにうへまし 〔新六〕（行家） あなかちにとへはさてしも名のりけり 木丸とのに住ゐせねとも 〔類題〕（小侍従）

筑紫（併せて同海、同路、同小嶋・同国）

名所歌枕（伝能因法師撰）

謌枕名寄

筑紫小嶋（一二〇八）
やまとちのきひのこしまをすきてゆけは
　つくしのこしまおほゝゑんかも
　　〔万十五〕（旅人）

類字名所和歌集

増補松葉名所和歌集

筑紫（二九一）
しらぬひのつくしのわたは身につけて
　いまたはきねとあたゝかにみゆ
　　〔万三〕（沙弥満誓）
波路わけ都にきたるつくし牛
　草につきてやさかりみるべき
　　〔新六〕（知家）
ちゝはゝかいはひてまたねつくしなる
　みつく白玉とりてくまてに
　　〔万二十〕（虫麿）
つくし舟あまたいかりの数てへて
　けふもなころのしつかならぬに
　　〔新六〕（知家）

筑紫海（二八四）
ゆきかへり心つくしの海へたに
　まなしかた田をつくるうれしさ
　　〔神道百〕（兼邦）

筑紫路（二八二）
つくも《ママ》ちのあらいその玉藻かるにても
　君かひさしくまてとこさらん
　　〔万十二〕

筑紫小嶋（二八六）
山鳥《どち》のきひの小しまを過てゆかは
　つくしの小しまおもほえんかも
　　〔万六〕（大伴卿）

筑紫国（二八九）
大君のとほのみかとゝしらぬひの
　つくしの国になくこなす
　　〔万六〕（大宰帥大伴卿）

国違

	一夜川（筑後国へ―筆者注）	水嶋（肥後国へ―筆者注）
名所歌枕（伝能因法師撰）		
謌枕名寄		水嶋（一二〇七） き丶しことまことたふとくあやしくも 神さひおるかこれのみつしま 〔万三〕 あしきたの野さかの浦にふなてして みしまにゆかん浪たつなゆめ 右二首長田王被遣筑紫渡水嶋時哥 あまはみなみつしまにゆけあしきたの 野さかのうらに舟ものこらす
類字名所和歌集		
増補松葉名所和歌集	一夜川（七四三） 名に高き秋のなかはのひとよ川 ことはりしるくすめる月哉 〔現六〕（顕氏） なかれ来てのこるもとしの一夜川 重なる老の波やこえまし 〔文明百首〕（海住山大納言） たのましななれし名残のひとよ川 枕にさはくみなと有とも 〔夫木〕（後九条）	

未勘

	緒河橋
名所歌枕（伝能因法師撰）	
謌枕名寄	緒河橋（一二一〇） つくしよりこ丶まてくれとつとりなし たちのおかわのはしのみそある （業平）
類字名所和歌集	
増補松葉名所和歌集	

	子〔粉〕難〔潟〕〈ノ〉海	許能紀〔記〕〈能〉山	許能本山	嶋浦
名所歌枕（伝能因法師撰）	子難海（四〇四・四〇八） 紫のこかたの海にかつく鳥 玉かつき出は我玉にせん 〔万葉十六〕（よみ人不知） わきも子をよそのみやみんおちの海の こかたの海の嶋ならなくに 〔万葉十二〕（よみ人不知）	許能紀山（四〇五） 梅の花ちらくはいつくしかすかに このきの山に雪は降つゝ 〔万葉五〕（大伴百代）	許能本山（四〇四） おふしもとこのもと山の真柴にも のらぬ妹かなかたに出んかも 〔万葉十四〕（人丸）	嶋浦（四〇〇） 大和路の嶋の浦はによする浪 あひたなけん我恋まくは 〔万葉四〕（よみ人不知）
謌枕名寄	粉潟海（一一〇二） むらさきのこかたの海にかつくとり たまかつきてはわかたまにせん 〔万十六〕（憶良）	許能記能山（一一九三）八雲御抄在之 梅のはなちらすはいつこしかすかに このきの山に雪はふりつゝ 右太宰輔大伴卿宅宴梅花哥廿六首内 〔万〕		嶋浦（一二〇三）八雲御抄万葉哥可勘之 やまとちのしまのうらはによする波 あひたもなけんわかこひまくは やまとちのさほの山風吹にけり しまのうらはももみちちりしく 〔万代〕（素性）
類字名所和歌集				
増補松葉名所和歌集	子難〈ノ〉海（五一八） むらさきのこかたの海にかつく鳥 玉かつき出は我玉にせん 〔万十六〕 わきも子をよそのみや見んおちの海の こかたの濱の嶋ならなくに 〔万十二〕	許能紀山（五一一） 梅の花ちらくはいつくしかすかに このきの山に雪は降つゝ 〔万〕（大伴苗《マヽ》代）	許能本山（五一一） おふしもとこのもと山の真柴にも のらぬ妹かなかたに出んかも 〔万〕（人丸）	嶋浦（七一四） やまと路のしまの浦わによする波 あひたもなけん我恋まくは 〔万四〕 大和路のさほ山あらし吹にけり 嶋の浦わに紅葉ちりけり 〔万代〕（素覚法し）

木綿間山

木綿間山（四〇九）
恋つゝもおらんとすれとゆふま山
隠れし君を思ひかねつも
〔万葉十四〕（人丸）
よしえやし恋しとすれとゆふま山
越にし君かおもほゆるかも
〔万葉十二〕（よみ人しらす）

木綿間山（六三八）〈未勘〉或筑前
恋つゝもをらんとすれとゆふま山
かくれし君をおもひかねつも
〔万十四〕
ゆふま山松の葉風に打そへて
蟬のなくねも峯わたるらん
〔六百番〕（顕昭）
月くさの花田の帯のゆふま山
たえぬるつまを鹿やまつらん
〔名寄〕
神無月ゆふまの山に雲かゝる
ふもとの里やしくれそむらん
〔堀百〕（顕仲）
さても猶とはれぬ秋のゆふは山
空吹風も峯にみゆらん
〔新古〕（家隆）
ゆふは山けふ越くれはたひ衣
すそ野の風にをしかなく也
〔新後撰〕（入道前太政大臣）

福岡県　筑後編

筑後国は、七世紀後半に筑紫国が分割され、筑前国と共に成立した。『**倭名類聚鈔**』によれば、十郡五十四郷が存在したと言う。鎌倉時代になると、大友氏、北条氏、少弐氏、宇都宮氏、再び北条氏と守護職が継がれたが、南北朝時代の混乱、室町時代の大友氏の支配、同末期の島津氏の侵攻を経て、江戸時代には久留米、柳河、三池の三藩が置かれた。明治四年（一八七一）の廃藩置県により三藩はそれぞれ県となり、さらに四ヵ月後に三潴《みづま》県として統合された。一時肥前国（佐賀県）の九郡を併合するも、再び分離して明治九年（一八七六）に福岡県に編入された。

東は豊後国（大分県）、西は肥前国、南は肥後国（熊本県）、そして北は、ほぼ筑後川を挟んで筑前国に接する。南西は筑後川が注ぐ有明海が広がる。

文明元年（一四六九）、三池郡稲荷《とうか》村で農夫により「燃ゆる石」が発見され、十八世紀に本格的に採掘が始まった三池炭鉱は、昭和三十五年（一九六〇）の大労働争議、同三十八年（一九六三）の四百五十八人の犠牲者を出した炭塵爆発事故等を経て、平成九年（一九九七）、国の石炭政策の転換により閉山した。閉山は止むを得ないとしても、大争議、大事故の記憶が時代と共に風化していくことに、その世代を生きた筆者としては考えざるを得ない。

寛政十一年（一七九九）頃、十二歳の少女・井上伝が考案した久留米絣は、藩の産業として発展したが、第二次大戦後の洋装化で需要が大幅に減少し、現在の生産は少量ではある。それでも、伊予絣、備後絣とならんで日本三大絣の一つとされている。

なお筑前国には、未勘も含めて六十ヶ所ほどの歌枕の地があるが、筑後国には五ヶ所（確定は二ヶ所）しかない。

再度時を改めて探索したい。

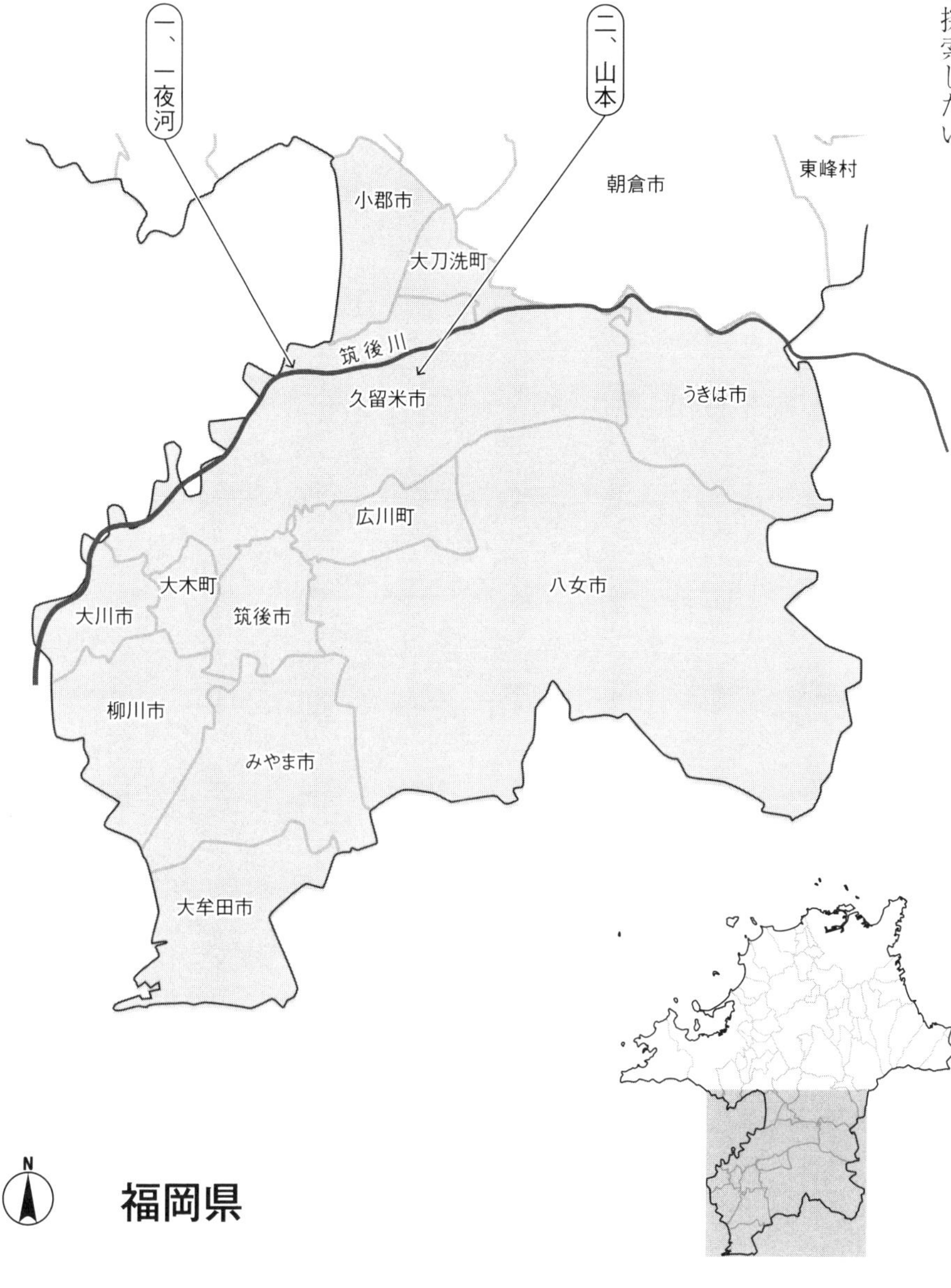

一、一夜河《ひとよがわ》〔川〕（併せて千年河）

筑前国五十四で、一夜河は筑後川の異名であると紹介した。

筑後川は、その流域で様々に名を変える。水源の熊本県阿蘇外輪山から同県阿蘇郡南小国町役場の辺りまでが田の原川、北流して大分県日田市との県境の梅林湖までが杖立川、そこからは大山川と名を変えて日田市中心部近くまでほぼ北に向う。そこで大分県九重山を源とする玖珠川を合わせ三隈川となり、日田市西部で花月川と合流して始めて筑後川となり、筑後国の北から西の境を周って、福岡県柳川市と佐賀県佐賀市の市境となって有明海に注ぐ。筑紫次郎とも呼ばれて、利根川（坂東太郎）、吉野川（四国三郎）と並んで日本三大暴れ川とされる。総延長百四十三キロメートル、流域面積二千八百六十平方キロメートルの、名実共に一級河川である。なお余談であるが、日本三大河川は信濃、、利根、石狩、日本三大急流は最上、富士、球磨の各河川である。

松原ダムと梅林湖

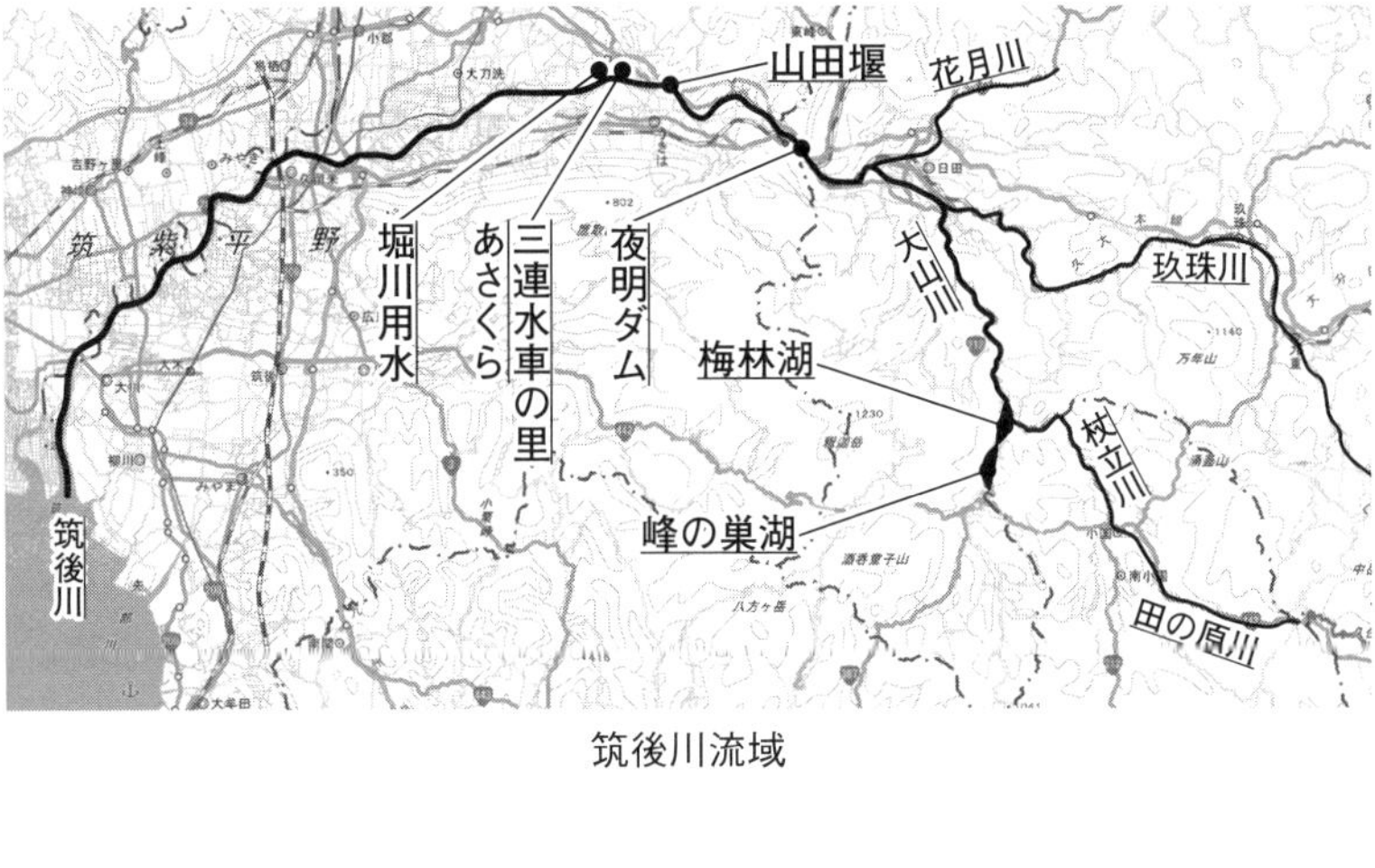

筑後川流域

夜明ダム

また、時代によっても様々に呼ばれてきた。洪水によって一夜にして流域が一変するが故の名の一夜河は、「筑前国五十四」で既に述べた。他にも千歳河《ちとせ》（千年河とも）、筑間河《ちくま》等が見受けられる。なお後述するが、千年河も歌枕である。

大分県日田市中心部から南に国道二百十二号線が走る。二十キロメートルほどであろうか、国道に添って流れる大山川の起点となる、松原ダムが堰き止める梅林湖が水を湛える。周囲を取り巻く山々は見るからに深く、人造湖が築かれる以前はまさに秘境であったと想像できる。

筑後川は日田市西部からの名称であることは先に述べた。市の最西部で、大分自動車道、ＪＲ九大本線、国道三百八十六号線、筑後川、同二百十号線が寄り添うように併走する区間が二キロメートルほど続くが、その区間の西に、昭和二十七年（一九五二）から僅か二年間で完成した発電専用の夜明ダムがある。

筑前編五十一の「木《ノ》円〔丸〕殿」の項で紹介した、恵蘇八幡宮の足下を流れる筑後川には、寛政二年（一七九〇）に上座郡大庭村の庄屋・古賀百工によって築かれた山田堰が流れを調整する。以後上座、下座の両群一帯は旱魃を案ずることが無くなったとのことである。

また朝倉市山田に、国道三百八十六号線と県道十四号・鳥栖朝倉線に挟まれて、「三連水車の里あさくら」がある。地元の農産品、特産品、惣菜などの物産館で、多目的広場やビオトープ池を備え、買い物だけでなく、手軽に行楽を楽しむ家族連れで賑う。この施設の南側には、今でも筑後川流域、とりわけ朝倉市付

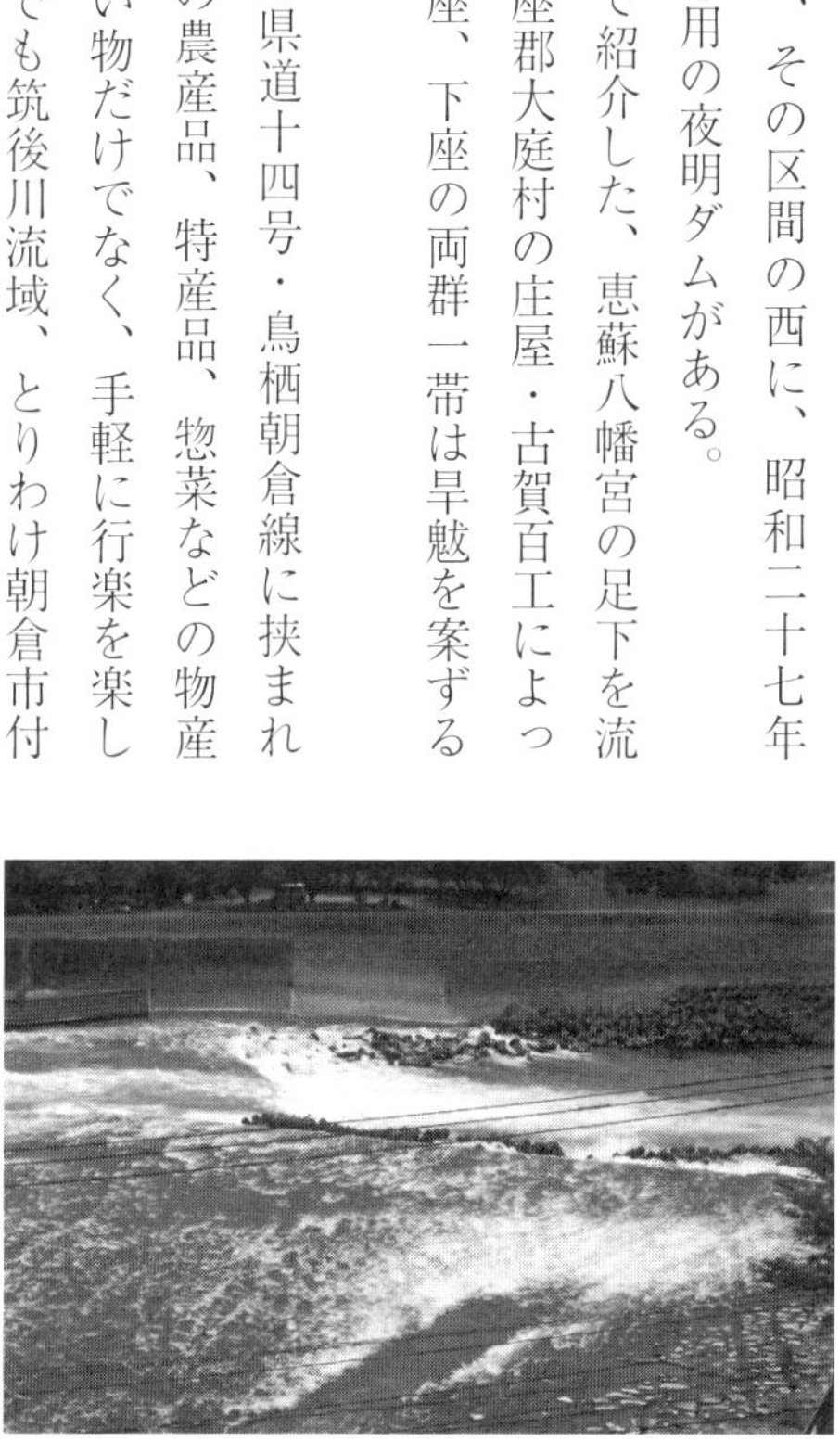
山田堰

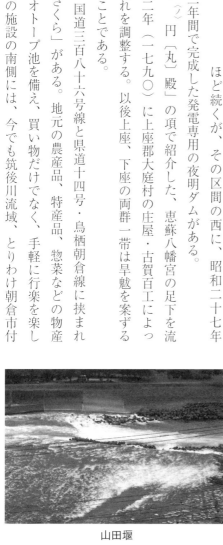

三連水車

近で利用される灌漑用水車のうち、三連のレプリカが訪れる人々の目を見晴らせている。

はるか下って河口付近は川幅広く、流量の豊かさを識ることができる。最も下流に架かる、県道十八号・大牟田川副線に設けられた新田大橋が八百十八メートル、河口部では一キロメートルを超えると思われる。全流域にわたって歌枕に相応しい規模、景観を有する川である。

これほどの大河でありながら、詠み込まれた歌は多くない。一夜川としては、**『現存和歌六帖』**から顕氏とあるから**紙屋河顕氏**であろうか、「名に高き秋のなか《半》は《ば》の一夜川　ことはりしる《著》くすめ《澄》る月哉」が『名寄』、『松葉』に載るほか三首が、また筑後川の古称である千年河を詠み込んだ、**『夫木和歌抄』**の光明峯寺、即ち**藤原道家**の

「君か《が》為かきり《限》もあらし《じ》ちとせ《千年》河ゐせき《井堰》の浪の幾めくり《巡》とも」も『松葉』に収められる。

なお、平成二十九年（二〇一七）七月五日の集中豪雨で、筆者が辿った道筋一帯が甚大な被害に見舞われた。心からお見舞い申し上げ、一日も早い復旧を願ってやまない。

筑後川上流辿れば様々に　名を変え居たり肥後の国より
朝倉に堰や水車を設へて　筑後の川の水治め居り

筑後川河口新田大橋

幾筋も流れを集め筑後川　大河となりて有明海に注ぐ

二、山《やま》本《もと》

『**万葉集**』巻第三に、高市連黒人《たけちのむらじくろひと》の詠んだ羇旅歌八首が載るが、その冒頭歌が以下である。なお解説の必要上、**仙覚**の**新点**本の最古の写本である西本願寺本（岩波書店『日本古典文学大系4』より）からの漢字表記も付記した。即ち「旅にして物戀《こほ》しきに山下《やました》の　赤のそほ（赭）船沖へ漕ぐ見ゆ（客為而　物戀敷尓　山下　赤乃曾保船　奥榜所見）」である。この歌が『能因』、『松葉』に収められるが、第三句目が、『能因』は「山もとの」、『松葉』は「山本の」とされている。伊藤博はこれを「山の下」と解し、歌枕とせず、さらに羇旅歌の冒頭歌である故に、詠んだ地も特定できないとする。

一方『松葉』には、『宝永御着到』から、「御製」とあるから察するところ**東山天皇**の作と思われる、「山本にた（立）つ川霧もほの〲《ぼの》と　朱のそほ（赭）舟色そ《ぞ》見えゆく」、桃蘂集から**霊元院**の、「降《ふり》（初）そめてつもり（積）もあ（敢）へ《え》ぬ山本の　雪を見せたる朱のそほふね（赭舟）」等が並ぶ。天皇の歌、それも古い時代ではなく、近世の歌が誤って収載されるとは考えにくく、「山本」は間違いなく筑後の地であろう。なお、三首に共通に詠まれる赭《しゃ》舟は、魔よけと防腐のために赭（＝赤土）を塗った舟のことで、官船に多く見られたという。

ところで、筑後国には十郡が置かれていたことは編頭に述べたが、その中に山本郡があった。地域としては現在の久留米市の、概ね中心部から東、大橋町辺りまでであったと推測される。さらに中世には郷も成立した。市の町名には山本町《やまもとまち》豊田、山本町耳納《みのう》があり、名残りとも思える。この辺りを筑後国の歌枕「山本」と比定した。

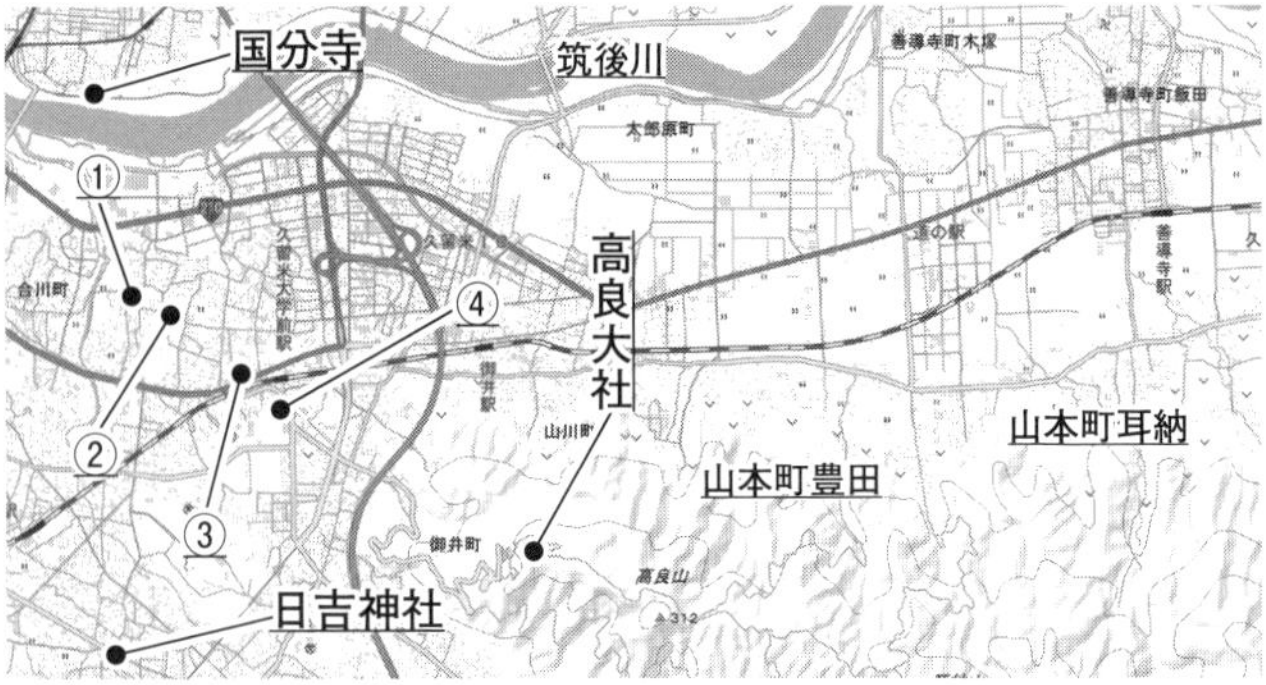

久留米市ＩＣ付近（①～④は国府の変遷地）

この地域周辺には、国府跡、国分寺跡があり、ここ山本は古くから筑後国の中心であった。

国府跡は、昭和三十六年（一九六一）から九州大学によって始められ、その後久留米市教育委員会によって続けられた発掘調査により、その全貌が明らかになりつつある。その結果、初期の国府は合川町古宮地区に、八世紀中頃には同町阿弥陀地区に遷ったが、天慶四年（九四一）の**藤原純友**の乱により焼失、六百メートルほど東の同市朝妻町に再建され、さらには、延久五年（一〇七三）に同市御井町に遷ったことが判明している。合川町コミュニティーセンターには解説板が立てられ、その東の広場には筑後国府跡を示す石柱が建つ（地図中①～④）。

筑後国府跡

一方国分寺は、現在は筑後川の北岸、同市宮ノ陣五丁目に鎮座するが、旧国分寺

現・国分寺

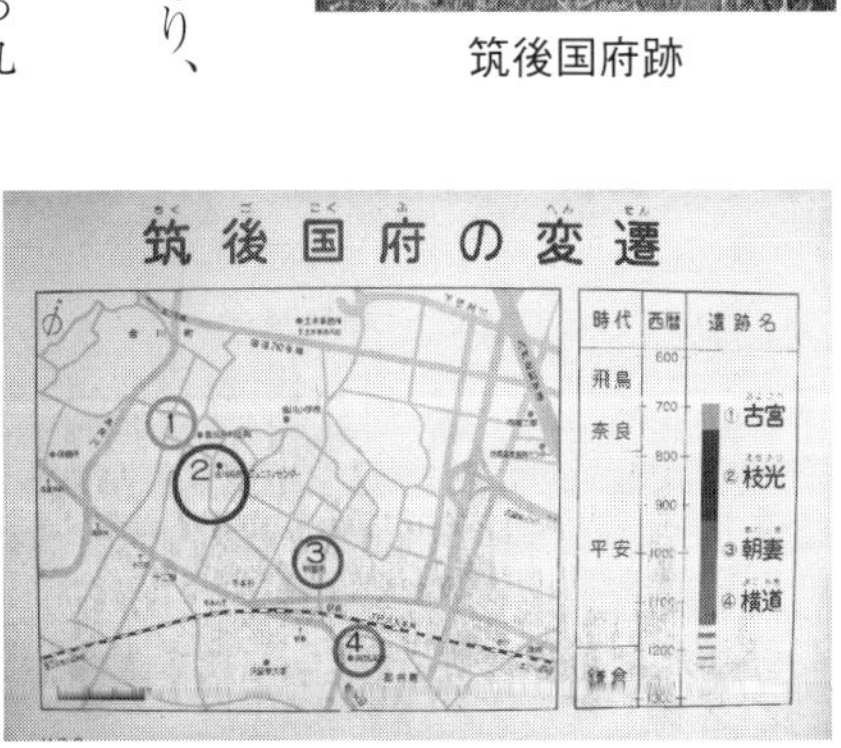

筑後国府の変遷

旧国分寺跡に建つという日吉神社

旧国分寺僧堂跡の石柱

跡は、国分町にある日吉神社の境内とその周辺から遺跡が発掘され、遺物が発見されている。

少し周辺に目を向けて、JR九大本線・久留米大学前駅の南から県道七百五十号・御井諏訪野線を辿ると高良大社に至る。社伝によると、創建は**仁徳天皇**五十五年（三六七）とも七十八年（三九〇）ともされるが、鎮座する高良山（標高三百十二メートル）からの出土品からは、さらに遡ることが推測されているという。筑後国一の宮と称えられ、皇室の尊崇も篤く、鎌倉時代までの造営は全て勅裁によって行われたという。現在の社殿は、第三代久留米藩主・有馬頼利によって万治四年（一六六一）に完成した。柿葺、権現造の美しい建ち姿で、国の重要文化財に指定されている。

訪れた時、本殿、幣殿、拝殿はあいにく平成の大修理中で、全てが工事用の防護資材によって覆われ、その前面の中門と透塀を拝観したのみであった。平成三十年春には工事が完了するとのことである。

山本は歌枕なりやと悩みたり　地名ならずと説く人ありて

何故か筑後国府の次々と　移転重ねし山本辺り

完成予想の図

修理中の高良大社社殿

改修の覆ひに隠れて観るを得ず　山本に近き大社の社殿

国違

三、速見浦《はやみのうら》（併せて同里、同濱、同浦）

『能因』、『松葉』に、『**万葉集**』巻第一の「我妹子を早見浜風大和なる　我れ松椿吹かずあるなゆめ（私が妻を早く見たいと思う、その心を受ける早見の浜の風よ、大和で待つ松や椿を吹き忘れるではないぞ）」が収められる。**長皇子**《ながのみこ》の作である。この歌中の「早見」につき、伊藤博は『萬葉集釋注』において「大阪市住吉付近の地名であろうが、所在未詳」とする。

また、『能因』、『名寄』には、『**夫木和歌抄**』から**藤原高遠**の、「何事のゆかしければか道遠み　はやみの里に急ぎ来つらん」が載る。この「はやみの里」につき、『和歌の歌枕・地名大辞典』には、太宰府にあった里、あるいは豊後国速見郡の村里とある。

さらに『松葉』には、『**良玉集**』から**藤原公任**の、「我妹子をはやみの浦の思ひ《い》草　しける〔繁〕もまさる恋もする哉」が収められるが、これについて『和歌の歌枕・地名大辞典』は、先出の豊後国速見郡の別府湾に面した海浜部とする。

筑後国に速見という名の地名が見当たらず、また手にした諸文献にも記載はない。他方、大分県には速見郡が今でも実在し、また宇佐別府道路から日出バイパスが分岐するインターチェンジの名も速見であり、加えて、江戸末期に村上忠順が著した『名所栞』は、豊後国の歌枕としている。以上のことから、本書も豊後国に項を立てる。

未勘

四、取替河《とりかえがわ》〔川〕

『**万葉集**』巻第十二の「川に寄せる恋の歌」十首の最後の、「洗ひ《い》衣《きぬ》取替川の川淀の　淀まむ心思ひ《い》かねつも」が、『能因』、『松葉』に載るが、『松葉』には「大和或河内」と注書がある。また伊藤博は「所在未詳。大和または摂津とする説がある。」と補注する。筑後国の地図にそれらしき地がない故、未勘とせざるを得ない。

五、長《なが》濱《はま》

『**年中行事歌合**』に「初春のちよ《〔千代〕》のためし《〔例〕》の長濱に　つれる《〔釣〕》はらか《〔腹赤〕》も我君のため」が載る。「はらか」は腹の赤い魚のことで、昔は節会などに供されたと言う。同歌合には、「**景行天皇**の代、筑後国宇土郡長浜にて此魚をつりたてまつりけるを、年ごとの節会に供すべき由定めおかれたるなり」と解説する。これにより歌意は明瞭になったのだが、歌枕の地に関しては、混乱の因となる。即ち、筑後国にありとする宇土郡は、実は肥後国の郡なのである。熊本市の南、天草諸島に連なる半島部にあった。しかし、肥後国の歌枕に長濱の名はない。筑後国の領域で「長浜」の地名を挙げるとすれば、筑後市役所の東、山ノ井川の南岸に町名があるが、歌枕の地と比定する根拠はない。よって現在のところ未勘とする。

筑後国歌枕歌一覧（名所の数字は各歌枕集収載ページ）

	一夜河〔川〕（併せて千年河）	山本
名所歌枕（伝能因法師撰）		**山本**（四一〇） 旅にして物恋しきに山もとの あけのそほ舟奥に漕みゆ 〔万葉三〕（よみ人しらす）
謌枕名寄	**一夜河**（一二一一） 名にたかき秋のなかはの一夜川 ことはりしるくすめる月かな （顕昭） 我君のなかれひさしきちとせ川 なみしつかなる世につかへたる （洞院）	
類字名所和歌集		
増補松葉名所和歌集	**一夜川**（七四三）（筑前国より—筆者注） 名に高き秋のなかはのひとよ川 ことはりしるくすめる月哉 〔現六〕（顕氏） なかれ来てのこるもとしの一夜川 重なる老の波やこえまし 〔文明千首〕（海住山大納言） たのましなれし名残のひとよ川 枕にさはくみなと有とも 〔夫木〕（後九条） **千年河**（一〇三）或丹波 君か為かきりもあらしちとせ河 ゐせきの波の幾めくりとも 〔夫木〕（光明峯寺）	**山本**（四四九） 旅にして物恋しきに山本の 朱のそほ舟興に漕見ゆ 〔万三〕 山本にたつ川霧もほの〳〵と 朱のそほ舟色そ見えゆく 〔宝永御着到〕（御製） 山もとの朱のそほふね紅葉ゝに いつわかれゆく秋のうら風 〔百首〕（心敬） 降そめてつもりもあへぬ山本の 雪を見せたる朱のそほふね 〔桃蘂〕（霊元院）

国違

速見浦（併せて同里、同濱、同浦）（豊後国へ―筆者注）

名所歌枕（伝能因法師撰）

速見浦（四〇九）
なに事もゆかしけれはや道遠み
　はやみの里に急きつらん
　　〔夫木〕（高遠）
吾妹をはやみ濱風やまとなる
　吾松椿ふるさるなゆめ
　　〔万葉一〕（長皇子）

謌枕名寄

速見里（一二一一）又近江有之
なにこともゆかしけれはやみち遠み
　はやみの里にいそききぬらん
　　（高遠）
おほつかな我ことつてもほとゝきす
　はやみの里にいかになくらん
　　（実方）

類字名所和歌集

増補松葉名所和歌集

速見濱（六二）
わきも子をはやみ濱風やまとなる
　我《わを》松椿ふかざるなゆめ
　　〔万一〕（長皇子）
速見里（六八）或近江
おほつかな我ことつても時鳥
　はやみの里にいかになくらん
　　〔名寄〕（実方）
速見浦（六二）
わきも子をはやみの浦の思ひ草
　しけるもまさる恋もする哉
　　〔良玉〕（公任）

未勘

取替河〔川〕

名所歌枕（伝能因法師撰）

取替河（四〇九）
あらひきぬとりかへ川の河淀に
　絶さらん心思ひ兼つも
　　〔万葉十二〕（よみ人しらす）

謌枕名寄

類字名所和歌集

増補松葉名所和歌集

取替川（九三）大和或河内
あらひきぬとりかへ川のかはよとに
　絶さらん心おもひかねつも
　　〔万十二〕

長濱	
	名所歌枕（伝能因法師撰）
	歌枕名寄
	類字名所和歌集
長濱（三一〇） 初春のちよのためしの長濱に つれるはらかも我君のため ［年中行事歌合］（善盛）	増補松葉名所和歌集

福岡県　豊前編

七世紀末、それまでの豊国が豊前国と豊後国に分割された。和名は「とよくにのみちのくち」と詠む。福岡県北九州市の小倉北区、香春町《かわらまち》、大任町《おおとまち》、添田町から東、周防灘に至る福岡県東部と、大分県中津市、宇佐市を領域とする。即ち福岡・大分両県にまたがるのである。旧郡は北から、企救《きく》、京都《みやこ》、仲津、田河、築城《ついき》、上毛《かみけ》の六郡が福岡県、下毛《しもつけ》、宇佐二郡が大分県に属する郡名である。江戸時代は、福岡六郡は小倉藩（約四十万石）と小倉新田藩（一万石）、大分二郡は中津藩（八万石）が支配した。明治の廃藩置県により豊津県、千束県、中津県、厳原県飛地に分割され、直後の第一次府県統合で全域が小倉県に、さらに明治九年（一八七六）の大二次府県統合で福岡県の管轄に、同年、下毛、宇佐両郡が大分県に移管された。

豊前国の国府、国分寺は福岡側、京都郡みやこ町《まち》にあったとされる（「六、香春」に記述）。

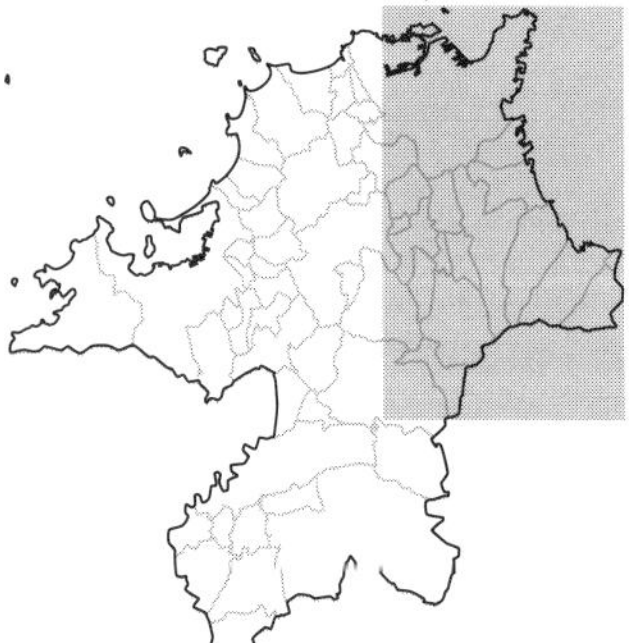

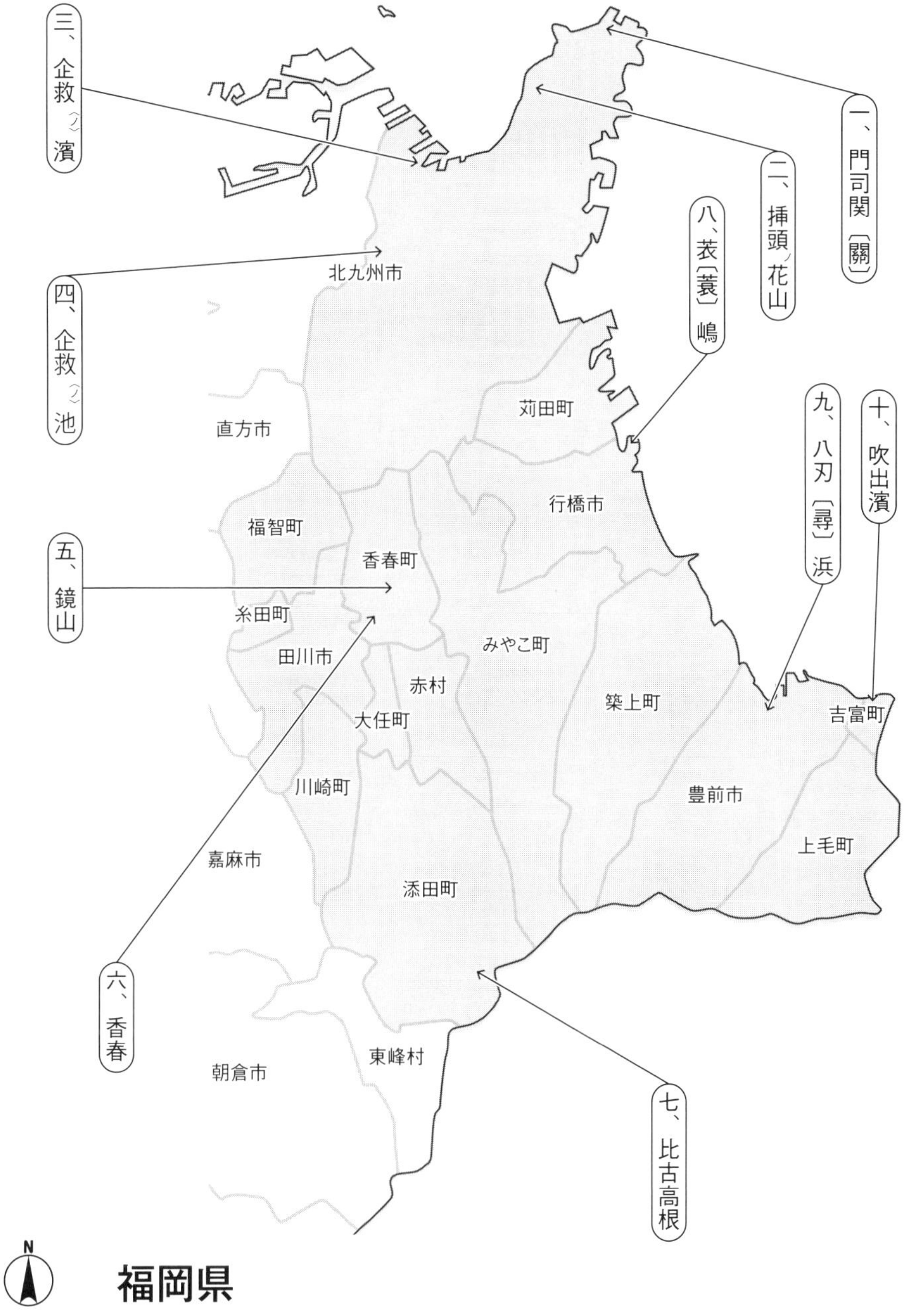
一、門司関〔關〕
二、挿頭ノ花山
三、企救ノ濱
四、企救ノ池
五、鏡山
六、香春
七、比古高根
八、蓑〔蓑〕嶋
九、八刃〔尋〕浜
十、吹出濱
北九州市
直方市
苅田町
行橋市
福智町
香春町
糸田町
田川市
みやこ町
赤村
大任町
築上町
吉富町
川崎町
豊前市
上毛町
嘉麻市
添田町
東峰村
朝倉市
N

福岡県

一、門司関《もじのせき》〔關〕

門司関を歌枕とする歌は、手元の歌枕集のうち『能因』を除く三冊に十二首が収められる。『名寄』、『類字』、『松葉』共通に、**藤原顕輔**の「恋すてふもし《（門司・文字）》の関守幾度か　吾書きつらん心つ《づ》くしに」、入道前太政大臣とあるから**西園寺公経**《きんつね》の「春秋の雲井のかり《（雁）》もとゝ《（留・停）》まらす《ず》　誰玉章《たがたまづさ》のもし《（門司・文字）》の関守」が載る。

ところで『名寄』は、この「門司関」を長門国の歌枕としているが、これは編者（一説に**澄月**）の誤りであろう。筆者もこれにつられて、先著の『歌人が巡る中国の歌枕・山陽の部』の長門編の末尾に項を立てたのである。記述内容が重複する部分があることはご容赦頂きたい。

本州の西端・下関から九州に渡るには、海路以外に四路線ある。

最も古いのは、山陽本線が通る鉄道用の関門トンネルである。昭和十七年（一九四二）に下り線が、二年後に上り線が開通した。即ちトンネル部は上下それぞれ単線なのである。

次が昭和三十三年（一九五八）に開通した、国道二号線が九州側で三号線に接続するための関門国道トンネルである。上下の二層構造で、上部は車、下部は人の通行用である。

昭和四十八年（一九七三）には、中国自動車道と

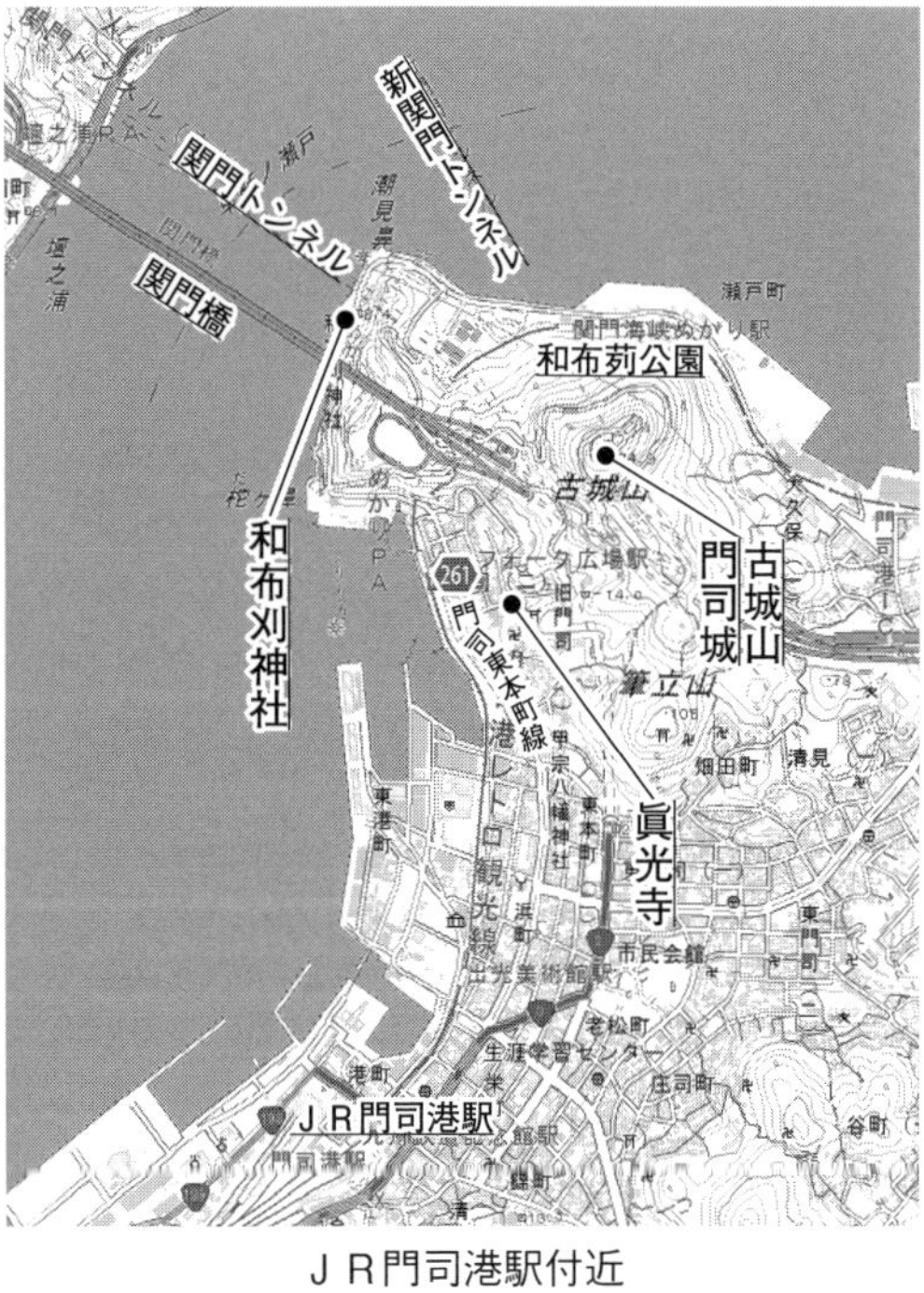

ＪＲ門司港駅付近

文字ヶ丘公園門司関址

九州自動車道の間の関門自動車道に供される関門橋が開通した。

そして昭和五十年（一九七五）、山陽新幹線の新関門トンネルが開通した。

歌枕集に載る歌の詠まれた時代は、関門海峡を渡るのは海路でしかなく、潮流も速く、また特に冬季に響灘から吹きぬける北西の季節風は強く、困難な渡航であっただろうことは想像に難くない。当時の詠者は、現在の海峡を渡る手立ての豊かさを如何に見るだろうか。

ＪＲ門司港駅の北、県道二百六十一号・門司東本町線沿いに文字ヶ丘公園があり、「門司関址」の石柱が建つ。傍らの解説版には、関は大化二年（六四六）に設置されたとあり、さらには**源俊頼**が、大宰権帥であった父・経信の死によって帰京する途に、この地で詠んだ「行き過ぐる心は門司の関屋より　と、めぬさへに書きみたりけり」が刻まれる。なお、この歌は『松葉』に収められている。

文字ヶ丘公園からさらに海峡を左に見ながら道なりに進むと、関門橋を潜った先の海側に和布刈《めかり》神社が建つ。源平の最後の合戦である「壇ノ浦の戦い」の前夜、平家が戦勝を祈願して酒宴を開いたとされる。創建は古く、**仲哀天皇**九年（二〇〇）とのこと、海峡の守護神として崇められてきた。「和布刈」は「海布刈」とも書き、ワカメを刈ることで、毎年正月元旦の未明に、神職三人が神社前の海からワカメを刈り採って神前に供える「和布苅神事」は、福岡県の無形文化財に指定されている。

神社の東には、標高百七十五メートルの古城山《こじょうざん》が聳え、山頂には、元暦二年

和布刈神社の社殿

門司城の跡

和布刈公園から見た関門橋

（一一八五）に平知盛が築かせたとされる門司城の跡を示す石柱が建つ。一帯は和布刈公園として整備され、関門橋を足下に見る海峡の眺めは素晴らしい。

古城山の南麓には、眼前の海峡を硯の海と見立て、後背の筆立山、文字ヶ関がまさに文字ということで、文房四宝の残る一つの「墨」を顕す薄墨桜を境内に植え込んだ眞光寺、また平知盛の墓のある甲宗八幡神社など、訪れる場所には事欠かない。

眞光寺

甲宗八幡神社

平知盛の墓

古の海道見張りし門司の関　陸路の今は史の跡なり

海・空の青に映え居る朱の社殿　史長く建つ門司関近く
門司関を囲みて由緒ある寺社の　数多のありて訪ひ参りたり

二、挿頭ノ《かざしの》花山《はなやま》

巌流島

佐々木小次郎と宮本武蔵の決闘で有名な巌流島は、ＪＲ門司港駅から小倉方面に向って約二・五キロメートルほどの浜の沖に浮かぶ。もともとは一万七千平方メートル程度の広さであったが、大正年間に、船の航行に障害となっていた直近の岩礁を除去、同時に埋め立てが行われて、現在は約六倍の十万平方メートルである。最高部でも海抜十メートル以下の平坦な島で、今は無人、島の周囲は遊泳禁止、島内禁煙である。所属は対岸の下関市で、正式名称は船《ふな》島である。

その巌流島からほぼ東の海岸の後背に、標高三百六十二・二メート

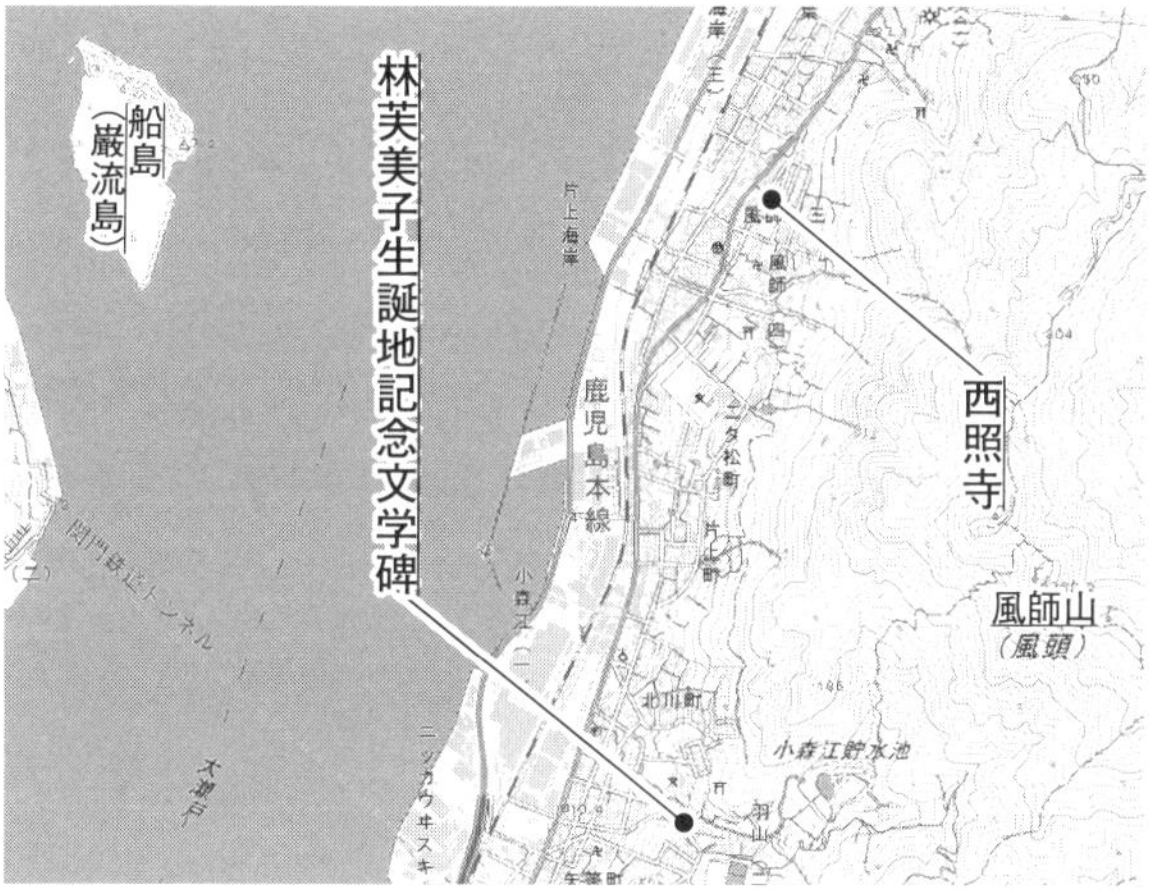

巌流島付近

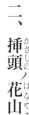

ルの風師山《かざし》が聳える。『松葉』に『**夫木和歌抄**』から、**橘俊綱**の「春の日のかさし《挿頭》の山のさくら《桜》花　ちり《散》かふ《交う》ごと《毎》におもかけ《面影》にたつ《立》」が収められるが、歌中の「かさしの山」がこの風師山で、歌枕「挿頭〈ノ〉花山」である。

この風師山の西南の麓近く、北九州市立小森江西小学校の奥手の小公園の一角の、良く整備された植え込みの木々に囲まれて、昭和四十九年（一九七四）に建てられた**林芙美子**生誕地記念文学碑がある。碑面には、芙美子の作「いづくにか　吾古里はなきものか　葡萄の棚下に　よりそひて　よりそひて　一房の甘き実を食み言葉少なの心安けさ　梢の風と共に　よし朽ち葉とならうとも　哀傷の楽を聴きていづくにか　吾古里を探しみむ」の詩が刻まれている。「私は古里を持たない」と言い、自らを「宿命的に放浪者」と称する芙美子の心情が偲ばれる詩である。

林芙美子生誕地記念文学碑

林芙美子は、『放浪紀』冒頭の「放浪記以前」で、「私が生れたのはその下関の町である」と記している。九州桜島の温泉宿の娘であった母が、伊予の太物（綿織物と麻織物の総称、これに対して絹織物を呉服という）行商人と一緒になったことで鹿児島を追放され、落ち着き場所を求めたのが山口県下関であったのである。

しかし没後二十年余、生前に親交のあった門司の医師・井上貞邦氏の研究により、当時の門司市小森江のブリキ屋の坂東忠嗣宅の二階で生まれたと判明した。文学碑の建つ小公園から四百メートル程という。ただし出生届は、母方の叔父の戸籍に「林フミ子」、明治三十六年（一九〇三）十二月三十一日誕生として届けられた。

なお、ＪＲ門司港駅の直近に、大正十年（一九二一）に山手の谷町に三井物産門司支店社交倶楽部として建てられ、平成になって移築された国の重要文化財の旧門

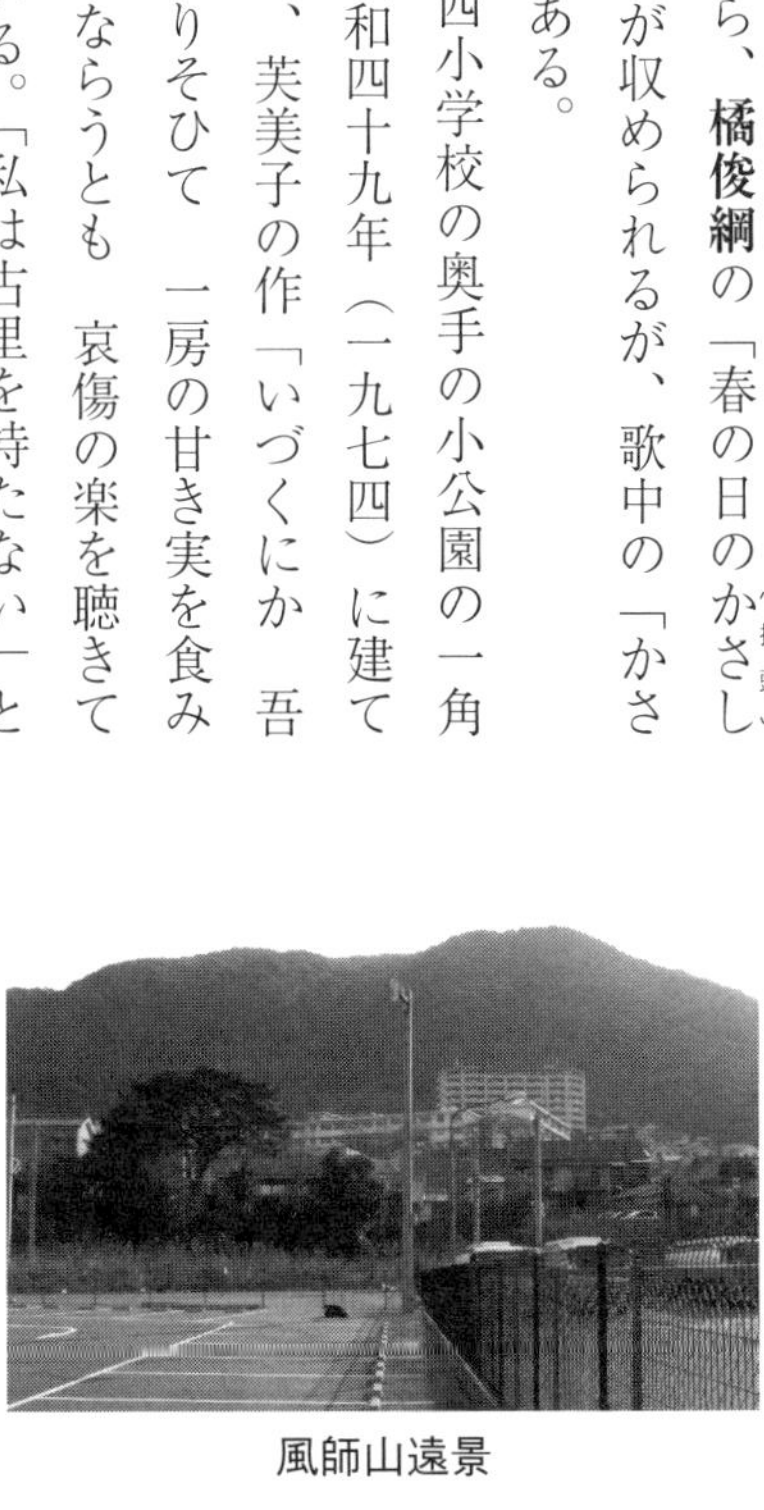

風師山遠景

司三井倶楽部があり、その二階には「林芙美子資料館」が開設されている。

　ところで、この歌枕「挿頭ノ花山」を彩る神社仏閣、史跡等を探したが、国道三号線沿いに落ち着いた佇まいを見せる由緒不明の西照寺を参拝したのみで、残念ながらこれと言えるものは見当たらなかった。

聳えたる挿頭の花山剣豪の　刀合せし島を見下ろす
古里を持たぬと云ひし芙美子の碑　挿頭の山の裾に建ち居り
訪ぬれど史物語る証なし　歌の枕の挿頭の山に

西照寺

三、企救《きくの》〈ノ〉濱《はま》（併せて同長浜、同高浜、同ノ浦、間・〔之〕〈ノ〉濱〔浜〕）

『**万葉集**』巻第七に、「豊国の企救の浜辺の真砂地《まなごつち》　真直《まなほ》にしあらば何か嘆かむ」が載るが、この歌の第二句を「まヽの濱へ」として『能因』、『松葉』に、そして「まのヽはまへの」として『名寄』に、順に「間〻濱」、「間〻ノ濱」、「間之浜」と項立てされて収められる。しかし原歌を見る限り、古い時代の書写の誤りが、後世の歌枕集の編纂にまで影響したと判断するが如何であろうか。

　このことはさておいて、「企救」を冠する地名を詠み込んだ歌は多い。ただし、『能因』に載る『**万葉集**』巻第十六の「豊国の企救の池なる菱の末《うれ》を　摘むとや妹がみ袖濡れけむ」を、『名寄』、『松葉』は次項の「企救〈ノ〉池」に収載している。これを除いても、冒頭の巻第七の歌を含めて『**万葉集**』から四首、その他の歌集から七首が収載

ＪＲ小倉駅付近

される。

昭和五十一年（一九七六）に発行された『九州万葉の旅』において前田淑は、「企救の浜と呼ばれた海岸は、おそらく延命寺の辺りから紫川の辺までを指したのではないか」と推定している。

延命寺は、国道三号線を門司方面から小倉に向い、並走するＪＲ鹿児島本線が、東小倉駅の東で一瞬、二百メートルほど離れる辺り、小倉区上富野四丁目の国道南沿いの小高いところに建つ。山門脇の案内板によると、延暦二十一年（八〇二）、入唐を前にした**最澄**が豊前国下毛郡の亀山八幡大菩薩の庵に参篭し、一夜霊夢に感じ寺を山下に建て、大菩薩像を安置したのが寺の起源という。その後の荒廃、戦禍、遷移を経て、この地に落ち着いたのは明治以降らしい。山号の「東北山」は、この寺が小倉城の鬼門の東北に位置する故である。宗派は、禅宗五派のうちの一派である臨済宗から明治九年（一八七六）に独立した黄檗宗《おうばくしゅう》である。京都宇治市の萬福寺を総本山として、全国に約五百の末寺あるという。禅寺に相応しく、堂宇も寺庭も落ち着いた雰囲気である。境内には、**松尾芭蕉**の系列の小倉俳壇の松尾木父が建てた「古池や蛙飛び込む水の音」の句碑が建つ。

ＪＲ鹿児島本線・小倉駅の東五百メートル余り、国道百九十九号線とＪＲ線の間の住宅

延命寺

芭蕉句碑

小倉城天守閣

貴船神社

万葉歌碑

地の一角に、貴船神社が静かに鎮座している。由緒等は不明であるが、境内には、「豊国の企救の長浜ゆきくらし　日の暮れぬれば妹をしぞ思ふ」が刻まれた碑が建っている。『能因』、『名寄』に収められる**『万葉集』**巻第十二の歌である。

紫川は、JR小倉駅の西三百メートルを流れて、北九州港の紫川泊地に注ぐ。川の左岸には、永禄十二年（一五六九）に毛利氏によって築かれた小倉城の唐造りの天守閣が美しい姿を見せる。ただし、築城当時のものでなく、昭和三十四年（一九五九）の再建である。城の南は勝山公園として整備され、万葉の庭には、万葉歌が万葉仮名で刻まれた六基の様々な形の歌碑が据えられている。

なお、企救浜の昔日の名残りの一端でも撮影できればと思い浜際を訪れたが、今は工場群に占有されて叶わなかった。

勝山公園万葉の庭の歌碑群

工場の群並び建ち古の　企救の浜辺の面影の無く
時を経て遷りて来る延命寺　宗派も変りて企救の浜端に
企救の浜の西端に聳ゆる小倉城　万葉の歌碑が取り巻きて建つ

四、企救《きくの》〈ノ〉池《いけ》（併せて菱ノ池）

『万葉集』巻第十六の、「豊前《とよのみちのくち》の国の白水郎《あま》の歌一首」としての「豊国の企救の池なる菱の末《うれ》を　摘むとや妹がみ袖濡れけむ」、**『秋風抄』**の**後嵯峨院**の「朝毎に氷そ《ぞ》今はむす《〔結〕》ひ《び》ける　霜かれ《〔枯?〕》はて《〔果〕》しきく《〔企救〕》の池水」が、『名寄』、『松葉』に載る。また、『名寄』には、上二句が「とよくにのきくのはまへ」、「とよくにのきくのはままつ」、「をとにきくきくのはま松」の三首が並ぶが、これは間違いなく前項の「企救〈ノ〉濱」に収めるべき歌である。

また『松葉』には、「菱ノ池」と項が立てられて、**『夫木和歌抄』**の「豊国のひしの池なる菱の根を　とるとや妹か袖ぬれにけん」が載せられるが、冒頭の万葉歌と酷似していて、別歌とは考え難い。また菱池の所在も不明で、この項に併記するに止めた。

「企救池」の候補は幾つかある。

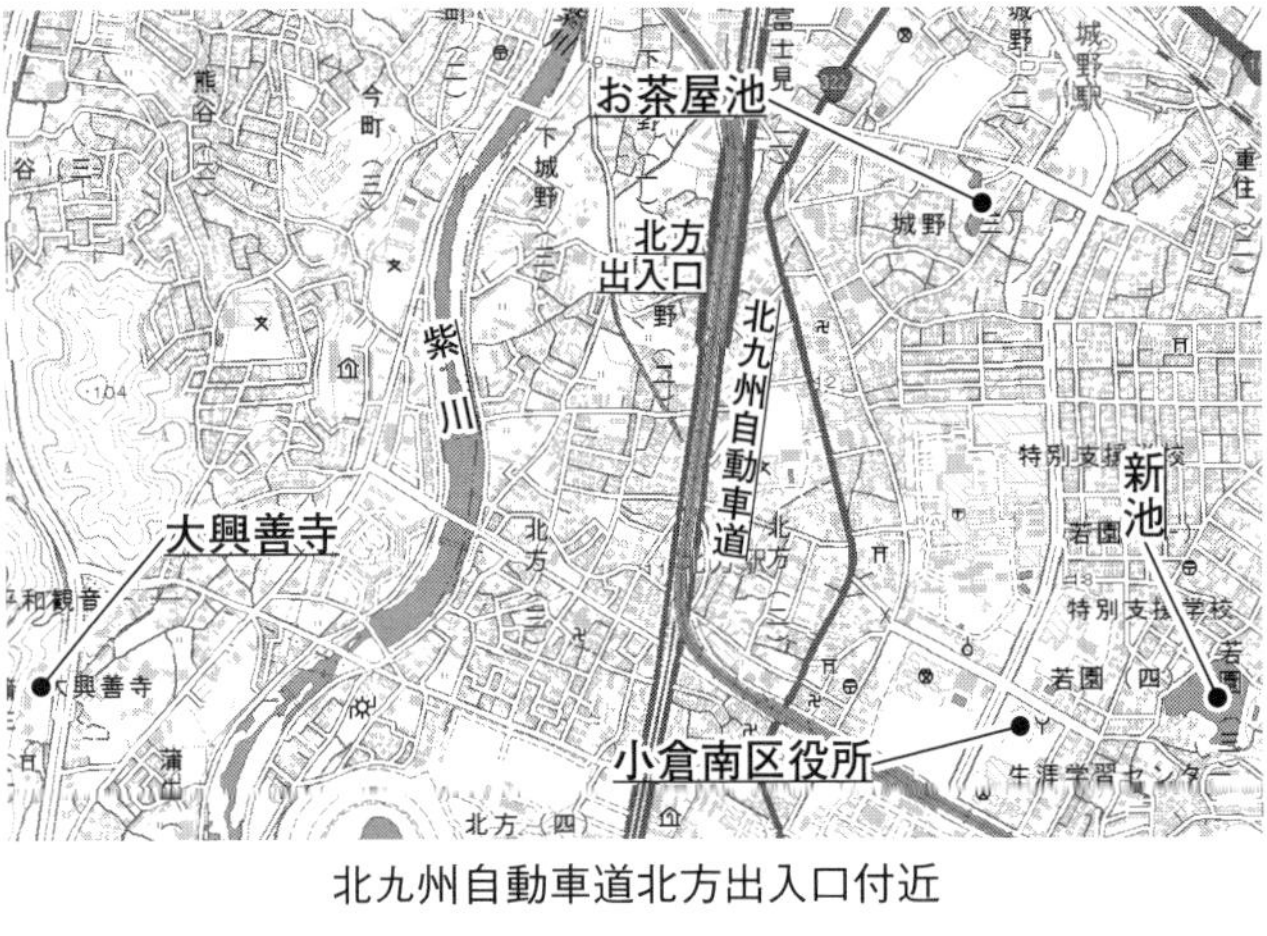

北九州自動車道北方出入口付近

大興善寺本堂

小倉城天守閣と掘

まず第一は、小倉城の堀との説である。と言っても小倉城が築かれたのは、前項に述べたように十六世紀半ばである。城が建てられたのは紫川の中洲の上とのことで、であれば、紫川の流れは湾曲し、築城以前の中洲を囲む三日月湖状の河川形態をしていたのではないか、それを指しての「企救池」であったと想像する。なお、小倉城の位置については前項を参照されたい。

次の説は、紫川の流域にあったであろう湖沼地帯のことと言う。現在の小倉南区役所の南方にあたり、企救丘《きくがおか》の地名も残る。また近隣には片野、北方、南方などの地名が見えるが、福田良輔が編集した『九州の萬葉』の中で春日和男は、片野の「片」、北方、南方の「方」は「潟」の変じたもので、この辺りに企救池があったとする根拠の一つであると述べている。地図を見ても、一帯は住宅地が広がるが、その処々に多くの池が点在する。どの池を歌枕「企救池」に比定するのか、あるいは埋め立てられて、分割されたり消滅したりして名残りすら無いかも知れず、全く判然としていない。中から、名前の珍しさに惹かれて、北九州自動車道・北方出入口近くの「お茶屋池」と、そこそこの広さのある、小倉南区役所東の「新池」を訪ねてみた。共に歌枕の確証を得た訳ではない。

お茶屋池

新池

一方、紫川を遡って、小倉競馬場の対岸の鷲峰山の裾に曹洞宗の大興善寺が鎮座する。寛元三年（一二四五）の創建で、必要以上の飾り気を省いた落ち着いた佇まいである。嘗ては、「門外にいけあり紫と名づく。中に一島を築く。前に虹橋あり。島に弁財天を祭る」と『企救郡寺院開基録』に記されるという「紫池」があった。紫川の川名の由来ともされる。昭和三十七年（一九六二）発行の『九州の万葉散歩』には実在の如く記されるが、今はその影も無い。寺に問うたところ、寺の前の道路の拡幅で消滅したとのこと。この池を歌枕「企救池」とする説もある。

これら三つの説それぞれに理がありそうだが、甲乙をつけるに至っていない。

天守閣の影映し居る堀の面　古歌に詠まれし企救の池かも
古の企救の池かな名の残る　街の間に間に小さき池数多
企救池と伝へらるるも寺前の　道拡げられ今は影無し

五、鏡山《かがみのやま》

『**万葉集**』巻第三には「鏡山」を詠み込んだ歌が三首ある。「**桉作村主益人**《くらつくりのすぐりますひと》、豊前《とよのみちのくち》の国より京に上る時に作る歌一首」の詞書に続いて「梓弓引き豊国《とよくに》の鏡山　見ず久《ひさ》ならば恋しけむかも」、「**河内王**《かふちのおほきみ》を豊前の国の鏡の山に葬る時に、**手持女王**《たもちのおほきみ》が作る歌三首」のうち、「大君の和魂《にぎたま》あへや豊国の　鏡の山を宮と定むる」と「豊国の鏡の山の岩戸立て　隠《こも》りにけらし待てど来まさぬ」である。一首目は『能因』、『名寄』、『松葉』に、残る二首は『能因』、『名寄』

大興善寺付近の紫川

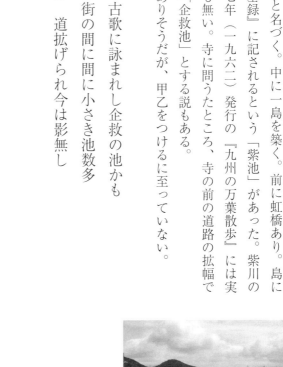

河内王墓地

河内王の墓地への
道の途の歌碑

鏡山大神社

鏡山大神社参道
登り口の歌碑

に収められる。一首目の詠者・**桜作村主益人**については生没年を含めて不明である。

これらに詠われた「鏡山」は、田川郡香春《かわら》町内の、国道二百一号線と同三百二十二号線が一キロメートルほど併走する区間の北に位置するごく低い小山である。小山の中腹には鏡山大神社が鎮座する。

神功皇后は三韓出兵の折、この小山の山頂で、天神、地神に鏡を安置して祈りを奉げたと言う。その謂れに肖り祀られたのが鏡山大神社である。社殿は何時のころの再建であろうか、簡素ではあるが落ち着きがある。社殿に至る階段の上り口の左手には、**桜作村主益人**の歌の碑が据えられる。そのまま左手の細道を進むと、大宰師として赴任し、この地で落命した**河内王**の墓がある。**河内王**は、確実な系譜は定かではないが、**敏達天皇**の血筋ともされ、それ故現在、宮内庁が勾金《まがりかね》陵墓参考地として管理している。細道の途中には、先の**手持女王**《たもちのおおきみ》の残る一首の「岩戸破《わ》る手力《たぢから》もがもき　女《をみな》にしあれば術《すべ》の知らなく」の歌碑が建つ。なお、**手持女王**は**河内王**の妻であったとも言われる。

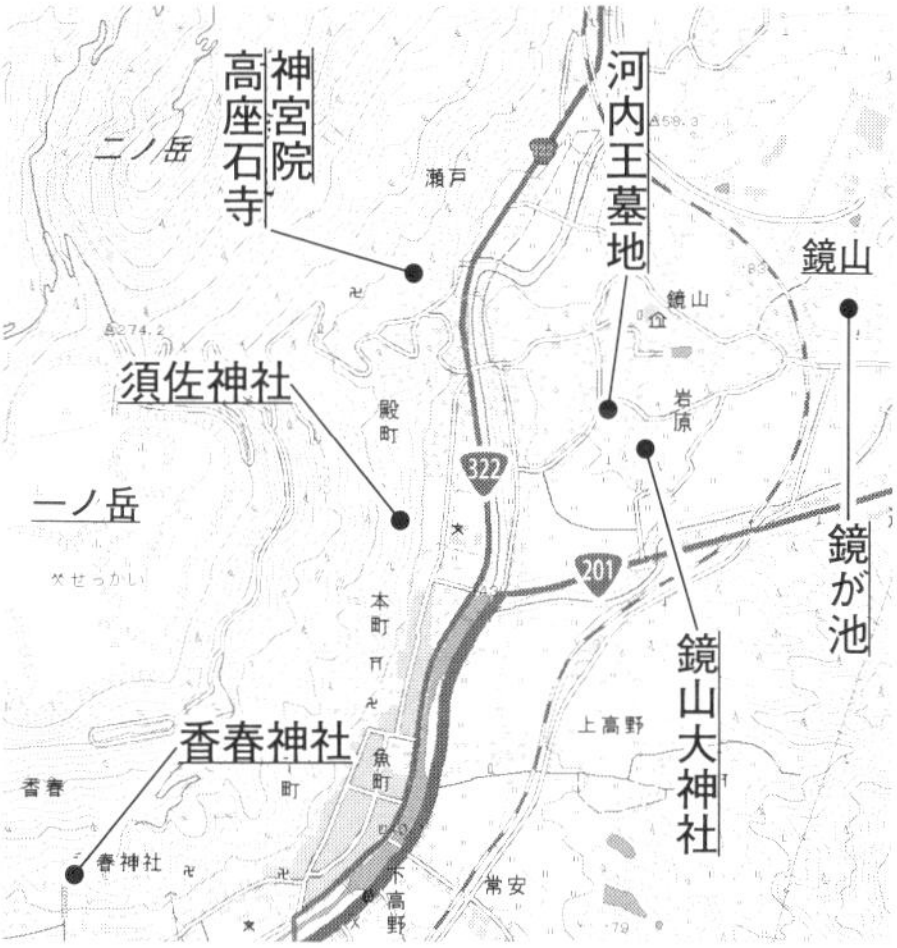

鏡山付近

鏡が池

鏡が池手前の歌碑

鏡山神社の北東五百メートルに四天寺があり、その奥に「鏡が池」が木々に囲まれて小さな水面を見せている。**神功皇后**は、鏡山山頂での祈願の後、この池を水鏡として装束を調えた故の命名と言う。池への登り口には、先の**手持女王**の歌の二首目、「豊国の……」の歌碑がある。

また、鏡山大神社から真西、国道三百二十二号線の西に、鬱蒼と茂る木々に囲まれて須佐神社があり、境内の一角には、次項・「六、香春」の歌枕歌、「豊国の香春の我家紐の児に　いつがり居れば香春は我家」の歌碑が建つ。

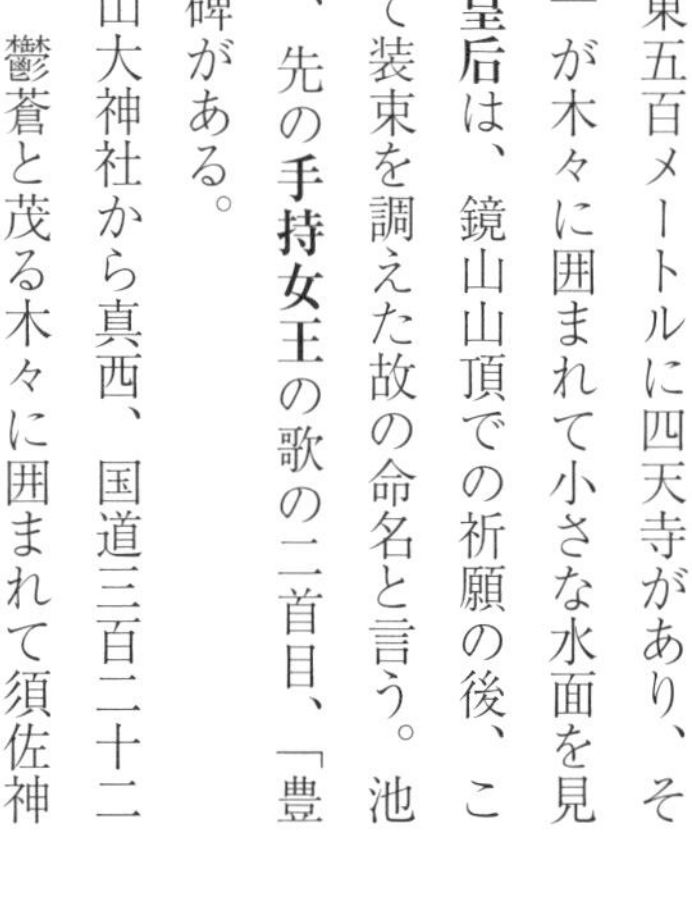
須佐神社

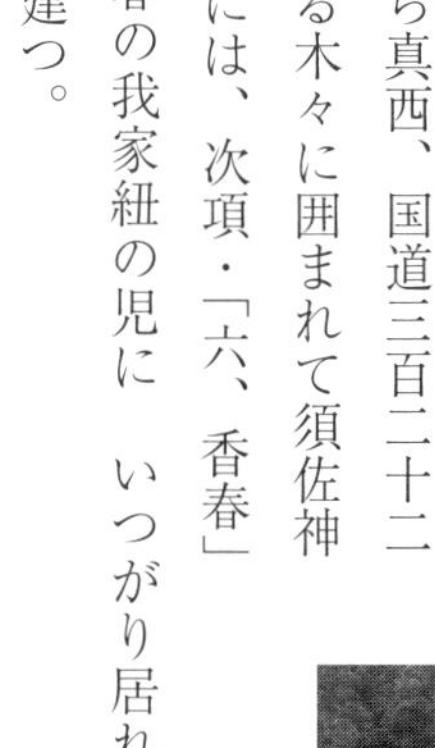
須佐神社境内の歌碑

以上紹介した歌碑のうち、鏡山大神社前の一基は昭和五十四年（一九七九）、他の三基は平成になって建てられた真新しいもので、何れも刻まれた筆跡がくっきりとしている。

其処此処に万葉の歌碑の建てられり　鏡の山の麓辺りは
鏡山の鏡の池に残り居り　神功皇后の縁を伝ふ
別れ惜しむ歌の悲しや鏡山の　王墓への道に碑の刻まれて

六、香春《かわら》

（香春地区の地図は「五、鏡山」参照）

歌枕「香春」を詠み込んだ歌は、前項に紹介した須佐神社の境内にあった、「豊国の香春は我家《わぎへ》紐児《ひものこ》にいつがり居れば香春は我家」がただ一首、『能因』、『松葉』に載る。出典は、『**万葉集**』巻第九の「抜気大首《ぬくのけだのおびと》、筑紫に任《ま》けらゆる時に、豊前の国《とよのみちのくち》の娘子《をとめ》紐児を娶りて作る歌三首」の第一首である。抜気大首は不詳の人、紐児は遊行女婦の名とされる。

前項の鏡山もこの町の中心地にあり、香春は万葉歌を賑わす地の一つであった。それは古代の官道がこの地を通っていたからである。前項に記した鏡山の裾に、〈古代大宰府道「田河道」〉と刻まれた石柱が建てられている。左（西）に向けて「至関ノ山―米ノ山―大宰府」、右（東）方向には「至石鍋越・七曲峠―草野津・豊前国府」と標される。関ノ山は田川市の最西端、飯塚市との市境に、米ノ山は糟屋郡篠栗町《ささぐりまち》の南部に位置する。石鍋越、七曲峠は香春町とみやこ町の町境にあり、草野津は現在の行橋市《ゆくはし》草野、長峡《ながお》川に沿った辺りである。田河道は現在の国道二百一号線とほぼ一致する。

その国道二百一号線を東北に、みやこ町との町境を過ぎ

古代大宰府道「田河道」の道標

豊前国府と豊前国分寺

豊前国府跡

東脇殿跡

て三キロメートルほど、右に分岐する県道五十八号・椎田勝山線を東に進むと、一旦行橋市に入り、五キロメートルほどで再びみやこ町に入る。そのまま一キロメートルほど進むと右手（南）に広い公園が見えてくる。豊前国府跡公園である。昭和五十九年（一九八四）からの発掘調査で数百メートル四方の府域が確認され、グランドや遊具が設けられ、一万八千平方メートルの公園として整備された。

府域には、中門、東西の脇殿、正殿の礎石が復元され、往時に広さを実感できる。また、公園の北、西には緑陰が巡り、「万葉歌の森」として、十二基の万葉歌を主とする以下の歌の碑が配置されている。

万葉歌の森の歌碑
上「東風吹かば……」
下「奥山に……」

① 東風《こち》吹かば匂ひおこせよ梅の花　あるじなしとて春な忘れそ　菅原道真　拾遺和歌集

② あをによし寧楽《なら》の京師《みやこ》は咲く花の　にほふがごとく今さかりなり　小野老朝臣《おののおゆのあそみ》　万葉集

③ 往き還り常にわが見し香椎潟　明日ゆ後には見むよしも無し　豊　前　守《とよくにのみちのくちのかみ》　宇努首男人《うののおびとをひと》　万葉集

④ 豊国の企救《きく》の池なる菱の末《うれ》を　採《つ》むとや妹がみ袖ぬらけむ　豊　前　国《とよくにのみちのくち》の白水郎《あま》　万葉集

⑤ 橘は實さへ花さへその葉さへ　枝《え》に霜降れどいや常葉《とこは》の樹《き》　聖武天皇　万葉集

⑥ あかねさす紫野行き標野《しめの》行き　野守《のもり》は見ずや君が袖振る　額田王　万葉集

⑦　豊国の香春は我家《わぎへ》紐児《ひものこ》に　いつがりをれば香春は我家　抜気大首　万葉集

⑧　奥山にもみぢ踏み分け鳴く鹿の　聲聞く時ぞ秋は悲しき　猿丸太夫　古今和歌集

⑨　萩の花尾花葛花なでしこの花　女郎花また藤袴朝がほの花　山上臣憶良　万葉集

⑩　梓弓引き豊国の鏡山　見ず久ならば恋しけむかも　桉作村主益人《くらつくりのすぐりますひと》　万葉集

⑪　あしひきの山道《やまぢ》も知らず白橿の　枝もとををに雪の降れれば　三方沙彌　万葉集

⑫　たまきはる命は知らず松が枝を　結ぶこころは長くとぞ思ふ　大伴宿禰家持　万葉集

豊前国分寺山門

国分寺跡広場

国府跡の南八百メートルには豊前国分寺がある。戦国時代末期に戦火で全てが消失したが、本堂は寛文六年（一六六六）、鐘楼門は貞享元年（一六八四）、そして創建当時は七重であった塔が三重塔として明治二十八年（一八九五）に再建された。付近は史跡公園として整備され、当時の建物の礎石に往時を偲ぶことができ、案内所には瓦などの出土品が展示される。

国分寺三重塔

戻って、香春町役場の西に香春神社が建つ。創建は和銅二年（七〇七）と古く、**延喜式**神名帳にも載る由緒ある宮である。文化年間（一八〇四～一七）に建てられた本堂は、拝

香春神社拝殿と回廊

殿、東回廊、石垣と共に国の重要文化財である。
境内の一角に、八十六トンもある巨石が祀られる。昭和十四年（一九三九）に、後背の一ノ岳より、社殿等の構築物には一切損害なく現在の場所に突如落下した岩である。山王石と命名、多くの人が奇跡の神として参拝する。また境内には、文政七年（一八二四）に小倉で生まれ、明治二年（一八六九）、育徳館（現みやこ町・育徳館高校）の教授に赴任（後に、今の東京藝術大学音楽部に転任）した里見義《ただし》の記念碑があり、義が作詞した「庭の千草」、「埴生の宿」を刻んだ歌碑が建てられている。

香春より古道辿りて国の府の　跡に建ち居る数多の歌碑観る
社史古き香春の宮に巨石《おほいは》の　祀られ居れば驚き見たり
刻まれし香春に縁ある人の　唱歌の歌詞をふと口ずさむ

山王石

里見義の碑

七、比古高根《ひこのたかね》（併せて同ノ山）

田川郡添田町の南東部、大分県中津市との境近くには、岳滅鬼山《がくめき》（一〇三六・八メートル）、障子ヶ岳（九四六メートル）、黒岩山（八七）八メートル）、上塚山（九三六・六メートル）、上仏来山《かんぷく》（六八五メートル）、鷹ノ巣山（九七九メートル）、刈又山（九六〇メートル）などに囲まれて、標高千二百メートルの英彦山《ひこさん》が聳える。歌枕の「比古高根」で、北岳、中岳、南岳の三峰から成る。平安初期までは「日子山」、九世紀初頭から、**嵯峨天皇**の勅により「彦山」と改名し、さらに江戸時代に入って享保十四年（一七二九）、**霊元法皇**の院宣により「英」の尊号を受け、現在の「英彦山」となったとのことである。

英彦山は、奥羽の出羽三山、熊野の大峰山とならぶ修験道の聖地であった（外園豊基編『国東・日田と豊前道』）。その信仰は、全九州から中国地方西部に及び、さらには霊山として中央にも知られていた。**継体天皇**二十五年（五三一）、北魏の僧・善正《ぜんしょう》上人に師事した忍辱《にんにく》上人が入山し、草庵を開いたのが英彦山霊仙寺の開基とされる。中世には三千の衆徒、八百の坊があったと言われる。

銅鳥居

霊元天皇下賜の扁額

戦国時代には、大友氏によって多くの堂宇が焼かれ、さらには豊臣秀吉に寺領を没収されたが、江戸時代に入ると、元和二年（一六一六）に小倉藩主・細川忠興が大講堂（今は奉幣殿）を、寛永十四年（一六三七）に佐賀藩主鍋島勝茂が青銅製の銅鳥居《かねのとりい》を寄進するなど、両藩からの加護を受け、活況を取り戻した。なお、銅鳥居に掲げられる扁額は、先に述べた霊

田川郡添田町南東部

元法皇によって下賜されたものである。講堂、鳥居は共に国の重要文化財である。

しかしながら、明治政府による神仏分離で霊仙寺は廃寺、中岳山頂の上宮を本殿、中腹の講堂を奉幣殿とする英彦山神社と変じることとなり、千年余りの歴史を誇った修験道としての英彦山は幕を閉じたのである。昭和五十年（一九七五）には、神社から神宮に呼称が変わった。

大分県別府市と佐賀県鳥栖市を結ぶ国道五百号線は、大分県中津市西部で国道四百九十六号線と共用するが、福岡県田川郡添田町で再び単独道となる。曲がりくねった道を西走すると、左手に銅鳥居が見える。そこから奉幣殿までは長い階段の参道を登らねばならない。七十路を超えた身には楽ではない。この参道に沿うように、英彦山花園スロープカーが運行されてはいるが、修験道の歴史を感じるには、両側に往時の坊跡が点在する参道を徒歩で登るに如くはない。泉蔵《せんぞう》坊、顕揚《けんよう》坊、岡《おかの》坊、立石《たていし》坊などを覗きながら辿り着いた外宮の境内には、先述の奉幣殿が落ち着いた雰囲気で建つ。その左手には、後背の山の奥に向って、中宮、そして中岳山頂に建つ本殿の上宮への参

中腹「花駅」と
スロープカー「幸号」

奉幣殿近くの「神駅」に向
かうスロープカー「花号」

泉蔵坊跡

顕揚坊跡

岡坊跡

立石坊跡

英彦山神宮上宮を遠望する

道が続いている。

なお、国道五百号線沿いに在る「しゃくなげ荘」から、天候に恵まれれば中岳の本殿を遠望できる。

『類字』、『松葉』には、**『玉葉和歌集』**から、「いさきよき《〔潔〕》比古の高嶺の池水に　すま《〔住?〕》ば《ば》心のすま《〔澄?〕》ざ《ざ》らめやは」が収められる。また、『松葉』には、**『懐中抄』**から「かくてのみわ《〔侘〕》ひ《び》思ひこの山ならは《ば》　身はいたつら《〔徒〕》に成ぬへ《べ》ら也」が載る。「ひこの山」が隠れている**物名**歌である。

中宮、上宮（本殿）への登り口

喘ぎつつ登る参道の道脇に　修験の坊跡残る比古山
比古山の頂に座す本殿に　参るをあきらめ麓より望む
晩秋の夕闇迫る比古山に　訪ふ人少なく寂しき風吹く

奉幣殿

八、𦬇《みの》〔蓑〕嶋《しま》

『名寄』には「𦬇嶋」、『松葉』には「蓑嶋」と、ここ豊前国に項が立てられるが、筑前国二十一で述べたように、筆者は『筑前國續風土記』を拠り所とし、また両歌枕集に収載される**檜垣嫗**の、「ふら《〔降〕》は《ば》ふれ《〔降〕》みかさ《〔御笠〕》の山の近けれは《ば》　みの《〔蓑〕》嶋まて《で》はさし《〔指〕》てゆか《〔行〕》なん」の歌中の、御笠山との関連から、この「𦬇〔蓑〕嶋」を福岡市博多区に比定した。『和歌の歌枕・地名大辞典』も、諸書が豊前国とするが、**契沖**の『**類字名所外集**』の記述に基づき、博多区美野島辺り一帯とすると解説する。

しかし、渡辺重春による『豊前志』には項が立てられ、この歌に関しても、都人が遠く海路で豊前国の地に辿り着き、後は然したる山も、然したる川もなく、ほぼ一直線に大宰府北方の御笠山（筑前国四十三の竈山、即ち現在の宝満山のこと）を目指せば、難儀であった旅程も終わるという思いからの「近ければ」であると解説する。あながち無視できない論である。この旅の

苅田町白石海岸から見る蓑島

蓑島

一行が、九州に上陸したのが周防灘からなのか、博多湾からであるか、明かす資料、文献でもあればいいのだが、何しろ巻末の人名略解に記す如く、詠者の**檜垣嫗**自体が謎であるからして、裏付けは今のところ不可能である。

豊前国に蓑嶋を求めるとすれば、『豊前志』に「豊前國蓑島、在㆓神田之東㆒、隔㆓海上㆒一里許」とあることから、行橋《ゆくはし》市の今川河口の蓑島である。今川の左岸、JR日豊本線・行橋駅南には、今も神田《じんでん》の町名がある。現在の蓑島は陸続きになっているが、国道十号線・行橋バイパスの東から蓑島に至る地勢を見れば、干拓による田園であることが明きらかで、近世以前は蓑島は文字通り周防灘に浮かぶ島であったことは疑うべくもない。

蓑島神社拝殿と本殿

「史跡　百手祭的場」の
石柱と解説石板

行橋市立蓑島小学校の裏手に蓑島神社が鎮座する。**神武天皇**東征の折この地に寄り、**天照大神**を祀ったのを始めとするというから歴史は長い。主祭神はその**天照大神**に加えて、**神武天皇**、**神功皇后**の三神とされ、三皇大神宮とも呼ばれる。拝殿は能楽堂のように三方が開放されていて、本殿は裏手の少し離れた高台にある。この神社を中心に行われる蓑島百手《ももて》祭は、天正年間（一五七三～九一）の起源とされ、弓矢で的を射て吉凶を占うという。祭りの最中には、近隣お寺の僧侶達による神前読経が行われ、神仏習合の名残りとされる。なお、行橋市教育委員会の解説看板には、昭和初期には対岸と僅かに砂州で繋がっている写真が掲載され、先述の、近世以前は独立した島であったとの推論を確信させた。直近の街角に、「史蹟百手祭的場」の石柱と、「今上陛下御即位奉祝記念」として祭りの解説を刻んだ石版が建てられて

浄念寺

いる。

またこの蓑島地区には、由緒は不明だが、共に浄土宗の浄念寺、法泉寺、真宗大谷派の願船寺など、寺院が多い。

筑前に在りと決めたる蓑島の　今一所在り豊前の国に
古は紛ふかたなき島ならむ　今蓑島に田園続くも
蓑島の古き神社の祭礼に　神仏和すとふ僧等経読む

法泉寺

願船寺

九、八刃《やいろの》〔尋〕浜《はま》（求菩提山の地図は「七、比古高根（併せて同〈ノ〉山）」参照）

英彦山から国道五百号線を東に、田川郡添田町、みやこ町と大分県中津市がほぼ境を一にする地点から国道四百九十六号線を北に進み、五キロメートルほどで東に分岐する県道三十二号・犀川部前線に乗ると、道は豊前市に入り、右手に求菩提《くぼて》山（七百八十二メートル）が見えてくる。

この求菩提山は、嘗てはその南三・三キロメートルの犬ヶ岳（千百三十・八メートル）、前項の英彦山と共に、修験の山であった。開山は五二六年、猛覚魔卜仙《もうかくまぼくせん》によると言う。

『名寄』、『松葉』に、**藤原高遠**の「春の日のはるか〔遥〕に道の見えつるは　やひろ〔八刃〕の

県道32号「よりこのがんじきばし」から見た求菩提山

濱をゆけ《〔行〕》は《ば》也けり」が載る。この歌に詠まれる「八刃浜」について、『和歌の歌枕・地名大辞典』は、未勘としつつも筑前国の海岸部と推定するが、論拠は明確でない。

一方、天保二年（一八三一）豊前中津に生まれ、幕末から明治中期に国学者として名を成した渡辺重春が著した『豊前志』によれば、八尋浜は「八屋驛の西にあり」とし、さらに江戸前期の辞書『和爾雅《わじが》』に「上毛《こうげ》郡蜂屋のわたり《〔辺〕》を云ふ（ルビは筆者による）」と記されるという。確かに豊前市の、国道十号線の、新たに出来た椎田道路に連結するためのバイパスとの分岐辺りに、八屋という町名がある。何か歌枕の根拠をと近隣を巡り、県道二百三十号・中畑八屋線の西にある大富神社に偶々参拝した。この偶然が、歌枕「八刃〔尋〕浜」の比定を可能にしたのである。

平時の大富神社拝殿と本殿

勅使井

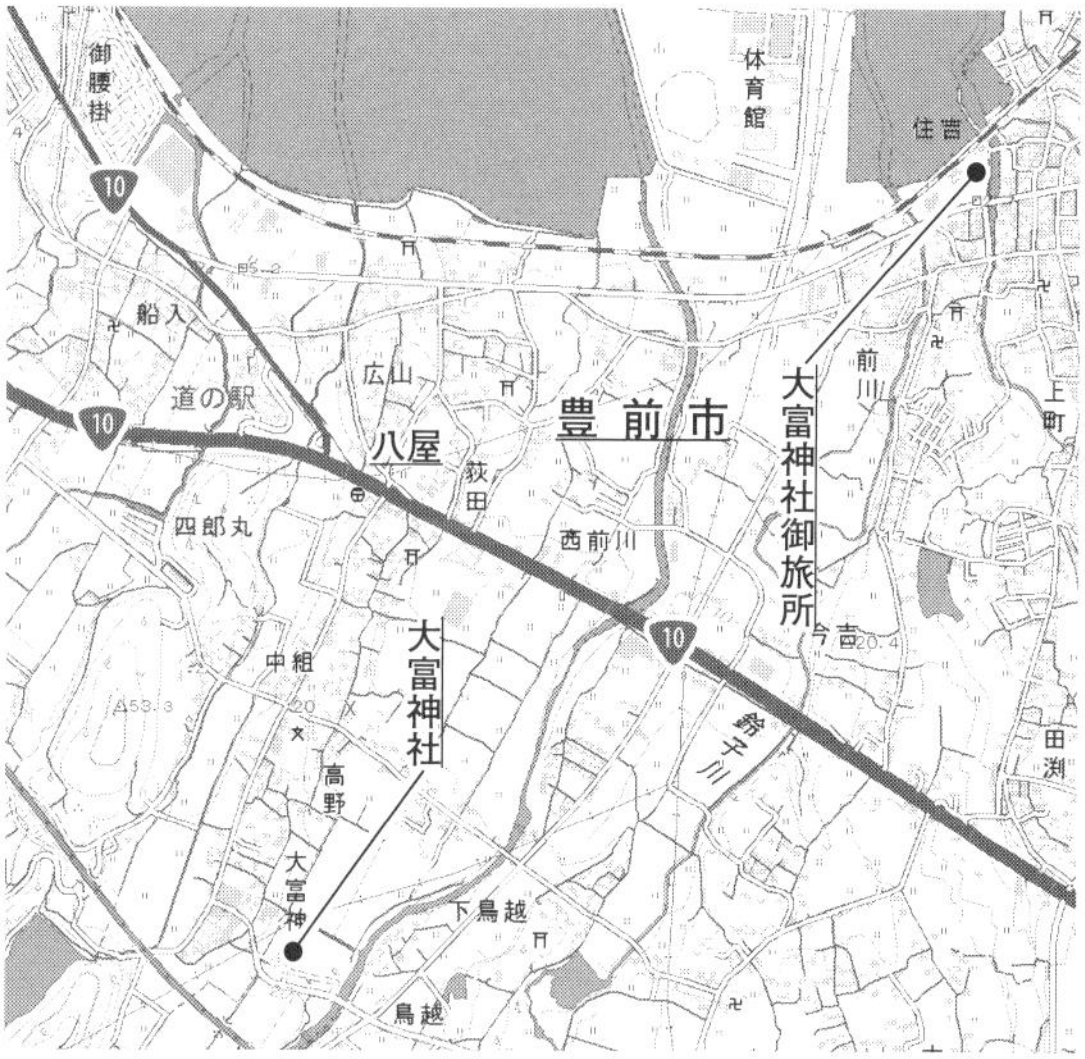

大富神社

大富神社は、本殿に**応神天皇**、**仲哀天皇**、**神功皇后**、東殿に宗像三神、西殿に住吉三神を祀る。錚々たる神々である。創建は七世紀まで遡ると云い、**延喜式**神名帳に記載の無いのが不思議に思える。神社の春の大祭の起源は古く、天平十二年（七四〇）の藤原広嗣の乱の鎮圧に功のあった、上毛郡の擬大領（長官候補）が

大祭の当日の大富神社本殿
（三台の神輿が並ぶ）

神事の準備が調った拝殿

凱旋した様子を模したものという。名付けて「神幸祭」、毎年四月二十九日から五月一日の三日間挙行される。二日目には、神輿が神社を出発、各地を練り歩いて夕刻に御旅所に到着するが、その地が八尋浜とのこと、歌枕の地を確認することが出来た。

平日に訪れた際は、鎮守の森に囲まれてひっそりと佇んでいる風であったが、四月三十日早朝に再訪した時は、拝殿は神事の準備が整えられ、本殿前には三台の神輿が幕を回らされて据えられていた。

境内右手の森の中に、奈良時代以降、この地に立ち寄った宇佐神宮への勅使に献上した御神水を汲む井戸・「勅使井」がある。現在でも十年毎の宇佐神宮勅祭にはこの水を献上するという。

八尋浜の御旅所の方はといえば、広い境内を囲むように二十を越える露店が並び、神輿のお下がりを待つばかりであった。

山並を縫ふ道辿り八尋浜に　向ふ半ばに求菩提山聳ゆ

八尋浜と思しき海浜

八尋浜御旅所の大祭当日の朝

探し迷ひふと参りたる古き宮の　祭りの神輿八尋浜に下るとふ
下り来る神輿待ち居り八尋浜の　御旅所の庭に露店商揃へば

十、吹出濱《ふきでのはま》

福岡県最西端、同県豊前市と大分県中津市に挟まれて、沖縄県を除く九州本土で最も面積の狭い自治体の吉富町がある。東西二キロメートル、南北三キロメートル、面積五・七二平方キロメートル、推定人口六千五百人余である。幕藩時代には中津藩に属した歴史があり、今でも福岡県でありながら中津市との往来が盛んである。市外局番、郵便番号も中津市と同じで、為に郵便は隣県中津郵便局の配達によるという。昭和十七年（一九四二）、前々年に株式会社武田長兵衛商店（現・武田薬品工業株式会社）と日本化成工業株式会社（現・三菱化学株式会社）の出資によって設立された武田化成株式会社によって製薬工場が稼動し、昭和二十一年（一九四六）に吉富製薬株式会社となり、以来、吉富町はその企業城下町として発展してきた。その後、同社は何回かの社名変更を経て、現在は田辺三菱製薬株式会社吉富事業所となっている。（なお私事であるが、筆者は薬品販売を職業としてきた時期があり、吉富製薬株式会社にも当時お世話になった。）

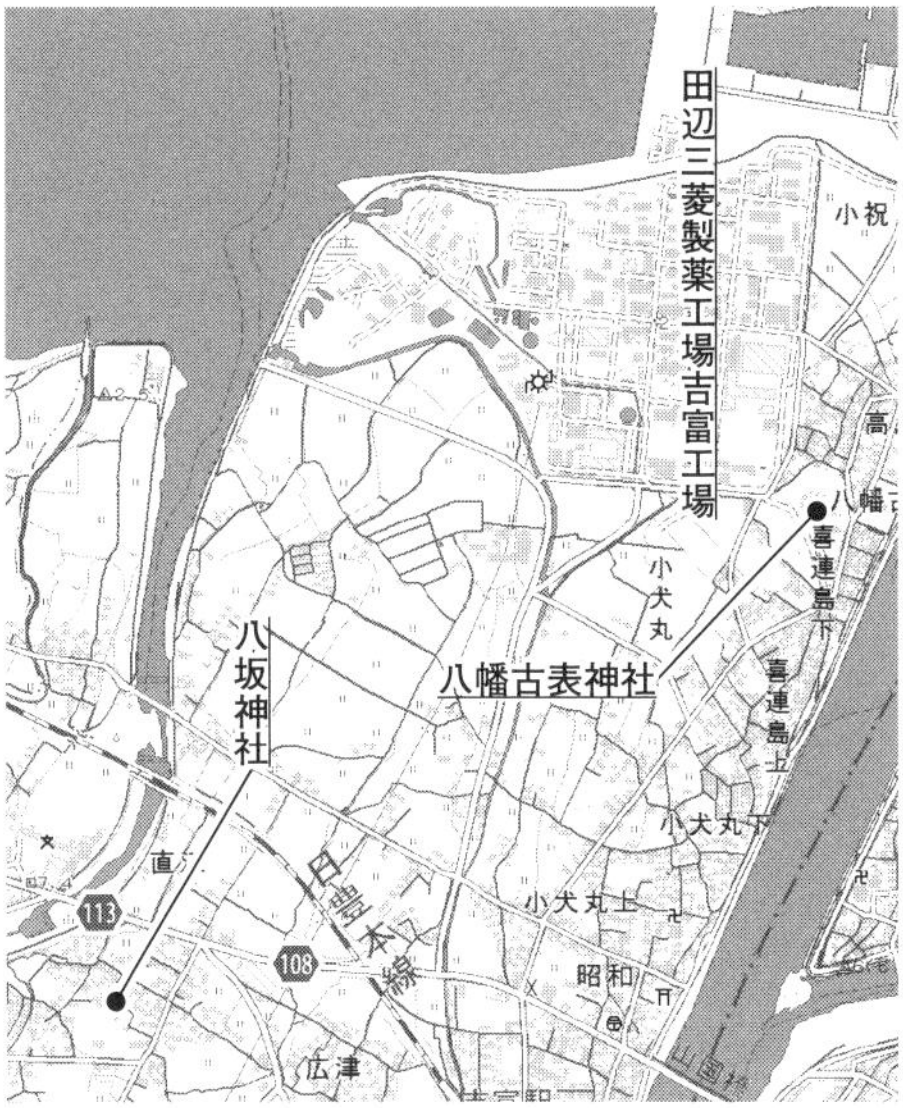

田辺三菱製薬付近

その工場の東の、周防灘に面する林間に八幡古表神社《はちまんこひょうじんじゃ》が鎮座する。鎮座地の住所が、福岡県築上郡吉富町大字小犬丸字吹出浜である。この神社に参ることで、歌枕「吹出濱」を比定することが出来た。

八幡古表神社の創建は古く、**欽明天皇**六年（五四五）まで遡り、**神功皇后**の託宣によって、息長《おきなが》大神宮と称して八幡宮が鎮座したことによる（息長足媛命《おきながたらしひめのみこと》は**神功皇后**の名）。下って天平十六年（七四四）、この神社で四年に一度奉納される細男舞《くわしおのまい》・神相撲の神々を祀って古表社が建てられた。正面の本殿には息長帯姫尊（＝息長足媛命）、東脇殿に細男舞・神相撲の神々、西脇殿には住吉神社が祀られる。社殿も境内もさっぱりと整備され、落ち着いた宮である。

吹出浜

なお浜は、防波堤の巡る近代的な景観となって、古の面影を偲ぶことができないのが残念であった。

県道百十三号・中津豊前線を豊前市から進むと、吉富町直江で県道百八号・中津吉富線が分岐する。その分岐の南西二百メートルほどに八坂神社が建つ。神社そのものは規模も小さく、由緒も不明である。だがその境内の一角に、藩界石と呼ばれる石柱が建っている。ここに移される前は、今も吉富町と豊前市の境となっている小倉藩と中津藩の藩境の御界川の辺にあったという。柱面には、「従是東中津領」と刻まれている。明治維新の廃藩置県の後、藩界石はこの地に遷された。なお、川向には、「従是西小倉領」と刻まれた、同形の藩界石標柱が立てられていた。これも場所を移して保存されているとのことである。

八幡古表神社

『松葉』には、『**夫木和歌抄**』から**鷹司院帥**《たかつかさいんのそち》の「秋の夜はさそ《ぞ》寒からし浦風のふきて《吹手》の濱をゆけ《行》は《ば》也けり」と、詠者は示されていないが、出展は「藻塩」とあるから、**手鏡**の『藻塩草』であろう、「秋風の吹手のはま《浜》のはま《浜》姫は　世寒にあれや衣かたしく《片敷》」の二首が収められる。地名の「吹」からの縁語であろうか、「風」、「寒」の語が用いられている。

吹出浜今堤防と波消しの　ブロック並び史の跡無く
神々が相撲取るとふ古社のあり　吹出の浜の林間深く
懐かしや吹出の浜に吾が職に　縁の深き会社のあれば

八坂神社藩界石

豊前国歌枕歌一覧（名所の数字は各歌枕集収載ページ）

門司関〔關〕

名所歌枕（伝能因法師撰）

謌枕名寄

門司関（一〇九八）（長門国より―筆者注）

恋すてふもしのえきもりいくたひか
我かきつらんこゝろつくしに〔金〕（顕輔）

春秋の雲井のかりもとゝまらす
たか玉つさのもしの関もり（西園寺〻）

身のうさもとふ人もしにせかれつゝ
こゝろつくしのみちはとまりぬ（小大進）

類字名所和歌集

門司關（四四七）

恋すてふもしの関守幾度か
我かきつらん心つくしに〔金葉〕（顕輔）

春秋の雲ゐのかりもとゝまらす
誰玉章のもしの関もり〔新勅撰〕（入道前太政大臣）

身のうさも問ひともしにせかれつゝ
心盡しの道を泊りぬ〔金葉〕（内大臣家小大進）

もしの関にて
都出て百夜の波のかち枕
なれてもうとき物にそ有ける〔新後撰〕（如願法師）

旅人の心つくしの道なれや
ゆきゝゆるさぬもしの関守〔続千載〕（承覚法師）

かき絶て隔る中となりにけり
みし玉章のもしの関守〔新続古今〕（読人不知）

増補松葉名所和歌集

門司関（七五〇）文字とも

恋すてふもしの関守いく度か
我かきつらん心つくしに〔金葉〕（顕輔）

春秋のくもゐのかりもとゝまらす
誰玉つきの文字の関守〔新勅〕（入道前太政大臣）

玉つさも都へ行はことつてん
もしの関路を帰る雁かね〔玉吟〕（家隆）

月のもるもしの関守老やうさ
昔にもあらぬかすかなるよに〔碧玉〕（政為）

鹿の音もいくたひ袖をぬらすらん
数かきとめよもしの関守〔御集〕（順徳院）

門司関〔關〕	挿頭ノ花山
今宵かくこゝろつくしのことのはや 秋をとゝむるもしの関守 〔千五百〕（顕昭） ゆき過る心は文字の関屋より とゝめぬさへそかきみたりける 〔家集〕（俊頼） みな人の心つくしにわかの浦を 書そとゝむる文字の関もり 〔拾玉〕（慈鎮）	挿頭ノ花山（一五一） 春の日のかさしの山のさくら花 ちりかふことにおもかけにたつ 〔夫木〕（俊綱）

企救〈ノ〉濱（併せて同長浜、同高浜、同ノ浦、間・〔之〕〈ノ〉濱〔浜〕）

名所歌枕（伝能因法師撰）

企救濱（四一一）
豊国のきくの長濱行暮し
日のくれ行は妹をしそ思ふ
〔万葉十二〕（よみ人不知）
豊国の企救の高濱たかく〳〵に
君待夜らはさよ更にけり
〔万葉十二〕（よみ人不知）
豊国のきくの濱松心にも
何とて妹にあひしそめけん
〔万葉十二〕（人丸）
豊国のきくの池なる菱のうれを
つむとや妹か御袖沾けん
〔万葉十六〕（よみ人不知）

謌枕名寄

企救長浜（一二一五）
とよくにのきくのなかはまゆきめくり
日のくれゆけはいもをしそおもふ
〔万十二〕
をとにのみきくの長浜よるなみの
うちもねぬ夜はかすつもりつゝ
（光明峯寺〵）
企救高浜（一二一五）
とよくにのきくのたかはまたかく〳〵に
君まつ夜等はさよふけにけり
右上長浜哥合問答也
〔万〕
これよりやあまの川せにつゝくらん
ほしかとみゆるきくのたかはま
（僧正兼誉）

類字名所和歌集

企救濱（三七七）
音にのみきくの濱松下葉さへ
うつろふ比の人は頼まし
〔続拾遺〕（家隆）

増補松葉名所和歌集

企救ノ濱（六二六）高濱とも▽長濱とも
とよ国のきくの濱松こゝろにも
何とて妹かあひしそめけん
〔万〕（人丸）
これよりや天の川瀬につゝくらん
星かと見ゆるきくの高濱
〔名寄〕（公首）
長月のきくの高濱月かけに
うつろふ波を花かとそ見る
〔夫木〕（行家）
これのみそうつろふ花はなからまし
雪の花咲くきくの長濱
〔千首〕（為尹）
よそにのみきくの長濱なからへて
こゝろつくしに恋やわたらん
〔夫木〕（為家）

企救〈ノ〉濱（併せて同長浜、同高浜、同ノ浦、間・〔之〕〈ノ〉濱〔浜〕）

間・濱（四一一）

豊国のまゝの濱へのまなこ地の
真直《マナヲ》にしあらは何か歎かん
〔万葉七〕（よみ人しらす）

間之浜（一二二五）
或云麻之濱　或云和之麻能之浜
或云麻志浜　今案云聞浜哥　一説
欤同相監人可詳

とよくにのまのゝはまへのまさこちに
まほにもあらはいかゝなけかん
〔万七〕
（「企救池」に重載—筆者注）

企救ノ浦（六二六）

わひはてゝやみもしぬへしよそにのみ
つれなき人をきくの浦波
〔名寄〕（西京左大臣）

間・ノ濱（四六一）

豊国のまゝの濱へのまなこちの
まなこにしあらは何か歎かん
〔万七〕

	企救〈ノ〉池（併せて菱ノ池）	鏡山
名所歌枕（伝能因法師撰）		鏡山（四一〇） 豊国の鏡の山の岩戸たて 隠れにけらしまてときまさぬ 〔万葉三〕（手持女王） 梓弓引豊国の鏡山 みてひさならは恋しけんかも 〔万葉三〕（益人）
謌枕名寄	企救池（一二一四） とよくにのきくの池なるひしのうれを つむとやいもか袖ぬらすらん 右豊前国泉良哥 〔万十五〕 あさことにこほりそいまはむすひける しもかれはつるきくのいけみつ （後嵯峨院〻） とよくにのきくのはまへのまさこちの まをしもあらはなにかなけかん 〔万七〕 （「間え浜」に重載―筆者注） とよくにのきくのはままつこゝろにも なにとていもにあひみそめけん 〔万十二〕（人丸） をとにきくきくのはま松したはさへ うつろふころの人はたのまし 〔続拾〕（家隆）	鏡山（一二一三） とよくにのかゝみの山にいわ戸たて かくれにけらしまてといまさす 〔万三〕 あつさ弓ひくとよ国のかゝみ山 見てひさならは恋しからへかも 右従豊前国上京之時田日益人作哥 〔万三〕
類字名所和歌集		
増補松葉名所和歌集	企救ノ池（六二二） 豊国のきくの池なるひしのうれを つむとや妹か御袖ぬれけん 朝毎に氷そ今はむすひける 霜かれはてしきくの池水 〔秋風抄〕（後嵯峨） 君をのみ心つくしのきくの池 いひ出ぬより袖そぬれぬる 菱ノ池（七四五） 豊国のひしの池なる菱の根を とるとや妹か袖ぬれにけん 〔夫木〕	鏡山（一四九） 豊国のかゝみの山の岩戸たて かくれにけらしまてときまさす 〔万三〕（手持女王）

茨〔蓑〕嶋	比古高根（併せて同ノ山）	香春	鏡山
		香春（四一〇） 豊国のかはるはわきへひもの子に いつかりませはかはるは我家 〔万葉九〕（よみ人しらす）	大君親魄相や豊国の か丶みの山を宮と定むる 〔万葉三〕（手持女王）
茨嶋（一二一六） むらさめにぬる丶衣のあやなくに けふみのしまの名をやからまし 〔万代〕（重之） ふらはふれみかさの山しちかけれは みのしま丶てはさしてゆきなん 〔万代〕			おほきみの大たまあつやとよ国の か丶みの山をみやとさたむる 〔万三〕 とよくにのか丶みの山のくもらぬに ひかりをそへていつる月かけ 〔新六〕（衣笠し）
	比古高根（四四四） いさきよき比古の高根の池水に すまは心のすまさらめやは この哥はある人筑紫のひこの山に 籠て後世の事祈申ける次にいさき よきひこの高ねの池水にすます心 を又はけかさしと思ひつ丶けてま とろみ侍ける夢に告させ給ける御 返事となん 〔玉葉〕		
蓑嶋（六七六） むら雨に塗る丶ころものあやなくに けふみのしまを猶やからまし 〔家集〕（重之） ふらはふれみかさの山の近けれは みの嶋まてはさしてゆかなん 〔類聚〕（檜垣嫗） さみたれに名をたのみてやあま舟の みのしまにのみ漕とまるらん 〔丹後守為忠家百〕（為業）	比古ノ山（七三六） いさきよきひこの高ねの池水に すまは心のすまさらめやは これはある人つくしのひこの山に こもりて後世の事祈り申けるつい てにいさきよきひこの高ねの池水 にすます心をまたはけかさしと思 ひつ丶けてまとろみ侍ける夢に告 させ給ひける御返事となん 〔玉葉〕 かくてのみわひ思ひこの山ならは 身をいたつらに成ぬへら也 〔懐中〕	香春（一九五） とよ国のかはるはわきへひもの子に いつかりませばかはるはわぎへ 〔万九〕（抜気大首）	とよくにのか丶みの山のくもらぬに ひかりをそへて出る月かけ 〔新六〕（衣笠内大臣）

	八刄〔尋〕浜	吹手濱
名所歌枕（伝能因法師撰）		
謌枕名寄	八刄《仭》浜（一二一五） 春の日のはるかにみちのみえつるは やいろのはまをゆけはなりけり 〔懐中〕（高遠）	
類字名所和歌集		
増補松葉名所和歌集	八尋浜（四四一） 春の日のはるかに道の見えつるは やひろの濱をゆけは也けり 〔懐中〕（高遠）	吹手濱（四九四） 秋の夜はさそ寒からし浦風の ふきての濱に千鳥なく也 〔夫木〕（鷹司院帥） 秋風の吹手のはまのはま姫は 世寒にあれや衣かたしく 〔藻塩〕

大分県　豊前編

豊前国が、福岡県と大分県にまたがることは、先に述べた。豊前国の近世以降の歴史は、福岡県豊前国に概略を記したので、ここでは省略する。大分県豊前国の領域の現在の自治体は、中津、宇佐の両市である。中津市は、中津藩の城下町、宇佐市は宇佐神宮の門前町として発展した。

歌枕の地については、筆者の不十分な調査の結果故かも知れぬが、豊後国との錯誤が多く見られる。

大分県

一、倉無濱《くらなしのはま》

『万葉集』巻第九に、あるいは**柿本朝臣人麻呂**の作として、「我妹子《わぎもこ》が赤裳《あかも》ひづ《（漬）》ちて植ゑし田を　刈りて収めむ倉無の浜」が載る。「漬《ひ》づつ」は、「水に漬かる、泥に漬かる」の意で、ここでは後者である。この歌が『能因』、『類字』に収められる。ここに詠まれる「倉無浜」は、大分県と福岡県の県境を成す山国川から、ＪＲ日豊本線の橋梁の下流で分流する中津川の右岸、県道二十三号・中津高田線の直ぐ南に、闇無浜神社が鎮座し、その辺りと判る。

闇無浜神社は、明治五年（一八七二）までは豊日別国魂神社と呼ばれていた。創建は定かではないが、**景行天皇**十二年に土蜘蛛征討を祈念した、あるいは**天武天皇**元年（六七三）に国家安全を祈願したとの社伝があり、歴史のある神社である。境内の一角には、冒頭の歌の石碑が建てら

闇無浜神社

境内の万葉歌碑

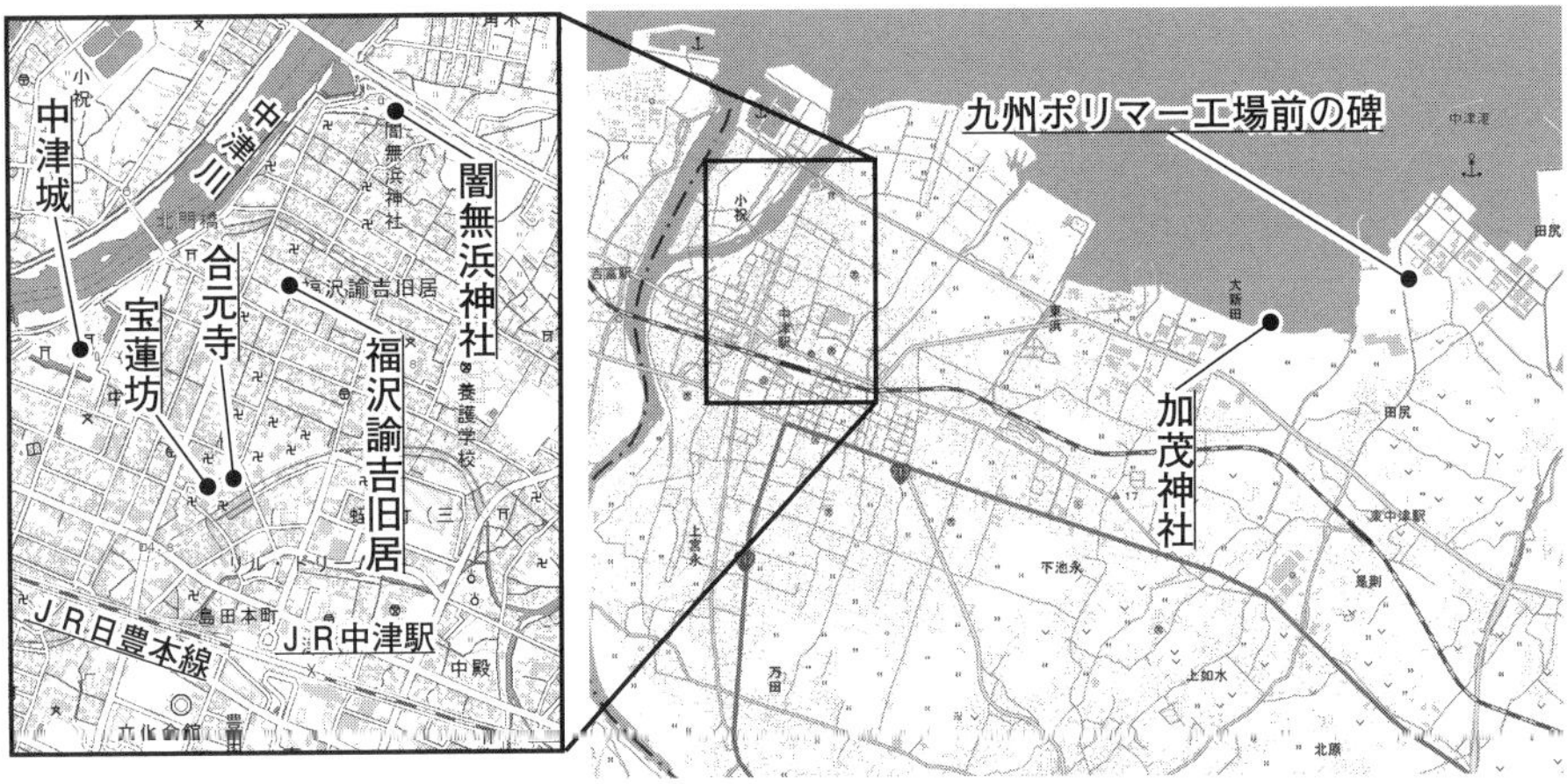

ＪＲ中津駅付近

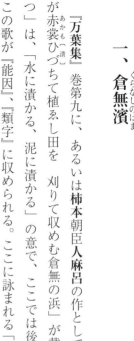

中津城

れている。中津市教育委員会、中津の郷土史を語る会による歌碑の解説板には、「闇無浜は、古より〈風光の美は、三保・高砂の松原にも譲らず〉と言われた名勝地で、別名竜王浜ともいいます。昔は、神社のすぐ下を白波が洗い、遠く周防の山々を望み、東は分間浜まで白砂青松が続き、打ち寄せる波の音や松風に、四季の風情は折にふれ、その趣を変え、古来より訪れる文人墨客が多くいました」と、なかなかの美文で紹介する。

同じ中津川の右岸、一キロメートル足らずの上流に中津城が美しい姿を見せる。天正十六年（一五八八）、前年に豊臣秀吉の命でこの地を領することとなった黒田孝高（如水）によって築城が始められ、慶長五年（一六〇〇）、関が原の戦いの功で黒田家は筑前五十二万石に転封、代わって細川忠興が豊前国、ならびに豊後国のうちの二郡を三十九万石で入封、忠興は小倉城、未完の中津城は次男の興秋が城主となって完成を見た。寛永九年（一六三二）、細川家が熊本藩に移封、小笠原長次の入封で、独立した中津藩が八万石で成立した。享保二年（一七一七）以降は奥平家が城主となり、明治維新まで続いた。主の変遷の激しい城である。なお、築城の当時は海浜であり、堀には海水が引き込まれていた。愛媛県の今治城、筆者の住む香川県の高松城と並んで、日本三大水城（海城）とされる。

中津城の西五百メートルに、**福沢諭吉**の旧居が残る（生誕は大阪堂島浜の中津藩蔵屋敷）。諭吉の旧居のある交差点から南に延びる県道五百三十号・小祝港線は福沢通と呼ばれる。

福沢諭吉旧居

加茂神社

境内の万葉歌碑

合元寺

その福沢通の東には多くの寺社が建ち並ぶ。

合元寺は、黒田家の入封を好としない前領主宇都宮家の家臣が立て籠もり、奮戦空しく全滅した歴史がある。寺の白壁は彼らの血で朱に染まり、その後何度塗りなおしてもその色が消えることがなかったので、赤色に塗り替えられたと言う。別名を赤壁寺と呼ぶ。

また、代々名僧を輩出し、それぞれが中津藩の御典医を勤めた宝蓮坊は、二層の鐘楼門が一際目立っている。

なお、中津川河口から東四キロメートルほどの海岸近くに加茂神社が鎮座し、境内に、『万葉集』巻第十五の遣新羅使の歌、「海原の沖辺に燈《とも》し漁《いざ》る火は　明かして燈せ大和島見む」の碑が建つ。

またその先、九州ポリマーの工場前には、同じ遣新羅使の「浦みより漕ぎ来し船を風早み　沖つみ浦に宿りするかも」の碑も建てられる。

宝蓮坊鐘楼門

九州ポリマーの工場前の
万葉歌碑

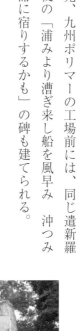

古の伝へ残れる社あり　その名に識れる倉無の浜
倉無の浜際近く幾度か　主代《あるじ》はりし中津城聳えり
赤壁の寺の伝への哀れなり　倉無浜に近き合元寺

二、清水《しみず》〈ノ〉宮《みや》〔寺〕

『松葉』に、『**拾遺和歌集**』からとして「ほ《〔干〕》さ《ば》はやしの《〔篠〕》にをり《〔折〕》は《〔延〕》へ《え》ほ《〔干〕》す衣　しみつ《〔清水〕》の宮のなかれ《〔流〕》絶《たえ》せて」が載る。ところが、手元の『**拾遺和歌集**』の解説書（『新日本古典文学大系』―岩波書店）にこの歌の収載はない。さらには詠者につき、『松葉』は江中納言としているが、江中納言といえば、寛治八年（一〇九四）から長治三年（一一〇六）まで権中納言に任ぜられた**大江匡房**と思われる。漢詩文に優れ、また有職故実にも通じ、『**江家次第**』は、平安後期の朝儀の集大成として名高い。歌人としても、歌合に参加、あるいは催行したり、大嘗会和歌を献ずるなどと活躍した。ところが、『**拾遺和歌集**』の成立は寛弘三年（一〇〇六）とされ、一方**大江匡房**は、長久二年（一〇四一）に生を受けた。つまり、匡房の歌が『**拾遺和歌集**』に載る筈は無いのである。これは『松葉』の誤りのようである。正しくは、『**夫木和歌抄**』が出典であり、そこには「しみづの宮、豊前」と項立てされ、「し水寺の論を」の題詞が付けられている。「宮」と題しながら「寺」と詞書するのは奇異に思えるが、古くには神仏習合が一般であった事を考えれば、有り得ることである。

しかし、この清水宮（寺）の所在については、異論がある。『和歌の歌枕・地名大辞典』は、嘗て石清水八幡宮より観音を迎えて建立された石清寺を前身とし、「しみづ寺」と称していた大阪府交野市の須弥寺《しゅみじ》を詠んだとして

京都清水寺仁王門と三重塔

修復中の清水の舞台

大阪府交野市の須弥寺

いる。

さらに『能因』、『松葉』には、『堀河院後度百首』、即ち『**永久百首**』から、**藤原忠房**の「宿を出は《いでば》尋ねてゆか《〔行〕》んしみつ《〔清水〕》寺　名にたか《〔違〕》はす《わず》はす《〔住〕》みやと《〔止〕》まると」が載るが、『和歌の歌枕・地名大辞典』はこの清水寺を、京都東山の「清水の舞台」で有名な清水寺としている。

このように定かでない「清水寺」であり、未勘に項を立てることも考えたが、ここ豊前にも、歴史の長い清水寺があり、紹介の意味で簡単に記述することとした。

国道十号線・中津バイパスが、中津市から宇佐市に入って直ぐを右折、県道六百六十六号・深秣植野線をしばらく進むと、漬水トンネルの手前の右側（西）に立派な鐘楼門が目に入る。曹洞宗の清水寺《せいすい》で、九州西国三十三観音霊場の三番札所である。養老元年（七一七）、

須弥寺本堂

須弥寺山門

宇佐市の清水寺

仁聞が開基したとされ、境内から清水が湧き出たことからの寺名という。

さらに、治承四年（一一八〇）に平重盛が、先述の京都清水寺に本尊の釈迦牟尼を勧請し、七堂伽藍を建てさせたのがはじまりとの伝えもある。歌枕とするに充分な歴史と風格を感じた。

本堂の右奥には、雑木の林の中に池がある。昭和四年（一九二九）にここを訪れた**種田山頭火**が「岩かげ　まさしく水が　沸いてゐる」と詠んだそのままである。一角には山頭火の立像が建ち、台座にこの句が刻まれている。

清水寺文紐解けば他の国に　在りてそれぞれ曰く伝へる

山越ゆる道端に建てる鐘楼門　清水の寺の史を偲ばす

山頭火清水寺にも立ち寄りき　豊前の史を訪ふ旅の途に知る

清水寺鐘楼門

清水寺種田山頭火像

三、二葉山《ふたばのやま》

上賀茂神社　片岡社と片岡山

この歌枕「二葉山」も、前項と同様、筆者の独断の域を出ていない。

『松葉』に、実陰とあるから**武者小路実陰**の詠歌であろうか、「雪はら《（払）》ふ《う》嵐に高き松杉も　二葉の山のよゝ《（代々）》やへ《（経）》ぬらん」が収められる。ただし、所属国は豊後国とされる。しかし、手許の豊後国の文献に記載がなく、また地図にもそれらしき地名が見当たらない。

歌枕としての二葉山は、**藤原季経**の「神墻に掛くる葵の二葉山　幾年袖の露払ふ《う》らん」に詠まれる二葉山が広く知られる。京都市北区の上賀茂神社本殿の東にある片岡山の古称である。

しかしながら、ここ豊前国にはあるいはと期待させる地がある。JR日豊本線が中津市から宇佐市に入って一番目の天津駅の、西六百メートルほどに二葉山神社が鎮座する。和銅三年（七一〇）の創建、今から千三百年前である。主祭神は大已貴命《おおなむちのみこと》（**大国主命**）、**玉依姫命**、そして天慶元年（九三八）に合祀された**別雷神**《わけいかずちのかみ》である。社殿は殊更の飾り気は無いものの、どっしりとしていて、村社以上の社格を感じる。

外幣殿（重要文化財）と片岡山

折から満開の御所桜

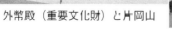

二葉山神社

ＪＲ天津駅付近

ところで、不滅の六十九連勝で知られ、「相撲の神様」、「昭和の角聖」と称される名横綱双葉山は、神社の直ぐ近く、宇佐市下庄の出身である。二葉山神社の北、県道二十三号・中津高田線沿いに「双葉の里」がある。

双葉山、本名穐吉定次《あきよしさだじ》は、明治四十五年（一九一二）二月九日、大分県宇佐郡天津村布津部（現・宇佐市下庄）で生を受けた。少年時代には、傾いた家業の海運業を父と共に支え、相撲とは縁のない苦労の日々であったという。

しかし、たまたま出場した相撲大会の取り組みの新聞記事が県の警察部長の目に止まり、その人の世話で立浪部屋に入門、昭和二年（一九二七）に初土俵を踏んだ。記録に残る六十九連勝は、小結に在った昭和十一年（一九三六）一月場所七日目、瓊ノ浦を下して始まった。翌場所に関脇、さらに次の場所で大関、昭和十二年（一九三七）一月場所で第三五代横綱に昇進し、昭和十四年（一九三九）一月場所四日目に安藝ノ海の外掛けに敗れて連勝が止まった。

双葉の里

その後も二十九連勝、二十一連勝、三十六連勝と強さを発揮、昭和二十年（一九四五）十一月場所で引退し、時津風親方として同部屋を引き継ぎ、筆者の幼少期に土俵を沸かせた横綱鏡里、大関大内山、同北葉山、同豊山を育てた。

また、昭和三十二年（一九五七）には、日本相撲協会第三代理事長に就任、相撲界の改革に功績を挙げたが、昭和四十三年（一九六八）十一月場所で、幕内優勝の大鵬に賜杯を授与したのを最後に入院、同年十二月十六日、五十六歳の生涯を閉じたのである。

超六十連勝力士碑

双葉の里には、双葉山と白鵬の名が刻まれた「超六十連勝力士碑」が建てられ、また直近には、双葉山生家跡が残る。

双葉山生家跡

双葉山につき、やや冗長な記述となったが、力士の四股名は、郷土の地名に因む名も多く、あるいは双葉山の四股名も、古歌に詠まれた二葉山をこの地に比定する証になるかと期待したからである。しかし彼の四股名は、出世を願って「栴檀は双葉より芳し」に由来するとのこと、まさしく筆者の独り相撲であったのは残念である。この様に曖昧な考察に止まったことをご容赦頂きたい。

古の二葉の山の京に在り　歌枕と聞きあらためて訪ふ
二葉山の名を冠したる社在り　大横綱の生家近くに
豊後国に探しあぐねし二葉山　あるいは豊前にと尋ね巡れり

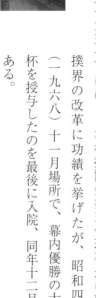

四、宇佐宮《うさのみや》

『**新古今和歌集**』に、「西の海立つ白波のうへにして　なに過ぐすらむかりのこの世を」が収められるが、これを『類字』、『松葉』が、この「宇佐宮」の歌枕歌としている。歌中には詠み込まれてはいないが、詞書に「**称徳天皇**の御時**和気清麿**を宇佐宮に奉りたまへる時託宣したまひける御うた」とあり、この項に収載されたものである。神護景雲三年（七六九）、大宰府主神《かんづかさ》の習宜阿曾麻呂《すげのあそまろ》が、宇佐八幡の神託と称して、**道鏡**を皇位に推した宇佐八幡神託事件は、清麿を宇佐に派遣して収拾したが、その時、宇佐八幡神が**道鏡**を焚きつけたのがこの歌とのことである。

また、『名寄』、『松葉』に、「けふ《［今日］》まて《で》はいき《［壱岐］》の松原いき《［生］》たれと《ど》　我身のうさ《［憂］》に嘆きてそ《ぞ》ふ《［経］》る」が載る。出典の記載は無く、詠者は、『名寄』は俊房、『松葉』は清房とある。なんとも心細い収載であるが、実は筑前編の二十五「壱岐［生］〈ノ〉松原」の『能因』、『名寄』、『類字』に収められ、出典は『**拾遺和歌集**』と共通であるが、詠者は順に藤原俊生《ママ》女、俊房女、藤原後生《のちなり》女と、各書それぞれである。『**拾遺和歌集**』（岩波書店・新日本古典文学大系）には藤原後生女とあり、「左大将済時《なりとき》があひ知りて侍ける女筑紫にまかり下りたりけるに、実方朝臣宇佐使にて下り侍けるに付けて、とぶらひに遣はしたりければ」との詞書が添えられる。歌枕書に正確に書写することの難しさを象徴する歌枕である。なお、この歌は、「憂さ」と「宇佐」が掛けられている。

宇佐市役所の南を走る国道十号線（通称日向街道、あるいは豊後街道）の東三キロメートルの、国道の北側に宇佐神宮が鎮座する。古くには宇佐宮、八幡大菩薩、八幡三所大神、広幡大明神、宇佐八幡宮と様々に呼ばれていたが、明治六年（一八七三）に神宮の呼称となった。八幡大神（誉田別尊《ほむたわけのかみ》＝**応神天皇**）が祀られる一之御殿が神亀二年（七二五）、比売大神（多岐津姫命、市杵嶋姫命、多紀理姫命）を祀る二之御殿が天平三年（七三一）、そして弘仁十四年（八二三）には、**神功皇后**（息長帯姫命）を祀る三之御殿が造営された。三神とも分祀されて、上下二宮が

宇佐神宮上宮南中楼門

宇佐神宮

神武天皇聖蹟菟狭顕彰碑

建つ。豊前国の一宮で、全国の八幡宮の総本宮である。

　表参道に沿って並ぶ土産物屋などを見ながら東に進むと、参道が南に直角に曲がる角に、神武天皇聖蹟菟狭顕彰碑がある。『**日本書紀**』**神武天皇**の条に、東征の途「行きて筑紫國《つくしのくに》の菟狭《うさ》に至る。菟狭は地の名なり。此をば宇佐と云ふ。……（中略）……乃《すなは》ち菟狭の川上にして、一柱騰宮《あしひとつあがりのみや》を造りて饗《みあへ》奉る。」を記念して、昭和十五年（一九四〇）に建てられた。

　その角を曲がり、寄藻川に架かる神橋を渡ると大鳥居が見えてくる。その先に上宮があると思いきや、ここまでと同じほどの距離を歩いて再度東に向い、石段を上って西大門を潜ってやっと上宮前に辿り着く。表参道から二キロメートルほどの距離があると感じた。上宮の正面は、普段は閉ざされている勅使門の南中楼門が重厚かつ華やかな造りで参拝の人を迎える。周囲は回廊が巡り、中の三棟の御殿を拝することは出来なかった。帰

宇佐神宮付近

宇佐神宮下宮

りは左手の道を通って下宮を参拝した。こちらは林間にしっとりと佇んでいて、訪れる人も上宮より少なく、厳かな雰囲気を感じた。

宇佐神宮の表参道に向って嘗て通っていた古道沿いには、円通寺と大楽寺が並ぶ。

円通寺

大楽寺

宇佐市教育委員会の解説板によると、円通寺は、寛元元年（一二四三）に神子栄尊《えいそん》を開山の祖、宇佐神宮大宮司宇佐公仲《きんなか》を開基の祖として創建された。臨済宗大徳寺派の中本寺で、七堂伽藍を備えた大寺であったとのことである。（なお、開山と開基の祖の語意の違いについては、浅学ゆえ今の時点で不明である。）

高野山真言宗の大楽寺は、元弘三年（一三三三）に**後醍醐天皇**の勅願寺として、道密上人が開山、宇佐神宮大宮司到津公蓮《いとうづきんつる》が開基して創建された。到津家の菩提寺であり、また、国指定の重要文化財の弥勒仏・脇侍仏をはじめ、多くの文化財が伝えられる。

また、宇佐神宮の直ぐ北を流れる寄藻川の少し上流に、曹洞宗大善寺が建つ。ここには、宇佐神宮の神宮寺であった彌勒寺の金堂に安置されていた薬師如来像が、慶応四年（一八六八）の神仏分離を機に、この寺の禅堂に移された。鎌倉後期の作とされる。

宇佐神宮縁の三寺を参詣したが、それぞれが背後の木々の緑に映えて、落ち着きのある雰囲気であった。

いと広き宇佐宮の参道長々し　見ゆる鳥居の未だ道半ば

三宮の並び建ち居る宇佐の宮　雨に煙りても朱色鮮やかに

宇佐宮に在りし仏像近隣の　寺に遷りて参る人無し

大善寺

大善寺薬師如来像

国違

五、安岐ノ湊《あきのみなと》

『松葉』に、**摂津**の「梢には見えす《ず》成ゆく紅葉丶〔葉〕の　とまり〔泊〕やあき〔安岐〕のみなと〔湊〕と成らん」が載り、出典の『**夫木和歌抄**』は、これを豊前の歌とするが、現在の大分県国東《くにさき》市の安岐川河口付近とするのが妥当と思われる。『豊後國志』も、安岐城の在所地を安岐湊と解説していて具体的である。よって、あらためて豊後国に項を立てて記述する。

六、荒《あら》〔悳《荒》〕山《やま》

『能因』、『名寄』、『松葉』に、『**万葉集**』巻第三の「大君は神にしませば真木の立つ　荒山中に海を成すかも」の初句が、「皇《すべらぎ・すめらぎ》は」と改められて載る。さらに『名寄』に、同集巻第九の「あしひきの荒山中に送り置きて　帰らふ見れば心苦しも」が載る。しかし、手許の注釈書を見る限り、「荒山」は地名では無く、険しい山、人里離れた奥深い山などの意である。ただ、日田市天瀬町の旧地名に荒山があり、歌枕とは無縁を承知で豊後国にて紹介する。

七、宇美宮《うみのみや》

『名寄』に、**藤原家隆**の「もろ人《［諸］》をはく《［育］》ゝむちかい《［誓］》ありてこそ　うみ《［産］》のみや《［宮］》とはあとをたれけめ」が収められるが、これは筑前編の「三十三、宇美［産］〈ノ〉宮」にも収められる。もちろん該当する神社は豊前国には無く、ために、『名寄』の収載違いと判断した。

八、亀頭《かめのくび》

源俊頼の「たつ《［鶴］》のゐ《［居］》るかめ《［亀］》のくひ《［頸］》よりこ《［漕］》き《ぎ》出《出で》て　心ほそ《［細］》くもなかめ《［眺］》つるかな」が『名寄』に載るが、拙著『歌人が巡る山陽の歌枕』二九六頁に記したように長門国に重載されるが、正しくは周防国、広島県呉市の倉橋島の最東端の亀ヶ首と思え、その地に比定した。よって、項立てに止める。

九、四極山《しはつやま》

『名寄』は、『**万葉集**』巻第三の「四極山うち越え見れば笠縫の　島漕ぎかくる棚無し小舟」など五首を、豊前国の歌枕歌として載せる。しかし、手元の他の歌枕集三冊は、これを豊後国に収載する。

この四極山については諸説があって定めがたいが、別府市と大分市の市境の海岸に聳える高崎山が有力で、よって豊後国に項を立てた。

十、笠結嶋《かさゆいのしま》

これまた『名寄』であるが、『**新後撰和歌集**』に載る**土御門院**の「かさゆいのしまたちかくすあさきりに　はやとをさかるたなゝし小舟」を収める。だがこの歌は、『類字』、『松葉』は他の歌と共に豊後国に納めている。また『能因』も他の二首を挙げて豊後国としている。よって豊後国の歌枕とした。

十一、朽網《くたみ》〔䋄、綱〕山《やま》

『能因』、『名寄』、『松葉』は、この歌枕を豊前国に項立てするが、正しくは、大分県竹田市、熊本県との県境に連なる九重連山を指し、明らかに豊後国の歌枕である。

未勘

十二、舟木濱《ふなきのはま》

『松葉』に大江匡房の読んだ「川しま《〔島〕》や舟木の濱にゐる《〔居〕》千鳥おのれ《〔己〕》か《が》名をは《ば》とし《〔年〕》とたの《〔頼〕》まん」が載るが、出典の『夫木和歌抄』には大嘗会主基方御屏風との題が付けられる。しかし、豊前国も、豊後国も、主基国に卜定された歴史はない。『和歌の歌枕・地名大辞典』はこれを、近江国の歌枕としている。そちらの考察は別の機会に譲ることとし、ここでは未勘として項を立てるに止める。

豊前国歌枕歌一覧（名所の数字は各歌枕集収載ページ）

	倉無濱	清水〈ノ〉宮〔寺〕	二葉山（豊後国より—筆者注）	宇佐宮
名所歌枕（伝能因法師撰）	倉無濱（四一一） わきも子か赤裳泥塗て植し田を 苅ておさめんくらなしの濱 〔万葉九〕（人丸）	清水宮（四一〇） 宿をいては尋てゆかんし水寺 名にたかはすはすみやとまると 〔夫木〕（忠房）		宇佐宮（四一一）
謌枕名寄				宇佐宮（一二一六） けふまてはいきの松原いきたれと 我身のうさになけきてそふる （俊房） （筑前編「壱岐〔生〕〈ノ〉松原」に重載—筆者注）
類字名所和歌集	倉無濱（二六九） わきも子かあかもぬらして植し田を かりておさめん倉無の濱 〔拾遺〕（人暦ママ）			宇佐宮（一二三四）
増補松葉名所和歌集		清水ノ宮（七二八） ほさはやなしのにをりはへはす衣 しみつの宮のなかれ絶せて 〔拾遺〕（江中納言） 清水寺（七二七） 宿を出は尋ねてゆかんしみっ寺 名にたかはすはすみやとまると 〔堀後百〕（忠房）	二葉山（四八一） 雲はらふ嵐に高き松杉も 二葉の山のよゝやへぬらん 〔由良山八景〕（実陰）	宇佐宮（三七二） けふまてはいきの松原生たれと 我身のうさに歎きてそふる 〔名寄〕（清房）

宇佐宮
つくしへとくやしく何に急けん 数ならぬ身のうさやかは 〔重之〕（重之）
いさやまたうさのやしろはしらねとも こやそなるらんすくなみの神 （実方） 右宇佐より帰て人にかみなと心さすとて読遣ける
稱徳天皇の御時和気清丸を宇佐宮に奉り給へりける時託宣し給ひける御哥 西の海立しら波の上にして なにすくすらんかりのこの世を 〔新古今〕
いさやまたうさの社はしらねとも こやそなるらんすくなみの神 〔名寄〕（実正） 称徳天皇の御時和気清麿を宇佐宮に奉りたまへる時託宣したまひける御うた 西の海たつ白波の上にして なにかくすらんかりの此世を 〔新古〕 八重霞ちとせをこめてたちかへる 春待えたるうさの神かき 〔延享元宇佐宮御奉納五十首〕（御製） 宮はしらふとしきたてゝ世を守る 恵み久しき宇佐の神垣 〔同〕（同） 幾かへり我身のうさもしらすして 心つくしの人を恋らん 〔六百番〕（兼宗） うさの宮我たつ杣のひしりをは はくゝむ神の末そうれしき 〔拾玉〕（慈鎮） 波の音のうさの宮ゐをすみかへて うつるやはたの山そのとけき 〔千首〕（宋雅） にこりなく守るもひさし石清水 うさの宮ゐをこゝにうつして 〔元禄千〕（通躬） 石清水うさまてゆかすあふことを なをはらへすは神を恨みん

	安岐ノ湊（豊後国へ—筆者注）	荒〔葸《荒》〕山（豊後国へ—筆者注）
名所歌枕（伝能因法師撰）		荒山（四一一） 皇は神にしませは槙のたつ あら山中に海をなすかも 〔万葉三〕（人丸）
詞枕名寄		葸《荒》山（一一二一三）八雲御抄有之万葉哥 枕 すへらきは神にしませはまきのたつ あら山中にうみをなすかも 〔万三〕 あしひきのあら山中てをいそきて かつらふみしほ心くるしも 〔万九〕 うはそくかおこなひすらし槇の立 あら山中にまふしさしつゝ 〔堀百〕（師時）
類字名所和歌集		
増補松葉名所和歌集	安岐ノ湊（五七一） 梢には見えす成ゆく紅葉ゝの とまりやあきのみなと成らん 〔夫木〕（摂津）	荒山（五三八） 皇は神にしませはまきのたっ あら山中に海をなすかも 〔万〕（人丸） あら山の通りならはぬ岩つたひ 手向の神にまかせてそゆく 〔新六〕（光俊）

四極山（豊後国へ―筆者注）	亀頭（周防国へ―筆者注）	宇美宮（筑前国へ―筆者注）
四極山（一二一二） しわつ山うちこへくれはかさぬいの しまこきかくるたなゝし小舟 右高市王羇旅哥八首内 〔万三〕 しわつ山ならの下葉をおりしきて こよひいさねん都こひしも 〔続後〕（俊成） しわつ山ならのわか葉にもる月の かけさゆるまて夜はふけにけり （俊頼）	亀頭（一二一六） たつのゐるかめのくひよりこき出て 心ほそくもなかめつるかな （俊頼）	宇美宮（一二一六） もろ人をはくゝむちかいありてこそ うみのみやとはあとをたれけめ （家隆） （筑前国「宇美宮」に重載―筆者注）

	四極山（豊後国へ―筆者注）	笠結嶋（豊後国へ―筆者注）	朽綱〔絅・網〕山（豊後国へ―筆者注）
名所歌枕（伝能因法師撰）			朽綱山（四一一） くたみ山夕ゐる雲のうすらかは 我は恋んな君か目をほり 〔万葉十一〕（人丸）
謌枕名寄	しわつやま風吹すさむならの葉に たえ〳〵のこる日くらしのこゑ （守覚法し） しほかせに空すみわたるしわつ山 こきくるふねも月やもるらん （頼定）	笠結嶋（一二一二） かさゆいのしまたちかくすあさきりに はやとをさかるたなゝし小舟 （土御門院）	朽綱山（一二一三） くたみやまゆふゐる雲のうすらかは われはこひんなきみの《か》めをほり くたみ山くちたてるとやおもふらん しられぬ谷のまつのふる枝を （俊頼）
類字名所和歌集			
増補松葉名所和歌集			朽綱山（四二〇） くたみ山夕ゐるくものうすか《ら》ら《が》は 我は恋んな君かめをほり 〔万十一〕（人丸） くたみ山くちたてりとやおもふらん しられぬ山の松の古枝に 〔名寄〕（俊頼）

未勘

	舟木濱
名所歌枕（伝能因法師撰）	
謌枕名寄	
類字名所和歌集	
増補松葉名所和歌集	舟木濱（四九四）或近江 川しまや舟木の濱にゐる千鳥 おのれか名をはとしとたのまん 〔夫木〕（匡房）

大分県　豊後編

七世紀後半に、豊国が豊前国と豊後国に分割されたことは既に述べた。和名は「とよのくにのみちのしり」である。延長五年（九二七）に成立した**延喜式**では、大分、国東《くにさき》、速見、海部《あまべ》、大野、直入《なおいり》、日田、玖珠の八郡で成っていた。建永元年（一二〇六）大友能直《よしなお》が守護となり、以後勢力を伸ばし、西国の有力守護大名となった。二十一代義鎮《よししげ》（宗麟）の頃（十六世紀後半）には、豊前、筑前、筑後まで進出、有力な戦国大名として、島津氏と九州の覇を争った。

しかし、関ケ原の戦いを経て江戸期に入ると、杵築、高田、日出、森、府内、臼杵、佐伯、岡、立石の九藩に分割された。明治四年（一八七一）の廃藩置県で豊前国の一部と合せて大分県となった。

国府、国分寺は現在の大分市に置かれていた。平安時代には、宇佐神宮信仰と結びついた六郷満山文化、臼杵、大野川流域、国東地方に点在する磨崖石仏に代表される仏教文化が開花した。

域内には、別府温泉、湯布院、九重高原など、広く知られた名所が多い。

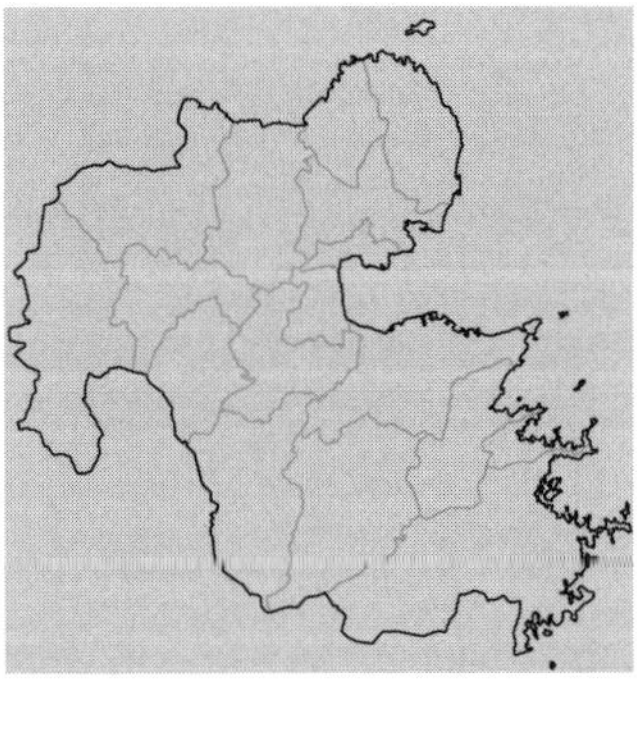

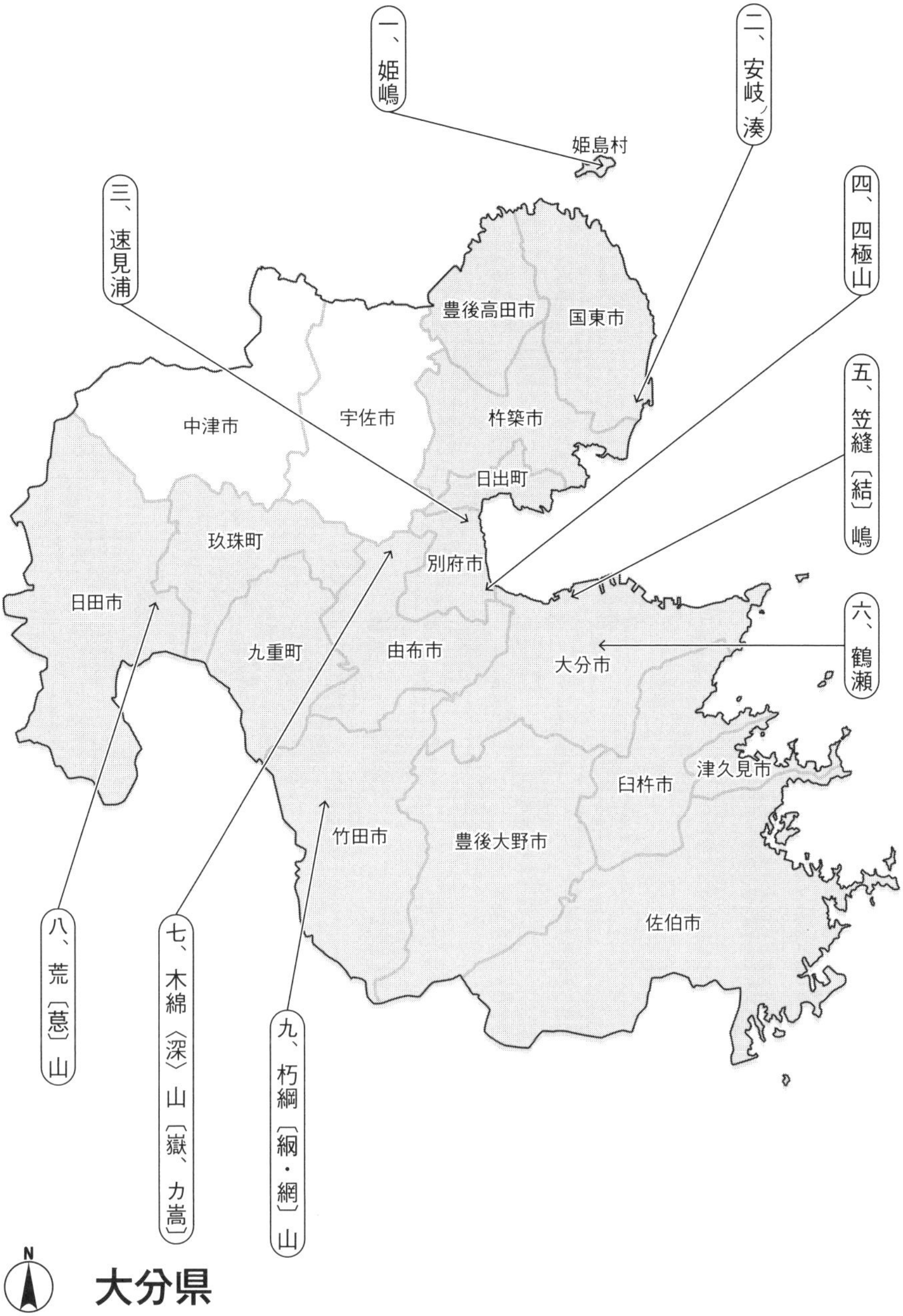
一、姫嶋
二、安岐ノ湊
三、速見浦
四、四極山
五、笠縫〔結〕嶋
六、鶴瀬
七、木綿〈深〉山〔嶽、カ嵩〕
八、荒〔葸〕山
九、朽綱〔䋄・網〕山
姫島村
豊後高田市
国東市
中津市
宇佐市
杵築市
日出町
玖珠町
別府市
日田市
九重町
由布市
大分市
津久見市
臼杵市
竹田市
豊後大野市
佐伯市
N

大分県

一、姫嶋《ひめしま》（併せて三穂浦）

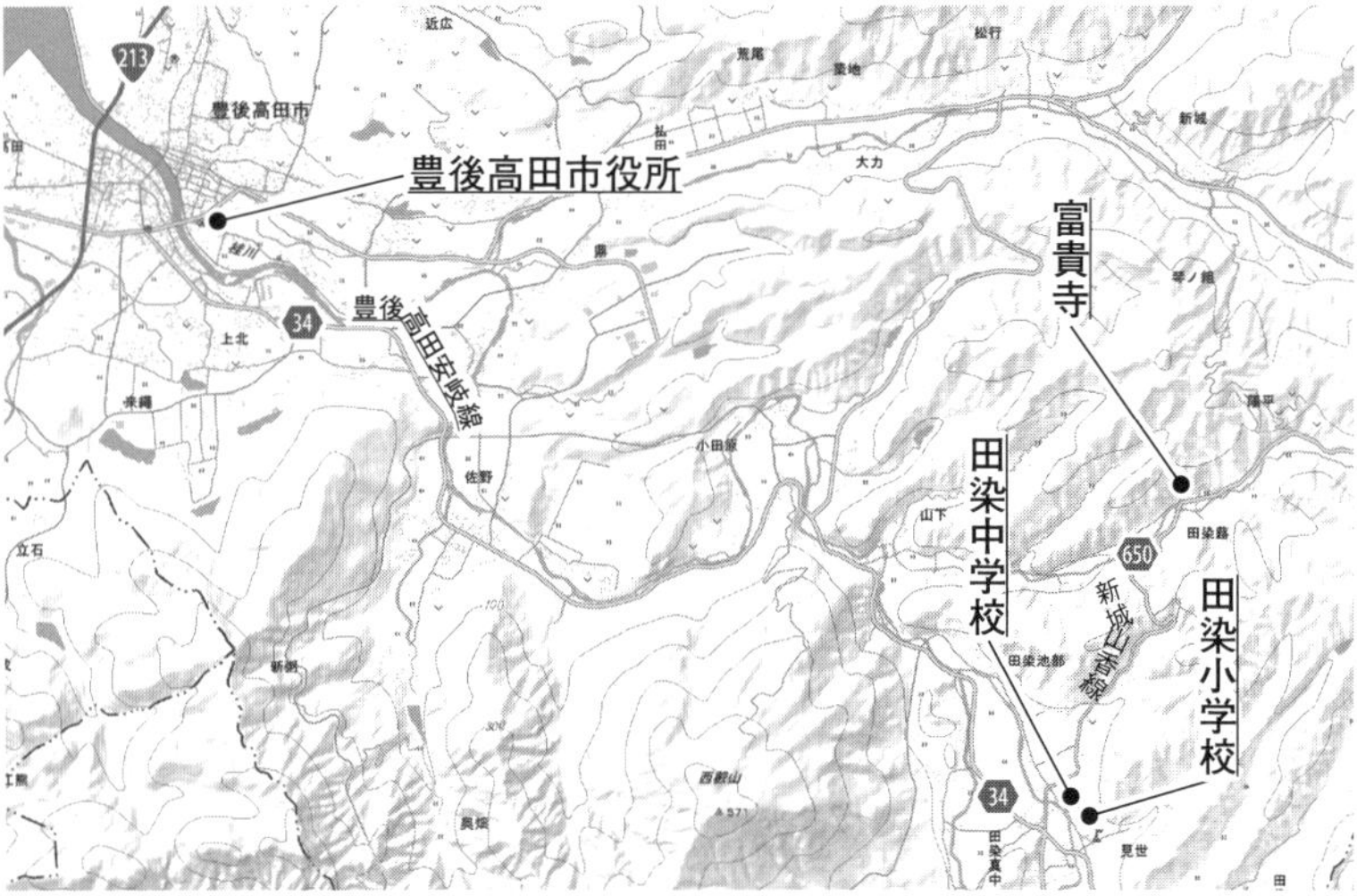

豊後高田市

姫島は、国東半島の北の周防灘に浮かぶ。JR日豊本線・宇佐駅の北で国道十号線に別れを告げ、国東半島を巡る国道二百十三号線を走るのだが、その前に、平安中期から鎌倉時代にかけて、国東半島で栄えた山岳宗教の六郷満山の一端に触れるべく、富貴寺に立ち寄った。

六郷満山の寺院群は、八世紀初頭に、仁聞（生没年をはじめ、その生涯は不明で、ほぼ伝説上の人と言って良い）が開基したと伝えられる、国東半島の六郷（武蔵、来縄《くなわ》、国東、田染《たしぶ》、安岐、伊美）の、日本古来の山岳信仰の霊地、あるいは修行の場として点在していたものが、奈良から平安の時代にかけて寺院の形態を取り始め、その後、宇佐神宮の神宮寺であった弥勒寺の傘下に入ったとされ

富貴寺大堂

富貴寺山門

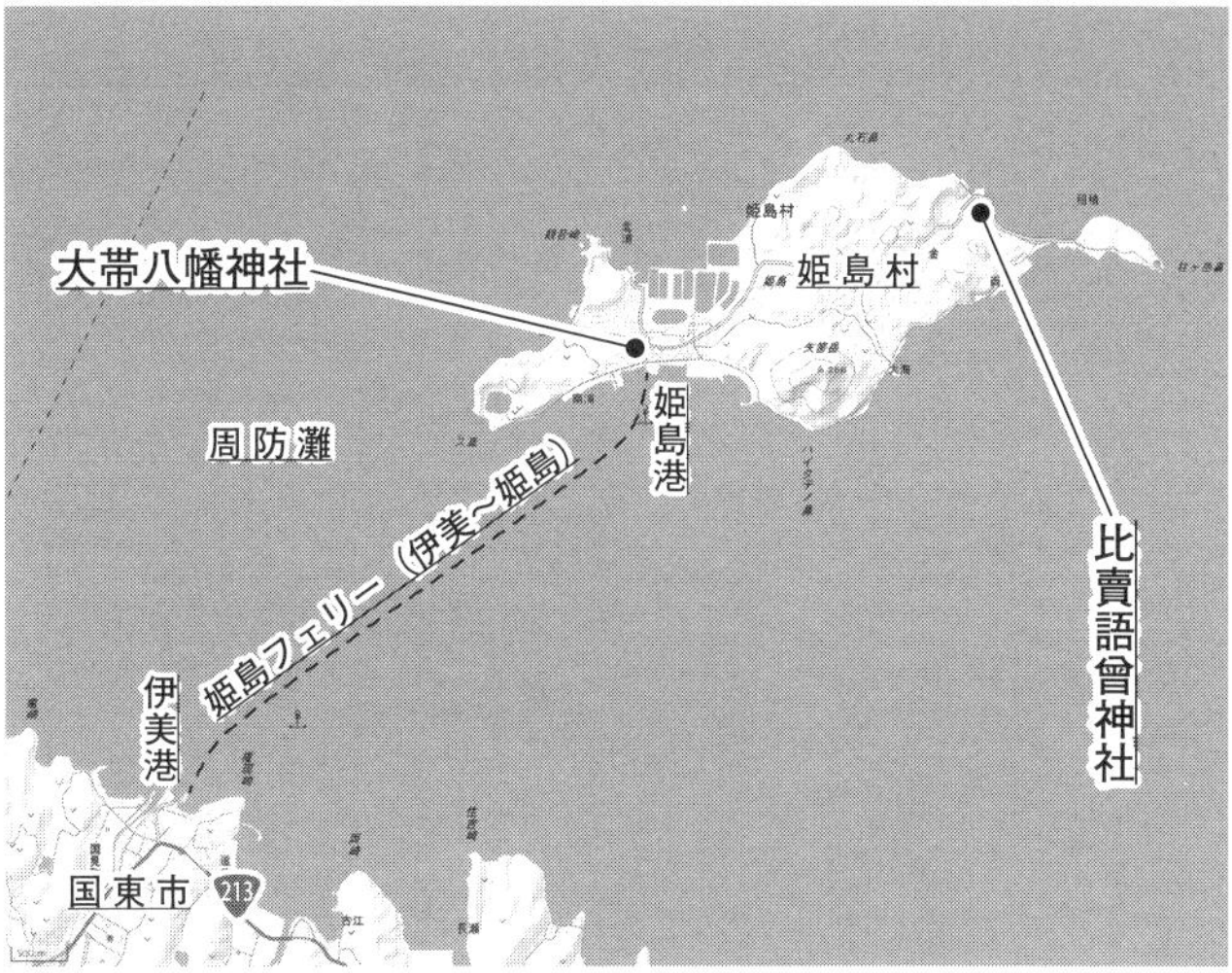

姫島

る。仁安三年（一一六八）に編まれた『六郷二十八山本寺目録』には六十五ヶ寺が載り、富貴寺はその一つである。

　豊後高田市役所の西から南東に延びる県道三十四号・豊後高田安岐線（通称日向街道）を辿り、田染小学校、田染中学校のある集落で県道六百五十五号・新城山香《しんじょうやまが》線に乗って北へ向うと、右に駐車場、左に古色溢れる仁王門が見えてくる。鬱蒼とした木々の間の石段を上ると、ピラミッド状の屋根（宝形造）の本堂が建っている。キリシタン大名であった大友宗麟によって、多くの仏教寺院が破壊されたが、ここ富貴寺の本堂（大堂と呼ばれる）は奇跡的に破壊を免れ、今に続いていて、国宝に指定されている。西国唯一の阿弥陀堂である。

　さて、本題の姫島である。

　姫島は、南北四キロメートル、東西七キロメートル、面積約七平方キロメートル、推定人口二千人弱の、一島で一村を形成する大分県内唯一の村である。産業は基本的に漁業で、嘗ての塩田跡では車えびの養殖も行われる。平成二十八年（二〇一六）十二月、六十一年ぶりに村長選挙が行われたことが話題になった。

　豊後高田市役所近くから国道二百十三号線を四十分ほど走ると、半島のほぼ北端、伊美港に着く。そこから村営フェリーで二十分、姫島港に着く。

姫島全景

大帯八幡神社

杵築藩御座舟雛形

湊近くには、大帯《おおたらし》八幡神社が鎮座する。元治元年（一八六四）の大火で古文書等が消失したため、由緒は明らかではない。本殿は、ガラス窓のある恰も昔の小学校の校舎を思い出させる回廊が巡っていて、その姿を見ることは出来ない。右手には、慶応年間（一八六五〜六八）に建造された杵築藩御座舟の雛形が奉納されている。

『日本書紀』垂仁天皇の条に、「白き石」が「豊國の國前郡《みちのくちのくに》に至りて神と為《な》りぬ」と記される比賣語曾神を祀る、極々小振りの社が島の東端近くにある。

『万葉集』の巻第二、三と巻を分けて**河辺宮人**《かわへのみやひと》の歌が、共に「和銅四年（七一一—筆者注）辛亥《かのとゐ》に、河辺宮人、姫島の松原の美人《をとめ》の屍を見て、哀慟《かな》しびて作る歌」の詞書に続いて、巻第二には二首、巻第三には四首が載せられる。同じ詠者の歌群が、同じ詞書で異なる巻に収められているわけで、**『万葉集』**編纂の謎の一つである。『名寄』は、巻第二の「妹が名は千代に流れむ姫島の　小松がうれ《「末」》に蘿生《こけむ》すまでに」を「姫嶋」の項に、巻第三の「風早の三穂の浦みの白《しら》つつじ　見れどもさぶしなき人思へば」が「三穂浦」の項に収める。この三穂浦が、島内のどの辺りかと巡ってみたが、確たる場所は見つけ

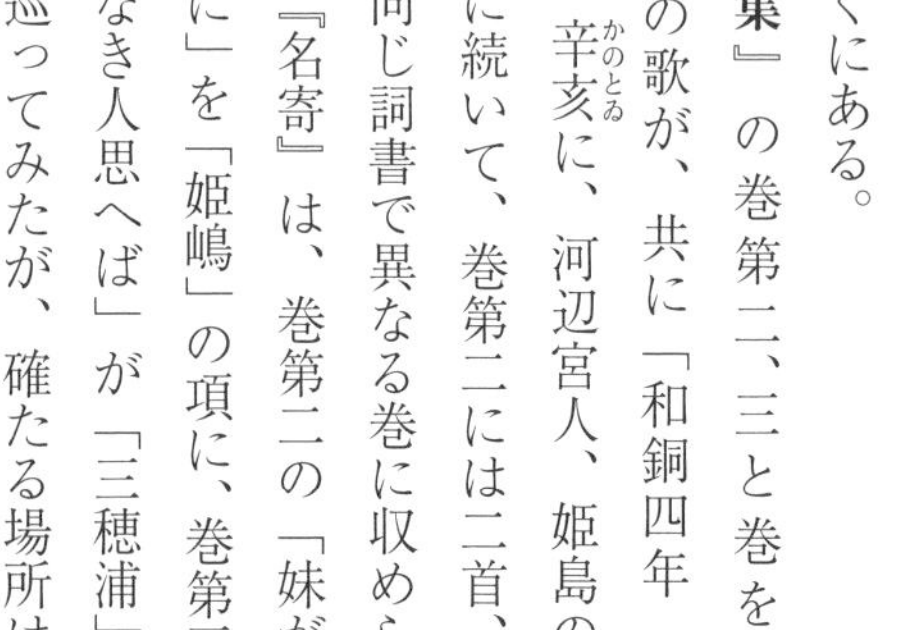

三穂浦？

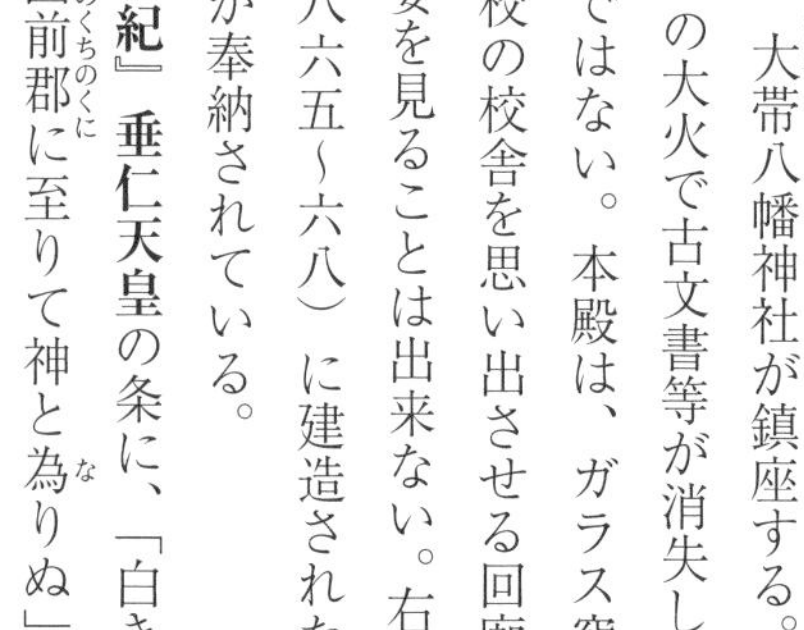

比賣語曾社

ることが出来ず、あるいは防潮堤に沿う一条の松の並木がある、姫島港の東の海岸線かと想像した。

姫島に行く道逸れて古の　修験の寺をふと参りたり
松の影求め探し姫島の　哀しき古歌に詠まれし浜の
沖合の近きに浮かぶ姫島に　向ふ航路の波穏やかに

二、安岐《あき》ノ《の》湊《みなと》

大分県豊前編の五で、安岐湊は豊前国ではなく、豊後国であると記した。

伊美港から再び国道二百十三号を辿って、国東半島の東岸を巡って約三十キロメートル、伊予灘に張り出す形で大分空港がある。その先、安岐川左岸の高台に、嘗て安岐城があった。応永年間（一三九四～一四二八）、飯塚城主・田原親幸の築城とされるが定かではない。天正八年（一五八〇）、田原家の家督相続を巡る内紛に便乗した大友氏が占拠、その大友氏も文禄二年（一五九三）、秀吉によって改易され、熊谷直陳が入城、城郭の整備を行った。しか

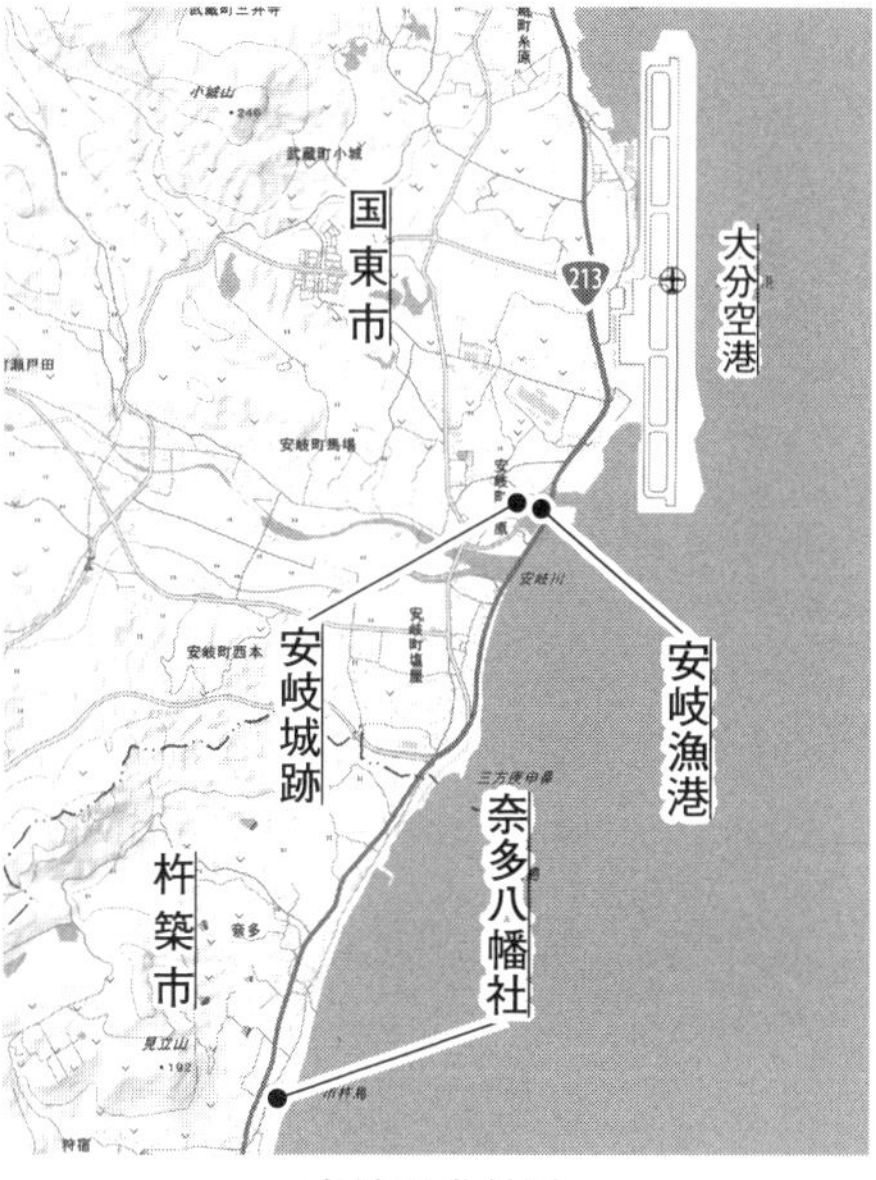

安岐漁港付近

安岐城跡の天満宮

し慶長五年（一六〇〇）の関ヶ原の戦いで、直陳は西軍に組して戦死、安岐城は廃城となって歴史に終りを告げた。城の天守閣の土台跡には、天満宮が建てられている。

この安岐城が見下ろす海岸を安岐浦と呼び、そこに開かれた港が安岐港である。港の出入口に架かる、朱に塗られたアーチ型の楓江大橋が、青い海面と空に映えて美しい。

またこの付近には、古墳も多く築かれていた。安岐城の遺構の下からも発見されていて、築城の際、墳丘封土は削平されたと考えられている。現代であれば、文化財保護の観点からあり得ない所業である。

『松葉』に、『**夫木和歌抄**』から**摂津**の、

「梢には見えす《ず》成ゆく紅葉ゝ《葉》の　とまり《泊》や

あき《安岐・秋》のみなと《湊》成らん」が収められる。晩秋の風景が目に浮かぶ秀歌と思えるが、第四句、安岐と秋が掛けられていて、技巧的にも参考になる。

海岸に沿う国道二百十三号線を南に走ると、二キロメートルほどで杵築市に入る。さらに三キロメートル余り、左手の海浜の林の中に奈多宮が静かに鎮座する。主祭神は、比売大神、**応神天皇**、**神功皇后**であり、宇佐神宮との深い関係がある。神亀六年（七二九）に、宇佐神宮大宮司・宇佐公基によって創建されたという。また嘗て、宇佐神宮においては、六年毎の行幸会で新しい薦枕《こもまくら》がご神体のために上宮に納められ、それまでのものは下宮に、下宮のものは一旦ここ奈多宮に納められた後、宮前の海に流されたと言う。薦枕は、真菰（イネ

安岐漁港

奈多宮

科の多年草。湖、川、沼沢などの浅い水の中に生える。葉でむしろを作る）で作った枕のことで、例えば『万葉集』巻第七の挽歌に収められる「薦枕相枕《あひま》きし子もあらばこそ　夜の更くらくも我が惜しみせめ」などに詠まれる。（なお筆者には、薦枕が神事においていかなる意味を有するのか、どのように用いられるかは不明である。）この宮は大友氏との関係も深く、二十一代・大友宗麟の妻は大宮司奈多家の出である。また収蔵される木像僧形八幡神坐像、二体の木像女神坐像は、宇佐神宮の旧神体とされ、国の重要文化財に指定されている。社殿の権現造の屋根は、このような重厚な歴史を感じさせるに充分な雰囲気を滲ませている。

奈多宮から海に通じる道の右、浜沿いの林の端に、『万葉集』巻第七の「網引《あびき》する海人とか見らむ飽《あく》の浦の清き荒磯《ありそ》を見に来し我れを」の歌碑が建つ。「飽の浦」は、『萬葉集釋注四』によると、和歌山加太町の南の三崎付近、あるいは岡山市の飽浦《あくら》としていて、なぜここにこの歌碑が据えられたのかは判らない。

訪ね来し安岐の湊に架かる橋　赤きアーチの海と空に映ゆ
安岐湊の丘に小さき宮建てり　史の短かき城ありし跡
宇佐宮と深き縁に結ばれる　宮詣りたり安岐湊過ぐ

奈多宮の門

奈多宮万葉歌碑

三、速見浦《はやみうら》（併せて同里、同濱）

この歌枕が筑後国の項に立てられていて、さらには、幾つかの解説書には、摂津国、あるいは筑前国とする説が述べられていること、そして筆者は、ここ豊後国に項を立てることとしたことは、筑後国三に記した。

速見浦

豊後国の速見郡は、現在の杵築市の西部、日出町《ひじまち》、別府市の大部分、宇佐市のごく一部、由布市の旧湯布院町に当たる。地名の由来は、その昔第十二代**景行天皇**が巡幸した際、この地の速津媛《はやつひめ》に歓待されたことから速津媛國と名付けられた故とされる。そして速見浦は速見郡の海岸線、今で言えば別府湾を取り巻く海岸線、日出港から別府・大分の市境までを指すのであろう。あまりにも有名な温泉地であるが故に開発され、近代的になっているのは止むを得ないが、それでも古の白砂の海浜を

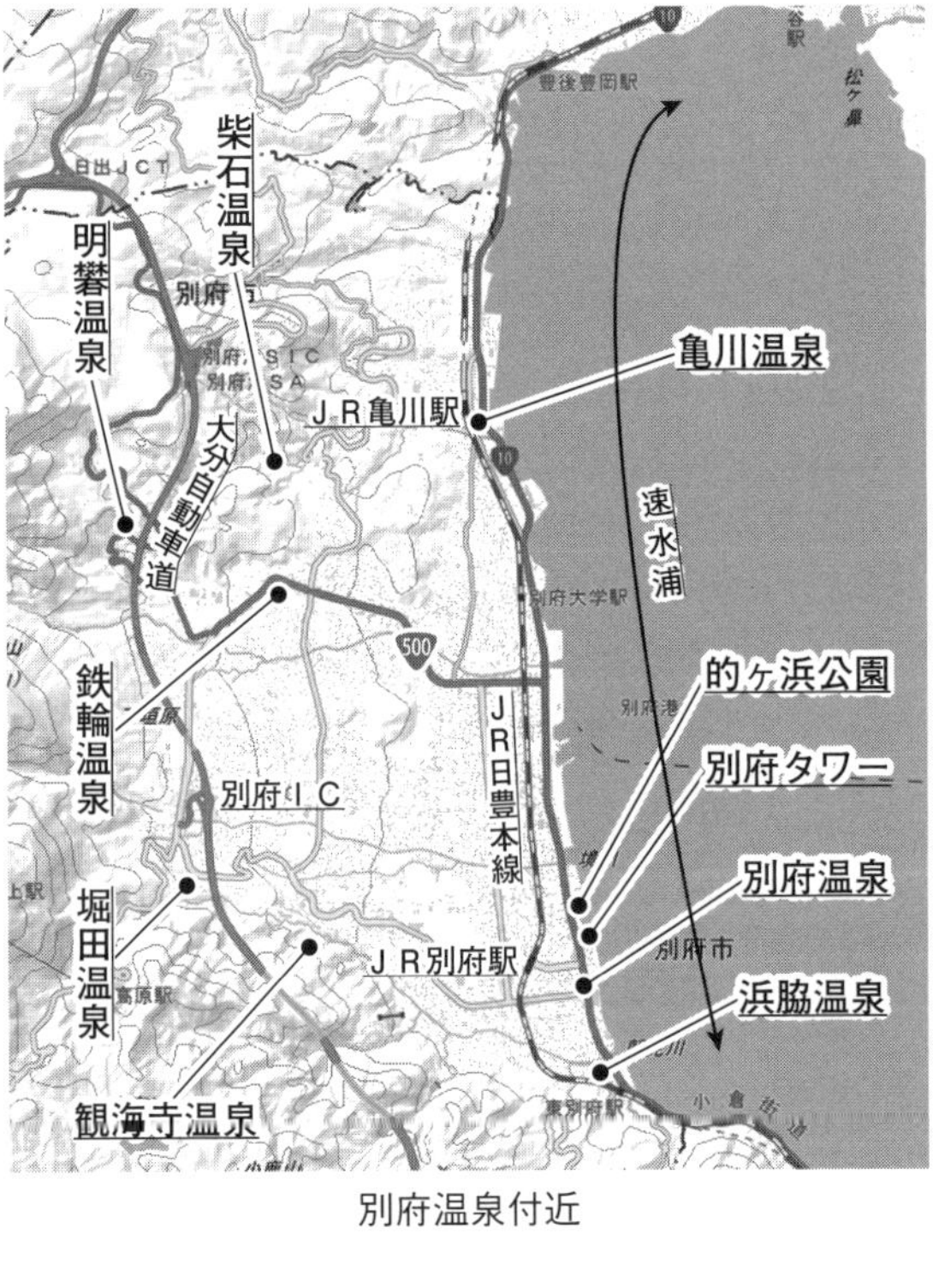

別府温泉付近

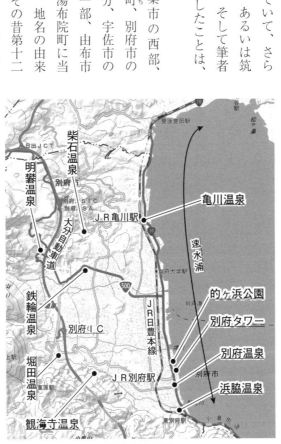

偲ばせる浜が所々に残る。別府市の中心部に近い浜は、別府タワーのある的ヶ浜公園として整備されているが、その一角に、『**万葉集**』巻第十六の、豊後国《とよくにのみちにしり》の白水郎《あま》の歌「くれなゐ《〔紅〕》に染《し》めてしころも《〔衣〕》雨降りて　匂《い》ひはすともうつろ《〔移〕》はめやも」の歌碑が建つ。

さて、ここ速見浦を語るに、別府温泉をはずすことは出来ない。

別府温泉とは、JR日豊本線・別府駅周辺の温泉街の名称であるほか、それを含んで別府市内に点在する八箇所の温泉街、通称「別府八湯」の総称でもある。

別府八湯とは、北から順に、亀川温泉、柴石《しばせき》温泉、明礬《みょうばん》温泉、鉄輪《かんなわ》温泉、堀田《ほりた》温泉、観海寺《かんかいじ》温泉、別府温泉、浜脇温泉である。

みはらし坂からの湯けむり風景

別府タワー

的ヶ浜公園万葉歌碑

亀川温泉は、日豊本線の別府駅から二つ北の亀川駅近くにある。大正時代開院の海軍病院（現在の国立病院機構別府医療センター）を中心に発展した。

柴石温泉は、亀川温泉のほぼ西二キロメートル程にあり、寛平七年（八九五）に**醍醐天皇**が、寛徳元年（一〇四四）には**後冷泉天皇**が入湯したなど、由緒ある温泉である。（なお、**醍醐天皇**は八九七年、**後冷泉天皇**は一〇四五年の即位であるから、正確には皇太子時代になる。）

明礬温泉は、別府湾岸から三・五キロメートルほどの山沿いに在る。湯けむり・温泉地景観として国の重要文化的景観に選ばれている。

鉄輪温泉は、明礬温泉の東南東約二キロメートル、国道五百号線沿いに在る。ここも国指定の重要文化的景観である。鎌倉時代に**一遍**が開湯したとされる。

八幡朝見神社社務所

八幡朝見神社社殿と神木の楠木

堀田温泉は、大分自動車道別府ＩＣの南に位置し、静かな山の湯治場の雰囲気である。

観海寺温泉は、堀田温泉の東南東一キロメートル余り、ＪＲ日豊温泉・別府駅のほぼ西二・五キロメートルほどにあり、別府湾の見晴らしが最も良い。

別府温泉は、先述の通り、別府駅周辺にあり、別府タワーのお膝元で、もっとも賑わいを見せる温泉街である。

浜脇温泉は、別府温泉から南へ一キロメートル余り、朝見川河口にある。嘗ては海浜にも温泉が湧出していたという。朝見川を遡った左岸にある八幡朝見神社の門前町として発展してきた。建久七年（一一九六）の創建である。朱の杵が鮮やかな社殿の脇には、樹齢千年といわれる、御神木の楠木が枝を広げる。また、社務所の重層の屋根も見事である。

別府温泉は地獄めぐりが有名である。定期観光バスが巡るのは、「血の池地獄」、「龍巻地獄」（以上は柴石温泉にある）、海地獄、鬼石坊主地獄、山地獄、かまど地獄竈地、鬼山地獄、白池地獄（以上は鉄輪温泉にある）の八地獄であるが、他にも多くの地獄がある。

この「速見浦（里・濱）」が読み込まれた歌は、筑後編三に挙げた二首以外に、**藤原実方**の「おほ《ぼ》つかな我《我が》ことつて《［言伝］》も時鳥　はやみ《［速見］》の里にいか《［如何］》にな《［鳴］》

血の池地獄

くらん」が『名寄』、『松葉』に、**藤原公任**の「わきも《我妹》子をはやみ《速見》の浦の思ひ《い》草　しげ《茂》るもまさ《勝》る恋もする哉」が『松葉』に載る。

ふと寄りし海水浴場の浜に立ち　古歌に詠まれし速見の浦偲ぶ
湯煙の此処や彼処に立ちて居り　速見の浦に沿ふ街並に
湯の神を祀る社に向ふ坂　振り向き見れば速見浦見ゆる

四、四極山《しはつやま》

四極山を詠んだ歌は多い。まずは大分県豊前国九で例示した、『名寄』に載る『**万葉集**』巻第三の、「四極山うち越え見れば傘縫の　島漕ぎかくる棚無し小舟」が『松葉』にも、また『能因』、『類字』にも出典を『**古今和歌集**』として収載する。詠者は**高市連黒人**《たけちのむらじくろひと》である（『名寄』が豊前国に項を立てているのは誤りとする。大分県豊前国九参照）。さらに、『名寄』、『類字』、『松葉』に、**藤原俊成**の「しはつ《四極》山なら《楢》の下葉をお《折》りしき《敷》て　こよい《今宵》はね《寝》なん都悲しも」など三首が、そのほか『名寄』単独に一首、『松葉』に単独で四首が納められる。このように、四極山は広く詠まれた歌枕なのである。

ところで、冒頭の**高市連黒人**の歌は、八首の羇旅歌の一群のうちの一首なのだが、伊藤博は『萬葉集釋注』で、四極山は所在未詳としながらも、前後の歌との関連から三河国ではないかとしている。

しかしここ豊後には、古くに四極山あるいは柴津山と呼ばれた著名な山があり、さらに、第三句に詠み込まれて

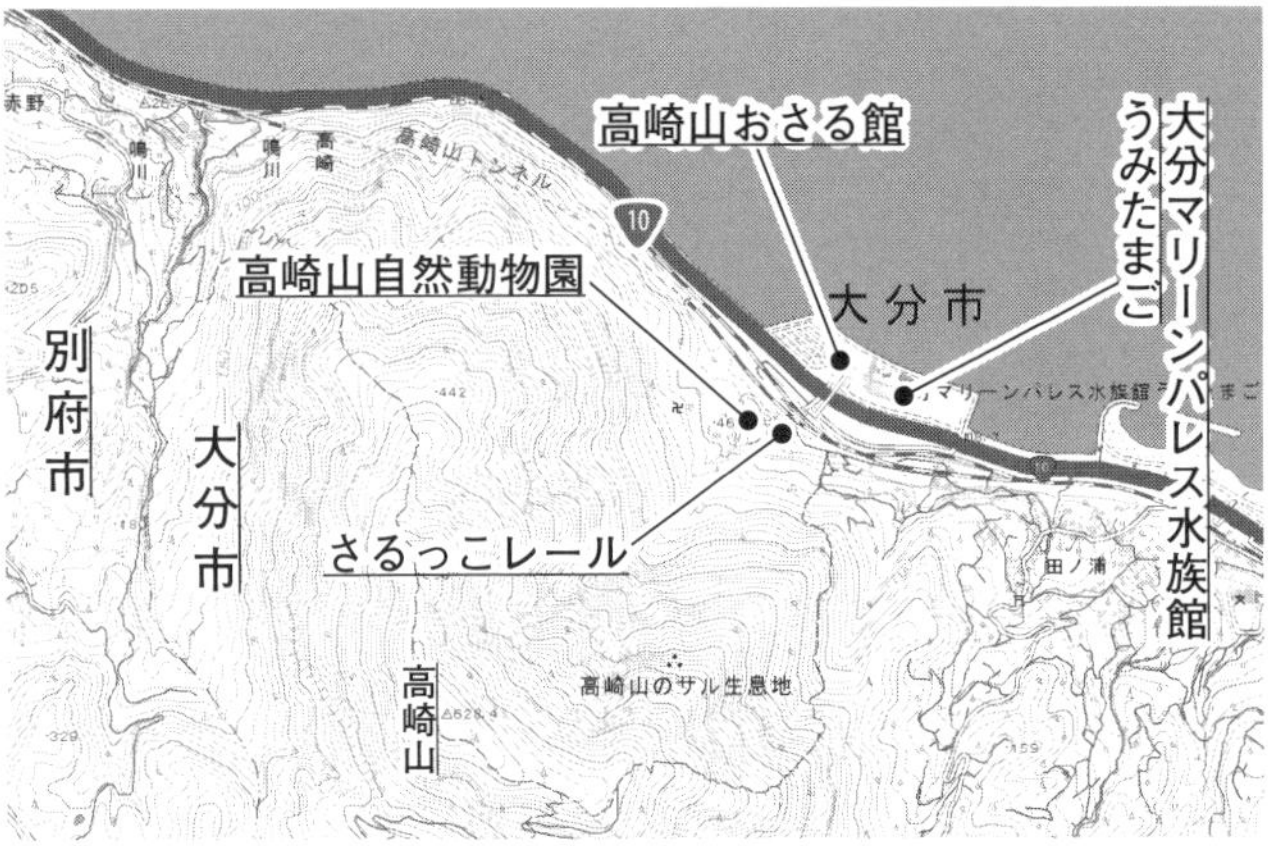

高崎山

いる「笠縫〔結〕嶋」も近隣にある。それ故、別府市と大分市の市境の別府湾の直近《まぢか》に聳える、標高六百二十八・四メートルの高崎山を、歌枕「四極山」と比定した。

片側三車線、上下併せて六車線の国道十号線を、別府方面から市境を越えて一・八キロメートルの海浜沿いに、二棟の建物と国道を跨ぐ立派な歩道橋が目に入る。手前の建物が、平成十六年（二〇〇四）に開業した「高崎山おさる館」、東側が、昭和三十九年（一九六四）に「大分生態水族館マリーンパレス」として開業し、国道の拡幅に伴い平成十六年にリニューアルした「大分マリーンパレス水族館・うみたまご」である。

歩道橋を渡ると、高崎山自然動物園の入園口である。

高崎山には、戦国時代には既に野生の猿が生息していたとの文献もあり、明治末期には六百頭程が確認されたという。大正期の山火事で一旦は激減したが、終戦直後までに二百頭ほどまで増え、農作物にも被害が及び、一度は駆除が試みられた。

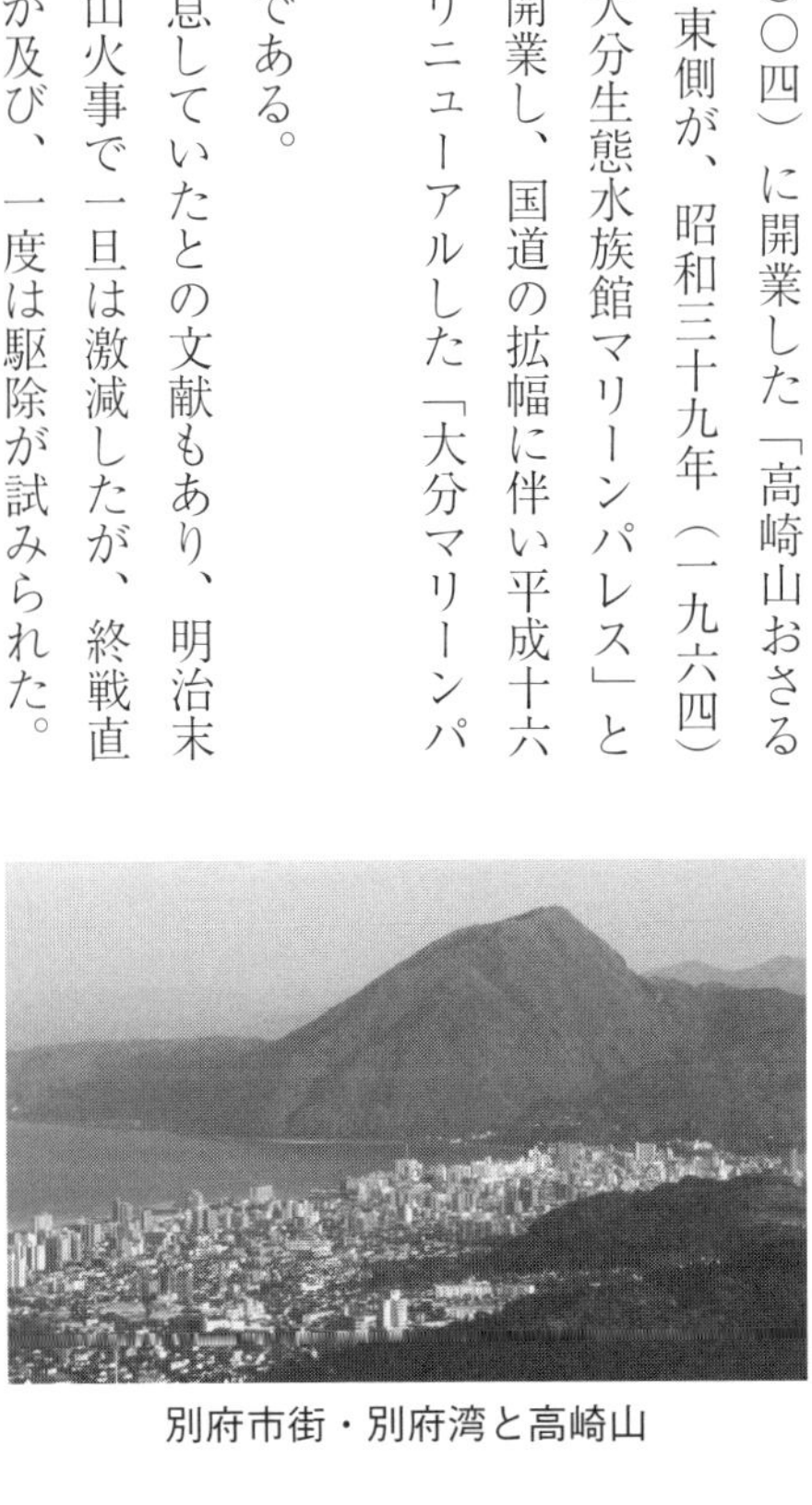
別府市街・別府湾と高崎山

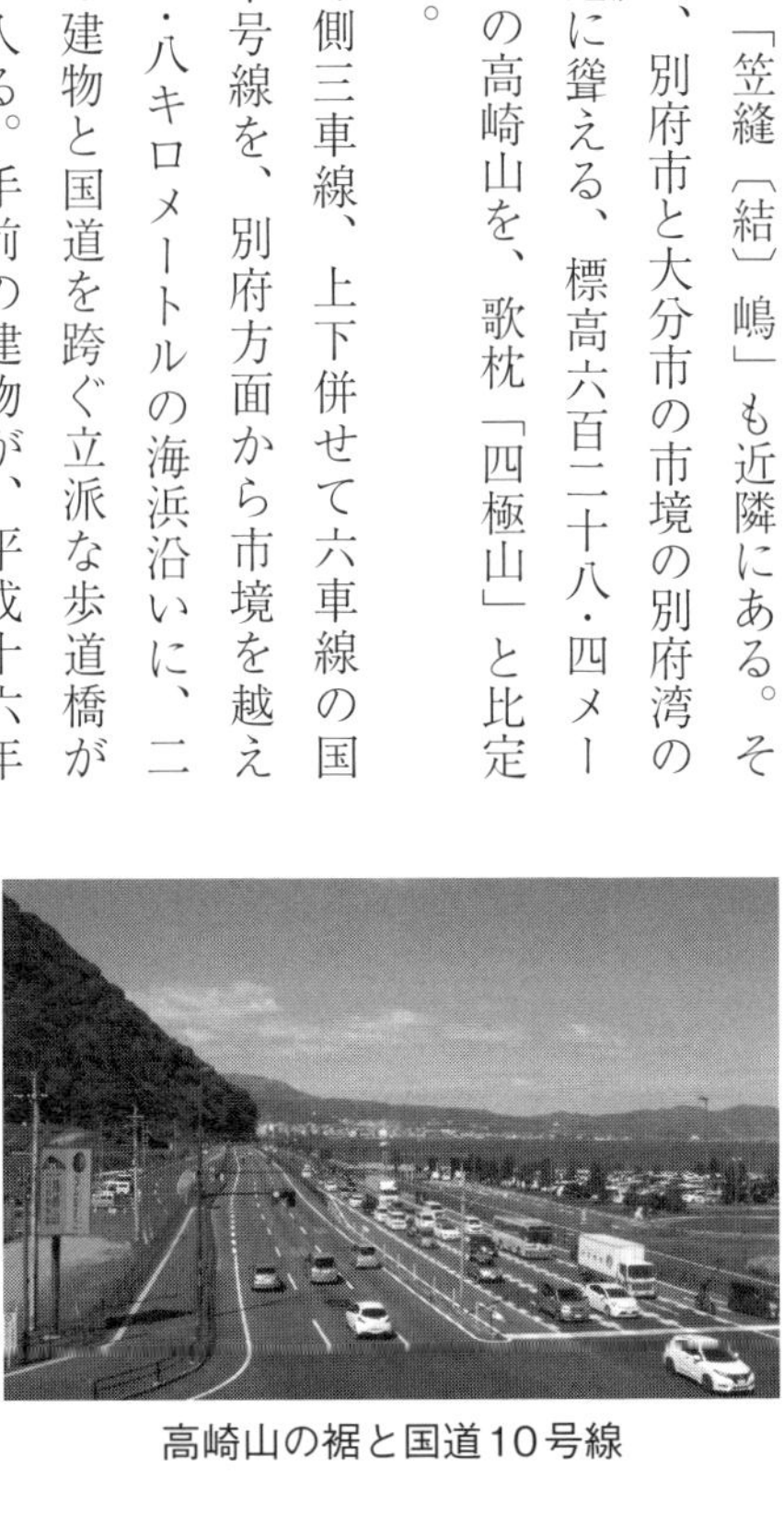
高崎山の裾と国道10号線

大分マリーンパレス水族館・うみたまご

しかし効果は上がらず、逆手にとって観光資源とすべく、昭和二十七年（一九五二）から餌付けが始まった。翌年には公園を開園、また「高崎山のサル生息地」として国の天然記念物に指定された。

高崎山のサルは、あくまでも自然に生息しているものを餌付けによって寄せ場に呼び寄せるだけであり、餌場への人の立入を規制する柵があるだけで、サルは所構わず縦横に走り回っている。現在、二群千三百頭あまりが確認されている。

入園口から徒歩で餌場まで登るが、平成十六年（二〇〇四）に運行開始された小型モノレール「さるっこレール」が通い、筆者の如き老体にはありがたい。

群のボスと思しきオスザルは泰然自若として観光客を無視しているかの如くであり、多くのメスザルは、子ザルを気遣いつつボスザルの振る舞いを常に気を配っていると見える。それに引き換え子ザルは、勝手気儘に観光客の足元だろうがお構いなく走り回っている。可愛い限りである。

殊更の史跡を目にすることが無く、残念ではあったが、筆者の不徳とお許しを願いたい。

しかしながら地勢的に見れば、まさに海の直近《まぢか》に独り高々と聳える四極山は、遥か彼方の洋上からでも認めることが出来、それ故、海路の標としての役割そのものが、歌枕とされた所以と解釈した。

走り回る子ザル

餌付け風景

四極山浜際に高く遥かなる　速見里より明らけく見ゆ
訪ふ人は四極山なる公園の　野猿の群に歓声を上ぐ
古に歌に詠まれし四極山　今行楽のメッカと成りぬ

五、笠縫《かさゆいの》〔結〕嶋《しま》（併せて同ノ入江）

前項「四極山」において、**高市連黒人**の万葉歌に「笠縫〔結〕嶋」が詠み込まれていると紹介した。さらに、『**新後撰和歌集**』に載る**土御門院**の「かさゆひ〔笠結〕の島立《ち》かくれ〔隠〕朝霧に　いや遠さ《ざ》かる棚なし小舟」が『名寄』、『類字』、『松葉』に、また「笠縫ノ入江」と項を立てて、**正徹**の「あま〔海人〕小舟島こき《ぎ》〔漕〕めくり〔巡〕笠縫の入江の真菅から〔刈〕ぬ日もな〔無〕し」が『松葉』に収められる。

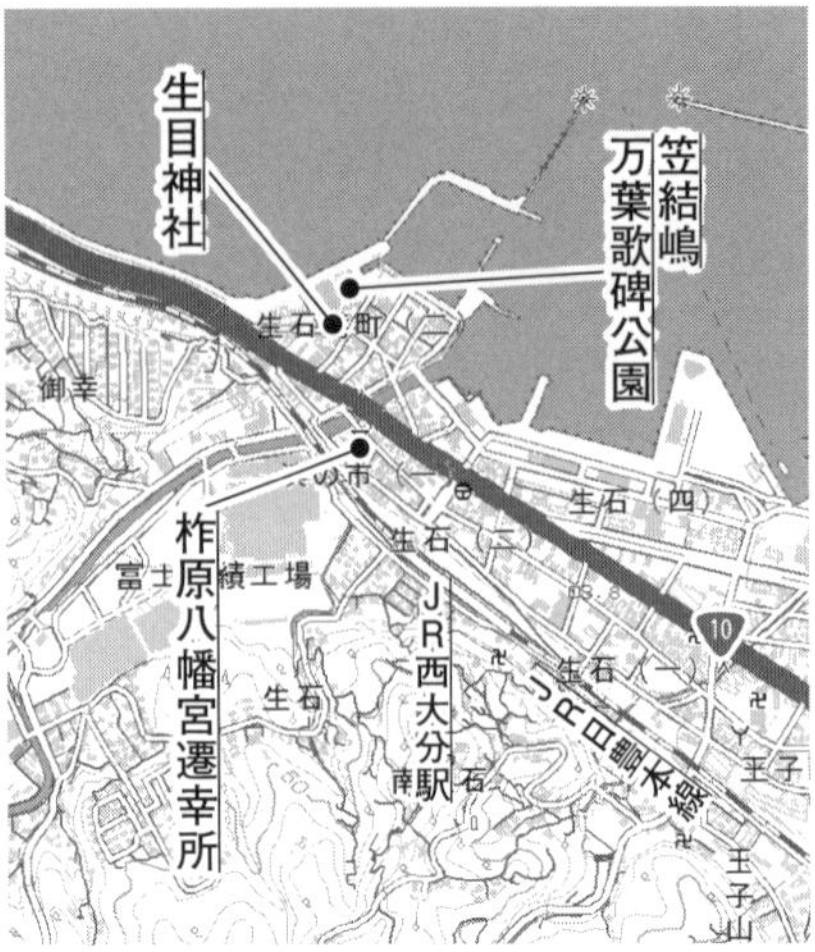

ＪＲ西大分駅周辺

高崎山（四極山）を後に、国道十号線を五キロメートルほど大分市内に向けて進むと、ＪＲ日豊本線・西大分駅の手前左手に生石《いくし》港町がある。百五十メートルほどで菡萏《かんたん》港に出る。大分港

菡萏港

笠縫［結］島　名残りの小山

万葉歌碑公園の碑

の西端にあたる。その港近くの街並みの一角に、万葉歌碑公園と称する小公園と、木々に覆われたごく小さな山がある。これが笠縫［結］嶋の名残りとされている。周囲を海面が囲む景色を思い描いてみたが、余りにも小規模で想像がつかない。しかし、公園の片隅、小山を背にして**高市連黒人**の「四極山……」の歌碑が建つ。

小山の裏手の道端には朱塗りの木製の鳥居があり、少し小高い斜面に小さな祠が建つ。生目神社と呼ばれる。九州にはこの名の神社が多い。

国道十号線に戻り、渡った南側、祓川の右岸に、間口四間半、銅版葺の屋根が陽を浴びて煌めいている社殿が立つ。扁額には由原八幡宮とある。大正四年に大分市役所が発行した『大分市史』には以下の記述がある。

生目神社

濱の市御旅所　縣社由原八幡宮の遷幸所にして、祓川の吐口に近く境内は直ちに國道の西側に接す、現時の地形は數度の埋立及び市街地の擴張、近くは築港等にて昔しの面影をとゞめざれど、往古は漫々たる海水、御仮屋の礎に漂ひ、祓川の入江廣く繞れる殺生禁斷の靈城にて、生石一帯の曠野は御遷幸中數旬に亘りて關西一の市場となり、其の殷賑なりしこと古記録に徴して明らかなり、即ち五月五日御田植、六月晦日御祓會、八月十五日放生會の神事に神輿の遷幸ありき、今のさゝやかなる濱の市は其の名残なり。

芭蕉句碑

柞原八幡宮遷幸所

この記述から、先の小山辺りが島であったことを窺い知ることが出来る。

また、この地に建つ、それだけでも他の神社の拝殿以上の規模と風格のある社殿が、直線距離にして約三キロメートル、祓川の左岸に沿う県道六百九十六号・高崎大分線を辿った先の柞原八幡宮（嘗ては「由原」と記した）の御旅所であることも判る。

なお、境内の一角に、なぜか芭蕉の「山路来て何やらゆかしすみれ草」、「木のもとに汁も膾も桜かな」の句碑が並ぶ。

柞原八幡宮の創建は、延暦寺の僧・金亀《こんき》僧正の願により、承和三年（八三六）、**仁明天皇**が豊後国司・大江宇久に命じて造営したことに始まるという。**仲哀天皇**、**応神天皇**、**神功皇后**を祭神とし、宇佐神宮の別宮の一つとして広く崇敬を受け、また豊後国一宮とされている。山腹に座すため境内は広くはないが、社門も拝殿も朱の塗りが鮮やかで、格調の高さを感じさせる。

柞原八幡宮社殿

山門

街角に小さき岩あり笠結の　島の跡とて信じ難しも
木の繁る岩山の前万葉の　歌碑の建ち居て笠結島と識る
笠結の島の近くに社ありて　山なる本社の御旅所と聞く

六、鶴瀬《つるがせ》

前項に記したＪＲ日豊本線・西大分駅付近で、国道十号線から県道二十二号・大在《おおざい》大分港線が分岐する。東に県道を七キロメートル余り走ると、乙津《おとづ》川に架かる三海橋を渡り、さらに二・五キロメートルほどで大野川の大在大橋に出る。

大津留の分流地付近
左・大野川　右・乙津川

乙津川は、東九州自動車道・大分宮河内《みやかわち》ＩＣの西、大分市大津留で大野川から分流し、大野川の西を並流して、三海橋の先で別府湾に注ぐ全長十・九キロメートルの

ＪＲ大分駅・乙津川・大野川

鶴崎の併流地付近
左・大野川右岸の堤防
右乙津川右岸の堤防

一級河川である。二つの川は、分流地点から徐々に離れて、最大一・五キロメートル位まで距離を取るが、五キロメートル程下流の鶴崎スポーツパークの北で再びほとんど真横を流れる。地図で見るとあたかも中之島の如きである。その形が楽器の琵琶に似ていることから「琵琶の州」とも呼ばれる高田地区である。古くから両河川の洪水に苦しみ、水禍から家屋等を守る工夫が施された輪中集落が形成された。

　鶴瀬は、その高田輪中集落の南端近くに、今でも大分市の町名として残っている。

『松葉』に、『豊後不岡八景』から「雲井ゆく《[行]》つはさ《[翼]》やこゝにかよ《[通]》ふ《う》らし　波も声すむ《[澄?]》つるかせ《[鶴瀬]》の水」が載る。出典の『豊後不岡八景』については全く辿り着いていない。詠者は実隆とあるから、**三条西実隆**であろうかと考えるが、定かでない。出典も詠者も曖昧なまま、この地に歌枕「鶴瀬」を比定するのは難があるが、特異な地勢に惹かれてここに項を立てた。

　豊後国の国府跡、国分寺跡は、鶴瀬の西に位置する。

　国府跡は、JR大分駅から久留米に向うJR九大本線の古国府《ふるごう》駅の南にあったとされるが、まだ推測の域を出ていない。確かに町名の「古国府」が無関係である筈もなく、一日も早い調査研究が待たれるが、一帯は今や住宅密集地となっており、困難かもしれない。古国府駅の南九百メートルに大国社（別名印鑰《いんにゃく》様）が建つ。印は国司が使う国印、鑰は租税を収納した倉の鍵のことで、それらを祀る神社ということで、国府所在地の推測の根拠の一つである。

大国社

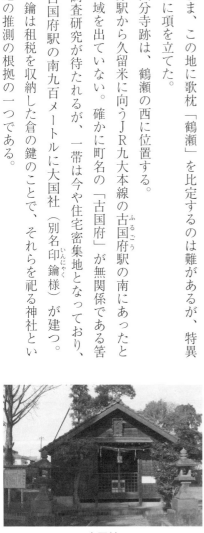

旧国分寺金堂跡の薬師堂

通常、国分寺と国府は比較的近隣に位置することが多いようだが、豊後国分寺跡は、JR久大本線のさらに久留米に向って三つ目の豊後国分駅の直ぐ東にある。直線距離にして六キロメートルほど離れている。当時の寺域は約五万五千平方メートル、東京ドームの四万七千平方メートルより広く、また講堂は、二百五十平方メートルほど、七十坪余りの構えであったとされる。今は、金堂の跡に薬師堂、七重塔跡には観音堂が建てられている。

旧国分寺七重塔跡の観音堂

河口にて半里離れる川二筋　鶴瀬《つるがせ》の上《かみ》で分かれ流れて

鶴瀬の街並下り目にしたり　分かれし川のまた添ひ流るる

街中の社の字《あざな》は国府跡　在りたると識る鶴瀬の西

七、木綿《ゆふ》〈深〉山《やま》〔嶽、嵩《カ》〕

『万葉集』巻第七に、「娘子《をとめ》らが放《はな》りの髪を由布《〔木綿〕》の山　雲なたなびき家のあたり見む」が載るが、その第二句を「ふり分け髪を」、第四句を「雲なかくしそ」と改変されて、『能因』、『名寄』、『松葉』に収められる。なお「放りの髪」

とは、八歳頃から十五、六歳までの、少女の伸びるに任せた髪型のことという。

また、巻第十の「思ひ出づる時はすべな〔術無〕み豊国の　由布〔木綿〕山雪の消《け》ぬべく思ほゆ」が、『名寄』、『松葉』に転載される。

さらには、**『続古今和歌集』**から**源俊頼**の「誰しかも雲ゐ〔居〕はるか〔遥〕に豊国の　ゆふ〔木綿〕山出《いづ》る月を見るらん」が『類字』、『松葉』に、そして出典は不明だが、**橘為仲**の「神代より多くのとし〔年〕の雪つ〔積〕もり　白くも見ゆるゆふ〔木綿〕のたけ〔嶽・嵩〕かな」が『名寄』、『松葉』に収められる。

この木綿山、あるいは由布山は、別府市と由布市の境に聳える標高千五百八十三・三メートルの由布岳である。

別府市内からは、三、速見浦で

由布岳と由布院温泉

由布岳全景

紹介した堀田温泉の西を通る、県道十一号・別府一の宮線を辿って西に進む。ちょうど別府、由布両市の市境手前に登山口があり、豊後富士の愛称さながらの山容を見ることが出来る。

由布岳の西南麓には全国に知られた温泉がある。由布市湯布院町の由布院温泉である（由布と湯布の使い分けに要注意！）。昭和四十年頃までは鄙びた温泉であったが、その後バブル期の大型開発計画を拒みつつ整備が行われ、大型ホテルや歓楽街が無く、女性には特に人気が高い。

県道十一号は温泉地の南を廻り、北は途中で分岐する県道二百十六号・別府湯布院線が巡る。その道沿い近くに臨済宗妙心寺派の佛山寺が建つ。康保年間（九六四～八）、由布岳の山腹に**性空**《しょうくう》が観音像を祀ったのが始まりとされ、由布岳信仰の拠点として栄えたが、文禄五年（一五九六）の豊後地震による倒壊を機に現在地に移った。落ち着きのある佇まいである。なお、大きな萱葺の屋根の鐘楼門は、平成二十八年（二〇一六）の熊本地震による被害のため、支柱による応急処置が施されていた。

明治時代に至るまで佛山寺と習合していた宇奈岐日女《うなぎひめ》神社は、南南西九百メートルに鎮座する。創建は**景行天皇**十二年とあるから記紀伝承の時代である。一万坪を越える境内には多くの杉の古木があったが、平成三年（一九九一）九月の台風十九号によって百四十四本が倒伏、その中で特に大きい株が「御

佛山寺本堂

佛山寺鐘楼門

ゆふいん山水館前の歌碑

宇奈岐日女神社社殿

宇奈岐日女神社御神木切株

神木の切株」としてそのまま保存されている。樹齢が六百年に及んだ木もあるという。

湯布院温泉には四基の万葉歌碑が建つ。

まずは、宇奈岐日女神社の末社で、南西一キロメートルほどに建つ大杵社《おおごしゃ》にある。巻第十二の「よしえやし恋ひじとすれど木綿間山　越えにし君が思ほゆらくに」が刻まれる。なお、大杵社の境内の本殿脇には、国の天然記念物に指定される樹齢千年を超える大杉が、高さ三十八メートル、根元の周囲十三・三メートルの勇姿を見せている。

二つ目は、温泉街の中心近くの「ゆふいん山水館」の前に冒頭の「娘子らが……」の歌碑が建つ。

ＪＲ九大本線・湯布院駅の左手の笹の茂みの中には、巻第十四の「恋ひつつも

ＪＲ湯布院駅

湯布院駅脇の歌碑

大杵社の歌碑

大杵社拝殿、本殿と大杉

湯布院ＩＣ付近の歌碑

居らむとすれど遊布麻山　隠れし君を思ひかねつも」の碑がある。

さらに、大分自動車道・湯布院ＩＣ付近の広場の一角には、巻第十の「思ひ出づる時はすべなみ豊国の　由布山雪の消ぬべく思ほゆ」が刻まれて据えられている。

なお、県道十一号・別府一の宮線が、別府市外を抜けて南西から真西に向きを変える辺りの東一キロメートル余りに、自然豊かで風光明媚な志高《しだか》湖がある。その湖畔にも万葉歌「娘子らが……」の歌碑が湖の水面を見下ろしている。

木綿山を目指す道の途志高湖の　畔の高みに万葉歌碑あり

麓行く道を辿りて端に立ちて　見る木綿山の山容《かたち》良きかな

名の高き湯の街角に木綿山を　詠みたる古歌の碑数多建ち居り

志高湖

志高湖畔の歌碑

八、荒《あら》〔葸《荒》〕山《やま》

大分県の豊前国六で記したように、荒山を詠み込んだ歌は四首あるが、何れも殊更の地名ではなく、険しい山、あるいは人里離れた奥深い山の意の普通名詞と考えられる。だが、ここ豊後国には、「荒山」という名の字名があ

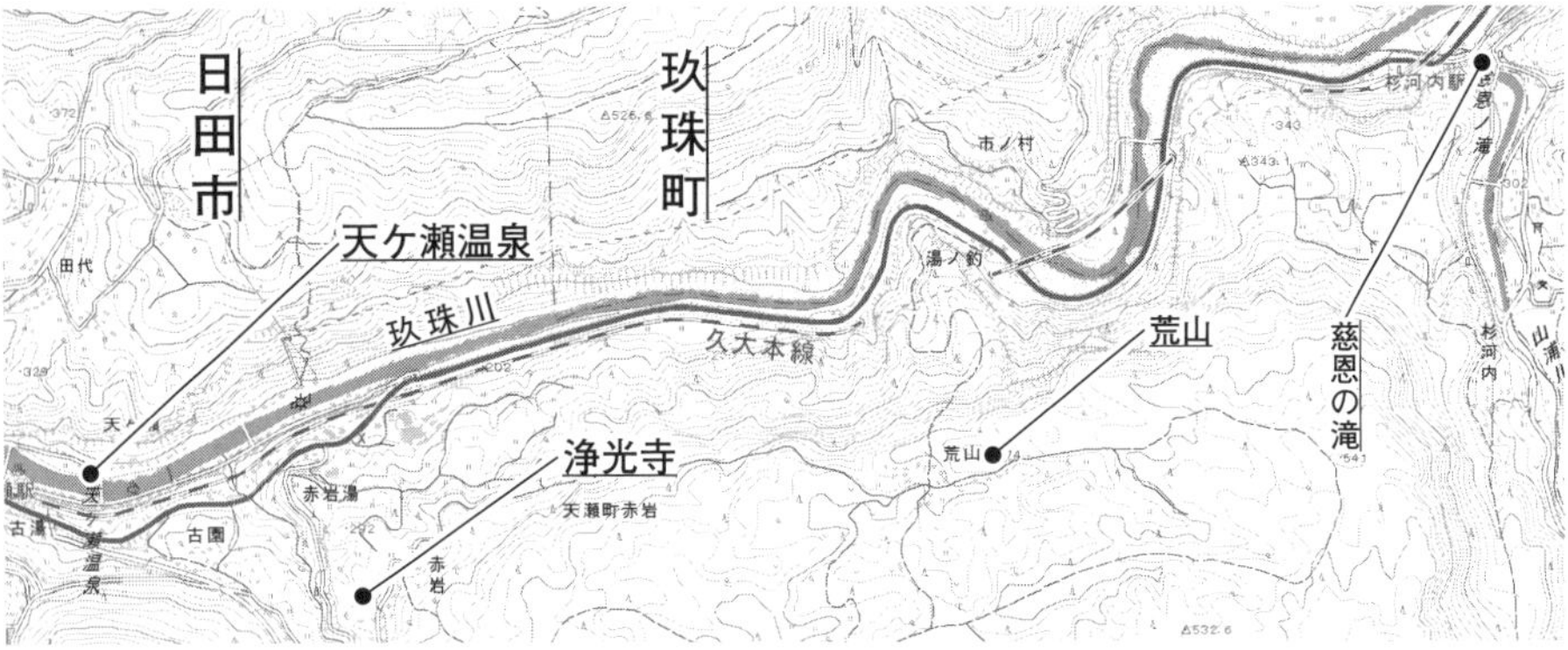

天ケ瀬温泉付近

る。かといって、歌枕の地として比定する材料は皆無である。さらには、現代、あるいは歴史上でも、元来は普通名詞の「荒山」が固有名詞化した地は、ここ以外にもあるに違いない。比較的著名なものとしては、群馬県の赤城山系南端の、標高千五百七十一メートルの荒山がある。新潟県魚沼市には町名としてあり、京都府京丹後市峰山町の字名にも見受けられる。

それゆえ、歌枕の地を探し巡る道の途で、偶々遭遇した同名の地の記述として読み流して頂きたい。

筑後編の一で、筑後川の上流の三隈川は、日田市中心部近くで大山川と玖珠川を併せて下ると解説した。その玖珠川に沿って国道二百十号線を遡ると天ケ瀬温泉がある。この辺りでは、嘗ては、玖珠川の河川敷を掘ればどこでも温泉が湧き出たという。今でも各自治会が管理する共同露天風呂が川床に五ヶ所あり、百円を料金箱に投じれば入浴できる。

そして、天ケ瀬温泉の東、玖珠川の南岸に旧赤岩村、現在の日田市天瀬町赤岩がある。中津市の教師用ネット教材の「人づくり風土記　古里の人の知恵　大分」には、江戸期の県下各地の物産がまとめられ、赤岩村は甘

天ケ瀬温泉

荒山地区

諸、杉材、桐材が挙げられている。

さて荒山である。『日本歴史地名大系』（平凡社）には、明治八年（一八七五）に本城村の荒山が赤岩村に編入されたとの記載がある。荒山は、近世以前から実在したのである。

荒山地区に至る道中には、赤岩集落センターの脇に浄土真宗本願寺派の浄光寺があるが、それ以外に寺社、あるいは歴史を物語るものはない。曲がりくねった山道を辿って着いた荒山地区は、いかにも山村の風景であった。

なお、国道二百十号線をさらに東に進むと、日田市と玖珠町の境近くに、水量豊かな「慈恩の滝」が姿を見せる。古くには小さな滝であったが、この滝に棲んでいた竜が病に罹り、村民が旅僧に頼んで祈願したところ、竜は天に昇ったとの伝えが残り、その竜が恩返しに多くの降雨をこの地に齎し、その結果、滝は二段となって勢いを増し、玖珠川の流れは豊かになったとの伝えが残る。

史や文に証無きまま巡り来て　荒山に決む歌の枕の

山深く曲がり曲がれる道を来て　辿り着きたる荒山の里

荒山を訪ふ人無きも麓なる　道端の滝は賑ひにけり

浄光寺　左・鐘堂　正面・本堂

慈恩の滝

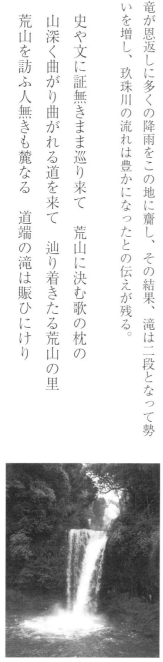

九、朽綱《くたみ》〔絅・網〕山《やま》（豊前国より—筆者注）

『能因』には、「朽綱山」と項が立てられるので、本項もその表記を優先したが、明らかに「朽網山」の誤りであろう。

『豊後国志』には以下の解説がある。原典は訓点の施された漢文であるが、書き下し文に換えて記述する。「郡（直入郡—筆者注）の北朽網郷に在り。風土記は救覃峯《くたみのみね》と作る。萬葉の詠む所なり。蓋し九重、大船、黒嶽、三峯鼎峙にして、其の根を合わす。総じて之を朽網山と謂う。」

なるほど、竹田市の西北には、久住山（一七八六・五メートル）、大船山（一七八六・二メートル）、さらに高塚山（一五八七メートル）を中心とし、天狗岩（一五五〇メートル）、荒神森（一五三〇メートル）、前岳（一三三四メートル）等を総じた黒岳が連なる。即ち、九重連山が歌枕「朽網山」である。

九重連山は現在、隣県熊本県の阿蘇山と共に阿蘇くじゅう国立公園に指定されている。昭和六年（一九三一）の国立公園法（現在は自然公園法）の施行に伴い、同九年（一九三四）三月に、瀬戸内海、雲仙、霧島の三ヶ所が初めて国立公園に指定され、同年十二月に、阿寒、大雪山、日光、中部山岳の四ヶ所とともに、この地も指定を受けることとなった。当所は阿蘇国立公園とされていたが、昭和二十八年

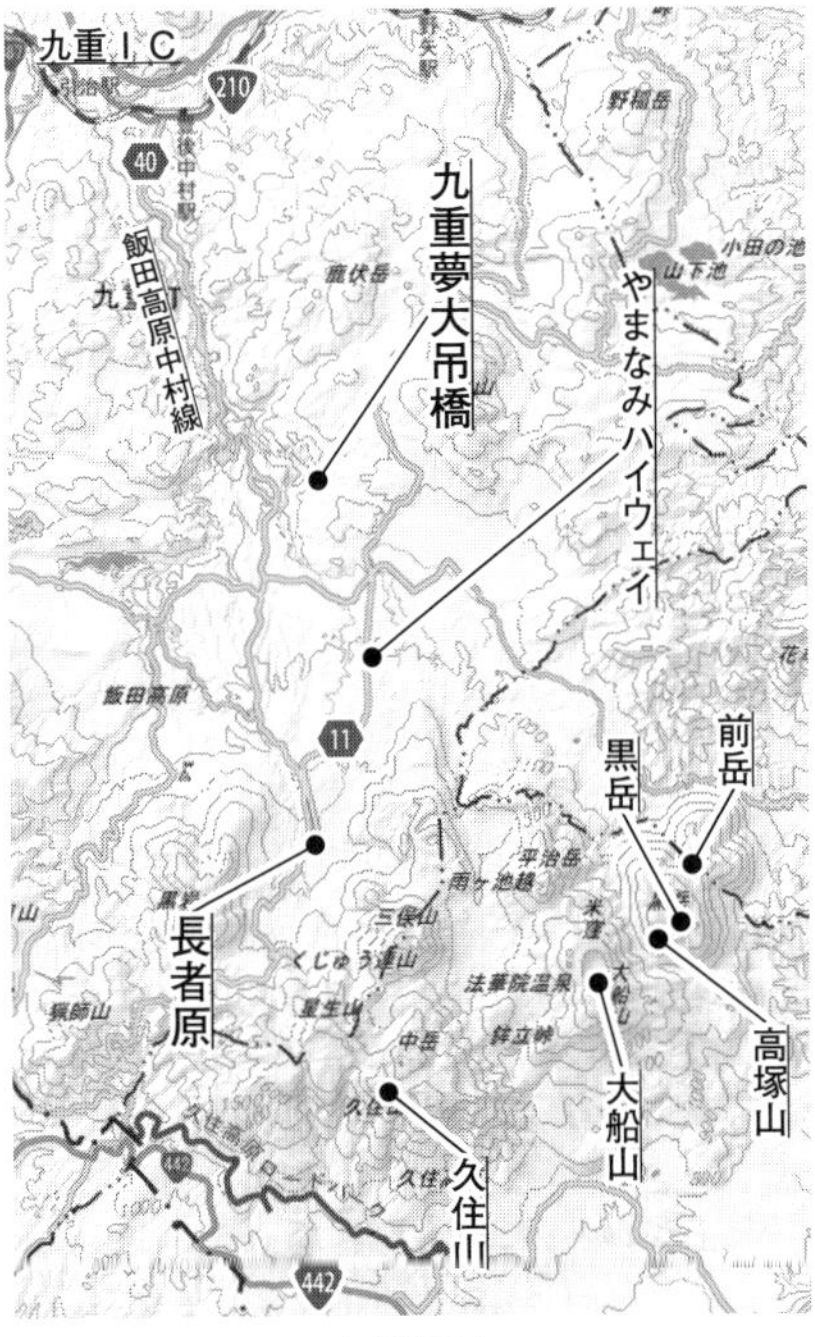

九重連山

九重夢大吊橋

（一九五三）に由布岳、鶴見岳（別府市西部）、高崎山まで地域を拡げ、昭和六十一年（一九八六）に現在の呼称に変更された。個の山としては「久住山」、連山としては「九重連山」、また玖珠郡の町名は「九重町《ここのえまち》」、竹田市の町名は「久住町」と、「九」と「久」が共々使われるため、仮名表示となったという。

　大分自動車道・九重ＩＣの南で、国道二百十号線から分かれる県道四十号・飯田高原中村線を南十キロメートルほど、左手に入り込むと、平成十八年（二〇〇六）に開通した、歩道専用としては日本一の高さ・百七十三メートルに架かる九重夢大吊橋の袂に着く。長さ三百九十メートル、幅一・五メートルの橋からは、足下の鳴子川の渓谷、取り巻く原生林、日本の滝百選に選ばれる振動の滝などを楽しむことが出来る。

　県道四十号を南に進むと西に向きを変えるが、そのまま南進する県道六百二十一号・田野庄内線が分岐し、五キロメートル程で、別府から由布院温泉を経由して熊本県阿蘇に至る県道十一号・別府一の宮線（通称やまなみハイウェイ）に接続する。その辺りが長者原で、九重の連山を障害物なく南に望むことが出来る。

　やまなみハイウェイが一旦熊本県に入って直ぐ、左折して交差する国道四百四十二号線を十五キロメートルほど南東に進むと、大分県竹田市久住町の久住集落に出る。国道四百四十二号線は集落の北西の手前で新・旧の二本に分かれるが、旧道の左には、延暦年間（七八二～八〇五）に**最澄**が帰朝後、久住山南麓に十一面観音を安置したのを開基とする猪鹿狼《いから》寺が建つ。源頼朝が、本来この一帯が

長者原から見る九重連山

権現山

九重連山

殺生禁止の霊場であったにも拘わらず、家臣に命じて巻狩りを行ったところ多くの獲物があったという。頼朝は、霊場侵犯の謝罪と獲物の供養にと多くの寄進に加えて、寺号を与えたとの歴史がある。

　猪鹿狼寺の先、竹田市役所久住総合支所を左折して三百メートルに久住神社が鎮座する。往古に久住山頂の神である姫神を祀ったことに始まるといわれる。戦国末期に一時廃頽したが、江戸期に入って肥後国に封じられた加藤清正によって再興され、以後この地の氏神として人々の崇敬を受け今に至っている。

　久住集落から県道三十号・庄内久住線を北東に十キロメートル、竹田市直入《なおいり》町の中心部に出る。世界屈指の炭酸泉湧出地として知られる長湯温泉の街である。竹田市立直入小学校の南には、太古に大船山

久住神社

猪鹿狼寺

権現山から見る九重連山

に向かっていた帆船が難破して転覆し、小山になったとの伝えがある権現山が在り、県名勝の公園となっている。実際は八万年前の阿蘇山の噴火の際、その火砕流が堆積したものと言われる。公園には、万葉歌碑が三基据えられている。巻第九の「明日よりは我れは恋ひむな名欲山《なほり》　岩踏み平《なら》し君が越え去《い》なば」と、「命をしま幸《さき》くあらなむ名欲山　岩踏み平しまたまたも来む」、そして巻第十一の「朽網山夕居る雲の薄れゆかば　我れは恋ひむな君が目を欲《ほ》り」である。前二首に詠まれる名欲山は、権現山の南南西七キロメートルほどに聳える、標高六百六十九・四メートルの木原山のことという。三首目の歌は、『能因』、『名寄』、『松葉』に収められている。

加えて公園内には、この地を訪れた**与謝野晶子**や**野口雨情**の歌碑も建てられている。公園の最高地付近から北に目を遣れば、九重の連山を望むことが出来る。

ところで、大分県豊前国十一で、この「朽網山」が、ここ豊後国の歌枕であると断じ、それゆえこの項立てとなった。しかし、実は福岡県の豊前国の領域に、朽網の地名を発見した。切っ掛けは、東九州自動車道を走行中、小倉南区から京都《みやこ》郡苅田町に差し掛かる直前のトンネルが、「朽網トンネル」であることに気が付いたのである。なるほど小倉南区の町名にも間違いなく「朽網」がある。ただし、山といえば、同じく小倉南区貫《ぬき》との町境に水晶山（五三一・二メートル）しか見当たらない。手にした諸文献には、一様に九重連山として解説、記述がされ

万葉歌碑
「明日よりは…」

万葉歌碑
「命をし…」

与謝野晶子の歌碑

ているので、豊前国が本命とは思わぬが、『能因』、『名寄』、『松葉』が所属を豊前国とした誤り（?）の因を推し測ることが出来た。

高原を通ふ道の辺仰ぎ見る　朽網の山々碧空に映ゆ
いと高しこわごわ足下を見下ろしつ　朽網山近くの大吊橋渡る
向き変へて南より眺むる朽網山　歌碑数多建つ権現山にて

国違

十、二葉山《ふたばやま》

『松葉』には、豊後国の歌枕歌として、「雲はらふ嵐に高き松杉も　二葉の山のよゝやへぬらん」が収載されるが、豊後国の領域内には、それらしき地名が見当たらず、また手許の諸文献にも記載が無い。

一方、宇佐市にあるいはと思わせる二葉山神社を見出し、それを拠り所として、大分県の豊前編三に項を立てた。

筆者の、全くの独断であることは同項で述べたが、豊後国の領域に比定し得る地があれば是非ご教授頂きたい。

未勘

十一、小竹嶋《ささじま》

『万葉集』巻第七に、「夢《いめ》のみに継ぎて見えつつ高島の　磯越す波のしくしく思ほゆ」が載る。この歌の第三句目は、『新潮日本古典集成』、伊藤博の『萬葉集釋注』には「高島の」、岩波書店の『日本古典文學大系』には「小竹島の」とあり、後者を採った一首が『名寄』に収められる。高島は、現在の滋賀県、琵琶湖の西北岸の高島町を指すとされ、小竹島は、「しのしま」と読んで愛知県、知多半島と渥美半島の間の先端に浮かぶ篠島と推測され、また「ささじま」と読んで所在未詳とされる。

ここ豊後国には、それらしき島は無く、また『名寄』に収められる他の二首にも、比定する手掛りはない。よって、未勘とする。

付、豊後国南部の万葉歌碑

座右に置いて参考にした四冊の歌枕和歌集には、豊後国の歌枕は以上が全てである。即ち、大分市を過ぎて佐伯市に至る県南には皆無である。しかし、この地域にも、少なくとも四基の万葉歌碑が建てられ、歴史と文化を記憶に留めている。そこで、それらを「付記」として紹介する。

一基目は、大分県佐伯市、東九州自動車道の佐伯ＩＣの西二・五キロメートルほどを国道十号線がほぼ南北に走

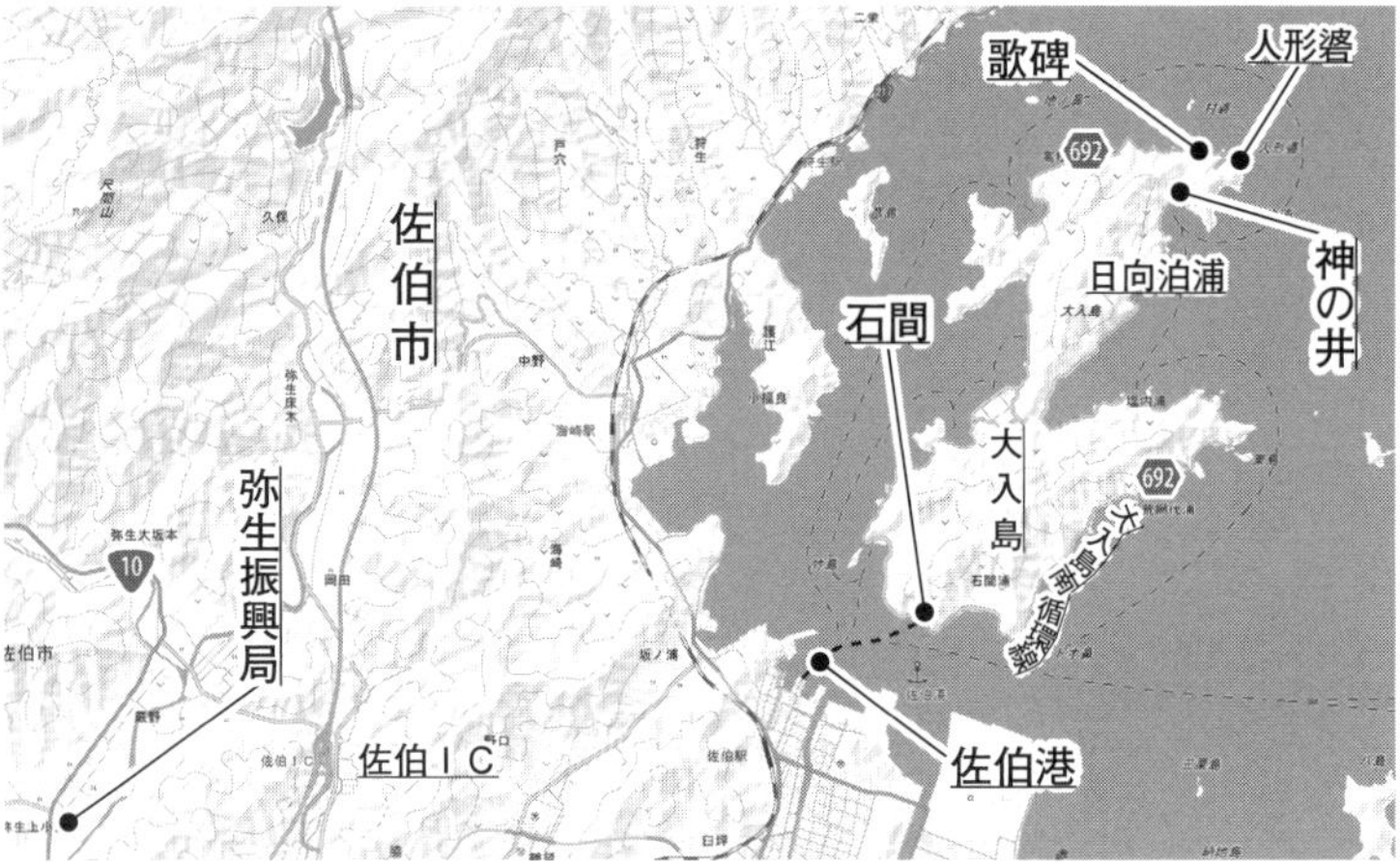

佐伯IC・大入島

るが、その百メートル東に、佐伯市役所弥生振興局があり、その前庭に『**万葉集**』巻第十六に載る「豊後《とよのみちのしり》の国の白水郎《あま》の歌一首」の「紅に染めてし衣雨ふりて　匂ひ《い》はすとも移ろめやも」の歌碑が建つ。

二基目は、佐伯湾に浮かぶ大入島《おおにゅう》の北東端に建つ。大入島は中央で大きく括れた瓢箪型の島で、総面積五・五六平方キロメートル、人口は八百余人・漁業が主な産業で、とりわけちりめん、いりこが特産である。**神武天皇**が日向の国を発ち、東征の途にこの島に寄港したとの伝えがあり、島の北にある日向泊浦はその伝えに因んだ大字名とのことである。佐伯港からフェリーで七分、島の石間に着く。島の外周は県道六百九十二号・大入島南循環線と六百九十一号・同北循環線が巡る。北の日向泊浦には、島に水の無いことを憂いた**神武天皇**が、手にした矢で海岸を掘ると、清水が豊に湧き出したとのことで、その井戸が「神の井」として保存されている。そ

弥生振興局前庭の歌碑

大入島

の先、人形碏を廻ると、岸近くの岩礁の上に弥生振興局の歌碑と同じ歌が刻まれた石が置かれている。彫られた字は歌を象徴する如く、紅色で彩色されている。

　ＪＲ日豊本線・佐伯駅前で、国道二百十七号線から分岐した国道三百八十八号線（日豊リアスライン）は、一旦内陸部を通り、佐伯市蒲江畑野浦で海岸線に出る。入津湾の支湾である畑野浦湾である。海に向って左手の湾口の岬が江《え》武《ぶ》戸《と》鼻で、江武戸神社が鎮座する。その昔、神倭伊波禮毘古命《かむやまといはれびこのみこと》、即ち**神武天皇**が東征の折、嵐に見舞われてこの海に退避され、天候の回復を祈ったとの伝えにより、命を祀るようになったという。社殿は海に向って建てられ、参道も海に向い、浜際に鳥居が建つ。浜の手前に草に囲まれて「み熊野の浦の浜木綿《ゆふ》百恵なす　心は思へ《え》どただ《〔直〕》に逢はぬかも」の歌碑が据えられる。『**万葉集**』巻第四の、**柿本人麻呂**の歌四首の第一首目である。ただし、この歌を含む四首は、『萬葉集釋注』によれば、持統四年（六九〇）の紀伊行幸の際に詠まれたも

畑野浦・楠本・河内湾岸

神の井

江武戸神社鳥居

江武戸神社歌碑

大入島歌碑

ので、この地との縁は考えにくいが、建立の経緯については問い合わせ等はしていない。

国道三百八十八号線は、畑野浦、楠本、河内の各湾岸を経て進むが、そこから東に、半島状に陸地が迫り出している。その先端近くに標高四百十二・一メートルの仙崎山が聳え、山頂近くに五万本のつつじが群生する仙崎つつじ自然公園がある。園内の一角に、これまた一基目、二基目と同じく、「紅に……」の歌碑が建てられている。なお、麓から公園に至るアクセス道は、道幅が狭く、曲がりくねっていて、訪れる方は運転には十分に注意されたい。

万葉の歌に沿ひたる朱の文字の　碑海中《うみなか》に在り大入島の
浜際に海に向き建つ歌碑一基　江武戸神社の鳥居に並ぶ
仙崎の頂近き公園に　海見下ろして古歌の碑の建つ

仙崎つつじ自然公園

公園内の歌碑

豊後国歌枕歌一覧（名所の数字は各歌枕集収載ページ）

姫嶋（併せて三穂浦）

名所歌枕（伝能因法師撰）

謌枕名寄

姫嶋（一二一八）
いもか名は千代になかさんひめ嶋の
　こまつかうれにこけおふるまで
　右和銅四年河辺宮人姫嶋松原見娘
　子康悲歎作哥三首内
みわたせはしほかせあらしひめ嶋や
　こまつかうれにかゝるしらなみ
〔続古〕（中務卿）
ひめしまや小松かうれにゐるたつは
　ちとせをふともとしおひすけり
〔万代〕（鎌倉右大臣）
三穂浦（一二一八）
かさはやのみほのうらはのしらつゝし
　見れともあかすなき人おもへは
　右和銅四河辺宮人姫嶋松原見娘子
　康悲歎哥三首内
浪かへるみほのうらへのしらつゝし
　いつれを花と見てかたをらん
〔新六〕（光俊）
かさはやのみほのうらはをこくふねの
　ふな人さはく浪たつらしも
　裏書云万葉第二集七多首哥範兼卿
　類聚ニハ駿河三穂載之但和銅四年
　河辺宮人姫嶋松原見娘子康作哥也
　仍当国載之化五代集哥同名哥一所
　載之事不限之欤越多胡浦哥駿河田
　児浦ニハ載之範兼卿更不可誤有別
　存欤未学不可是非者也
〔万七〕

類字名所和歌集

増補松葉名所和歌集

	安岐ノ湊（豊前国より―筆者注）	速見浦（併せて同里、同濱）（筑後国より―筆者注）
名所歌枕（伝能因法師撰）		速見浦（四〇九） なに事もゆかしけれはや道遠み はやみの里に急きつらん 〔夫木〕（高遠） 吾妹をはやみ濱風やまとなる 吾松椿ふるさるなゆめ 〔万葉一〕（長皇子）
謌枕名寄		速見里（一二一一）又近江有之 なにこともゆかしけれはやみち遠み はやみの里にいそきききぬらん （高遠） おほつかな我ことつてもほと丶きす はやみの里にいかになくらん （実方）
類字名所和歌集		
増補松葉名所和歌集	安岐ノ湊（五七一） 梢には見えす成ゆく紅葉丶の とまりやあきのみなと成らん 〔夫木〕（摂津）	速見濱（六二一） わきも子をはやみ濱風やましなる 我《わを》松椿ふかざるなゆめ 〔万一〕（長皇子） 速見里（六八）或近江 おほつかな我ことつても時鳥 はやみの里にいかになくらん 〔名寄〕（実方） 速見浦（六二一） わきも子をはやみの浦の思ひ草 しけるもまさる恋もする哉 〔良玉〕（公任）

四極山

四極山（四一二）

しはつ山打越くれは笠ぬひの
嶋漕かくる棚無小船
〔古今〕（高市連黒人）
（「笠縫嶋」に重載―筆者注）

四極山（一二一二）（豊前国より―筆者注）

しわつ山うちこへくれはかさぬいの
しまこきかくるたな、し小舟
右高市王羇旅哥八首内
〔万三〕

しわつ山ならの下葉をおりしきて
こよひいさねん都こひしも
〔続後〕（俊成）

しわつ山ならのわか葉にもる月の
かけさゆるまて夜はふけにけり
（俊頼）

しわつやま風吹すさむならの葉に
たえ〳〵のこる日くらしのこゑ
（守覚法し）

しほかせに空すみわたるしわつ山
こきくるふねも月やもるらん
（頼定）

四極山（四三三）

しはつ山うち出てみれは笠ゆひの
嶋こきかくる棚なしを舟
〔古今大哥所御哥〕
（「笠結嶋」に重載―筆者注）

しはつ山ならの下葉をおり散《ママ》て
こよひはねなん都恋しみ
〔続後撰〕（俊成）

しはつ山楢の若葉にもる月の
影さゆる迄夜は更にけり
〔新続古今〕（俊頼）

しはつ山風吹すさふならのはに
たえ〳〵残るひくらしの聲
〔新続古今〕（二品法親王守覚）

四極山（七〇三）

四極山打越くれはかさぬひの
嶋漕かくるたな、し小ふね
〔万三〕（高市連黒人）
（「笠縫嶋」に重載―筆者注）

しはつ山ならの下葉を折りしきて
こよひはねなん都恋しも
〔續後撰〕（俊成）

四極山ならの若葉にもる月の
影さゆるまて夜は更にけり
〔新續古〕（俊頼）

しはつやま風吹すさふ楢のはに
たえ〳〵のこるひくらしの声
〔新續古（守覚法親王）〕

しはつ山打出てみれはかすむ也
朝日影さす笠ゆひのしま
〔信太杜〕（宗良親王）

しはつ山卯花ふきのかり庵や
夜とこもさらぬ雪の下ふし
〔夫木〕（顕昭）

しはつ山ならの真柴にかさゝれて
ねらふさつ男のたゆみなの身や
〔夫木〕（俊成）

しはつ山岩坂はかりわれのこる
馬そつまつく家恋ぬらし
〔六帖〕

	笠縫〔結〕嶋（併せて同ノ入江）	鶴瀬
名所歌枕（伝能因法師撰）	笠縫嶋（四一二） しはつ山打越みれはおさぬいの 嶋こきかくる棚無小船 〔古今〕（高市連黒人） （「四極山」に重載—筆者注） 山路より見えしかみえぬ夕かな 霞にけりな笠縫の嶋 〔夫木〕（中務）	
謌枕名寄	笠結嶋（一二一二）（豊前国より—筆者注） かさゆいのしまたちかくすあさきりに はやとをさかるたなゝし小舟 （土御門院）	
類字名所和歌集	笠結嶋（一一二八） しはつ山打出てみな笠ゆひの 嶋こきかくる棚なし小舟 〔古今大哥所御哥〕 （「四極山」に重載—筆者注） 笠ゆひの嶋たちかくす朝霧に いや遠さかる棚なし小舟 〔新後撰〕（土御門院）	
増補松葉名所和歌集	笠縫嶋（一七六）或笠結とも　或摂津 しはつ山打こえくらはかさゆ《ぬ》ひの 島こきかくるたなゝし小舟 〔万三〕（高市連黒人） （「四極山」に重載—筆者注） かさゆひの島立かくれ朝きりに いや遠さかるたなゝし小舟 〔新後撰〕（土御門院） 山路より見えしか見えぬ夕かな かすみにけるなかさぬひのしま 〔夫木〕（中務） 舟人も雪にやきつるかさゆひの 島根を遠くふゝく山風 〔碧玉〕（政為） 雨により雪にやとりて浦舟も 名を頼むらん笠ゆひのしま 〔栄葉〕（光栄） 笠縫ノ入江（一八四） あま小舟島こきめくり笠縫の 入江の真菅からぬ日もなし 〔草根〕（正徹）	鶴瀬（二八七） 雲井ゆくつはさやこゝにかよふらし 波も声すむつるかせの水 〔豊後不岡八景〕（実隆）

木綿〈深〉山〔嶽・ヵ嵩〕

木綿山（四一二）
乙女らかふり分髪をゆふの山
雲な隠しそ家のあたりみん
〔万葉七〕（よみ人しらす）

木綿山（一二一七）
おとめこかふりわけかみをゆふの山
雲なかくしそ家のあたりみん
〔万七〕
春の日のゆふ山さくらさきにけり
あさゐる雲になかめせしまに
〔宝治〕（頼氏）
神かきの誰かたむけとはしらねとも
うの花さけるゆふの山かけ
おもひ出るときはすへなみとよ国の
ゆふ山雪のけぬへくおほゝゆ
〔万十〕

木綿深山（一二一七）
あさねかみゆふのみ山のほとゝきす
はやうちとけよおもひみたれて
（俊頼）
裏書云頼氏卿夕山桜の哥只夕の桜
を詠する歟当世或是只夕山家
はるかすみゆふやますかたあはれなり
たちなす雲のまゝにのみして

木綿嶽（一二一八）
神代よりおほくのとしの雪つもり
しろくもみゆるゆふのたけかな
（為仲）
右豊後国ゆふのたけの雪をみてよ
めるとなん

木綿山（三八〇）
誰しかも雲ゐはるかに豊国の
ゆふ山出る月をみるらん
〔続古今〕（正三位知家）

木綿山（六二七）
乙女らかふりわけ髪をゆふの山
雲なかくしそ家のあたりみん
〔万七〕
春の日のゆふ山桜咲にけり
朝ゐる雲となかめせしまに
〔名寄〕（頼氏）
神かきに誰手向とはしらねとも
うの花さけるゆふの山風
〔夫木〕（教定）
おもひ出る時はすへなみとよ国の
ゆふ山雪のけぬへくおもほゆ
〔万十〕
たれしかも雲ゐはるかにとよ国の
ゆふ山いつる月を見るらん
〔續古〕（知家）
うつろひし花より後のゆふ山に
又雲かゝるまつの藤浪
〔夫木〕（入道前太政大臣）
朝ね髪ゆふの山の時鳥
早うちとけよおもひみたれて
〔散木〕（俊頼）

木綿ヵ嵩（六二八）
神代より多くのとしの雪つもり
白くも見ゆるゆふのたけ哉
〔名寄〕（為仲）

	荒〔蕙《荒》〕山（豊前国より―筆者注）	朽綱〔絅・網〕山（豊前国より―筆者注）
名所歌枕（伝能因法師撰）	荒山（四一一） 皇は神にしませは槙のたつ あら山中に海をなすかも 〔万葉三〕（人丸）	朽綱山（四一一） くたみ山夕ゐる雲のうすらかは 我は恋んな君か目をほり 〔万葉十一〕（人丸）
謌枕名寄	蕙《荒》山（一二一三）八雲御抄有之万葉哥 枕 すへらきは神にしませはまきのたつ あら山中にうみをなすかも 〔万三〕 あしひきのあら山中てをいそきて かつらふみしほ心くるしも 〔万九〕 うはそくかおこなひすらし槙の立 あら山中にまふしさしつゝ 〔堀百〕（師時）	朽絅山（一二一三） くたみやまゆふゐる雲のうすらかは われはこひんなきみの《か》めをほり くたみ山くちたてるとやおもふらん しられぬ谷のまつのふる枝を （俊頼）
類字名所和歌集		
増補松葉名所和歌集	荒山（五三八） 皇は神にしませはまきのたつ あら山中に海をなすかも 〔万〕（人丸） あら山の通りならはぬ岩つたひ 手向の神にまかせてそゆく 〔新六〕（光俊）	朽網山（四二〇） くたみ山夕ゐるくものうすか《から》ら《が》は 我は恋んな君かめをほり 〔万十一〕（人丸） くたみ山くちたてりとやおもふらん しられぬ山の松の古枝に 〔名寄〕（俊頼）

国違

二葉山（豊前国へ―筆者注）

名所歌枕（伝能因法師撰）	
謌枕名寄	
類字名所和歌集	
増補松葉名所和歌集	二葉山（四八一） 雲はらふ嵐に高き松杉も 二葉の山のよゝやへぬらん 〔由良山八景〕（実陰）

未勘

小竹嶋

名所歌枕（伝能因法師撰）	
謌枕名寄	小竹嶋（一二一九） 夢にのみつきてみゆるはさゝしまの いそこすなみのしく〳〵おほゝゆ〔万〕 さゝしまや夜わたる月のかけさへ《え》て いそこすなみに秋風そふく（実基） あま衣なつともしらしさゝしまや いそこす浪にやとる月かけ（通忠）
類字名所和歌集	
増補松葉名所和歌集	

事項・作品略解

〔あ〕

東歌（あずまうた）
一般的には、『**万葉集**』巻第十四所収の、東海道の遠江国以遠、東山道の信濃国以遠の、いわゆる東国で詠まれた二三〇首の短歌。大部分が東国地方の民謡の口誦と見られ、民衆の生活に密着した詠みぶりは異彩を放つ。

伊勢物語（いせものがたり）
平安中期の歌物語。作者・成立年は不詳。**在原業平**と目される人物の一代記風の百二十余段の短編から成り、全編に渡って二百首余の短歌が挿入される。**源氏物語**への影響大。

謌枕名寄（うたまくらなよせ）
澄月（一七一四〜九八）撰との説もあるが不詳の名所歌枕集。一説には室町期の編纂とも。約六〇〇〇首収載。

永久百首（えいきゅうひゃくしゅ）
『堀河院次郎百首』、『堀河院後度百首』とも。嘉祥二年（一一〇七）崩御の**堀河天皇**と、永久二年（一一一四）に崩じた中宮篤子内親王の遺徳を偲んで、永久四年（一一一六）、藤原仲実の勧進で中宮の側近らが催行した懐旧百首と云われる。

延喜式（えんぎしき）
律令制定以後、律令条文の補足、改定のための法令を「格」、律令の施行細則が「式」。**醍醐天皇**勅命で延喜七年（九〇七）に格十二巻が、延長五年（九二七）式五十巻が完成。式中の巻九、十に、毎年祈年祭《としごいのまつり》の幣帛《へいはく》にあずかる宮中・京中・五畿七道の三一三二神社を国郡別に登載した神名式があり、神名帳と呼ぶ。なお、延喜式は残るが、延喜格は現存しない。

奥の細道（おくのほそみち）
俳諧師**松尾芭蕉**が元禄二年（一六八九）、弟子の曽良を伴い、奥羽北陸の旅に出た。全行程六百里、五ヶ月間の長旅であり、道中の記録と、折々に読んだ句を編集した書。一般には陸奥の歌枕の探訪が主眼であったとされる。

〔か〕

懐中抄（かいちゅうしょう）
室町期の歌学書。同名異書複数あり。

玉葉和歌集（ぎょくようわかしゅう）
伏見院の院宣による第十四番目の**勅撰和歌集**。建和元年（一三一二）京極為兼が撰集。総歌数二八〇〇余首。

金葉和歌集（きんようわかしゅう）
白河上皇の院宣による第五番目の**勅撰和歌集**。院宣下命から二年後、大治元年（一一二六）、三度目の奏上で完成。選者は**源俊頼**、最後尾に連歌の部。総歌数六三七首、連歌十一首。

源氏物語（げんじものがたり）
紫式部により十一世紀初頭に成立した長編小説。全五十四帖。平安の貴族社会を描写。

現存和歌六帖（げんぞんわかろくじょう）
葉室光俊撰と云われる**私撰集**。当時現存していた歌人の歌を収載。建長二年（一二五〇）**後嵯峨院**に奏献。

江家次第（こうけしだい）
大江匡房による平安後期の有職故実書、全二十一巻（現存は十九巻）。この時代の朝儀を知る上で重要。

後漢書（ごかんじょ）
中国の正史の一つ。范曄《はんよう》（三九八〜四四五）によるとされる。「東夷伝」に倭奴国王の印授受領の記事がある。

古今和歌集（こきんわかしゅう）
醍醐天皇の勅命による初の**勅撰和歌集**。延喜五年（九〇五）、**紀貫之**、紀友則（百人一首「久方の光のどけき春の日に　しづ心なく花の散るらむ」）、凡河内躬恒《おおしこうちのみつね》（百人一首「心あてに折らばや折らむ初霜の　置きまどはせる白菊のはな」）、壬生忠岑《みぶのただみね》（百人一首「有明のつれなく見えし別れより　暁ばかり憂きものはなし」）の撰進。総歌数約一一〇〇首。

古今和歌六帖（こきんわかろくじょう）
貞元・天元期（九七六〜八二）の成立とされる類題和歌集。歳時天象、地儀上、地儀下、人事上、人事下、動植物の六帖に、総じて二十五項目五百十六題を設けて、『**万葉集**』から『**古今和歌集**』、『**後撰和歌集**』の頃までの約四千五百首を分類収載したもの。

古事記（こじき）
現存する日本最古の歴史書。稗田阿礼が誦習した神代から**推古天皇**（五九二〜六二八在位）までの帝紀皇室伝承を、太安万侶が和銅五年（七一二）撰録献上。漢字音訓による日本語表現。

後拾遺和歌集（ごしゅういわかしゅう）
白河天皇の勅命による第四**勅撰和歌集**。応徳三年（一〇八六）**藤原通俊**が撰集。総歌数一二二〇首。

後撰和歌集（ごせんわかしゅう）
村上天皇の勅命により天暦五年（九五一）和歌所を設置。**清原元輔**など**梨壺の五人**により撰進。情緒的な歌が多い。総歌数千四百余首。第二**勅撰和歌集**。

〔さ〕

催馬楽（さいばら）
平安時代初期に成立した歌謡の一つ。上代の民謡などを外来の唐楽の曲調にのせたもの。笏拍子《しゃくびょうし》、笙《しょう》、篳篥《ひちりき》、竜笛《りゅうてき》、琵琶、箏《そう》を伴奏とする。室町時代に廃れるが、現在十曲ほどが復興されている。

防人（さきもり）
辺土を守る人の意。多くは東国から徴発されて筑紫・壱岐・対馬など北九州の守備に当たった兵士。彼等とその家族の作った歌が、『**万葉集**』巻第十四に短歌五首、巻第二十に長歌一首、短歌九一首が収載される。巻第二十のは、天平勝宝七年（七五五）の防人交替に際し、防人部領使《ことりずかい》が上進した六六首のうち、**大伴家持**が採歌した歌である。

山家集（さんかしゅう）
西行の歌集。一五〇〇余首収載。歌集中の「願はくは花の下にて春《われ》死なむ　そのきさらぎの望月のころ」は辞世の歌とも。

三代集（さんだいしゅう）
平安時代初期の三つの**勅撰和歌集**。古くは『**万葉集**』、『**古今和歌集**』、『**後撰和歌集**』とされたこともあったが、現在は、『俊頼髄脳』の云う『**古今和歌集**』、『**後撰和歌集**』、『**拾遺和歌集**』とする。

私家集（しかしゅう）
歌集の分類名の一つ。個人の歌の集のことで、一般には近世以前の歌人のもの。家集《いえのしゅう》とも。

詞花和歌集（しかわかしゅう）
崇徳上皇の院宣による第六番目の**勅撰和歌集**。**藤原顕輔**によって仁平元年（一一五一）に第一次本、久寿元年（一一五四）第二次本奏上。総歌数四〇九首。

私撰集（しせんしゅう）
　正式には私撰和歌集。個人が多数の歌人歌を撰定し編纂した私的な歌集。⇔**勅撰和歌集**

拾遺和歌集（しゅういわかしゅう）
　第三番目の**勅撰和歌集**。『**古今和歌集**』、『**後撰和歌集**』に漏れた歌を拾うの意。**花山院**が関与か。寛弘三年（一〇〇六）に成立とも。晴（公のこと⇔褻《け》）の歌を中心に一三〇〇余首。

拾玉集（しゅうぎょくしゅう）
　慈鎮の家集。嘉歴年間（一三二六～二八）に、青蓮院座首尊円入道親王が**慈鎮**の百首を類聚し、さらに貞和二年（一三四六）に残りの詠草類を集成して成立。四六〇〇余首、あるいは五九〇〇余首収載。

十三代集（じゅうさんだいしゅう）
　勅撰二十一代集のうち、『**古今和歌集**』～『**新古今和歌集**』の**八代集**に続く**勅撰和歌集**。『**新勅撰和歌集**』、『**続後撰和歌集**』、『**続古今和歌集**』、『**続拾遺和歌集**』、『**新後撰和歌集**』、『**玉葉和歌集**』、『**続千載和歌集**』、『**続後拾遺和歌集**』、『**風雅和歌集**』、『**新千載和歌集**』、『**新拾遺和歌集**』、『**新後拾遺和歌集**』、『**新続古今和歌集**』。

秋風抄（しゅうふうしょう）
　建長二年（一二五〇）成立の、**葉室光俊**の別名ともされる小野春雄による**私撰集**。歌人九十一名、総歌数三百二十二首。

続古今和歌集（しょくこきんわかしゅう）
　後嵯峨院の下命による第十一番目の**勅撰和歌集**。文永二年（一二六五）奏覧。撰者は藤原行家、**藤原為家**、藤原基家、藤原家良（完成直前に没）、真観（**葉室光俊**）。万葉歌人も多く入集。総歌数一九一五首。

続後拾遺和歌集（しょくごしゅういわかしゅう）
　後醍醐天皇の勅命による第十六番目の**勅撰和歌集**。嘉暦元年（一三二六）二条為定により完成。総歌数一三五五首で、**十三代集**中最小の規模。

続後撰和歌集（しょくごせんわかしゅう）
　後嵯峨院院宣による第十番目の**勅撰和歌集**。建長三年（一二五一）**藤原為家**により奏覧。総歌数一三七七首。

続拾遺和歌集（しょくしゅういわかしゅう）
　第十二番目の**勅撰和歌集**。**亀山天皇**の勅命で弘安元年（一二七八）藤原為氏により奏覧。**御子左家**系多数入集。総歌数一四四一首とも。

続千載和歌集（しょくせんざいわかしゅう）
第十五番目の**勅撰和歌集**。**後宇多院**の下命で二条為世（『**新後撰和歌集**』に続いて二度目）により撰進。文保二年（一三一八）とも同三年とも。総歌数二千余首。

新古今和歌集（しんこきんわかしゅう）
後鳥羽院院宣による第八番目の**勅撰和歌集**。**藤原定家**ら六人。後、**寂蓮**の死で五人の撰集。元久二年（一二〇五）完成。定家等の**御子左家**系、**後鳥羽院**歌壇の歌人中心。総歌数一九七九首。

新後拾遺和歌集（しんごしゅういわかしゅう）
後円融天皇の勅命で二条為遠、その急死により二条為重が至徳元年（一三八四）に撰進。総歌数一五四五首。第二十番目の**勅撰和歌集**。

新後撰和歌集（しんごせんわかしゅう）
第十三番目の**勅撰和歌集**。**後宇多院**の院宣で二条為世により嘉元元年（一三〇三）に奏覧。総歌数一六一二首。

新拾遺和歌集（しんしゅういわかしゅう）
第十九番目の**勅撰和歌集**。後光厳天皇は当初二条為明に下命するも、為明の病没により頓阿が継いで貞治二年（一三六三）撰進。総歌数千九百余首。

新続古今和歌集（しんしょくこきんわかしゅう）
後花園天皇の勅命による第二十一番目の**勅撰和歌集**。飛鳥井雅世により永享十一年（一四三九）奏覧。飛鳥井家、二条家らの入集多数。冷泉家冷遇。総歌数二一四四首。

新千載和歌集（しんせんざいわかしゅう）
後光厳天皇の下命により、延文四年（一三五九）に二条為定が奏覧した第十八番目の**勅撰和歌集**。室町幕府初代足利尊氏の執奏によるもので、武家執奏による**国選和歌集**の先例。総歌数二三六四首。

新勅撰和歌集（しんちょくせんわかしゅう）
後堀河天皇の勅命の第九番目の**勅撰和歌集**。仮奏覧後、天皇崩御により中断するも、文暦二年（一二三五）完了。撰者は**藤原定家**。定家と親交のあった歌人や鎌倉幕府関係の歌人が多い。総歌数一三七三首。

新類題和歌集（しんるいだいわかしゅう）
宝永年間（一七〇四～七）に**霊元院**自らが編纂を始め、後に**武者小路実陰**、西三条公福等が助けて享保十六年（一七三一）に編集を終えたが、翌年院の崩御で中断するも、さらにその翌年に完成した類題集。総歌数は三万首以上である。

雪玉集（せつぎょくしゅう）
後水尾院の宮廷で編集されたとみられる**三条西実隆**の歌集。後柏原院の『柏玉集』、冷泉政為の『碧玉集』と並んで三玉集と呼ばれる。総歌数八二〇〇余首。室町時代歌壇の重要資料。

旋頭歌（せどうか）
五七七・五七七の和歌。『**万葉集**』に六十二首収められる。起源は上三句と下三句を二人で唱和、問答した民謡形式と見られている。

千載和歌集（せんざいわかしゅう）
後白河天皇の下命による第七番目の勅撰和歌集。文治四年（一一八八）**藤原俊成**撰進。情緒豊かな幽玄体歌風の歌多数。総歌数一二八八首。

新点（しんてん）
仙覚がはじめて付けた万葉歌の訓点。これにより全ての万葉歌に訓点が施された。一首全体が無訓であったものに新たに訓点を付けた歌一五二首を特に「仙覚新点の歌」と云う。

〔た〕

勅撰和歌集（ちょくせんわかしゅう）
天皇の綸旨、上皇、法皇の院宣によって編集された公的歌集。**古今和歌集**から**新続古今和歌集**までの二十一を数える。一般には、和歌所を設けて撰歌が行われた。

手鏡（てかがみ）
代表的な古人の筆跡を集めて帖としたもの。当初は古筆鑑定のためであったが、後には鑑賞するため、あるいは手本とするために集められた。

〔な〕

梨壺の五人（なしつぼのごにん）
天暦五年（九五一）に**村上天皇**の勅により、撰和歌所が梨壺と呼ばれた宮中・昭陽舎に置かれ、五人の撰者によって**後撰和歌集**の編纂が行われた。その撰者、即ち、大中臣能宣（百人一首「みかきもり衛士《ゑじ》のたく火の夜は燃え　昼は消えつつ物をこそ思へ」）、**清原元輔**、源順、紀時文、坂上望城を「梨壺の五人」と呼ぶ。

日本三代実録（にほんさんだいじつろく）
延喜元年（九〇一）、藤原時平、大蔵善行等が勅を奉じて撰進した六国史の一つ。文徳実録の後を受けて、清和、陽成、光孝の三天皇の約三十年間を記した編年体の史書。

日本書紀（にほんしょき）
養老四年（七二〇）、元正天皇の勅命により舎人親王らが編集。漢文、編年体の歴史書。六国史の第一。

年中行事歌合（ねんじゅうぎょうじうたあわせ）
『公事五十番歌合』とも。貞治五年（一三六六）関白二条良基が主催し、二十三名の詠者が、「四法拝」以下年中行事三五番、内裏殿舎に寄せる恋題八番、雑の公事題七番、計五十番を詠う。各番には行事の解説が記され、有職故実の権威・良基の主催に相応しい。

〈は〉

八代集（はちだいしゅう）
勅撰和歌集のうち第一番目から第八番目の、『**古今和歌集**』、『**後撰和歌集**』、『**拾遺和歌集**』、『**後拾遺和歌集**』、『**金葉和歌集**』、『**詞花和歌集**』、『**千載和歌集**』、『**新古今和歌集**』を云う。

風雅和歌集（ふうがわかしゅう）
第十七番目の**勅撰和歌集**。花園法皇企画。光厳上皇親撰。貞和三年（一三四七）完成。持明院統の天皇、皇族、京極派歌人の詠歌多数。総歌数二二〇〇余首。

物名（ぶつめい・もののな）
隠題《かくしだい》とも。歌の内容に関係なく事物の名を詠み込んだ遊戯的な和歌の一体。『**万葉集**』にも散見するが、『**古今和歌集**』、『**拾遺和歌集**』、『**千載和歌集**』の各**勅撰和歌集**では独立して部立てされる。

夫木和歌抄（ふぼくわかしょう）
勅撰和歌集未収載歌を部類分けしたもの。藤原長清によって延慶二年（一三〇九）頃成立。三十六巻、五九六題、一七三五〇余首収載。

平家物語（へいけものがたり）
和漢混淆文による平家の繁栄と滅亡を描いた散文の叙事詩。琵琶法師によって各地で語られ、後世の文・芸に大きく影響。成立は十三世紀前半か。

宝治百首（ほうじひゃくしゅ）
後嵯峨院が『**続後撰和歌集**』撰定の資料とするために当代四十名から召した百首。宝治二年（一二四八）か。

堀河院歌壇（ほりかわいんかだん）
管弦や和歌に造詣の深い**堀河院**の周囲に形成された歌人集団。源国信、同師時、藤原俊忠等の近臣に**源俊頼**も加わり、盛んに和歌活動。

堀河百首（ほりかわひゃくしゅ）
『堀河院初度百首』、あるいは『堀河院太郎百首』とも。**源俊頼**の企画を源国信が長治年間（一一〇四～五）に**堀河天皇**に奏覧。

〔ま〕

松葉名所和歌集（まつばめいしょわかしゅう）
内藤宗恵により万治三年（一六六〇）編集。先に世に出た『類字名所和歌集』は**勅撰和歌集**収載の名所和歌を集めたが、本集は**私撰集**や**私家集**など、私的な名所和歌を集成した書。寛政年間（一七八九～八〇〇）、尾崎雅嘉によって増補された。

万代和歌集（まんだいわかしゅう）
衣笠前内大臣家良の撰と推定される私撰集。宝治二年（一二四八）成立か。春、夏、秋、冬、神祇、釈教、恋（一～五）、雑（一～六）、賀に部類された全二十巻。『**万葉集**』以降の**勅撰和歌集**未収載の三八二八首を収める。家良は勅撰を望んだか。

万葉集（まんようしゅう）
奈良時代末期に成立した現存する最古の和歌集。二十巻約四五〇〇首。一～二巻が勅撰？　**柿本人麻呂**が関った？　等諸説がある。**大伴家持**が最終編集者であったとするのが一般的。歌風は素朴で力強く雄大。『万葉集考』を著した江戸中期の国学者・賀茂真淵は「ますらをぶり」と評した。

〔や・ら・わ〕

良玉集（りょうぎょくしゅう）
藤原顕仲が『**金葉和歌集**』への不満から私撰した歌集。散佚して現存しない。

類字名所外集（るいじめいしょがいしゅう）
元禄十一年（一六九八）**契沖**によって編まれた名所研究書。**類字名所和歌集**の補遺、増訂を意図し、編集も同書を踏襲する。

類字名所和歌集（るいじめいしょわかしゅう）
元和三年（一六一七）里村昌琢が編集。**勅撰和歌集**から名所を詠い込んだ歌を抄出。名所八八七ヶ所、総歌数八八二一首。

倭妙類聚鈔（わみょうるいじゅしょう）
承平年間（九三一～三八）に、勤子内親王の求めで源順《したごう》が編纂した辞書。『和名抄』とも。

人名略解

〔あ〕

天照大神（あまてらすおおみかみ）
伊弉諾尊《いざなぎのみこと》の女《むすめ》。高天原の主神。日の神と崇められ、日本の皇室の祖神とされる。伊勢神宮の内宮に祀られる。

在原業平（ありわらのなりひら）８２５〜８０
平城天皇の皇子・阿保親王の五男。天長三年（八二六）臣籍に降下。三十六歌仙の一人。『**古今和歌集**』初出。『**伊勢物語**』の主人公と言われる。百人一首「ちはやぶる神代も聞かず龍田川　からくれなゐに水くくるとは」

飯尾宗祇（いいおそうぎ）１４２１〜５０２
室町時代の連歌師。生国、出身、前半生の事跡は不詳。三十歳ごろ連歌の道に進み、寛正六年（一四六五）に北野連歌会所奉行に就き、明応四年（一四九五）、七十五歳にして準勅撰連歌集の『新撰菟玖波集』を撰進。後半生は地方を歴訪し、連歌指導、古典講釈に当たり、文化の伝搬に貢献。

伊弉諾尊（いざなぎのみこと）
天つ神の命で、**伊弉冉尊**とともに日本の国土、神を産み、山海・草木をつかさどった男神。**天照大神**、**素戔嗚尊**の父神。

伊弉冉尊（いざなみのみこと）
伊弉諾尊の配偶神。火の神を産んで死に、夫神と別れ黄泉国《よみのくに》に住む。

石川朝臣君子（いしかわのあそみきみこ）生没年未詳
吉美侯《きみこ》とも。神亀三年（七二六）従四位下、神亀年間に大宰少弐。『**万葉集**』に短歌一首。

石川少郎（いしかわのおとつこ）
→**石川朝臣君子**（いしかわのあそみきみこ）

伊勢（いせ）８７７頃?〜９３８頃?・未詳
宇多天皇皇后・温子《おんし・よしこ》に出仕し、天皇の寵愛を受け、寛平末年（八九七）ごろ皇子を生むも五年後（八年後とも）に死別、延喜七年（九〇七）には温子も崩御。その後**宇多天皇**の第四皇子・敦慶《あつよし》親王と二十年余り関係を続け、中務を生む。三十六歌仙の一人。百人一首「難波潟短き蘆のふしの間も　逢はでこのよを過ぐしてよとや」

一遍（いっぺん）1239～89

鎌倉中期の僧。伊予の人。**法然上人**の門弟・証空の弟子・聖達に師事したが、熊野に参籠、以後踊念仏を民衆に勧め、阿弥陀名号の算《ふだ》を配って諸国を遊行し、遊行上人、捨聖《すてひじり》と称した。時宗の開祖。

宇多天皇（うだてんのう）867～931

第五十九代。仁和三年（八八七）～寛平九年（八九七）在位。**菅原道真**を重用。法皇を初めて称する。和歌、箏、琴などに長じ、歌合を多数主催するなど、宮廷和歌の基盤確立。『**古今和歌集**』に初出。

宇努首男人（うののおびとおひと）生没年不詳

百済国君の末裔か。養老四年（七二〇）豊前守・征夷将軍。『**万葉集**』に短歌一首。

栄西（えいさい）1141～215

備中の出。比叡山で学ぶが、禅学の衰微を嘆き仁安三年（一一六八）、文治三年（一一八七）に入宋、臨済禅を受け、博多に聖福寺、京都に建仁寺を建立、禅宗の定着に努めた。わが国臨済宗の祖。

恵心（えしん）942～1017

平安時代中期の天台宗の僧・源信のこと。天暦四年（九五〇）九歳で比叡山の良源に入門、同九年（九五五）得度。後に比叡山延暦寺横川《よかわ》地区に隠棲し求道一途の道に。後世の**法然上人**や親鸞に大きな影響を与え、日本の浄土教の祖とされる。

大江匡房（おおえのまさふさ）1041～1111

平安後期の儒学者。**後冷泉天皇**から鳥羽天皇までの五代に仕え、正二位権中納言に至る。特に**白河院**政を別当として支える。有職故実の書として『**江家次第**』は著名。歌作にも秀で、**勅撰和歌集**にも多く収載。家集に『江帥《ごうのそつ》集』。百人一首「高砂の尾上の桜咲きにけり　外山の霞立たずもあらなむ」

応〔應〕神天皇（おうじんてんのう）

第十五代。四世紀末～五世紀初頭に在位。在位中、多数の渡来人が来日し大陸文化を伝える。倭の五王の「讃」？

大国主命（おおくにぬしのみこと）

素戔嗚尊の子で出雲国の主神。**少彦名命**と協力して天下を経営。後に国土を**天照大神**の孫の瓊瓊杵尊《ににぎのみこと》に譲り、出雲大社に祀られる。七福神の一つである大黒天と習合して、いわゆる「大国さま」として崇められる。大己貴命《おおあなむちのみこと》とも。

大伴坂上郎女（おおとものさかのうえのいらつめ）　生没年未詳

『万葉集』にのみ記され、大伴郎女とも表記されるが、同名の**大伴旅人**の妻とは別人。巻第四に、藤原麻呂からの三首に答えて同女が和《こた》えた四首に添えて、「郎女は佐保大納言卿が女《むすめ》なり。初め一品《いっぽん》穂積皇子に嫁ぎ、―中略―皇子の薨《こう》ぜし後に、藤原麻呂大夫、郎女を娉《つまど》ふ。郎女、坂上の里に家居す。よりて、族氏号《やからなつ》けて坂上郎女といふ。」とある。**大伴旅人**の妻が、任地の大宰府で死去した後、郎女は大宰府に下向し、天平二年（七三〇）に帰京した。**『万葉集』**に長歌六首、短歌七十七首、旋頭歌一首。

大伴旅人（おおとものたびと）６６５～７３１

奈良時代前期の歌人。神亀五年（七二八）、六十歳を過ぎて太宰帥に任じられ、妻・大伴郎女、長子・**大伴家持**共々西下。当時の筑前守であった**山上憶良**と切磋琢磨し、筑紫歌壇を形成。任地で妻を失くし、天平二年（七二八）大納言として帰京。**『万葉集』**に秀歌多数。

大伴〈宿禰〉百代（おおともの〈すくね〉ももよ）　生没年不詳

天平初年（七二九）から大宰太監、同十年（七三八）兵部少輔。天平二年（七三〇）正月の、大宰帥**大伴旅人**宅での「梅花宴」に出詠。同年六月、妻の死で消沈する旅人を京より見舞う。**『万葉集』**に短歌七首。

大伴家持（おおとものやかもち）７１８～８５

大伴旅人の長男。大伴家凋落の時期に当たり、波風の多い生涯であった。天平勝宝七年（七五五）兵部少輔の任に在って**防人**の歌を集めた。**『万葉集』**の編纂に大きく関った。三十六歌仙の一人。百人一首「かささぎの渡せる橋に置く霜の　白きを見れば夜ぞ更けにける」

大物主神（おおものぬしのかみ）

蛇神で、稲作豊穣、疫病除け、醸造などの神とされる。奈良県桜井市美和町の大神《おおみわ》神社の祭神。**大国主命**と共に国造りに当たっていた**少彦名命**が常世の国に去った後、**大国主命**に協力する。**神武天皇**の岳父。

大海津美命（おおわたつみのみこと）

伊弉諾尊、**伊弉冉尊**の子で海の神。海人や船乗りの間で航海安全、豊漁を祈願して古くから信仰される。広島県福山市の沼名前神社、宮城県石巻市の日高見神社、千葉県銚子市の渡海神社、福岡県福岡市の志賀海神社等の主祭神である。

奥村玉蘭（おくむらぎょくらん）１７６１〜８２６
福岡藩ご用達の醤油醸造元の三男で、早くから画の才に長けていた。藩政に批判的な思想家の亀井南冥・昭陽に師事、ために家を去り、太宰府に草庵を結んで好古の学を楽しんだ。十年の歳月をかけて文政四年（一八二一）に完成した、図版、挿絵を多く採り入れた『筑前名所図会』全十巻は、黒田藩には出版を許可されず、昭和四十八年（一九七三）に複製、刊行された。

小野老〈朝臣〉（おののおゆ〈あそみ〉）生年未詳〜７３７
養老三年（七一九）従五位下、同四年（七二〇）右少弁に。神亀五年（七二八）大宰大弐、天平六年（七三四）従四位下。**『万葉集』**に三首。

〔か〕

貝原益軒（かいばらえきけん）１６３０〜７１４
江戸前期の儒学者、教育家、本草学者。福岡藩士・貝原寛斎の五男。慶安元年（一六四八）十八歳で福岡藩に出仕するも、二代藩主・黒田忠之の怒りに触れ、七年の浪人生活。三代藩主・光之によって帰藩し、京に藩費留学、寛文四年（一六六四）に帰国し、以後藩の重責を担う。『大和本草』等の本草書、『養生訓』等の教育書、『筑前國續風土記』等の地誌・紀行文など著書六十部。

柿本人麻呂（かきのもとのひとまろ）生没年未詳
天武天皇の時代（六九七〜七〇七）に宮廷歌人として活躍か。**『万葉集』**に約三七〇首。三十六歌仙の一人。百人一首「あしびきの山鳥の尾のしだり尾の　ながながし夜をひとりかも寝む」

花山天皇・院（かざんてんのう・いん）９６８〜１００８
第六十五代。永観二年（九八四）〜寛和二年（九八六）在位。第六十三代冷泉天皇第一皇子。一歳で叔父の第六十四代円融天皇即位の時皇太子となる。即位時には有力な外戚が無く、二年足らずで退位、出家。絵画、建築、和歌に長じ、**『拾遺和歌集』**を親撰すとも。

葛飾北斎（かつしかほくさい）１７６０〜８４９
江戸本所生まれの江戸後期浮世絵師。勝川春章に師事、春朗と号したが、後に画風と号をしばしば変えた。洋画を含む多くの技法を学び、独特の様式を確立。風景画、花鳥画等の版画、美人画や武者絵等の肉筆画に多くの傑作を残す。代表作は「富嶽三十六景」。

河内王（かふちのおほきみ）生年不詳～694？　**敏達天皇**の系統か。天武朱雀元年（六八六）新羅の金智祥を饗するため筑紫に派遣される。ときに浄広肆。同年、**天武天皇**崩御の際、左右大舎人を誄している。持統三年（六八九）筑紫の大宰帥、同八年（六九四）浄大肆、その年に客死か。『**万葉集**』に、王の妻と推定される**手持女王**が、王を豊前国鏡山に葬った際の三首の歌がある。

紙屋河顕氏（かみやがわあきうじ）1207～74　紙屋河は藤原顕氏の号。正三位藤原顕家の子で、正二位に至る。真観（**葉室光俊**）と親交があり、反御子左歌人。**後嵯峨院**歌壇に属しつつ、鎌倉歌壇にも列した。家集『顕氏集』、『**続後撰和歌集**』初出。

亀山上皇（かめやまじょうこう）1249～305　第九十代。**後嵯峨天皇**の第三皇子、正元元年（一二六〇）～文永十一年（一二七四）在位。弘安元年（一二七八）藤原（二条家の祖であるが、号したのは子の為世から）為氏に『**続拾遺和歌集**』を撰ばせる。『亀山院御集』、『嘉元仙洞御百首』など。『**続古今和歌集**』初出。

河辺宮人（かわべのみやひと）不明　特定の人名なのか、あるいは飛鳥の河辺宮に仕える人々の意かは不明。『**万葉集**』中の六首全てが、「姫島の松原に嬢子の屍を見て」の歌である。

紀貫之（きのつらゆき）868？～946？　平安前期の歌人、歌学者。三十六歌仙の一人。『**古今和歌集**』の撰者で仮名の序文を草す。『土佐日記』を著す。百人一首「人はいさ心も知らず古里は　花ぞ昔の香ににほひける」

清原元輔（きよはらのもとすけ）908～90　清少納言の父。**梨壺の五人**の一人。三十六歌仙の一人。『**後撰和歌集**』の撰者の一人。屏風歌、祝賀の歌多数。百人一首「契りきなかたみに袖をしぼりつつ　末の松山浪越さじとは」

欽明天皇（きんめいてんのう）生没年不詳　第二十九代。蘇我氏に擁立され六世紀中期に在位。在位中、五三八年とも五五二年とも云われる仏教公式伝来。奈良県橿原市瀬丸古墳は同天皇の陵と推測されている。

九条良経（くじょうよしつね）1169～206　関白藤原兼実の二男。文治四年（一一八八）二十歳の時、兄・良道の死により九条家入り。建久元年

（一一九〇）左大将、同六年（一一九五）内大臣、正治元年（一一九九）左大臣、同二年に**後鳥羽院**に拝謁し、以後院の信任を得、建仁二年（一二〇二）摂政を経て元久元年（一二〇四）従一位太政大臣に。十三歳頃から作歌をはじめ、『**千載和歌集**』に七首が採られる。**慈鎮**を後ろ楯として活発な歌壇活動。**藤原定家**、**寂蓮**など御子左家の歌人と交流。『**新古今和歌集**』の仮名序を草し、巻頭歌など七十九首が載る。百人一首「きりぎりす鳴くや霜夜のさむしろに　衣片敷きひとりかも寝む」

桉作村主益人（くらつくりのすぐりのますひと）不明
『新撰姓氏録』に、桉作氏は**仁徳天皇**の時代に帰化したとあり、村主は帰化系の人々に賜った姓であることから、帰化人の子孫と考えられる。『**万葉集**』に収められる二首以外には見られない。

景行天皇（けいこうてんのう）
第十二代。『**日本書紀**』には、在位六十年。日本武尊《やまとたけるのみこと》の父。武尊は九州の熊襲、東国の蝦夷を討伐する。

継体天皇（けいたいてんのう）生年不詳～５３１
第二十六代。五〇七～三一在位。第二十五代武烈天皇に子がなく、越前から迎えられる。崩御は八十二歳とも。

契沖（けいちゅう）１６４０～７２１
十一歳で出家、十三歳で高野山へ、二十四歳で阿闍梨位。『**万葉集**』の注釈書『万葉代匠記』、歴史的仮名遣い研究書『和字正濫鈔』や、多数の古典の注釈書を著す。万葉研究は賀茂真淵、本居宣長等に影響を与えた。

後宇多院・法皇（ごうだいん・ほうおう）１２６７～３２４
第九十一代。第九十代**亀山天皇**の第二皇子。文永十一年（一二七四）～弘安十年（一二八七）在位。嘉元元年（一三〇三）に『**新後撰和歌集**』、文保二年（一三一八）に『**続千載和歌集**』の撰集を二条為世に命じた。

孝徳天皇（こうとくてんのう）５９６?～６５４
第三十六代。六四五～五四在位。大化改新により、**中臣鎌足**に推されて即位。鎌足、皇太子**中大兄皇子**等と改新政治を推進。後に皇子と対立。

後嵯峨天皇・院（ごさがてんのう・いん）１２２０～７２
第八十八代。仁治三年（一二四二）～寛元四年（一二四六）在位。法皇在位寛元四年～文永九年（一二七二）。『**続後撰和歌集**』、『**続古今和歌集**』撰

集を下命。本人歌は、以後の**勅撰和歌集**に多く収載。

小侍従（こじじゅう）生没年未詳
平安後期から鎌倉初期の女流歌人。父は石清水八幡宮別当紀光清、母は花園左大臣家小大進。四十歳前後に二条天皇に出仕、天皇の崩御後は太皇太后宮多子に仕え、歌人として活躍。治承三年（一一七九）出家。**後鳥羽院**歌壇にも列し、八十歳を超えた建仁年間（一二〇一～三）まで作歌。『**千載和歌集**』初出。

後醍醐天皇（ごだいごてんのう）１２６８～３３９
第九十六代。文保二年（一三一八）～延元四年（一三三九）在位。建武元年（一三三四）、天皇親政を目指し、足利尊氏、新田義貞らと鎌倉幕府を倒し、建武の新政（中興とも）を行うも尊氏と対立、吉野に遷って南北朝始まる。『**続後拾遺和歌集**』撰集を下命。

後土御門天皇・院（ごつちみかどてんのう・いん）１４４２～５００
第百三代。寛正五年（一四六四）～明応九年（一五〇〇）在位。宮廷、幕府が同居した室町邸では、歌合、月次和歌、着到和歌など度々催行。家集『紅塵灰集』。

後鳥羽天皇・院（ごとばてんのう・いん）１１８０～２３９
第八十二代。元暦元年（一一八四）～建久九年（一一九八）在位。五歳で即位、十九歳で譲位。承久三年（一二二一）、王権復古のため倒幕を謀るも敗北（承久の乱）。同年隠岐に配流、在島十九年で崩御。諸芸を好み、とりわけ和歌に長じ、歌壇を形成。歌合、百首多数催行。歌論書『後鳥羽院御口伝』では、**藤原定家**との歌観の差が判る。『**新古今和歌集**』を撰進さす。百人一首「人もをし人もうらめしあぢきなく　世を思ふゆゑに物思ふ身は」

後花園天皇・院（ごはなぞのてんのう・いん）１４１９～７０
第百二代。正長元年（一四二八）～寛正五年（一四六四）在位。諸芸に秀で、永享十一年（一四三九）飛鳥井雅世に『**新続古今和歌集**』を撰進せしむ。『永享百首』、『後花園院御集』など。

後冷泉天皇（ごれいぜいてんのう）１０２５～６８
第七十代。寛徳二年（一〇四五）～治暦四年（一〇六八）在位。永承年間（一〇四五～五二）に三度の内裏歌合。『**後拾遺和歌集**』に初出。

〔さ〕

西園寺公経（さいおんじきんつね）1171〜244
　平安時代末期から鎌倉時代前期にかけての公卿、歌人。西園寺家の実質的な祖。**後鳥羽院**に近侍するも親幕派。貞応元年（一二二二）太政大臣、同二年従一位。寛喜三年（一二三一）出家して、京・北山の豪邸・西園寺殿に居す。姉は**藤原定家**の後妻。建久〜建保期（一一九〇〜一二一八）の宮中歌壇で活躍。『**新古今和歌集**』初出。百人一首「花さそふ嵐の庭の雪ならで　ふりゆくものはわが身なりけり」

西行（さいぎょう）1118〜90
　俗名・佐藤義清で北面の武士。保延六年（一一四二）十三歳で出家。二十七歳の時、**能因法師**の歌枕を辿って陸奥に、五十一歳で、親交のあった**崇徳院**慰霊と空海の遺跡巡礼のため四国を旅している。『**山家集**』は西行の歌集。百人一首「嘆けとて月やは物を思はする　かこち顔なるわが涙かな」

最澄（さいちょう）767〜822
　延暦四年（七八五）比叡山に入山。同二十三年（八〇四）入唐。帰朝後天台宗を確立。貞観八年（八六六）清和天皇より日本初の諡《おくりな》「伝教大師」を賜る。

斉明天皇（さいめいてんのう）生年未詳〜661
　第三十五代皇極天皇として六四二〜五、第三十七代斉明天皇として六五五〜六一在位。夫・第三十四代舒明天皇崩御により即位、乙巳《いっし》の変（六四五）で同母弟の**孝徳天皇**に譲位、同天皇の崩御後重祚。『**日本書紀**』に六首、『**万葉集**』には題詞や左注によって推定される八首がある。

坂上郎女（さかのうえのいらつめ）
　→**大伴坂上郎女**（おおとものさかのうえのいらつめ）

沙弥満誓（さみまんせい）生没年未詳
　奈良時代の官人。俗名は笠朝臣麻呂。慶雲元年（七〇四）従五位下、養老元年（七一七）従四位上、同四年（七二〇）右大弁。同五年（七二一）元明太上天皇の病気平癒を祈願して出家。同七年（七二三）筑紫の観世音寺別当として西下、天平二年（七三〇）正月の**大伴旅人**宅での「梅花の宴」に列す。

猿田彦命（さるたひこのみこと）
　日本神話によると、瓊瓊杵尊《ににぎのみこと》降臨の際、道案内した神。身の丈七尺、赤ら顔で鼻の長さ七咫《し》（約百二十六センチメートル）と云われ、天狗の原型とされる。三重県伊勢市の猿田彦神社、同県鈴鹿市の椿大神社《つばきのおおかみのやしろ》等に祀られる。

猿丸太夫（さるまるだゆう）生没年不明

奈良朝以前の伝承上の歌人。『三十六人歌仙伝』によれば、万葉以降で元慶（八七七〜八四）までの人。**藤原公任**の『三十六人撰』収載以来高評価。賀茂真淵は実在を疑う。百人一首「奥山に紅葉踏み分け鳴く鹿の　声聞く時ぞ秋は悲しき」

三条西実隆（さんじょうにしさねたか）１４５５〜５３７

永正十二年（一五一五）従一位昇叙の沙汰を固辞、翌年出家。和歌を飛鳥井雅親に師事、十五世紀末から十六世紀前半の歌壇の代表者。逍遥院と号す。

慈鎮（じちん）１１５５〜２２５

慈円とも。関白九条（藤原）兼実の実弟。天台座主となった学僧で、教界と政界を結ぶ実力者。歌人としても『**千載和歌集**』以下多数。百人一首「おほけなくうき世の民におほふかな　わがたつ杣に墨染の袖」

寂蓮（じゃくれん）生年未詳〜１２０２

俗名・藤原定長。**藤原俊成**の末弟にして猶子。承安二年（一一七二）に出家。歌合、百首に出詠多数。建仁元年（一二〇一）和歌所寄人となり、『**新古今和歌集**』の撰者に任命されるも、完成を前にして没す。百人一首「村雨の露もまだ干ぬ槙の葉に　霧立ち昇る秋の夕暮れ」

性空（しょうくう）９１０〜１００７

平安時代中期の天台宗の僧。三十六歳で慈恵大師良源に師事、出家。霧島山や筑前の背振山で修業、康保三年（九六六）に播磨の書写山に入山、圓教寺を創建。

正徹（しょうてつ）１３８１〜４５９

備中國小田庄神戸山城主・小松康清の子。一四〜五世紀の冷泉派歌壇の中心であった今川了俊に師事、十五世紀前半に活躍する。紀行『なぐさめ草』、歌論書『正徹物語』など。歌集『草根集』は　万首を越す。

聖武天皇（しょうむてんのう）７０１〜５５

第四十五代。神亀元年（七二四）〜天平勝宝元年（七四九）在位。仏教に信心厚く、天平十三年（七四一）国分寺、国分尼寺建立の詔を発布し、同十五年、大仏造立を発願。天平勝宝四年（七五二）には東大寺大仏を開眼した。『**万葉集**』に長歌一首、短歌十首入集。

逍遥院（しょうよういん）

→**三条西実隆**（さんじょうにしさねたか）

白河天皇・院・上皇（しらかわてんのう・いん・じょうこう）１０５３～１１２９

第七十二代。延久四年（一〇七二）～応徳三年（一〇八六）在位。以後、**堀河**、鳥羽、**崇徳**の各天皇の三代に亘って院政を執る。途絶えていた**勅撰和歌集**を復活させ、応徳三年（一〇八六）『**後拾遺和歌集**』、大治元年（一一二六）『**金葉和歌集**』を撰ばしむ。『**後拾遺和歌集**』に初出。

神功皇后（じんぐうこうごう）

息長足日女命《おきながたらしひめのみこと》とも。第十四代**仲哀天皇**の皇后。天皇と共に熊襲征服。その途で天皇が没するも渡朝し、新羅攻略。

神武天皇（じんむてんのう）

記紀伝承上の初代天皇。瓊瓊杵尊《ににぎのみこと》の曾孫、**玉依姫命**が母。日向の高千穂宮から東征、紀元前六六〇年、大和国畝傍橿原神宮で即位。明治以降この年を紀元元年とする。

推古天皇（すいこてんのう）５５４～６２８

第三十三代。五九三～六二八在位。父は第二十九代欽明天皇。異母兄第三十代**敏達天皇**の皇后となる。天皇崩御の後、同母兄の用明天皇が二年ほど在位し、その没後、第三十二代崇峻天皇が即位するも、五九二年に素我馬子によって暗殺された。そのため翌年豊浦宮で史上初の女帝として即位した。甥にあたる用明天皇の御子の厩戸皇子（聖徳太子）を皇太子とし、冠位十二階、十七条憲法、遣隋使派遣などの施策を推進する。

垂仁天皇（すいにんてんのう）

第十一代。在位中、殉死の禁令を発布、替えて埴輪の埋納を行う。池溝を築き農耕を振興せしむ。

菅原道真（すがわらのみちざね）８４５～９０３

昌泰二年（八九九）に右大臣となるも、藤原氏の反発で延元元年（九〇一）大宰府に左遷、配所で没す。学問、詩文に優れ、『類聚国史』、『菅家文章』等の著作あり。百人一首「このたびは幣も取りあへず手向山　紅葉の錦神のまにまに」

少彦名命（すくなひこなのみこと）

大国主命と協力して国土経営を行った神。医薬、禁厭《まじない》の法を創る。

素戔嗚尊（すさのおのみこと）

伊弉諾尊《いざなぎのみこと》の子で、**天照大神**《あまてらすおおみかみ》の弟神。天岩戸事件により高天原を追放され、出雲で八岐大蛇《やまたのおろち》を退治する。新羅に渡り、帰途、船舶用材の苗木を持ち帰り植林させた。**大国主命**の父神。

崇徳天皇・院・上皇（すとくてんのう・いん・じょうこう）１１１９〜６４
　第七十五代。保安四年（一一二三）〜永治元年（一一四一）在位。先帝・鳥羽上皇により皇太帝の近衛天皇に譲位させられる。保元の乱に敗れ、讃岐に配流され、その地で崩御する。和歌に長じ、『**詞花和歌集**』の編纂を院宣。百人一首「瀬を早み岩にせかるる滝川の　われても末に逢はむとぞ思ふ」

摂津（せっつ）生没年未詳
　白河天皇の皇女令子内親王に、後、その妹の禎子内親王に仕えたとも。承暦二年（一〇七八）の内裏後番歌合以降、多くの出詠。『**金葉和歌集**』初出。

仙覚（せんがく）１２０３〜７２
　鎌倉中期の学僧。常陸の人。鎌倉で『**万葉集**』の校訂、注釈に没頭し、従来無訓の歌に**新点**を加え、古点、次点を正した。『万葉集註釈（仙覚抄）』などを著す。

〔た〕

醍醐天皇（だいごてんのう）８８５〜９３０
　第六十代。寛平九年（八九七）〜延長八年（九三〇）在位。十三歳で元服と同時に即位。**菅原道真**左遷後は左大臣・藤原時平に実権を握られる。詩、箏、琵琶に長じ、和歌は歌合を多く催し、『**古今和歌集**』撰進を下命する。

平祐挙（たいらのすけたか）生没年未詳
　平安中期の人。従五位下駿河守。**藤原道長**家の家司。長保三年（一〇〇三）同家歌合。『**拾遺和歌集**』初出。

鷹司院帥（たかつかさいんのそち）生没年未詳
　葉室光俊の女《むすめ》。反御子左家派の歌人。鷹司院長子（後堀河院后）に出仕。『**宝治百首**』の作者の一人。『**続後撰和歌集**』初出。

武内宿祢（たけ〈の〉うちのすくね）
　記紀上の伝承では大和政権初期に活躍。第八代孝元天皇の孫、あるいは曾孫とも。**景行**、成務、**仲哀**、**応神**、**仁徳**の五代の天皇に仕えたという。ただし、二八〇歳まで生存したこととなり、実在が疑わしい。葛城、巨勢、平群、紀、蘇我の諸氏の祖とも。

高市連黒人（たけちのむらじのくろひと）生没年未詳
伝不詳。持統・文武時代の下級官人か。『**万葉集**』に収められる十七首のほとんどが羇旅歌。

橘為仲（たちばなのためなか）生年未詳～１０８５
蔵人、陸奥守、太伊皇太后宮亮などを歴任、正四位下。**能因法師**、相模（百人一首「恨みわびほさぬ袖だにあるものを　恋に朽ちなむ名こそ惜しけれ」）に師事、和歌六人党の一人。
家集『橘為仲朝臣集』、『**後拾遺和歌集**』初出。

橘俊綱（たちばなのとしつな）１０２８～９４
父は**藤原道長**の子・関白藤原頼通。橘俊遠の養子。大国、上国の守を歴任、裕福な環境で歌合、歌会多く挙行、歌界に隠然たる勢力。『**後拾遺和歌集**』初出。

種田山頭火（たねださんとうか）１８８２～９４０
山口県生まれの自由律俳人。早大中退後、荻原井泉水に師事し、その後出家して全国を放浪。句集『草木塔』など。

玉依姫命（たまよりひめのみこと）
記紀神話では海（綿津見）神の女《むすめ》。鵜萱草葺不合《うがやふきあえずの》尊《みこと》の妃で**神武天皇**の母。

手持女王（たもちのおおきみ）生没年未詳
天武、持統天皇朝の皇族か。**河内王**の妻？『**万葉集**』巻第三に、筑紫で没した王を葬る時に詠んだ短歌三首。

仲哀天皇（ちゅうあいてんのう）
第十四代。記紀伝承の天皇。日本武尊《やまとたけるのみこと》の第二皇子。皇后は**神功皇后**。熊襲征伐の途で筑前にて崩御。

中将尼（ちゅうじょうのあま）生没年未詳
平安前期の公卿・藤原冬嗣（正一位・太政大臣）の孫・藤原清時の女《むすめ》、高階明順《あきのぶ》に嫁す。『匡衡《まさひら》集』、『赤染衛門集』に詠歌多数。『**後拾遺和歌集**』に一首のみ。

澄月（ちょうげつ）１７１４～９８
備中玉島の出の江戸中期の歌僧。二条派に学び、平安（＝京都）の和歌四天王の一人。『澄月法師千首』、『垂雲和歌集』など。

土御門院（つちみかどいん）１１９５～２３１
第八十三代。建久九年（一一九八）～承元四年（一二一〇）在位。**後鳥羽天皇**第一皇子。承久三年（一二二一）の承久の乱に敗れ、父は隠岐に、弟・順徳院は佐渡に流され、院は土佐、後に阿波に遷り、そこで崩御した。建保四年（一二一六）の『土御門

院御百首』は、**藤原定家**等の高評価。『**続後撰和歌集**』初出。

津守国冬（つもりくにふゆ）1269〜320
住吉神主（正四位下）国助の長男。正安元年（一二九九）十九代住吉神主、同二年従四位下。正和元年（一三一二）摂津守。和歌に長じ、大覚寺統、二条家周辺で活躍。「和歌の神に仕える祠官」として重用。『**新後撰和歌集**』初出。

天智天皇（てんじてんのう）626〜71
第三十八代。**中大兄皇子**。称制六六一〜七、六六八〜七一在位。皇太子時代、**中臣鎌足**と共に蘇我氏を討って大化改新（六四五）。和歌に長じ、『**万葉集**』に四首。百人一首「秋の田のかりほの庵のとまをあらみ　わがころもでは露にぬれつつ」

天武天皇（てんむてんのう）622〜86
第四十代。大海人皇子。六七三〜八六在位。**天智天皇**の同母弟。第三十九代弘文天皇（**天智天皇**の皇子）と対立、壬申の乱（六七二）に勝利。『**万葉集**』に長歌四首、短歌三首。

道鏡（どうきょう）700?〜72
河内の出、弓削氏。称徳天皇に信頼され、太政大臣禅師、法王に。宇佐八幡の神託と称して皇位の継承を企てるも、**和気清麻呂**に阻止され、天皇没後、下野国薬師寺別当に左遷、同所で没。

〔な〕

中臣鎌足（なかとみのかまたり）614〜69
藤原氏の祖。**中大兄皇子**を助けて蘇我家を滅ぼし、大化の改新に大功。

中大兄皇子（なかのおおえのおうじ）
→**天智天皇**（てんちてんのう）

長皇子（ながのみこ）生年不詳〜715
天武天皇の皇子。持統天皇七年（六九三）、同母弟・弓削皇子とともに浄広弐、大宝令の位階制度の二品に。キトラ古墳の被葬者とも。

夏目漱石（なつめそうせき）1867〜916
英文学者、小説家。東京帝大卒、五高（現・熊本大学）教授を経て、明治三十三年（一九〇〇）英国留学、帰国後、東京帝大講師、次いで朝日新聞入社。同三十八年（一九〇五）に『吾輩は猫である』、『倫敦塔』を発表、文壇での地位を確立。『坊ちゃん』、『草枕』、『明暗』など。

日蓮（にちれん）1222〜82
鎌倉時代の僧。天台宗を学び、高野山、南都等で修行するも法華経に真髄を見出し、建長五年（一二五三）安房国清澄山にて立教開宗（日蓮宗）を宣言。他宗を攻撃し、「立正安国論」を主張したため、伊豆、佐渡に配流。文永十一年（一二七四）赦免され、身延山を開く。『観心本尊抄』、『開目抄』など。

仁徳天皇（にんとくてんのう）生没年未詳
　第十六代。五世紀初めの在位。倭の五王の「讃」ともいわれる。大阪府堺市の日本最大の前方後円墳が仁徳陵とされる。『**万葉集**』に四、あるいは五首。

仁明天皇（にんみょうてんのう）810〜50
　第五十四代。天長十年（八三三）〜嘉祥三年（八五〇）在位。嵯峨天皇の皇子。小野小町（百人一首「花の色は移りにけりないたづらに　わが身世にふるながめせし間に」）が更衣として仕える。

額田王（ぬかたのおおきみ）生没年未詳
　七世紀後半の歌人。大海人皇子（**天武天皇**）との間に十市皇女《とおちのひめみこ》。『**万葉集**』に長歌三首、短歌九首。

抜気大首（ぬきけのおほびと）生没年未詳
　天武天皇時代から天平五年（七三三）頃までの何れかの間、筑紫に赴任していた官人か。「抜気」を氏、「大首」を姓とする説、「抜」を氏、「気大」を名、「首」を姓とする説あり。『**万葉集**』に短歌三首。

能因法師（のういんほうし）988〜没年不詳
　中古においての三十六歌仙の一人。漂泊の歌人。歌学書に、敬語の解説や、国々の名所を内容とする書ありと伝えられる。百人一首「嵐吹く三室のやまのもみぢ葉は　龍田の川の錦なりけり」

野口雨情（のぐちうじょう）1882〜945
　民謡、童謡作歌。茨城県の出、東京専門学校（現・早稲田大学）にて坪内逍遥に師事するも明治三十四年（一九〇一）十九歳で中退、帰郷。家業を立て直したり、樺太に渡ったり、小樽日報等の新聞社に勤めたりした。大正八年（一九一九）創刊の『金の船』に童謡を発表、以後多くの名作を残した。『十五夜お月さん』、『七つの子』などの童謡、また『波浮の港』、『船頭小唄』等。

〈は〉

祝部成仲（はふりべのなりなか）1099〜191
　近江日吉社の禰宜惣官。四十歳ごろから歌壇活動をはじめ、永万二年（一一六六）の重家家歌合など、多くの歌合に加わる。『**詞花和歌集**』初出。

葉室光俊（はむろみつとし）１２０３〜７６

承久二年（一二二〇）右少弁・蔵人になるも承久の乱で父・権中納言光親の罪に連座して筑紫に配流、貞応元年（一二二二）許され、嘉禄三年（一二二七）には右少弁、安貞二年（一二二八）正五位上、その後右大弁となるも、嘉禎二年（一二三六）出家。法名真観。和歌に長じ、寛元二年（一二四四）、**藤原為家**、蓮性らと『新撰六帖題和歌』、以後六条家一門と連携して反御子左家勢力。文応元年（一二六〇）鎌倉に下向、将軍宗尊親王の歌道師範。**『続古今和歌集』**撰進、**『現存和歌六帖』**奏献など。

林芙美子（はやしふみこ）１９０３〜５１

小説家。苦学して尾道高女卒。その後も貧しい日々であったが、昭和三年（一九二八）から連載発表した『放浪記』が好評で、流行作家となる。昭和六年（一九三一）パリに旅行している。戦時中は新聞社の特派員、陸軍報道部報道班員として戦地に趣いた。終戦直前は長野県に疎開、戦後は書きに書き、講演、取材にと多忙であった。心臓麻痺で急逝。叙情と哀愁を湛えた作品が多く、『放浪記』のほか、『清貧の書』、『浮雲』等々。

檜垣嫗（ひがきのおうな）生没年未詳

延喜（九〇一〜二二）頃の筑前の遊女か。一人というより遊女達の複合人格とも。家集に『檜垣嫗集』。**『後撰和歌集』**に一首。

東山天皇（ひがしやまてんのう）１６７５〜７１０

第百十三代。貞享四年（一六八七）〜宝永六年（一七〇九）在位。**霊元天皇**第四皇子。大嘗祭復活。徳川綱吉の将軍在職期間と重なり、綱吉の皇室畏敬によって、朝幕関係は江戸期で最も安定。

琵琶皇太后宮（びわこうたいごうぐう）９９４〜１０２７

藤原道長の二女・妍子《けんし》。三条天皇の后、禎子内親王（後朱雀天皇の后）の母。**『新古今和歌集』**初出。

敏達天皇（びだつてんのう）５３８?〜８５

第三十代。五七二〜五八五在位。当初百済大井宮（大阪府河内長野市、同富田林市、奈良県桜井市、同北葛城郡広陵長など諸説）、四年後、訳語田幸玉宮《おさたのさきたまのみや》（桜井市・春日神社付近）に遷宮。晩年仏教禁止令。

福沢諭吉（ふくざわゆきち）１８３４〜９０１

幕末から明治にかけての思想家、教育家。中津藩士の子で、八歳頃から漢学を学び、安政元年（一八五四）十九歳で長崎留学、蘭学を学ぶ。同二年から大阪に出て、蘭学者・緒方洪庵の適塾に学んだ。安政五年（一八五八）江戸に出府、藩邸内の蘭学塾（後の慶應義塾大学の基礎）講師となる。万延元年（一八六〇）には咸臨丸にて渡米、文久二年（一八六二）には渡欧、帰国後『西洋事情』著作。明治新政府の官職には就かず、慶応四年（一八六八）に蘭学塾を慶應義塾とし、教育に専心する。『学問のすゝめ』、『福翁自伝』等。

伏見院（ふしみいん）1256～317
　第九十二代。弘安十年（一二八七）～永仁六年（一二九八）在位。以後の正安三年（一三〇一）までと、延慶元年（一三〇八）～正和二年（一三一三）まで院政。仙道五十番歌合ほか多数の歌合、歌会を主催。『**玉葉和歌集**』の編纂を下命。

葛井連大成（ふじいのむらじおおなり）生没年未詳
　神亀五年（七二八）従五位下、『**万葉集**』の題詞、細注によれば筑後守。百済系の帰化人か。**大伴旅人**と深い関係？『**万葉集**』に短歌三首。

藤原顕輔（ふじわらのあきすけ）1090～155
　藤原顕季の三男。永久四年（一一一七）の鳥羽殿北面歌合以下多数の歌合に出詠。**崇徳院**の院宣により、仁平元年（一一五一）『**詞花和歌集**』を奏覧。百人一首「秋風にたなびく雲の絶え間より　もれ出づる月の影のさやけき」

藤原家隆（ふじわらのいえたか）1158～237
　三十代半ばには、既に歌合を主催したといわれる。『**新古今和歌集**』に四十三首など歌作多数。百人一首「風そよぐならの小川の夕暮は　みそぎぞ夏のしるしなりけり」

藤原公任（ふじわらのきんとう）966～1041
　寛弘六年（一〇〇九）権大納言、長和元年（一〇一二）正二位に至るも、常に同年齢の**藤原道長**の後塵を拝し、万寿元年（一〇二四）職を辞して同三年出家。宮廷歌壇の指導的位置を占める。『**古今和歌集**』の美学を継承しつつ**藤原俊成**、**藤原定家**の理論への先駆的役割。『和歌九品』はじめ著作多数。『**拾遺和歌集**』初出。百人一首「滝の音は絶えて久しくなりぬれど　名こそ流れてなほ聞こえけれ」

藤原実方（ふじわらのさねかた）生年未詳～998
　正暦四年（九九三）従四位上、同五年左近中将、長徳元年（九九五）陸奥守に任ぜられ、任地で没。円融院、**花山院**の寵を受け、宮廷サロンの花形。中古三十六歌仙の一人。百人一首「かくとだにえやはいぶきのさしも草　さしも知らじな燃ゆる思ひを」

藤原定家（ふじわらのさだいえ・ていか）１１６２〜２４１

藤原俊成の子。『**新古今和歌集**』、『**新勅撰和歌集**』の選者。歌風は「余情妖艶」、「有心」。歌論に『近代秀歌』、日記に『明月記』。小倉百人一首を撰する。百人一首「来ぬ人をまつほの浦の夕なぎに　焼くや藻塩の身もこがれつつ」

藤原俊成（ふじわらのしゅんぜい・としなり）１１４５〜９３

一旦は葉室家に入るも、仁安二年（一一六七）本流に復する。同年正三位、承安二年（一一七二）皇太后宮太夫に。安元二年（一一七六）出家。十八歳頃から詠歌。以後歌壇の指導的立場になる。歌風は「優艶」から「寂風」まで幅広い。文治四年（一一八七）『**千載和歌集**』を奏覧する。百人一首「世の中よ道こそなけれ思ひ入る　山の奥にも鹿ぞ鳴くなる」

藤原季経ふじわらのすえつね）１１３１〜２２１

藤原顕輔の子。非参議正三位に至り、建仁元年（一二〇一）出家。藤原清輔（百人一首「長らへばまたこのごろやしのばれむ　憂しと見し世ぞ今は恋しき」）亡き後の六条藤家をささえる。百首、歌合に出詠多数。歌集『季経入道集』。

藤原輔相（ふじわらのすけみ）生没年未詳

無官とも。天暦十年（九五六）頃没か。歌作のほとんどが**物名**歌で、特に酒肴の食物が多い。即興性、諧謔性、機知に富んだ詠歌。家集『藤六集』、『**拾遺和歌集**』初出。

藤原純友（ふじわらのすみとも）８９３?〜９４１

藤原北家の出でありながら父を早くに亡くし、官位は従五位。承平二年（九三二）、父の従兄弟の藤原元名の伊予守に従って伊予掾として赴任、元名帰京後も土着し、天慶二年（九三九）反乱を起こす。同三年には大宰府をも襲撃したが、同四年、朝廷軍に博多湾で敗れ、逃れた伊予で捕らえられ獄死、あるいは海賊船団を率いて南海に逃げたとも。

藤原高遠（ふじわらのたかとお）９４９〜１０１３

永祚二年（九九〇）従三位、兵部卿、左兵衛督を経て寛弘元年（一〇〇四）太宰大弐、同二年正三位。家集『大弐高遠集』、『**拾遺和歌集**』以下**勅撰和歌集**に二十七首。

藤原忠房（ふじわらのただふさ）生年未詳〜９２８

主に地方官を歴任、信濃権守、大和守等を経て延長三年（九二五）従四位上、山城守。歌舞、管弦の名手。和歌にも秀で、『宇多法皇春日行幸名所和歌』等に出詠、歌合の判者にも。**三代集**に十七首。

藤原為家（ふじわらのためいえ）1198～275　**藤原定家**の嫡男。父の死後歌壇に重きをなし、『**続後撰和歌集**』を単独撰進する。阿仏尼を溺愛、没後の相続争いの因となる。その訴訟のため鎌倉に下った阿仏尼の紀行文が『十六夜日記』である。

藤原為頼（ふじわらのためより）生年未詳～998　**花山天皇**東宮時代に権大進、寛和二年（九八六）従四位となるも同天皇退位後は累進も無く、失意の半生。家集『為頼集』、『**拾遺和歌集**』初出。

藤原道家（ふじわらのみちいえ）1193～252　従一位関白まで。洞院摂政教実や鎌倉四代将軍頼経の父。光明峯寺殿と号する。祖父兼実以来の九条家歌壇を主催。多くの歌合を催行、順徳天皇内裏歌壇にも参加。『**新勅撰和歌集**』初出。

藤原通俊（ふじわらのみちとし）1047～99　寛治八年（一〇九四）従二位、権中納言、治部卿兼務。**白河天皇**の信任厚く、承保二年（一〇七五）の勅命により応徳三年（一〇八六）『**後拾遺和歌集**』撰進。二十九歳での下命に長老等の反発も。『同集』初出。

藤原道長（ふじわらのみちなが）966～1027　長和五年（一〇一六）摂政、寛仁元年（一〇一七）従一位太政大臣。同三年出家、法名行観。後一条天皇、後朱雀天皇、**後冷泉天皇**三代の外祖父で、藤原氏全盛時代を築く。家集に『御堂関白集』。『**拾遺和歌集**』初出。

藤原道信（ふじわらのみちのぶ）972～94　実父は太政大臣藤原為光、養父は摂政藤原兼家。正暦二年（九九一）左近中将・美濃権守、同五年従四位。中古三十六歌仙の一人、『大鏡』に「いみじき和歌の上手」の評。家集に『道信朝臣集』、『**拾遺和歌集**』初出。百人一首「明けぬれば暮るるものとは知りながら　なほ恨めしき朝ぼらけかな」

法然上人（ほうねんしょうにん）1133～212　浄土宗の開祖。父の遺言で比叡山に入山、皇円、叡空に師事、安元元年（一一七五）、四十三歳で専修念仏を唱え、浄土法門を開く。承元元年（一二〇七）、**後鳥羽上皇**による念仏停止の断で還俗させられ、讃岐に流されたが、十ヵ月後赦免された。

堀河天皇・院（ほりかわてんのう・いん）1079～1107　第七十三代。応徳三年（一〇八六）～嘉永二年

（一一〇七）在位。近臣や**源俊頼**と**堀河院歌壇**形成する。『**堀河百首**』など。

〔ま〕

松尾芭蕉（まつおばしょう）1644~94

伊賀上野に生まれる。俳諧を志し、貞門に北村季吟に師事。延宝三年（一六七五）江戸に下り、西山宗因の談林風に触れ、更には同八年（一六八に深川に庵を結び、以後蕉風を確立して行く。『野ざらし紀行』、『**奥の細道**』など。

三方沙彌（みかたのさみ）生没年未詳

『**万葉集**』巻第二の「三方沙彌、園臣生羽《そののおみいくは》が女《むすめ》を娶りて……」の記述以外に伝未詳。養老五年（七二一）東宮であった**聖武天皇**の学業師範となった文章博士・山田三方との説もある。『**万葉集**』に長歌一首、短歌六首。

源家長（みなもとのいえなが）1173?~1234

建久七年（一一九六）**後鳥羽天皇**に出仕、建仁元年（一二〇一）和歌所設置に伴い開闔《かいこう》に、『**新古今和歌集**』編纂の実務に当る。多くの歌合、百首に出詠。承久の乱の後、退官。『家長日記』等。

源重之（みなもとのしげゆき）生年未詳~1000頃?

実父・兼信が陸奥国に土着したため、伯父・兼忠の養子に。官歴は地方官までで、晩年は不遇。東宮であった冷泉天皇に献上した『重之百首』は百首和歌の祖。三十六歌仙の一人、『**拾遺和歌集**』初出。百人一首「風をいたみ岩うつ波のおのれのみ　くだけて物を思ふころかな」

源経信（みなもとのつねのぶ）1016~97

承保四年（一〇七七）正二位、寛治五年（一〇九一）大納言に。同八年太宰権帥に任じられ翌年赴任するも、任地で没す。詩歌管弦に長じ、**後冷泉天皇**時代の歌壇の指導的地位を占めるが、**白河天皇**の時代は冷遇、晩年の**堀河天皇**の期には長老として重きを成した。中古三十六歌仙の一人。**源俊頼**の父。『**後拾遺和歌集**』初出。百人一首「夕されば門田の稲葉おとづれて　蘆のまろやに秋風ぞ吹く」

源俊頼（みなもとのとしより）1055~1129

官位には恵まれなかったが、当初は**堀河天皇**の楽人として活躍。父・**源経信**の死後、**堀河院歌壇**の中心となる。**白河院**の院宣により『**金葉和歌集**』を撰進。歌論書『俊頼髄脳』は、関白藤原忠実の娘・泰子のための作歌手引書といわれる。百人一首「憂かりける人を初瀬の山おろしよ　はげしかれとは祈らぬものを」

武者小路実陰（むしゃのこうじさねかげ）１６６１〜７３８

武者小路家は、寛永年間（一六二四〜四三）に、藤原北家の流れを汲む三条西実条《さねえだ》の次男・公種《きんたね》を祖とする。元文三年（一七三八）従一位准大臣になる。第百十二代**霊元天皇**の歌壇で活躍。第百十四代中御門天皇、第百十五代桜町天皇の和歌師範をつとめる。

村上天皇（むらかみてんのう）９２６〜６７

第六十二代。天慶七年（九四四）〜康保四年（九六七）在位。摂関を置かず親政。天暦の治の評価。『**後撰和歌集**』撰集を下命。天徳四年（九六〇）内裏歌合催行。

〔や〕

山上憶良（やまのうえのおくら）６６０?〜７３３?

出自不詳なるも、渡来の人とも。万葉歌人。大宝二年（七〇二）入唐。帰国後和銅七年（七一四）従五位下。養老五年（七二一）に東宮（後の**聖武天皇**）侍講に。神亀五年（七二一）筑前守。「子等を思ふ歌」、「貧窮問答歌」に代表される人生歌が多い。

与謝野晶子（よさのあきこ）１８７２〜９４２

歌人。大阪府堺市生、境女学校卒。与謝野寛の妻。明治三十四年（一九〇一）、「やわ肌のあつき血汐にふれも見で　さびしからずや道を説く君」を代表作とする『みだれ髪』。雑誌「明星」を支える。官能的な恋愛を大胆に詠う。

〔ら〕

霊元天皇・院（れいげんてんのう・いん）１６５４〜７３２

第百十二代。寛文三年（一六六三）〜貞享四年（一六八七）在位。後水尾天皇の第十九皇子。東山、中御門天皇の四十六年間院政を執る。和歌、漢詩、書道、絵画を能くし、生涯詠んだ歌は一万余首ともいわれる。『桃蕊集《とうずいしゅう》』とも呼ばれる御集『霊元院御集』に約六四〇〇首。

〔わ〕

別雷神（わけいかづちのかみ）

上賀茂神社の祭神。「雷を別《わ》けるほどの力を持つ神」で、雷神とは別の神。記紀神話には登場しない。

和気清麿（わけのきよまろ）７３３〜９９

備前出身の奈良時代の官人。**道鏡**が宇佐八幡宮の神官と結託して皇位を望んだ時、勅使として阻止。ために**道鏡**の怒りを買い大隅に流されるも、**道鏡**失脚後帰京して光仁、桓武の二天皇に仕え、平安遷都に尽力。

事項・作品・人名略年表（天皇は退位年記載、（　）内は即位年。人名は没年記載）

和暦	西暦	天皇	人名	作品・事項	社会
		①神武			
		⑪垂仁			
		⑫景行			
		⑭仲哀	神功皇后		
	4??	⑮応神（3??〜）	?この頃武内宿祢	後漢書	
		⑯仁徳（4??〜）	?この頃桉作主益人		
	531	㉖継体（507〜）			
	571?	㉙欽明（539?〜）			
	585	㉚敏達（572〜）			
	607				小野妹子遣唐使
	628	㉝推古（593〜）			
大化元	645	㉟皇極（642〜）			大化の改新
			?この頃河辺宮人		
五	649				冠位十二階
白雉五	654	㊱孝徳（645〜）			
	661	㊲斉明（655〜）			
	669		中臣鎌足（614〜）		
	671	㊳天智（668〜）			
（白鳳）	672				壬申の乱
			?この頃額田王		
	680	㊴天武（673〜）			
			?この頃柿本人麻呂		

			?この頃手持女王		
			?この頃抜気大首		
	694		?この頃河内王		
大宝元	701				大宝律令
慶雲四	707		?この頃高市連黒人		
和銅元	708				和同開珎鋳造
三	710				平城京遷都
五	712			古事記	
六	713		?この頃宇努首男人		風土記編纂の勅
霊亀元	715		長皇子（?〜）		
養老四	720			日本書紀	
			?この頃石川朝臣君子		
			?この頃大伴坂上郎女		
			?この頃沙弥満誓		
			?この頃三方沙彌（?〜）		
天平二	730				防人の廃止
三	731		大伴旅人（665〜）		
			この頃葛井連大成（?〜）		
天平九	737		小野老〈朝臣〉（?〜）		
			?この頃山上憶良（680?〜）		
			?この頃大伴〈宿禰〉百代		
天平勝宝元	749	㊺聖武（724〜）			
四	752				東大寺大仏開眼
天平宝字三	759			万葉集	

宝亀三	772		道鏡（700?〜）		
延暦四	785		大伴家持（718〜）		
十三	794				平安京遷都
十八	799		和気清麿（733〜）		
二十三	804				最澄・空海入唐
弘仁十三	822		最澄（767〜）		
承和二	835		空海（774〜）		
嘉祥三	850	(54)仁明（833〜）			
元慶四	880		在原業平（825〜）		
八	884		この年迄猿丸太夫（?〜）		
寛平六	894				遣唐使を廃す
九	897	(59)宇多（887〜）			
延喜元	901			日本三代実録	菅原道真左遷
三	903		菅原道真（845〜）		
五	905			①古今和歌集	
七	907			延喜格	唐滅亡
二十二	922		?この頃檜垣嫗（?〜）		
延長五	927			延喜式	
六	028		藤原忠房（?〜）		
八	930	(60)醍醐（897〜）			
承平元	931			これ以降倭名類聚抄	
五	935			土佐日記	平将門の乱
七	937			?この頃伊勢物語	

天慶元	938		?伊勢（?877〜）		
二	939		?この頃中将尼		藤原純友の乱
四	941		藤原純友（?〜）		
九	946		?紀貫之（868?〜）		
天暦五	951			②後撰和歌集	
十	956		?この頃藤原輔相（?〜）		
康保四	967	㊷村上（944〜）			
貞観三	980			この頃古今和歌六帖	
寛和二	986	㊿花山（984〜）			
正暦元	990		清原元輔（908〜）		
五	994		藤原道信（972〜）		
長徳四	998		藤原実方（?〜） 藤原為頼（?〜）		
長保二	1000		この頃源重之（?〜	これ以降枕草子	
五	1003		この頃平祐挙（?〜）		
寛弘三	1006			?③拾遺和歌集	
五	1008			?この頃源氏物語	
長和二	1013		藤原高遠（946〜）		
寛仁元	1017		恵心（942〜）		
万寿二	1025		この頃清少納言（964?〜）		
四	1027		藤原道長（968〜） 琵琶皇太后宮（994〜） この頃和泉式部（976?〜） この頃能因法師（988〜）		

長久二	1041		藤原公任（966〜）		
永承六	1051				前九年の役
康平元	1058	(70)後冷泉（1045〜）			
永保三	1083		この頃摂津（?〜）		後三年の役
応徳二	1085		橘為仲（?〜）		
三	1086	(72)白河（1072〜）		④後拾遺和歌集	
嘉保元	1094		橘俊綱（1028〜）		
承徳元	1097		源経信（1016〜）		
康和元	1099		藤原通俊（1047〜）		
長治元	1104			堀河百首	
嘉承二	1107	(73)堀河			
天永二	1111		大江匡房（1041〜）	江家次第	
永久四	1116			永久百首	
大治元	1126			⑤金葉和歌集	
				この時以降良玉集	
四	1129		源俊頼（1055〜）		
永治元	1141	(75)崇徳（1123〜）			
仁平元	1151			⑥詞花和歌集	
久寿二	1155		藤原顕輔（1090〜）		
保元元	1156				保元の乱
平治元	1159				平治の乱
文治元	1185				平家滅亡
四	1188			⑦千載和歌集	

建久元	1190		西行（1118～）	この頃山家集	
二	1191		祝部成仲（1099～）		
三	1192				源頼朝征夷大将軍
四	1193		藤原俊成（1145～）		
九	1198	(82)後鳥羽（1184～）			
建仁二	1202		寂蓮（?～）		
三	1203		この頃小侍従（?～）		
元久二	1205			⑧新古今和歌集	
建永元	1206		九条良経（1169～）		
承元四	1210	(83)土御門（1198～）			
建暦元	1211		法然上人（1133～）		
建保三	1215		栄西（1141～）		
承久三	1221		藤原季経（1131～		承久の乱
嘉禄元	1225		慈鎮（1155～）		
文暦元	1234		源家永（1173?～）		
二	1235			⑨新勅撰和歌集	
三	1237		藤原家隆（1158～）		
仁治二	1241		藤原定家（1162～）		
寛元元	1243			この頃迄平家物語	
二	1244		西園寺公経（1171～）		
四	1246	(88)後嵯峨（1242～）			
宝治二	1248			宝治百首 万代和歌集	
建長二	1250			現存和歌六帖	

三	1251			秋風抄 ⑩続後撰和歌集	
四	1252		藤原道家（1193〜）		
文永二	1265		この年以降鷹司院帥（?〜）	⑪続古今和歌集	
九	1272		仙覚（1203〜）		
十一	1274	⑨⓪亀山（1250〜）	紙屋河顕氏（1207〜）		文永の役
建治元	1275		藤原為家（1198〜）		
二	1276		葉室光俊（1203〜）		
弘安元	1278			⑫続拾遺和歌集	
四	1281				弘安の役
五	1282		日蓮（1222〜）		
十	1287	⑨①後宇多（1274〜）			
正応二	1289		一遍（1239〜）		
永仁六	1298	⑨②伏見（1287〜）			
嘉元元	1303			⑬新後撰和歌集	
延慶二	1309			この頃夫木和歌抄	
三	1310			これ以降徒然草	
正和元	1312			⑭玉葉和歌集	
文保二	1318			⑮続千載和歌集	
元応二	1320		津守国冬（1269〜）		
嘉暦元	1326			⑯続後拾遺和歌集	
北・元徳三	1331				元弘の変 南北朝始まる

北・正慶二	1333				鎌倉幕府滅亡
北・建武元	1334				建武の中興
三	1336				室町幕府開設
北・暦応二	1339	(96)後醍醐（1318～）			
北・貞和二	1346			拾玉集	
三	1347			⑰風雅和歌集	
北・観応元	1350			これ以降平家物語	
北・延文四	1359			⑱新千載和歌集	
北・貞治二	1363			⑲新拾遺和歌集	
五	1366			年中行事歌合	
北・至徳元	1384			⑳新後拾遺和歌集	
北・明徳三	1392				南北朝合一
永享十一	1439			㉑新続古今和歌集	
康正三	1459		正徹（1381～）		
寛正五	1464	(102)後花園（1428～）			
応仁元	1467				応仁の乱（～1477）
明応九	1500	(103)後土御門（1464～）			
文亀二	1502		飯尾宗祇（1421～）		
天文六	1537		三条西実隆（1455～）		
十二	1543				鉄砲伝来
永禄三	1560				桶狭間の戦い
天正元	1573				室町幕府滅亡
十	1582				本能寺の変

慶長五	1600				関ヶ原の役
八	1603				江戸幕府始まる
元和三	1617			類字名所和歌集	
寛永六	1629			これ以降雪玉集	
万治三	1660			松葉名所和歌集	
貞享四	1687	⑪②霊元（1663〜）			
元禄二	1689			奥の細道	
七	1694		松尾芭蕉（1644〜）		
十一	1698			類字名所外集	
宝永六	1709	⑪③東山（1687〜）			
正徳四	1714		貝原益軒（1630〜）		
享保六	1721		契沖（1640〜）		
十八	1733			新類題和歌集	
元文三	1738		武者小路実陰（1661〜）		
寛政十	1798		澄月（1714〜）		
				?この頃詞枕名寄	
文政九	1826		奥村玉蘭（1761〜）		
嘉永二	1849		葛飾北斎（1760〜）		
明治三十四	1901		福沢諭吉（1834〜）		
大正五	1916		夏目漱石（1867〜）		
昭和十五	1940		種田山頭火（1882〜）		
十七	1942		与謝野晶子（1882〜）		
二十	1945		野口雨情（1882〜）		

主な参考文献

『歌枕歌ことば辞典・増訂版』片桐洋一　笠間書院　一九九九・六

『歌枕の研究』高橋良雄　武蔵野書院　一九九二・九

『歌枕を学ぶ人のために』片桐洋一　世界思想社　一九九四・三

『おくのほそ道』久富哲雄　講談社学術文庫　一九八〇・一

『街道の日本史・国東・日田と豊前道』外園豊基　吉川弘文館　二〇〇二・一

『角川日本地名大辞典・大分県』「角川日本地名大辞典」編集委員会　角川書店　一九八〇・十一

『角川日本地名大辞典・福岡県』「角川日本地名大辞典」編集委員会　角川書店　一九八八・三

『九州の万葉』滝口弘　ハレルヤ書店　一九六四・九

『九州の萬葉』福田良輔　桜楓社　一九六七・六

『九州万葉散歩―福岡県とその周辺―』筑紫豊　福岡県文化財資料集刊行会　一九六二・八

『九州万葉の旅』前田淑　福岡女学院短期大学文学研究会　一九七六・四

『県別マップル大分県道路地図』（二版十三刷）　昭文社　二〇一四

『県別マップル福岡県道路地図』（三班十三刷）　昭文社　二〇一四

『校本・謌枕名寄・本文篇』渋谷虎雄　桜楓社　一九七七・三

『古事記・上』次田真幸　講談社学術文庫　一九七七・十二

『古事記』西宮一民校注　新潮日本古典集成　一九七九・六

『西行山家集全注解』渡部保　風間書房　一九七一・一

『散木奇歌集　集注篇下巻』関根慶子・古屋孝子　風間書房　一九九九・二

『字典かな―出典明記―改訂版』笠間影印叢刊刊行会　笠間書院　一九七二・三

『新潮日本古典集成・古事記』西宮一民　新潮社　一九七九・六

『新日本古典文学大系・金葉和歌集・詞花和歌集』川村晃生・柏木由夫・工藤重矩校注　岩波書店　一九八九・九

『新日本古典文学大系・後拾遺和歌集』久保田淳　平田義信校注　岩波書店　一九九四・四

『新日本古典文学大系・後撰和歌集』片桐洋一校注　岩波書店　一九九〇・四

『新日本古典文学大系・拾遺和歌集』小町谷照彦　岩波書店　一九九〇・一

『新日本古典文学大系・千載和歌集』片野達郎・松野陽一校注　岩波書店　一九九三・四

『新編国歌大観第五巻・歌合編、歌学書・物語・日記等収録歌編　歌集』「新編国歌大観」編集委員会　角川書店　一九八七・四

『新編日本古典文学全集・日本書紀①』小島憲之他　小学館　一九九四・四

『新編日本古典文学全集・平家物語②』市振貞次　小学館　一九九四・八

『全訳古典撰書万葉集上・中・下』桜井満訳注　旺文社　一九九四・七

『増補松葉名所和歌集・本文篇』神作光一・千艘秋男　笠間書院　一九九二・三

『大日本地誌大系・豊前志』渡辺重春・渡辺重兄　雄山閣　一九七一・十

『増補大日本地名辞書』吉田東伍　冨山房　一九七一・六

『竹取物語全訳注』上坂信夫　講談社学術文庫　一九七八・九

『筑前國續風土記』貝原益軒　文献出版　二〇〇一・六

『筑前名所図会』奥村玉蘭　文献出版　一九八五・十二

『日本古典文學大系・日本書紀上・下』坂本太郎・家永三郎・井上光貞・大野晋校注　岩波書店　一九六五・七～六七・三

『日本古典文學大系・平家物語上・下』高木市之助・小澤正夫・渥美かをる・金田一春彦　岩波書店　一九五九・二～六〇・十一

『日本古典文學大系・萬葉集一』高木市之助・五味智英・大野晋校注　岩波書店　一九五七・五

『日本史小年表』笠原一男・安田元久編　山川出版社　一九七二・十二

『日本史諸家人名辞典』小和田哲雄監修　講談社　二〇〇三・十一

『日本　史B用語集』全国歴史教育研究協議会　山川出版社　一九九五・二

『日本歴史地名大系第四五巻・大分県の地名』下中弘　平凡社　一九九五・二

『日本歴史地名大系第四一巻・福岡県の地名』下中弘　平凡社　二〇〇四・十

『百人一首全注釈』有吉保　講談社学術文庫　一九八三・十一

『福岡県万葉歌碑見て歩き』梅林孝雄　海鳥社　二〇〇四・九
『豊後国志（復刻版）』唐橋世済　文献出版　一九七五・十二
『万葉集歌人事典（拡大版）』大久間喜一郎・森淳司・針原孝之　雄山閣　二〇〇七・五
『萬葉集釋注一～十』伊藤博　集英社　二〇〇五・九～十二
『万葉と九州』中村行利　日本談義社　一九六九・二
『万葉の歌ことば辞典』稲岡耕二・橋本達雄　有斐閣　一九八二・十一
『万葉をたずねて　旅二豊路・恋・江戸』佐々木均太郎　大村書店　一九九八・七
『名所歌枕（伝能因法師撰）の本文の研究』井上宗雄他　笠間書院　一九八六・四
『類字名所和歌集・本文篇』村田秋男　笠間書院　一〇八一・一
『和歌の歌枕・地名大辞典』吉原栄徳　おうふう　二〇〇八・五
『和歌文学辞典』有吉保編　桜楓社　一九九一・二
その他各市町誌、辞書、事典、地図など多数。

講　評

東洋大学名誉教授、沙羅短歌会主宰　**伊藤宏見**

一、歌枕とは

歌枕とは、地の力、地史のもつ形而上学、即ちメンタフィジカルなエネルギーを借りることで、歌の作者は、その固有名詞と共に地上に生きることになります。

一方、その土地も歌聖の力を借りてこそ世に出て注目され、生きることになります。そのことは、今日の歌謡曲で云う〝ご当地ソング〟と同じことでもあります。が、歌枕の場合は永い歴史を持っていることです。

旧くからは日本には、神土佛国という言葉があります。海から陸に上がった人類は、更にその進化を遂げ、その陸地を作ったのは神で、国や町を造ったのは人々の営みに依るものとしています。

イギリスの詩人、アレクサンダー・ポープという人は、神が国土を作り、町は人々が造ったと宣べています。

今、歌聖が一首は、当地に因《ちな》めば、その土地のメタフィジカルなエネルギーをもらい承《う》けたことともなります。またその地域は、歌聖の力によって目ざめ、蘇《よみがえ》ったことになります。これを人に譬えれば、顔が陸地で、目鼻が歌人の作る一首に当たりましょうか。

そこで、謂《いわ》ば、歌聖は開眼を行う三界の導師の如きでもあります。

有縁の土地に加持することで、その固有化がより一層普遍性を帯び、個性を呼び覚ますことになります。そのことで、地域性はまた一層強く高められます。地域の個性を守ることが出来れば、それでこそ、益々普遍性を高めたり、その能力を発揮することにもなります。

宮野恵基君が、今度も各地を巡って、歌枕が地名変更などによって、その在地をつきとめるのに困難を味っているのも、そして、その困難を乗り越えて、目出度くつきとめられた時の喜びも、歌枕とその一首のもつエネルギーであろうかと思います。同君は自ら、その困難にもめげず、一層の情熱を燃やしつづけて前進するのも、元はといえば、歌枕のもつ力であると思います。

宮野君は、現地でのありし日の地相や原形をとどめていない風景に、元の姿を求めて止まず、多くの史書や参考書を調べてさまよい続け、苦難を味わいつつも、歌枕を探し当てようとするのも、何かの魅力にとりつかれているようにも思われます。

そこで、歌枕とは何かを、改めて問うことをも、繰り返さねばなりません。歌枕！　それは謂《い》わば、天地人の悠久の為の生命を宿したものと考えられるべきかとも思われます。

歌枕とは、単にその土地の為のものではなく、又詠歌の主《ぬし》一人のものでもない。しかし、双方の特種性が普遍性に変ること以外には、何の面白味も感じられません。遠い時代の一個人の詠歌として葬り去られるものでもなく、間違いなく現代の人々の心を把えて生きているものと考えられます。

このような『歌枕探訪』の諸冊を一念発起された宮野恵基君は、そのことを十分に承知の上での実行努力者だと思われる。

地域を偶々羇旅の道すがらに詠んだ宮廷人や、官人、高僧、歌聖などの作柄が歌枕としての地縁に結ばれることが、史書にも登り、歌書に謳《うた》われることになると、もはや土地の命ともなっているのである。

また、京師《みやこ》に在位しながら、遙詠に残った一首の和歌も、該当の地の力、山川草木のもつ力を更に燃え立たせ、歌聖自らも、その息吹を感取し、歌詠に努める姿は、また人々の花ともいえようか。

この意味深い歌枕の在処《ありど》を現地に求めつつ、歌の作者と作品と、その時代と由来を、史書、地誌に拾い乍ら、現今の人々や、また未来の人々に啓蒙を試みんとしているのが、この宮野君の書物、『歌枕探訪』ではなかろうか。

そして何より貴いのは、やはり現今の現地に踏み込んだ、その体験であろうと思います。どうか、本人の願いの通り、九州全土の歌枕探訪を果し得ることと、その書冊の上梓を完うされることを乞い願うものである。

平成三十年三月十九日

横浜市新羽の鳥語草木庵にて

二、今回の『九州の歌枕　福岡・大分の部』の出版について

（一）

九州は、地図を拡げてみれば、一目瞭然、大陸や朝鮮半島に、最も接近している位置にあり、早くから外国の人々が文化文明を齎すと云った、その窓口、前玄関でもあった。

倭語をあやつる帰化人も多く、次第に同化して日本文化の基盤を築く人々も多かったものと思う。

万葉時代を経ても、国風文化の頂点にいた宮廷人や貴顕たちが、歌詠を生み出すのは、やはり漢土、隋唐の詩歌文章の盛んなことが意識されていたものと思われる。

和歌は日本人の精神風土に最もそぐう、率直な表現を生み出すもととなり、宮廷人たちに根強く愛好されるようになり、次第に故人のこころを偲び、評判、評価がなされ、定着して隆盛を極めるようになり、遂に地域を詠んだ歌枕なるものが生まれる因《もと》となった。これまた自然のなりゆきでもある。

歌聖たちは、それぞれ、その時代に生き、そのくらしが有る限り歌が生まれるのも、尤もなことであろう。が、しかし、歌道を学ぶとなると、やはり、先蹤故人の行履《あんり》を知ることで知的満足を覚え、次第に文化の集積と、その老熟化が基盤をなして、歌枕の存在を意識するようになり、これに習うようにもなったのである。歌枕があれば羇旅にも赴くことこそあれ、又故人に習って、遙詠も行うことも生まれたのである。そして、又自ら、京師《みやこ》にあって

も、新たなる歌枕とならん一首をと希う歌人も生まれてきたのである。

遠く離れた地域に、思いを赴せて、未だ見ざる異境の涯《はて》を想像することは、古来詩歌人のロマンでもあり、陳腐より、奇観を求めるのも、人々の活力の源でもあった。それは人々が見果てぬ夢を追うのと同じであって、そこに詩歌の生命を見出すのも、やむえぬ事実である。今歌枕にまつわる要件について、こうしたことをも考慮に入れるべきかと思うし、それが、人々の生きる内容にもつながっているものと思う。本著の作者宮野君のこころにも、こうした思いがどこかにあって、いわば畢生の事業ともなっているのであろうと思う。

（二）

実際の現地を探訪してみると、単なる書物や文献に見出すこととは異り、ここが和歌の作者、故人によって詠まれた現地であることの証明を得るためには、相当な努力が必要でもあり、又その実証が不可能な場合もある。歌の内容と、地相が現地を訪れて一目瞭然であるとは限らないことは、本著の物語るところである。

歌よみは、現地人や現地にとどまった人とも限らず、風聞もしくは、地名にあこがれ、あやかり、又は何がしかの連想で詠まれる歌が多いのも、やむをえないが、また、地名や固有名詞、例えば、山の名とか、川の名とか、風景を詠み込んでも、故人の詞の踏襲もあって、同名の地名が他にもあるものだから、該当するものと判断することもむづかしい。しかも、抜山蓋世の譬えの如く、現代の動力をもってすれば、自然自体の地形の変動を含め、容易に山河を変形させてしまうものだから、思わぬ異変が地理に起きているわけで、いろいろな困難を味わっているのが、宮野君である。

宮野君は、承知の通り、地理を学び、歴史書、地誌、風土記等を調べて、更には、その都度現地の識者や、通行人、自治体の教育委員会又は文化財課などをたより、現地との照合に努めている。しかも、現代人の通り、車を用いて、地図を頼りに視察し、歌枕の刻まれている歌碑を紹介している。そして、今日実際にどの様に風景が変わっているか、現況をつぶさに、正直に実感するを以って記述しているので、後世の人々にも、今日を正しく記録したものとして、貴重な文献にとりあつかわれるものと考える。また著者御《ご》本人も、そのつもりでか、現地に臨んでは、自らの短歌を、体験と感動に基づき創作しているのである。

しかし、おもんみれば、歌枕とは、よくぞ考えついたものである。

人に、歴史あり、地に誌あるの通り、歌枕とは、これぞ人々の歩んだ真実の宝庫であると思う。これを未来に残すことこそ、人々の生きた証《あかし》であり、宮野君は、専ら歌枕の現地保存と共に、こころにも保存することを志しているに違いない。故人、歌聖らの行履《あんり》を慕い、地誌の力に開眼を期し、啓蒙につとめていることは誠に貴いことに違いない。

平成三十年三月二十日

於　横浜市新羽西陵鳥語草木庵にて

三、宮野君の学的態度

現地の地理を調べ、文献との照らし合わせをしつつ、歌枕を探査した宮野君には、幾つもの、その現地報告と共に、新たな発見と提言とおもわれるものがある。

今その幾つかの例をここに改めて示し、その功を述べて見よう。

本文の六七頁、「十九、袖〈の〉湊」の項では、貝原益軒の筑前國續風土記を引用して、更には奥村玉蘭の筑前名所図会を用いて、「袖湊」は御笠川と那珂川の側流・博多川に挟まれた地域、上呉服町、中呉服町、下呉服町……」という様に、あくまでも厳正を期した判断を下して、その地点の認定を果していることが判る。

また、本文の七九頁の、「二十三、草香江《くさかえ》〈山〉」についても、『名寄』では、「草香山」としていることに、宮野君は、現地では、今でも「大濠公園の南に草香江一丁目、二丁目がある」として、「草香山」を否定している。古記録、古文献必ずしも、正しいとは限らぬことを、現地よりの報告で勝利したことを物語っている。これも宮野君の手柄である。また宮野君は納得のゆかぬことには異説をとなえてもいる。「四十、漆〔川〕河」について、本文一二一頁では、新日本古典文学大系　7（岩波書店刊）の『拾遺和歌集』の地名索引の「漆川」を染川の異称としていることに対して、「住宅、アパートのあることで、地下水の流れて」、これを「漆川」と断定し、一項を立てるなど、現地探査の自信を示してもいる。

また更には、本文一五五頁の「五十四、一夜川」についても提言を行っている。『松葉』では、筑前国にしており、『名寄』では、筑後国にとりあつかっているが、「川名が筑後にあること、接する流域は筑後国が長いので」と、筑後国に項を立てているのも見どころである。

「五十三、筑紫」（本文一五三頁）では、「筑紫」という歌枕は単に九州全土を指す場合もあるし、地域や地名を特定することは不可能として、筑紫野の「筑紫神社と、その周辺の筑紫の丘」と、比定する、としている。恐らくは本人の得心する通りであろうと思う。

又本文の二四二頁には、「八、苳《みの》〔蓑〕嶋」があり、ここでは僧契沖阿闍梨の『類字名所外集』にある、博多区美野島辺り一帯を指すとする説に、和歌の歌枕・地名大辞典にも豊前国として扱われている一方、また渡辺重春の『豊前誌』の説を重んじ、かつて蓑島は豊前の国の蓑嶋であって、今は陸続きになっているが、以前は海中にあったとして、地形変動を考証しているのは、やはり現地に佇った宮野君の勝利でもあろう。

本文三〇五頁の「八、荒《あら》〔葸〕山」についても、歌枕となる歌が四首もあって、全国に「荒山」の名称は各地にあるとして、宮野君はやはり、現地に佇つことで、車を走らせて、偶々見かけた「荒山」の地名を見て、感じ入り、日本歴史地名体系に、「荒山は赤岩村に編入されたとのことと併せて、玖珠川の南岸、旧赤岩村――日田市天瀬町赤岩があるので、ここを歌枕として、宮野君は、この山村部落をたづねている。

また、本文三〇八頁には、「九、朽綱《くたみ》〔綱・網〕山《やま》」の項があるが、これについては、三一一頁に、宮野君は、「朽網山が、豊後国の歌枕であるとしていたが、しかし、豊前の領内に朽網の地名があることに気付いたのである。手にしていた文献では、九重連山として解説されているのに、その本元は『能因』、『名寄』、『松葉』であって、みな「豊前の国」にしているからである。

宮野君は自動車を運転しているうちに、「朽網トンネル」を発見し、これは豊前小倉南区の町名と考えたのである。一旦豊後国と判断していたものの、自らの誤りを自ら正《ただ》すところも、その謙虚さは現地へ深く立ち入り見分したる努力の賜と思える。

その他の点では、現地の歌枕と歌とが、地域などと一致することの見込みのないものを、「未勘」として扱い、比定不可能として、敢えて、断定をさけているのも、客観を重んじて、独断をさけているのも、一つの学的態度と見做しうるように思う。これらの例の他にも、更に多くの見解が見出されるが、凡そのところで筆を擱くことにする。

四、本著の目次と概要

四国、中国と歌枕探訪を重ねて来て、今回はいよいよ九州の歌枕に到って、著者の宮野君は、大分仕事に馴れ、なじんで来たかに思われる。

しかし、その探訪の気構えには、一向に変った所はない。

先ずは、その出典等については、本文中では省略して、『能因』、『名寄』、『松葉』とありますが、それぞれ原名の、近代現代の学者の校定編纂を経た出版社名のある書物として、序文に当たる「―はじめに―」に紹介し、掲げていることは、以前の通りである。

この書物『九州の歌枕　福岡・大分の部』は、本の体裁、目次の内容としては、福岡県、大分県の略図と、そして地域の記述となっており、又現地の略図を掲げ、読者に判り易い、現地への誘《いざな》いとしている。

そして、加えるに、著者自らの撮影した現在ある歌碑等の写真を主に、又寺社の建物、伽藍、名所、風景をも写して載せている。更には、今や定番となっている著者の短歌三首が添えられている。これは現地を巡った著者の、古歌へのエールでもあったり、著者の現地での呼吸が聞えてくる。そして風景のみでなく、文献までも渉猟した苦心などの感想をも含めて、実直な詠い振りを以ってしている。また宮野君は、現地での属目から、現風景の新しい様相をも後世に伝えようとの企図から、現代の施設、スポーツ用のグランドにまで言及してもいる。

更に本著の特色としては、筑前国歌枕歌一覧とか、筑後国歌枕歌一覧、豊前国歌枕歌一覧、豊後国歌枕歌一覧などと、各国の記述項目のあとに添えられているのは、読者へのまことの便宜を考えたものと思う。

そして更には、「事項・作品略解」として、文中に出てきた書物名や、作品の解説略解を添えていること。また登場の人物についても、略伝を載せ、そして又、驚くことは、「事項・作品・人名略年表」を作り、載せていることである。これはまことに便利で、年代と、事項と作品の位置、作者の生没の順序が一目にして判るのは有難い。

又加えるに、「主な参考文献」に到っては、いかに著者が博読の人であるかを証左している。

―おわりに―

芭蕉の『奥の細道』の記述に魅せられ、四国の地に歌枕探訪の第一歩を印してから早くも十一年が経った。四国を巡るのに五年、中国地方は四年余を費やし、意を決して九州に足を踏み入れたのだが、最初の福岡県で、その歌枕の地の多いことに驚かされた。

実はこの間に、歌枕の全国的な分布を解き明かすべく、国別の歌枕数を解析する機会があり、当然のことながら、都が置かれた畿内五国（山城、大和、河内、和泉、摂津）に三割が存在し、近隣の近江、伊勢、紀伊三国を加えれば、ほぼ五割の歌枕の地が、まさに密集していることを識った。

一方で、畿内から遠く離れていながら多くの歌枕を有する国が在ることも判った。そのうちの一国が筑前国である。

本書の各所にも断片的に記したが、大和政権は大陸や朝鮮半島からの外敵に備え、またその地との外交、交易の拠点としてこの地を重視、政庁として太宰府が置かれ、都から多くの役人が派遣された。都の文化がここ九州にも波及したことは言うまでもない。特に、**大伴旅人**が太宰帥として赴任していた神亀五年（七二七）から天平二年（七三〇）には、紀男人、**小野老**、粟田比登、**山上憶良**、大伴首麻呂、**葛井大成**、**沙彌満誓**、**大伴百代**など、錚々たる万葉歌人がここ筑紫に集っていた。筑紫歌壇と呼ばれる。『**万葉集**』巻第五には、「天平二年の正月の十三日に、帥老《そちらう》が宅《いへ》に萃《あつ》まりて、宴会《うたげ》を申《の》ぶ（『萬葉集釋注三』伊藤博）」で始まる詞書に続いて、彼等の「梅花の歌」三十二首が収められる。筑前国には和歌文学の大輪の花が咲き、連れて歌枕歌が数多く詠まれたのも頷ける。

さらに、『**万葉集**』巻第十五には、天平八年（七三六）に派遣された遣新羅使の歌が百四十五首載るが、そのうち二十九首はここ筑前国の歌で、志賀島、荒津、韓泊、引津などの各所が詠み込まれ、これまた筑前国の歌枕の数を膨らませることに寄与している。

このように各地に万葉の歌が残る福岡県の六十五ヶ所、そして序文に述べたように、豊前国が跨る大分県の十三ヶ所をこのたび踏破することが出来、拙歌を添えて一書と成すに至った。

この間ご教授を頂いた、幾つかの市・町の関連する部署のご担当の方々、各所で貴重なご示唆を頂いた皆様に、厚く御礼を申し上げたい。

また、前三著に引き続き、全般に亘ってご指導を頂戴し、加えてご丁重なるご講評を頂いた沙羅短歌会主宰、東洋大学名誉教授伊藤宏見先生には、心より感謝申し上げます。

さらには、乱雑な原稿、写真を整理し、的確な地図を作成して頂いた（株）文化書房博文社にも御礼を申し上げる。

古歌の理解も浅く、自詠の歌も稚拙、写真も全くの素人が、ただ歌枕のロマンに惹かれて歩き巡り、ある時は歌の解説に、ある時は歴史の紹介、そしてある時には観光案内と、脈絡のない一書とはなったが、お目に留めて頂けたら幸いである。

引き続き、九州の残る南部、西部を探訪するべく準備をしているが、遠く壱岐、対馬を含み、更には離島もあるやも知れず、果たして完歩出来るかを案じている。自らの余命の長からんことを祈りつつ・・・。

〈著者紹介〉
宮野恵基（みやの　けいき）
一九四二年千葉県生まれ。
香川県高松市岡本町一一六七—一
東洋大学日本文学文化学会会員。沙羅短歌会同人。日本歌人クラブ会員。香川県歌人会会員。
著作　『短歌でめぐる四国八十八ヶ所霊場』二〇〇五年十月刊　文化書房博文社
『歌人が巡る四国の歌枕』二〇一一年十一月刊　文化書房博文社
『歌人が巡る中国の歌枕　山陽の部』二〇一四年五月刊　文化書房博文社
『歌人が巡る中国の歌枕　山陰の部』二〇一五年五月刊　文化書房博文社

歌人が巡る九州の歌枕　福岡・大分の部
二〇一八年五月一五日　初版発行
著　者　宮野恵基
発行者　鈴木康一
発行所　株式会社　文化書房博文社
〒一一二—〇〇一五　東京都文京区目白台一—九—九
電　話　〇三（三九四七）二〇三四
FAX　〇三（三九四七）四九七六
振　替　〇〇一八〇—九—八六九五五
URL: http://user.net-web.ne.jp/bunka/
印刷・製本　昭和情報プロセス株式会社
ISBN978-4-8301-1300-0　C0095

好評既刊

歌人が巡る**中国の歌枕**　山陰の部

宮野　恵基

ISBN978-4-8301-1262-1
Ａ５判・定価 2,000 円（本体）

歌枕を巡る「中四国３部作」ここに完結。著者自ら中国地方全土を巡り、撮影し、現地に密着した編集をはたした労作である。中国地方山陰地域の歌枕を考察し、歌人の思いや時代に心を巡らせる。

宮野恵基　ISBN978-4-8301-1258-4　Ａ５判　2,300 円（本体）
歌人が巡る中国の歌枕　山陽の部

宮野恵基　ISBN978-4-8301-1210-2　Ａ５判　1,800 円（本体）
歌人が巡る四国の歌枕

宮野恵基　ISBN978-4-8301-1065-8　四六判　1,400 円（本体）
短歌でめぐる四国八十八ヶ所霊場

【良寛シリーズ】

良寛会編
良寛のこころ　ISBN978-4-8301-0074-1　Ｂ６判　1,800 円（本体）
良寛のあゆみ　ISBN978-4-8301-0092-5　Ｂ６判　1,800 円（本体）
良寛とともに　ISBN978-4-8301-0471-8　Ｂ６判　1,800 円（本体）

伊藤宏見編著
良寛酒ほがひ　ISBN978-4-8301-0989-8　四六判　2,800 円（本体）

伊藤宏見著
『はちすの露』新釈　**手まりのえにし**　良寛と貞心尼
ISBN978-4-8301-0665-1　四六判　2,800 円（本体）

伊藤宏見著
大石順教尼の世界　ISBN978-4-8301-0766-5　四六判　2,800 円（本体）
鉄砲伝来秘話　若狭姫・春菜姫物語
ISBN978-4-8301-1163-1　Ａ５判　2,400 円（本体）